La luz en casa de los demás

CHIARA GAMBERALE

La luz en casa de los demás

Traducción de
Isabel González-Gallarza

Círculo de Lectores

Para Lidia, Rocco,
Pietro y Jonathan,
que se marcharon
pero dejaron la luz encendida

Alguna vez, andando por la calle,
¿no has pensado, junto a una ventana
iluminada, decir un nombre, oh, noche?
Respondía sólo tu silencio.
Pero igual brillaban las estrellas.

SANDRO PENNA,
en *Stranezze*

Mamá. Durante todo el trayecto en el coche, hasta ese sitio tan raro donde por primera vez encontré esperándome a todas, pero a todas todas las personas que conocía (que tampoco es que fueran tantas, pero verlas a todas juntas impresionaba bastante), no pensé en nada más. Y todavía, sentada en esos escalones tan fríos, mientras todas las personas que conocía decían que no con la cabeza, lloraban y se abrazaban, me apretaba las rodillas contra el pecho y no conseguía pensar en nada que no fuera mamá. Mamá, mamá, mamá, mamá. No había manera. Mamá, mamá, mamá. Me ponía de pie para dar una vuelta y repetía mamá, imposible parar, mamá, mamá, mamá; las personas me acariciaban la cabeza, y yo decía mamá. Pobre Mandorla, decían ellos, pero yo sólo mamá, mamá, es que ya me daba hasta vergüenza, mamá, mamá, al menos los vídeos, cuando se atascan, tienen un botón que pone stop para que paren, pensaba yo, y entonces me buscaba ese botón, entre las ideas, las palabras, la diadema que me había regalado la señorita Polidoro, el pelo, las orejas, pero no lo encontraba, y seguía: mamá mamá mamá mamá mamá.

CALLE GROTTA PERFETTA, 315

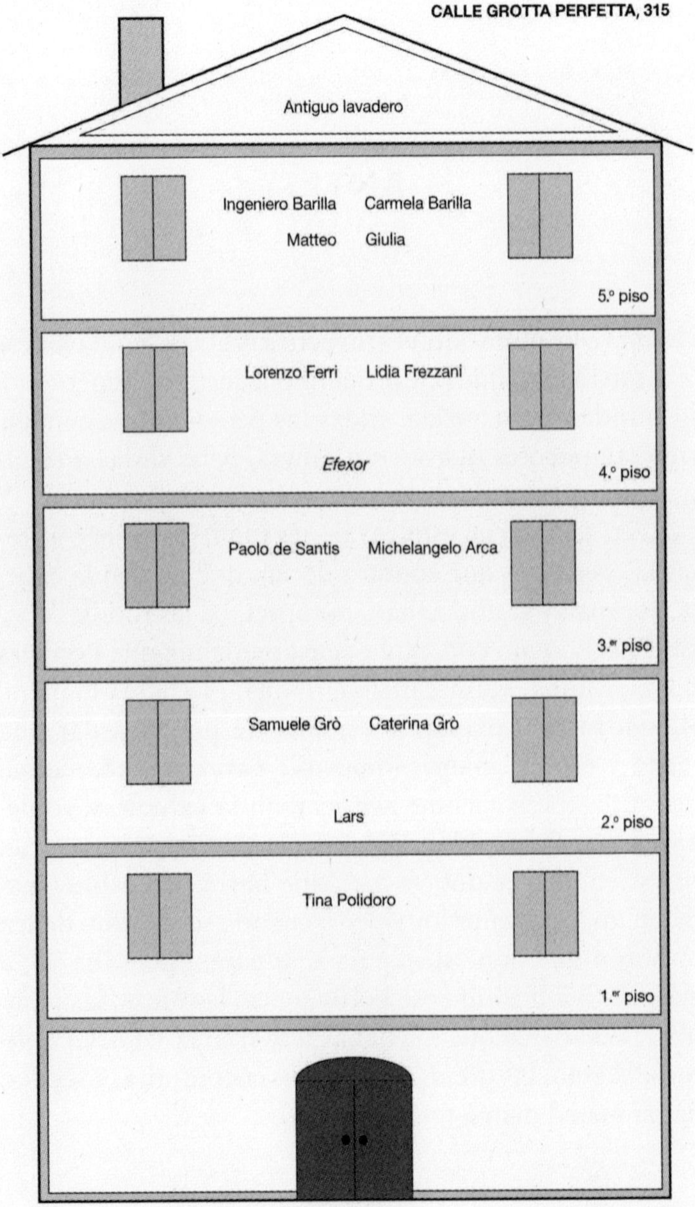

ANTES

En el primer piso

Cuando aquella mañana sonó el teléfono, Tina Polidoro temía que fuera alguna monja de la residencia en la que vivía su madre (que, por contar una entre tantas, la semana anterior había acusado a la cocinera de haberle echado veneno en el flan). Las otras posibilidades eran que los gemelos estuvieran de nuevo en bancarrota, o simplemente que Gianpietro llamara para saludarla.

Y es que sólo esas personas tenían su número de teléfono, para contarlas bastaban los dedos de una mano, y hasta sobraba uno.

Las llamadas que se reciben a esta hora, pensaba Tina arrastrándose desde la cocina hasta el salón para contestar, se dividen siempre en dos categorías. Por un lado están las que habrás olvidado en el momento de irte a la cama, y por otro las que, por el contrario, te volverán a las mientes: y ésas, a su vez, se dividen en otras dos categorías: están las que te ayudan a conciliar el sueño, y las que te lo quitan del todo.

Pero no se trataba ni de una monja, ni de los gemelos ni de su antiguo alumno favorito.

Era un policía.

–Mi madre es muy mayor, sea lo que sea lo que haya podido decir o hacer en contra de las monjas no ha sido

con mala intención, se lo aseguro. –Tina sintió la necesidad de aclarar las cosas desde el principio.

–¿Qué?

–Las monjas de la residencia, digo.

–¿Qué monjas?

–Ah. Nada, *perdone, olvídelo.*

–No pasa nada. Mire...

–Bueno, y entonces ¿qué han hecho esta vez los gemelos?

–...

–¿Tampoco tiene que ver con los gemelos? Pero entonces, a ver, dígame: ¿qué ha pasado?

Y si las llamadas mañaneras revelan su naturaleza al llegar la noche, pues...

Desde luego no era necesario esperar a la noche para saber que la noticia que ese policía (tan amable) tenía que darle podía considerarse una tragedia. Una auténtica tragedia.

En el quinto piso

El teléfono sonaba en el vacío.

Claro. Aparentemente, ése era un martes por la mañana normal y corriente, un martes como tantos otros: como todos los martes.

No había motivo para que el ingeniero Barilla no estuviera en la oficina, para que su señora no estuviera en el hospital y para que Giulia y Matteo no estuvieran en el colegio.

Tina iba a colgar cuando, por fin, una voz al otro lado del teléfono le contestó.

–Casa Barilla, buenos días.

–Esto... Soy Tina Polidoro, del primero.

–Señores no casa. Vuelve una y media.

–Ah. ¿Puede decirles que he llamado, por favor?

–Yo digo.

–Gracias.

En el segundo piso

La lista de Cate, oh, Dios mío, pensó de repente Samuele Grò.

2 PECHUGAS DE POLLO
PAN (1 BARRA O 3 CHAPATAS)
TOMATITOS CHERRY (1 CAJA)
COMPRESAS
MONURIL (SOBRES)
SÉMOLA
PAGAR FACTURA TELÉFONO + GAS
LLAMAR PEDIATRA PARA VACUNA LARS
LLAMAR A TUS PADRES PARA CANCELAR CENA PASADO MAÑANA

Se le había olvidado por completo y, si no se daba prisa, encontraría la farmacia y la oficina de correos cerradas. Se puso el chubasquero deprisa y corriendo, los vaqueros encima de los pantalones del pijama, y estaba a punto de ponerse los zapatos cuando sonó el teléfono.

–Es mamá, pequeñajo, mejor no contestamos –le dijo a Lars, que estaba muy ocupado en meterse en la boca con mucha determinación el talón de uno de sus piececitos.

Pero el teléfono insistía. E insistía, e insistía.

A lo mejor al final resulta que se cabrea más si no lo cojo, porque lo mismo tiene algo urgente que decirme, que si lo cojo, y descubre que aún no he hecho nada de todo lo que tenía que hacer.

–¿Diga? –dijo por fin descolgando el auricular, con la voz jadeante del que acaba de llegar a casa justo en ese momento.

–Soy Tina Polidoro.

–Ah... señorita... qué casualidad, justo iba a llamarla yo. ¿Podría dejarle a Lars unos minutos? Es que hace frío, y tengo que...

–Señor Grò.

–¿Sí...?

–Estoy en la morgue.

–¿Qué?

–No sabe qué desgracia.

En el tercer piso

Para ser sinceros, Tina todavía no había entendido bien quién de los dos hacía de mujer y quién de hombre. Durante una reunión, Maria le explicó un día que no había papeles que interpretar, se trataba de dos hombres enamorados y nada más, pero ella no conseguía ver las cosas así: era demasiado confuso.

Pero bueno, esperaba que quien cogiera el teléfono fuera Paolo. Tina siempre prefería tratar con él, y más aún en un día como ése.

Michelangelo la ponía nerviosa, con esa mirada huidiza como de alguien que no quiere hacerte caso del todo, como si siempre tuviese otra cosa más importante en qué pensar. Y, además, se acordaba muy bien (y eso que ella a los asuntos de los demás sólo les prestaba la atención justa, la necesaria para parecer amable, pero no demasiada para que nadie pudiera pensar que era una cotilla) de que, hacía tiempo, Michelangelo y Maria habían estado muy unidos.

–¿Paolo?

–Soy Michelangelo, Paolo no está.

–Ah, muy bien.

–¿Quién es?

En el cuarto piso

–... y él, ¿sabe lo que me contesta él? Entonces me voy, contesta, porque nada de afrontar los problemas, no, claro que no, si hay problemas uno se larga, claro que sí: uno se bate en retirada, que es peor, porque los dos sabemos muy bien cómo es el camino que hay que recorrer, los dos sabemos dónde surgirán los imprevistos... ¿Y yo?, le pregunto: ¿y entonces yo, según tú, qué debería hacer yo? Venirte abajo, me dice. La pareja es un organismo artificial que no tiene nada de sano, sólo los ingenuos o los muy estúpidos pueden esperar algo bueno de la persona con la que están. Entonces me puse furiosa, doctora. Ya está, ya has dicho tu típica estupidez de siempre. Y me dice él: es fácil llamar estupidez a un concepto filosófico que somos demasiado ignorantes para entender. Como si la analfabeta fuera yo, ¿entiende, doctora? ¡Yo! Cuando el verdadero analfabeto es él, que en cuanto alguien le habla de vísceras, pierde los papeles ¡y sólo puede contraatacar con la cabeza! Lo hace porque tiene miedo, ¿verdad, doctora?, me doy perfecta cuenta: pero ¡con qué violencia, con qué inadmisible violencia ataca a los demás para defenderse él! Hay que ver cómo consigue que los demás se sientan inútiles. No va a ser casualidad que Efexor *siempre elija dormir debajo de mi lado de la cama, ¿no? Me da a mí que él también nota que no es alguien de*

fiar, que uno no se puede fiar de él: en algunas cosas, los perros no se equivocan... Espere un momento, se ha despertado... Es casi la una, por fin lo ha conseguido, perdóneme un momento, ¿eh? ¿Qué pasa?

Lorenzo estaba gritando algo desde la cocina. Es que ni tomarse la molestia de cruzar el pasillo, oye, pensó Lidia.

–¿Qué pasa? –le repitió, gritando ella también desde una habitación a otra, para molestarlo.

–Deja ya de hablar mal de mí y cuelga.

–¿Qué pasa, es que ya no puedo ni desahogarme con mi doctora?

–Cuelga.

–No.

Lorenzo, con sólo la parte de arriba del pijama de Lidia puesta, sin calzoncillos, con los ojos pegados de sueño, una taza de café en la mano y un cigarro en la otra, se asomó por la puerta.

–Ha llamado Grò al telefonillo. Dice que Tina Polidoro lleva una hora intentando llamarnos pero que no para de comunicar.

–¿Y qué quiere?

DESPUÉS

Maria murió como se muere a mediados de diciembre, como se muere un martes, como se muere siempre si no te lo esperas en absoluto y, un momento antes de salir despedido de la moto y caer al suelo, rebotando sobre un coche aparcado en doble fila, estabas pensando: mañana, a las seis menos cuarto, dentista.

Tenía el pelo por debajo de la cintura, una falda de un color vivo, treinta años más o menos, una hija de seis, un trabajo fijo en una gestoría de administración de fincas y bastantes personas que la querían de verdad, observa el chico de la funeraria, lo bastante experimentado ya para no preguntarse más por qué ocurren ciertas cosas, pero no lo suficiente como para dejar de observar de vez en cuando a quiénes les ocurren.

Y es que funerales como ése no se veían todos los días.

–Perdónenme un momento, pero ¿qué tiene de malo el rito católico, vamos a ver? –había preguntado la señorita Polidoro, la noche anterior, cuando por fin todos se reunieron en el sexto piso, en el antiguo lavadero, y todos en el fondo esperaban que de pronto apareciera Maria, tarde como siempre y, riendo como sólo ella sabía hacerlo, dijera era una broma, no me digáis que os lo habíais creí-

do, ¿qué pensabais, que me iba a marchar así, sin tan siquiera despedirme?

–Pues tiene de malo que Maria no era católica –sentenció Lidia Frezzani, la del cuarto.

–Perdóname, Lidia –intervino entonces la abogada Caterina Grò, del segundo–, pero ayer sostenías que Maria había declarado expresamente no querer un funeral católico, no quisiera que, y perdóname otra vez, fueras tú quien se creyera con derecho a atribuirle voluntades que no eran...

–Abogada Grò –terció entonces el ingeniero Barilla, el del quinto, que hablaba como si sentara cátedra incluso cuando no tenía intención de hacerlo–, por supuesto que ayer la dottoressa *Frezzani mintió. Resulta a todas luces evidente: según usted, ¿por qué una muchacha de treinta y tres años debería haber sentido la necesidad de expresar voluntad alguna con respecto a su funeral?*

–Alguien como Maria, además –corroboró su mujer.

–No creo que tenga sentido hablar de esto –suspiró Lorenzo Ferri–. La vida es una ilusión, y lo es tanto a los treinta como a los noventa años. Lo es para desechos humanos como yo, pero también para personas luminosas como Maria...

–¿Es que hasta en un día como éste tienes que hablar de ti? –estalló Lidia.

–Oye, no es por nada pero te estaba defendiendo, ¿eh? –le hizo observar él.

–No me hace falta, gracias.

Y, respirando bien hondo, se tragó las lágrimas. Aún más delgada y nerviosa que de costumbre, con sus ojos como de cómic manga enrojecidos y la nariz inflamada y colorada, parecía la más incapaz de soportar lo que había ocurrido. No es que tuviera con Maria una relación distinta de aquella, privilegiada, que todos y cada uno de los vecinos de esa finca mantenían con ella, no. La cosa era que, desde pequeña, Lidia vivía como a la espera de que ocurriera una tragedia. Hurgando en un cajón abierto en lugar de cerrarlo, estudiando la mirada de la gente, sin ahorrarse el hedor de los secretos que nos conciernen, el veneno de las mentiras, la ambigüedad de las intenciones.

Cuanto más sepa, menos podrá sorprenderme eso tan feo y tan malo que inevitablemente ocurrirá. Lidia estaba convencida de eso. Enamorarse de alguien como Lorenzo y tener que enfrentarse a su imprecisión ya le había asestado un duro golpe a su urgente necesidad de mantener bajo control todo el mal del mundo. Pero la muerte de Maria, ahora, la había golpeado con una violencia desconocida y la había invadido por todas partes, como una fiebre.

–Lidia, querida, no es que dudemos de ti, pero entiende que aunque Maria no fuera católica, la bendición de un sacerdote es necesaria –volvió a intervenir la señora Barilla, con esa dulzura empalagosa que se suele reservar a quienes no son del todo capaces de lidiar con la realidad.

–¿Y tú? ¿Qué opinas tú? –Lidia se volvió de pronto a Michelangelo, el del tercero–. ¿Por qué no dices nada? Eres el que mejor conocía a Maria, ¿no?

Todas las miradas se concentraron en Michelangelo. Tenía treinta y un años y un aire de perpetuo aburrimiento, de aristócrata incapaz de asombrarse por nada; pero su aspecto de príncipe cansado no le había bastado para conseguir un contrato indefinido en la empresa de software en la que trabajaba. Un día, sin embargo, conoció a Paolo: y, apenas un mes después de su primer beso, una mañana, el propio Michelangelo presentó su dimisión en la empresa. Dado su carácter, la certidumbre del desempleo era más soportable que la incertidumbre de un trabajo precario, y, para contribuir a los gastos de su vida en común (aunque sólo fuera simbólicamente, le repetía una y otra vez a Paolo: para mí se trata de una cuestión de principios), iba tirando con trabajillos de poca monta que casi siempre tenían como fin o como medio la defensa de los derechos de los homosexuales. Porque Michelangelo era, ¿cómo decirlo?, ininterrumpidamente gay. En el sentido de que si algo no tenía que ver con su inclinación sexual, entonces no le interesaba lo más mínimo.

–Bueno, ¿qué? –insistió Lidia, sin temor a parecer grosera, confiando en la libertad que el dolor otorga.

Michelangelo se miraba fijamente la punta de las zapatillas de deporte. Acudió en su auxilio Paolo: todo en él, desde la perilla, que parecía esculpida, hasta las corbatas, que estallaban en fogonazos fosforescentes sobre sobrios trajes de raya diplomática, pasando por la decoración, elegante y nunca previsible, del escaparate de la joyería familiar que regentaba desde que era un muchacho, traducía la determinación de aunar originalidad y compostura.

–Dejadlo en paz. ¿No veis que está muy afectado?

–Estamos todos muy afectados –precisó Caterina Grò–, pero nos gustaría saber qué es lo más adecuado que hacer mañana, Paolo.

–¿Y no podemos preguntárselo a su familia?

–Si no sabes de la misa la media, Swarovski, ¿para qué coño hablas? –lo atacó Samuele Grò, que, acostumbrado a tener que tragarse la rabia, cuando tenía ocasión de expresarla no era capaz de calibrar con discernimiento ni el destinatario ni la intensidad de la misma.

–Samuele, por favor –lo reprendió su mujer.

–Perdona, Cate.

–La verdad es que más bien te tendrías que disculpar conmigo –recalcó Paolo.

En ese momento, por fin, Michelangelo habló:

–Paolo, los padres de Maria murieron hace muchos años.

–Maria no tenía hermanos –añadió Lidia.

–Creo que un tío sí que tiene, pero vive en Goa, en una especie de comuna –añadió a su vez Michelangelo.

–Su familia éramos nosotros –zanjó Caterina.

Pero la señora Barilla se sintió obligada a comentar:

–Si no ¿por qué Maria se habría empeñado siempre en transformar nuestras reuniones de junta de propietarios en una especie de terapia de grupo, como lo llamaba ella? ¿Os habéis parado a pensarlo alguna vez? A Maria le gustaba hacernos creer que todo ocurría por casualidad, que de los gastos de calefacción habíamos pasado, como si tal cosa, a hablar de nuestros problemas personales, pero no era así. La verdad es que era ella quien sentía la necesidad de entablar una relación más íntima con nosotros, pobrecita mía: su mayor problema era la sole...

Caterina, que no soportaba que la gente se pusiera a divagar en lugar de ir al grano, la interrumpió:

–No es casualidad que la policía haya llamado a la señorita Polidoro para reconocer el cadáver, y que sea también la señorita quien... quien se ha encargado... de la niña...

Pero no: ni siquiera ella era capaz de seguir hablando sin que su propia voz le devolviera un eco de ese sentimiento de absurdo al que solemos tratar de hacer oídos sordos. Se quedaron todos unos minutos flotando en el dolor imposible que sentían al pensar en el cuerpo de Maria ahora que ella ya no podía insuflarle vida.

Y luego estaba lo de la niña: Dios santo.

Si al menos encontraran la manera de poner fin a esa locura de conversación, pensaban todos: y el ingeniero Barilla se decidió a hacerlo. Soy el administrador delegado de la primera empresa constructora de la región, me cago en la mar, tuvo que recordarse a sí mismo para despertar de aquella especie de hipnosis general. Ayer por la tarde cerré un acuerdo con una empresa americana por valor de trescientos millones de euros, ¿cómo es posible que ahora no encuentre la manera de zanjar el problema de este dichoso funeral? (del que quizá más valiera prescindir, ¡pero no, qué va! Como Maria no era una persona como las demás, no puede darse por descontada la necesidad de una bendición porque etc., etc., etc.)

Por lo tanto, dijo:

–Votemos. Votemos para tomar una decisión –declaró. Y ahora ya nadie podía replicar nada de nada.

La señora Barilla volvió a apelar por última vez a sus conciencias, pero sin mucha convicción:

–Se sea o no creyente, la presencia de un sacerdote garantiza de todas formas, cómo decirlo, que el dolor se gestione de alguna manera, mientras que en un rito civil las emociones estallan descontroladamente y...

–De eso se trata justamente. ¿O es que me vais a decir ahora que Maria estaba a favor del control de las emociones? –replicó Lidia.

A continuación procedieron a votar; y ahora, bajo la mirada atenta del chico de la funeraria, todos los vecinos de la finca sita en la calle Grotta Perfetta, 315 rodeaban a

Maria, en el templo egipcio del cementerio del Verano, mezclados con los amigos de Maria, los conocidos, sus compañeras de clase de yoga, sus colegas de trabajo y quién sabe, quizá los amantes ocasionales, los amores de Maria, mira cuánta gente quería a Maria, si es que era imposible no quererla.

–Alguien tendrá que empezar –le susurró Carmela Barilla a su marido.

El ingeniero carraspeó:

–Buenos días –dijo–, estamos todos aquí reunidos para despedirnos de Maria.

Pero antes de que pudiera terminar la frase, un chico alto y delgado, que llevaba una chaqueta vaquera directamente sobre el pecho desnudo, se acercó a la tumba. Parecía masticar un palo de regaliz: pero no, si se lo observaba con atención, se veía que estaba diciendo que no. No, *no, no.*

El ingeniero Barilla, que pensó que lo apropiado era no hacerle ni caso, estaba a punto de continuar, pero su mujer le apretó el brazo:

–Espera, tendrá algo que decir.

Pero el vaquero no parecía tener intención de añadir nada a su no. No *no no, repetía: mientras tanto había resbalado al suelo, silencioso como una flor que, de repente, obedeciendo a alguna misteriosa ley, se marchitara, y se había aferrado al borde del féretro.*

Tras un gesto destinado a su mujer, el ingeniero volvió a empezar desde el principio:

–Estamos todos aquí...

Pero otro tipo, con una mirada como de enajenado que no parecía responder tan sólo al dolor de la pérdida sino a que, además, se había aplicado rímel, lo interrumpió:

–Me gustaría leer un poema. Es de Allen Ginsberg. Dice así: «El método debe ser purísima carne...».

Una chica con la cabeza rapada al cero, que quizá sólo quería llorar y ya está, se había puesto sin embargo a hacerlo con unos gemidos tan agudos y tan largos que parecía que estuviera ululando, y Matteo, el hijo pequeño de los Barilla, la imitó.

Junto a él, una mujer que parecía a la vez una niña y una vieja alzaba los brazos al cielo, como si quisiera aferrar algo.

–Es una postura de yoga –le explicó Paolo a Michelangelo, señalándola.

Y como siempre es algo imponderable y misterioso aquello que nos toca el corazón y nos llega exactamente ahí donde, sin saberlo, necesitábamos, al oír la palabra «yoga», Michelangelo estalló:

–Ni siquiera le expliqué por qué, de repente... Ella me lo había preguntado tantas veces, el porqué, tantas veces...

–No te sientas culpable, cariño –intentó tranquilizarlo enseguida Paolo–. Maria entendía las cosas sin que fuera necesario explicárs...

–¡Pero si tú la odiabas! –Lidia se sintió libre, o quizás incluso con la obligación de intervenir.

–«Nosotros comemos bocadillos de realidad.»

–Estamos todos aquí reunidos para despedirnos de Maria.

–No no no no.

–¿No es maravilloso? ¿Todos estos sentimientos en estado puro, sin contención de ninguna clase? –La chica rapada al cero había dejado de ulular de pronto y se había dirigido a Tina Polidoro–. ¡Mire! ¡Hasta el chico de la funeraria está llorando!

¡Pero qué maravilloso ni qué ocho cuartos!, le habría gustado contestarle a Tina –la única, aparte de los señores Barilla, que había votado por el rito católico.

Más que un funeral esto parece un circo, pensaba. Y estaba impaciente por comentar ese escándalo con Gianpietro Costanza.

Cuando alguien, a su lado, le pellizcó una pierna para llamar su atención.

–¿Qué pasa, pequeñita? –me preguntó Tina.

–Mamá –dije yo. Y del bolsillo del abriguito me saqué una carta.

25 de octubre de 1993

Vida mía:

Te he visto apenas un momento, antes de que una enfermera te llevara a otro sitio. Tenía tantas, tantísimas ganas de conocerte que, por supuesto, tú lo has notado y has venido al mundo dos meses antes de lo previsto.

Minúscula como una almendra,[1] dice el médico.

Por eso ahora tendrás que estar un tiempo en una cajita de cristal: ¡para que dejes de ser una almendra y te transformes en una niña de verdad! El médico me asegura que todo irá bien, pero ¿qué pinto yo en esta cama de hospital si tú no estás conmigo?

Por eso te escribo.

Porque no consigo pensar en nada más que en ti.

Y porque son tantas las cosas que me gustaría darte, desde este mismo momento hasta siempre, y tengo tanto miedo de no ser capaz que, al menos, si algún día lees esta carta, sabrás que lo habré intentado con todas, todas, todas mis fuerzas.

Me gustaría que estuvieras aquí conmigo ahora, pero eso ya te lo he dicho.

Me gustaría, me gustaría, me gustaría.

1. En italiano, «mandorla» significa «almendra», de ahí el nombre de la protagonista. *(N. de la T.)*

Me gustaría encontrar para ti un nombre perfecto, uno de esos nombres que, cuando la gente te pregunta «¿Cómo te llamas?», al contestarles tú «Me llamo tal», te dicen: «Pero ¡qué bien te queda ese nombre! ¡Parece hecho a propósito para ti!».

Me gustaría, me gustaría, me gustaría.

Me gustaría haber estudiado un poco mejor mi lengua y haber leído muchos libros bonitos para escribirte una carta con las palabras más hermosas del mundo: pero nunca me gustó mucho el colegio. Y luego, cuando murieron los abuelos, tuve que espabilarme y encontrar trabajo, así que ¡adiós a la cultura!, por no hablar del trabajo que encontré, por fin, en la Gestoría de Administración de Fincas Poggio Ameno: siempre estoy lidiando con las cuentas y los impuestos que la gente paga o no paga, ¡vamos, que hago de todo menos utilizar palabras bonitas! Pero una chica a la que conocí gracias a este trabajo, que se llama Lidia, me dijo una vez una cosa que me dio que pensar: «Cuanto mejor sabes utilizar las palabras, en lugar de acercarte, más te alejas de lo que quieres expresar de verdad». Así que, ¿sabes lo que te digo? ¡Me alegro de no saber escribir bien para decirte todo lo que me gustaría!

Me gustaría, me gustaría, me gustaría.

Darte todo el chocolate que quieras sin que engordes (está riquísimo, mi preferido es el que lleva leche).

Que si tus compañeros de clase se burlan de ti por la razón que sea, tú pienses que los que se equivocan son ellos, no tú.

Hacer muchos viajes contigo (yo ni siquiera tengo pasaporte, pero ahora me lo voy a sacar porque el mundo es enorme, y tú tienes que verlo todo, tienes que conocerlo entero).

Me gustaría que no te pusieras nunca enferma.

Que no te salieran las muelas del juicio (duele muchísimo cuando te las arrancan).

Que te gustaran los sombreros tanto como a mí, así podremos coleccionarlos juntas.

Me gustaría que tuvieras muchos amores tontos, de los que te ponen mariposas en el estómago y te hacen sentir que estás como en una nube: todo el mundo me dice y me repite que, en la vida, el amor no lo es todo, y por supuesto que tienen razón. Pero ¿qué quieres que te diga? Los días más felices de mi vida (sin contar el de hoy, claro) han sido aquellos en que he estado enamorada. A lo mejor de alguien que no valía en absoluto la pena, pero ¿qué más da? No hay nada más bonito en el mundo que despertarse en una cama en la que nunca habías dormido antes y pensar: en este preciso momento no necesito nada más de la vida.

Vamos, que me gustaría que vivieras tantas y tantas mañanas como ésas.

Pero claro, también me gustaría que luego, en un momento dado, encontraras a la persona adecuada (adecuada para ti, quiero decir). Yo no lo he conseguido, pero aún no he perdido la esperanza. El problema es que los hombres se quedan encandilados cuando ven por primera vez una jirafa en el zoo: pero luego en casa prefieren tener un perrito.

Por eso me gustaría que te convirtieras en una persona especial como una jirafa en la ciudad, pero con el instinto doméstico del perrito (que es algo que yo nunca he tenido).

Me gustaría, me gustaría, me gustaría.

Que te gustara bailar.

Que, en los momentos de desesperación, no te diera por envidiar la felicidad, o la suerte o los éxitos de los demás, las certezas, los resultados o la luz en casa de los demás: en todas partes hay cosas buenas y cosas malas.

Me gustaría pensar que siempre serás más fuerte que lo que te pueda pasar en la vida.

Me gustaría enseñarte a cocinar.

Me gustaría enseñarte a conocer los nombres de las plantas (incluso las raras).

Me gustaría que encontraras un amigo, como lo es para mí mi

amigo Michelangelo, alguien que, mientras todo lo demás gira y cambia, se quede quieto y esté siempre ahí.

Que aprendieras al menos un idioma extranjero (yo no conozco ninguno y me siento estúpida).

Me gustaría que leyeras esta carta siempre que lo necesites, para que pueda hacerte bien, como a mí hoy me está haciendo bien escribirla.

Me gustaría que, hasta entonces, la guardes siempre, dentro de un sobre, como una especie de amuleto mágico que te protegerá de todas las cosas malas del mundo.

Me gustaría, me gustaría, me gustaría.

Que nos peleáramos el mínimo necesario para entender lo importantes que somos la una para la otra.

Que tuvieras el pelo liso (dicen que tenerlo rizado es un rollo).

Me gustaría que tu padre fuera un astronauta que se pasea por la Luna pero que siempre está pensando en nosotras, y no un hombre como tantos otros, un hombre que vive en la calle Grotta Perfetta, 315, y, una tarde de marzo, quizá por aburrimiento, quizá por curiosidad, hizo el amor conmigo en el antiguo lavadero del sexto piso.

Me gustaría, me gustaría, me gustaría.

Que las enfermeras te trajeran aquí cuanto antes.

Porque sé que todos los días nace alguien, pero también, por desgracia, muere alguien. Qué se le va a hacer. Cuando te toca a ti te crees que es la primera vez que ocurre, la primera vez en absoluto. Y hoy me parece que ninguna mujer, aparte de mí, ha sido nunca

Mamá.

En el antiguo lavadero del sexto piso, la última palabra de esa carta se agitaba como una mosca en una trampa, una mosca que, cuanto más pugna por liberarse, más ruido hace y más llama la atención sobre su presencia.

El silencio general no hacía sino darle cancha, conseguir que se la viera con más nitidez: existía, de manera inevitable. Y, con ella, esas cuatro líneas de igual modo inevitables. Ahora ya existían también.

–¿Quieren... quieren que se la vuelva a leer? –preguntó Tina Polidoro.

Rompió el silencio un llanto ahogado. Era de la señora Barilla. O quizá de Lidia. Tanto da. Las dos se pusieron a sollozar bajito.

–¿Quieren que vuelva a leerla? –repitió Tina Polidoro.

Y, de nuevo, no hubo respuesta: lo cual para Tina no hacía sino afianzar el vago malestar que había empezado a invadirle desde el principio de esa reunión de junta de propietarios improvisada la tarde misma del funeral, como si fuera culpa suya que Mandorla le hubiera entregado esa carta, como si ella hubiera podido evitar que Maria la escribiera, seis años antes, que Maria ya no estuviera ahí, que María, aquella tarde de marzo...

Porque Tina Polidoro era así. Habría podido perfecta-

mente echarle la culpa de sus desgracias a su familia, a la suerte, a Dios o a quien fuera.

Pero ni se le pasaba por la cabeza.

Si los seres humanos pueden dividirse en dos categorías, los que piensan que tienen derecho a existir, y los que, por el contrario, piensan que tienen el deber de hacerlo, ella, sin duda alguna, estaba entre estos últimos. Le resultaba del todo imposible considerar una injusticia que su vida, bien mirada, se asemejara a una larga e ininterrumpida serie de problemas e incordios: qué va, al contrario. Se sentía afortunada incluso de no haberse topado jamás con el escollo de una esperanza, para poder acostumbrarse sin distracciones inútiles a la soledad que de inmediato se había plantado en su vida para germinar en días, meses y años, hasta un total de sesenta y nueve.

No pensaba merecer que le ocurriera nada bueno, eso es todo, y no porque hubiera hecho algo malo. Eso no. Simplemente porque están por un lado los que vienen al mundo de cabeza, y luego están, que no son muchos, los que vienen al mundo de nalgas: Tina había venido así. Causando dificultades, desde el primer momento, a la ginecóloga y a la pobrecita de su madre, que durante toda su vida no había dejado de echárselo en cara.

«Si hubieras nacido de una manera normal, como el resto de tus hermanos, a estas alturas a lo mejor todavía me cabría la ropa de cuando tenía veinte años», decía entre dientes, con casi noventa años y otros tantos kilos desparramados en un sofá de la residencia de ancianos donde Tina se había visto obligada a ingresarla, cuando ya no daba abasto para vigilar que su madre no le vaciara regularmente la nevera, la despensa, el aparador del salón donde guardaba las chocolatinas y, a falta de algo mejor, se lanzara al asalto de las cajas de comida para gatos.

«Y tu padre no me habría abandonado, si me hubiera cabido esa ropa», añadía al final, cuando Tina estaba a punto de irse, y fingía hablar sola, cuando en realidad estaba muy atenta a que su hija pudiera oírla, tanto que algunas veces hasta sentía la necesidad de repetírselo: «Tu padre no me habría abandonado si no llega a ser por ti».

Y Tina volvía a casa, en el primer piso de ese edificio estrecho y bajo, rosa y verde de Poggio Ameno,[1] *que vaya nombrecito divertido, parecía hecho aposta, el barrio de la periferia de Roma donde había nacido (de nalgas) y crecido, y donde por fin ahora envejecía, en la calle Grotta Perfetta, para más inri.*

Volvía a casa y se calentaba ocho tortellini *cada noche: por la mañana, a las seis y media, a la vez que el café, ponía al fuego una olla con agua y cocía dieciséis. Era una costumbre de cuando era profesora, antes de jubilarse, para poder volver a casa aunque fuera a las dos de la tarde, si había reunión de padres, y encontrarse la comida lista. Bastaba con que se calentara luego los dieciséis tortellini. Y los ocho que quedaban después del almuerzo le aseguraban la cena.*

A veces les echaba salsa de tomate, otras veces sólo mantequilla. Según. Había días en que sentía que se contaba entre los que piensan que si un primer plato no lleva salsa de tomate entonces no es un primer plato, y días en que se incluía entre los que opinan que tanto da el aliño mientras haya algo que llevarse a la boca.

Establecer de vez en cuando dos categorías en las que dividir el mundo era la única manera que había tenido siempre de entender mínimamente las cosas que le pasa-

1. En italiano, «poggio ameno» significa literalmente «colina amena». *(N. de la T.)*

ban, lo que la rodeaba y, sobre todo, de entenderse a sí misma.

Razonar así le hacía sentir que era una más entre tantos, que no estaba sola.

Por ejemplo, si hay hombres que delegan todo en el destino, y otros que deciden su destino, una mañana de septiembre, de improviso, su padre había pasado de la primera a la segunda categoría.

–Pero ¿qué quiere decir ser parmesano? –preguntaba la pequeña Tina.

–Se dice partisano, estúpida –le contestaba su madre, y ahí terminaba la conversación.

Con los gemelos también era imposible hablar. Sólo les sacaba un par de años, pero enseguida habían hecho entre ellos una especie de alianza secreta que excluía al resto del mundo y que los llevó, nada más terminar el bachillerato, a montar una empresa constructora en Santo Domingo que suscitó un gran orgullo por parte de su madre, pero una gran perplejidad también por parte de la Interpol, que poco tiempo después los detuvo, obligando a Tina a despedirse de los ahorros familiares, que hasta ese momento había administrado ella, a dar clases particulares de matemáticas todas las tardes y a limpiar los baños de la estación Termini los fines de semana, además de seguir ejerciendo de maestra en la escuela primaria de Poggio Ameno.

Pero, por suerte, al final todo se había solucionado.

Los gemelos habían salido de la cárcel, y hacía cerca de tres años que Tina ya no recibía noticias suyas, desde cuando le habían mandado una postal desde Sihanoukville, una playa de Camboya en la que, según contaban, habían abierto un restaurante italiano y eran felices.

Desde entonces no habían vuelto a dar señales de vida.

Pero si se hubieran metido en problemas me habría enterado, pensaba Tina, porque yo sería la primera persona con la que se pondrían en contacto para que les sacara las castañas del fuego. Y, misteriosamente, en lugar de enfadarla, esa certeza le producía cierto alivio.

Además los gemelos y su madre eran lo único en el mundo que podía definir como suyo, aparte de la casa de Poggio Ameno, y sin tener en cuenta a Naranja, el gato que, cada noche, trepaba a su balcón para cenar pero que, el resto del día, vivía como un vagabundo por el barrio: tanto es así que Tina le tenía cariño, sí, pero no sentía que tuviera con él la confianza suficiente como para poder tutearlo.

–¿Tiene hambre? –le preguntaba, en cuanto el hocicquito egoísta aparecía entre los geranios. Y luego añadía–: La señorita Celeste y el señor Naranja –decía canturreando, mientras le llenaba el cuenco con comida–, cuántos colores en una sola canción.

Porque su nombre, en el pasado, había sido Celeste. O bueno, mejor dicho: en el registro seguía figurando así.

Pero claro, desde que su padre había desaparecido en la guerra –y las personas que lo conocían se dividían en dos categorías: quienes lo consideraban un héroe, desaparecido misteriosamente en el valle Sangone, y quienes, por el contrario, decían que era un cabrón porque aseguraban haberlo visto por las calles de París del brazo de una rubia de bote con un tremendo escote y un trasero generoso–, ya nadie la había llamado así: su madre y los gemelos, evidentemente, siempre habían pensado que Tina pegaba más con ella.

En efecto, reflexionaba ella, hay personas a las que les va bien su nombre, y otras a las que no les pega en absoluto.

A ella Celeste no le pegaba en absoluto. Y mucho menos le pegaba la mañana de principios del verano en la que había nacido, una mañana en que el cielo, según le había contado su padre, estaba tan azul y tan brillante que parecía pintado.

Gianpietro se lo había preguntado una vez:

–¿Titititi... Tina es el di... di... dimi... diminutivo de qué n-nombre?

Y ella le había contestado: olvídalo.

Y entonces él había empezado a tomarle el pelo:

–¿Ssss... sssse avvvvv... avvvvergggggg... avergggggüenza? ¡A sabbbber qué nnnnnombre l... le habbrán pppppuesto! ¿Assss... ssssun... titititi... na? ¿Agggg... ggggos... titititi... na? ¿To... to... to... ma... tititi... na?

Y entonces los dos se habían echado a reír como locos. No podían parar de reír. Tomatina: ¿pero cómo se le ocurrían esas cosas a Gianpietro Costanza?, pensaba de vez en cuando Tina, sacudiendo la cabeza de lado a lado y sonriendo, agradecida. Por Gianpietro, por ser como era, y por el hecho de que todos los jueves a las seis de la tarde, sin falta, fuera a visitarla para tomar el té, caliente o frío, según la estación del año, y para charlar un poco con ella.

Había sido alumno suyo, hacía unos veinte años. Desde el primer día de clase, los demás niños lo habían elegido como objeto de sus burlas porque tenía una pierna más corta que la otra y por su manera de expresarse, tan similar a su manera de caminar, como si siempre fuera víctima de un continuo y violento hipo que le hiciera tropezar tanto en los andares como en las palabras.

–¿Cuál es el nombre más largo de la clase? ¡El que quiera decir Gianpietro!

–Gianpietro, ¿echamos una carrera? ¿Vemos cuántas

vueltas consigo dar a todo el colegio mientras tú sólo das una?

–¡Gianpietro, cojitranco!

–¡Cojo, más que cojo!

–¡Patapalo!

Hasta que un buen día, Tina dijo:

–Ya basta. –Y los asustó a todos, no tanto por el tono, firme pero tranquilo al fin y al cabo, sino porque por lo general ella nunca levantaba la voz.

–Ya basta –repitió–. Vale, sí, a Gianpietro le falta un trocito de pierna.

Una risita, en los últimos bancos, alguno no había logrado contenerse: pero eso le dio aún más determinación a Tina para continuar.

–Pero ¿creéis que Dios se queda con los trozos que les faltan a las personas?

A esa pregunta sólo contestó un silencio general: Tina, por primera vez en su vida, experimentaba la ebriedad de hablar y ser escuchada. Se sentía hasta un poco mareada por la emoción. Ánimo, que tú puedes, tuvo que decirse para animarse a proseguir.

–Porque si Dios hiciera eso, significaría que Dios es malo, ¿verdad?

El silencio se iba haciendo más pesado, pues se le añadía cierta turbación.

–¿Y alguien se atreve a decir que Dios es malo? Que levante la mano el que se atreva a decirlo.

Nadie se atrevió.

–Ya me extrañaba a mí –dijo Tina sonriendo: y sus alumnos podían jurar que no era la sonrisa de siempre esa que brillaba ahora en los pálidos labios de la maestra–. De modo que si Dios no es malo, quiere decir que no le quita de verdad trozos a la gente. Si acaso, se los esconde

en el cuerpo: en el corazón, en el cerebro, en los músculos de los brazos, en los lugares más estratégicos, vamos. Y ¿queréis saber una cosa? Lo hace sólo con quien considera verdaderamente especial, con quien considera que es amigo suyo, porque quiere que los demás tontos, al ver que le falta un trozo, piensen, pobres ilusos, que son superiores y bajen la guardia: mientras que, en realidad, los que son inferiores, y de qué manera, son ellos, puesto que no esconden ninguna arma secreta. Ignoran, los pobres tontos, que cuando Gianpietro decida enseñarles dónde tiene escondido el trozo que le falta, será demasiado tarde para pedirle perdón por no haber sido amables con él: y se vengará con la fuerza de quien tiene un corazón, un cerebro o unos músculos más poderosos que los demás seres humanos normales y corrientes. No podéis siquiera imaginar lo poderosa que es esa fuerza. No podéis siquiera imaginar de lo que son capaces los amigos de Dios.

Una niña se echó a llorar.

Instintivamente, Tina se le acercó para ayudarla a sonarse la nariz, pero siguió hablando:

–Y en lo que respecta a que Gianpietro tartamudee, pues... –Los niños la miraban ahora con los ojos abiertos de par en par, a la espera de otra revelación–. Pues... ¿no entendéis que se toma su tiempo para hablar con vosotros porque, mientras tanto, a la vez tiene que hablar con los ángeles? Vosotros no podéis verlos, pero él sí.

–Le dirán algo de parte de Dios –le murmuró a su compañero un niño sentado en la primera fila, y éste a su vez se volvió para contárselo a los de la segunda fila, y poco después todas las miradas de la clase estaban fijas sobre Gianpietro Costanza, con una mezcla de terror y de respeto, una oración implícita y colectiva: ten piedad de nosotros.

Al día siguiente, para hacerse perdonar, Tina prolongó una hora el recreo, pero, desde ese momento, todo cambió para Gianpietro. Hubo incluso quien empezó a imitar su manera de andar para que pareciera que era amigo de Dios.

El mérito era todo de la maestra Polidoro: y esto Gianpietro Costanza no lo olvidaría nunca.

Todos los años de escuela secundaria, y también después, cuando empezó a trabajar –primero como reponedor y luego como dependiente– en Pizza Pane e Fichi, el mejor supermercado del barrio, cada 24 de diciembre le llevaba de regalo unos dulces de Navidad, huevos de Pascua en Semana Santa y, todos los jueves, galletas de trigo sarraceno (las preferidas de la maestra Polidoro) para mojar en el té mientras charlaban.

Con la maestra Polidoro se podía hablar de todo. O mejor aún: se podía tartamudear de todo. De las cosas que le pasaban en la tienda, de política o de por qué el frutero había subido los precios de aquella manera tan increíble: Gianpietro le contaba todo lo que le apetecía, y la maestra Polidoro lo escuchaba, con su mirada atenta detrás de los gruesos cristales de sus gafas, sin meterle nunca prisa, al contrario. Mientras él se esforzaba por pronunciar juntas y seguidas las palabras, ella lo dejaba hacer, y parecía concentrarse exclusivamente en las que había dicho hasta ese momento.

Porque para Tina era un verdadero placer escuchar a Gianpietro, y no un placer cualquiera. El único, aparte de la misa y de algunas reuniones de junta de propietarios.

Naturalmente, entre dichas reuniones no estaba ni estaría nunca esa última.

La señora Barilla, mientras tanto, se había recuperado. Pero Lidia, no. Cada vez que se sorbía la nariz, pare-

cía pautar el tiempo de la angustia que, después de la lectura de esa carta, había embargado a todos. A Lorenzo, a Michelangelo, a Paolo, a Samuele Grò, a su mujer Caterina, a los Barilla: a todos. Y a Tina, naturalmente, que dijo, suspirando:

–Bueno, quizá podamos aplazar la reunión a mañana.

Y, en un instante, se quedó sola en el antiguo lavadero del sexto piso.

¿Y LUEGO?

En el segundo piso

¿Cuándo se sienten satisfechos los hombres? Cuando aciertan la quiniela, cuando obtienen un ascenso, cuando llegan entre los mil primeros en el Maratón de Nueva York, cuando dicen algo gracioso y todo el mundo se ríe, cuando consiguen regatear a la baja el precio de una casa o de un par de zapatos, cuando entran en el bar y les basta con decir «lo de siempre», cuando se encuentran por casualidad con una ex que les dice: «Nadie me ha vuelto a follar como me follabas tú», y entonces al menos una vez tienen que hacerlo de nuevo, aunque sólo sea por educación, porque tampoco es que les apetezca mucho, pues esa culona con traje sastre de lana no tiene nada que ver con la morenita de ojos chispeantes de hace años, con sus vaqueros ceñidos y sus grandes tetas, pero no hay más remedio: y, milagrosamente, acude en su auxilio una erección.

El único día en el que Samuele Grò se había sentido verdaderamente satisfecho había sido el del nacimiento de su hijo Lars.

Por eso, cuando Caterina y él volvieron por fin a casa después de esa interminable reunión de junta de propietarios, y Caterina le dijo: «Sea lo que sea lo que tengas que confesarme, por favor, hazlo mañana. Ahora mismo no podría escucharte. Necesito dormir por lo menos seis horas. De modo que ¿cuidas tú de Lars mientras tanto?», él no opuso la más mínima objeción. Le dio las gracias a Giulia Barilla, del quinto piso, por haberles hecho de canguro, comprobó con disgusto que Caterina había decidido echarse a dormir en el sofá y no en su cama, en su dormitorio, pero decidió que, después de un día como ése, se merecía dedicarse a su ocupación preferida y dejar todo aquello que no funcionaba bien fuera de la habitación de Lars y olvidarse.

Miradlo, pensaba, cuando sólo él lo estaba mirando. Mirad cómo se chupa el piececito, mirad con qué elegancia lo hace, con qué insolencia, como si, mientras duerme, supiera que el resto del mundo no pegaría ojo si pudiera tener el privilegio de contemplarlo.

En ese momento, deslizándose por la casa como un ladrón, Samuele cogió su videocámara digital y se puso a filmarlo.

Lo hacía todas las tardes.

Tenía en mente algo grande. Algo con lo que les habría demostrado a todos quién era Samuele Grò, y sobre todo se lo habría demostrado a Lorenzo Ferri (no importaba que, meses antes, Maria les hubiera hecho enfrentarse y hubiera resultado obvio que Ferri no le tenía la más mínima manía: no importaba porque Samuele tenía de sobra para los dos).

Porque en sólo siete meses (los mismos que tenía Lars), podía jactarse de haber acumulado cincuenta y tres horas de grabación en una decena de cintas archivadas con una etiqueta que ponía MHMD.

Mejor no escribir en ningún sitio el título que tengo en mente, mejor guardarlo en la cabeza y ya está, porque nunca se sabe, pensaba. Después de lo que me ha pasado, aunque sea bueno fiarse de la gente, no hacerlo resulta a la larga menos peligroso.

Para él, en efecto, hacía años que había empezado el fin de todo: hasta el nacimiento de Lars no había rescatado ese todo con nuevos e inesperados significados.

Así que ahora, fuera. Lo que no marchaba bien podía y debía quedarse fuera de la habitación de Lars.

Empezando por la carta de Maria.

Fuera.

En el quinto piso

A Giulia Barilla no se la engañaba fácilmente.

Sólo con subir tres plantas para volver de casa de los Grò a la de su familia ya se había dado cuenta de inmediato de que pasaba algo raro. La televisión de la señorita Polidoro, que, al vivir sola, había perdido la capacidad de percibir cuán intolerable era un volumen tan alto, ya no invadía el hueco de la escalera. Lidia y Lorenzo no discutían como cuando era obvio que faltaba poco para que las voces se hicieran más fuertes y se empezaran a oír portazos. Del piso de Michelangelo y Paolo no emanaba ninguno de los maravillosos aromas que cada noche llevaban a la finca entera a preguntarse extasiada qué habría preparado esta vez Paolo para cenar.

Está claro que estamos todos muy afectados por lo de Maria, pensó Giulia. «Pero me huele que hay algo más.»

Fue a la cocina, donde su madre estaba atareada preparándose una manzanilla, y la miró fijamente a los ojos.

–Cariño, vete a dormir, por favor te lo pido, no empieces tú también.

–¿Cómo que yo también?

No, decidió Carmela Barilla. Lo que me faltaba: esto ya es demasiado. Anteayer murió Maria, una de las personas a las que más quería en el mundo, ayer intenté defender el derecho que tenía la pobre de ser enterrada como Dios manda, esta mañana me veo en ese circo que se supone que era un funeral; luego volvemos a casa, y tengo la ingenuidad de pensar que la pesadilla por fin ha terminado. Pero no, qué va: entonces aparece una maldita carta que habla de una maldita tarde de marzo, en el antiguo lavadero del sexto piso. Donde, con Maria, pudo haber estado cualquiera.

Pudo haber estado mi marido.

Y mi hija ahora pretende que me ponga a hablar con ella. Que le cuente lo que está pasando. Que le explique. Pero ¿qué le tengo que explicar? Pero si no lo entiendo ni yo. No quiero entender nada. Porque si era mi marido –¿qué era lo que escribió Maria? «Quizá por aburrimiento, quizá por curiosidad»–, si era mi marido el que, por aburrimiento o por curiosidad, esa tarde de marzo, en el antiguo lavadero, etcétera, etcétera: si era mi marido, vamos, si era tu padre, Giulia, ya no es sólo padre tuyo y de Matteo. Mientras que yo sigo siendo vuestra madre y punto.

Y tú misma percibes que algo no va bien. Tú misma percibes que no es fácil de explicar. Entiendes que no hay mucho que entender. Así que deja de mirarme así, al menos. Dame las gracias por lo que no te diré. Dame las gracias por lo que estoy a punto de decirte.

–Ve a tu cuarto y acuéstate. Hoy ya habéis perdido un día de colegio.

–Pues tampoco tengo ganas de ir mañana.

–Pues vas a ir.

–No.

–Sí.

–No.

–Vete a tu cuarto.

Giulia susurró entre dientes «cabrona»: pero al final se fue a su cuarto.

Sólo entonces salió del baño el ingeniero Barilla y se reunió con su mujer en la cocina. Se conocían desde hacía diecinueve años, llevaban quince casados: ya no necesitaban buscar las palabras adecuadas que decirse el uno al otro.

Esa noche, sin embargo, sí las buscaron. Pero no las encontraron.

Mientras tanto, en la cama, en su habitación, Matteo pensaba en la chica que se había puesto a ulular en el funeral: era verdad que tenía unas tetas enormes.

«Odio la vida –estaba escribiendo Giulia en su diario–. Ojalá me hubiera muerto yo en lugar de Maria.»

En el primer piso

–¿Tienes hambre, Mandorla? –me ha preguntado Tina.

–Mamá –digo yo.

–¿Quieres una galleta?

–Mamá.

–¿Un vaso de leche?

–Mamá mamá mamá.

En el tercer piso

Una vez en casa, Paolo se metió corriendo en la ducha.

–¿Cenamos algo? –le preguntó Michelangelo, que tenía la costumbre de hacer alusión a lo que pensaba en lugar de decirlo claramente, porque de otro modo en este caso tendría que haber preguntado: «¿Qué me vas a preparar esta noche?».

Pero, por toda respuesta, Paolo abrió el grifo de la ducha.

A lo mejor es que no me ha oído, concluyó Michelangelo. Voy a esperar a que salga del baño y se lo vuelvo a preguntar.

Se tiró sobre el sofá y encendió el televisor.

A esas horas había documentales de animales que siempre lograban transportarlo lejos: esto, por lo general, era lo mejor que Michelangelo podía pedir. Más aún en un día como ése.

«El chimpancé pigmeo... –explicaba la voz del comentarista, mientras, en la pantalla, se veía a una especie de mono trepando a un plátano, y abajo, a la derecha, ponía RESERVA FORESTAL DE LOMAKO, CONGO*– es uno de los últimos grandes mamíferos descubiertos por los científicos. Lo que caracteriza a esta especie es que es igualitaria, está centrada en las hembras, y suele sustituir la violencia por el sexo. –Se veían muchos chimpancés pig-*

meos en una jaula gigantesca. Abajo esta vez podía leerse: ZOO DE SAN DIEGO, CALIFORNIA*–. Mientras que, para la mayor parte de los animales, el sexo puede considerarse una categoría bien diferenciada, en el caso de los chimpancés pigmeos es parte integrante de todas las relaciones sociales, y no sólo entre machos y hembras. Los chimpancés pigmeos copulan prácticamente en todas las combinaciones posibles, salvo entre familiares directos. –En la jaula, mientras tanto, estaba ocurriendo de todo entre tres chimpancés pigmeos. Dos se frotaban la espalda. Un tercero acariciaba con una rama los genitales de uno de los otros dos–. En esta especie, las relaciones sexuales se dan con mayor frecuencia que entre todos los demás primates. Sin embargo, a pesar de ello, la tasa de reproducción viene a ser más o menos similar a la del resto de los chimpancés. Los chimpancés pigmeos comparten por lo tanto con el hombre una característica muy importante: en esta especie se da una separación parcial entre reproducción y sexualidad. El chimpancé pigmeo.»*

Irritado y, como de costumbre, sin saber por qué, Michelangelo cambió de canal.

Una chica en primer plano, con uno de esos rostros de facciones perfectas pero predecibles, explicaba por qué, aunque nadie lograra entenderlo, le costaba tanto echarse novio.

«Es que los hombres, cuando se acercan a mí –decía–, piensan sólo en la persona que posa para los calendarios, la que interpreta el papel de chica sexy en las películas, pero no en la verdadera yo, la que, como todas las mujeres de mi edad, sencillamente tiene un gran deseo de ser ama...»

Venga, no me jodas, pensó Michelangelo, y cambió de canal.

El final de Flashdance.

(Algunas películas son para el cine lo que las palomitas para una alimentación sana: cómo decirlo, de vez en cuando tienes una necesidad física... ¿no te parece? Yo en esa lista pondría por ejemplo Cuando Harry encontró a Sally, Lady Halcón, Flashdance, Dirty Dancing: *le dice a Michelangelo esa extraña chica que se llama Maria, con la que comparte piso desde hace poco y que parece tener, en lugar de cerebro, una especie de cilindro mágico del que saca una teoría sobre cualquier cosa. Es distinta a todo y a todos, comprende Michelangelo, mientras ya no la escucha pero la observa seguir recitando títulos de películas estilo palomitas, agitando las manos, y le parece que traza la trayectoria de un planeta lejano, que él ni siquiera imaginaba que pudiera existir.)*

Cambiar de canal, cambiar de canal.

En los informativos de medianoche anuncian que lloverá durante tres días.

(Es genial cuando llueve, dice Maria. Así no te sientes obligado a salir a la calle, ¿verdad? Y puedes tirarte hasta la noche jugando a Nombre-ciudad-animal en pijama, sin sentirte culpable porque ahí fuera, mientras tanto, Dios sabe la de cosas interesantes que estarán pasando.)

Cambiar. De canal.

De nuevo la tía que, increíblemente, no encuentra novio. Ahora parece en apuros.

«Mmmmmmm... –Se mordisquea el labio inferior, con estudiada desenvoltura–. ¿Tengo que hacerme una pregunta y contestarme yo misma? Mmmmm... Vale, ya

lo tengo. Me preguntaría: ¿cuál es tu mayor deseo? Y contestaría: tener un hijo.»

(Mira qué pequeñita es... le susurraba Maria, como si le estuviera revelando un secreto, mientras, en el hospital, al otro lado del cristal del nido y de una incubadora, le señala esa cosita minúscula que en realidad es una niña. Se llama Mandorla... ¿A que es maravillosa?)

De canal. Cambiar.

Un capítulo antiguo de la serie Friends: aquel en el que Ross tiene que elegir entre Rachel, su amor de siempre, y Julie, su novia del momento, y entonces redacta una lista con las virtudes y los defectos de cada una, y mientras que Rachel tiene muchísimos defectos (es desordenada, caprichosa, no tiene intereses en común con él), Julie tiene uno solo: «No es Rachel», escribe Ross.

Bueno, es que hasta la tele lo hace aposta, se derrumba Michelangelo, porque no es sólo que a Maria le encantara Friends, también es que si queremos hablar de los defectos de Maria, Rachel a su lado era un dechado de virtudes. Maria también era desordenada y caprichosa, porque era plenamente consciente de que la gente sentía debilidad por ella nada más conocerla. Pero no quedaba ahí la cosa: hablaba por los codos, era una pesada, una inculta de tomo y lomo, le decía a todo el mundo que reciclara la basura pero luego a veces ella era la primera que no lo hacía, estaba estúpidamente en contra de la medicina tradicional, nunca recordaba los cumpleaños, mandaba siempre tarde las actas de las reuniones de junta de vecinos, le imponía a todo quisque los altibajos de *su estado de ánimo, vivía de arrebatos momentáneos y, sin confesárselo a nadie, consideraba los suyos propios más dignos de atención que los de los demás, predicaba que había que ser solidario pero sobre todo para que lo fueran con ella, recogía fondos para un asilo en el Tíbet y luego a lo mejor dejaba a Mandorla sola en casa toda la tarde, reía exageradamente, lloraba exageradamente, todo lo hacía exageradamente.*

Por fin sale Paolo de la ducha.

Anda, mira, defectos Paolo casi no tiene, reflexiona Michelangelo.

–¿Cenamos algo? –le repite.

–No tengo hambre –responde Paolo, cortante.

Es un tono que a Michelangelo le extraña en Paolo. Pero prefiere no indagar (es su naturaleza) y quitarse de encima la posibilidad de un enfrentamiento, como cuando hace calor y te quitas un jersey. Sigue zapeando.

–¿Quieres saber por qué no tengo hambre? –Paolo se le planta delante. Lo primero que se le ocurre pensar a Michelangelo es: quita de en medio, cariño, anda, ¿no ves que estoy viendo la tele?

–...

–Pues te lo pienso decir igual. Me ha quitado el hambre esa carta.

–Ah, claro. Y yo que me estaba imaginando qué sé yo qué. –Michelangelo se siente aliviado. Pensándolo bien, no ha hecho nada especialmente grave como para temer que precisamente Paolo y precisamente hoy pueda estar enfadado con él: pero la cosa es que, por lo general, todo se la suda. Y punto. Y como por alguna razón que no logra entender resulta que al final siempre atrae a sí a gente a la que, por el contrario, las cosas le importan más de lo necesario, vive en un continuo estado de alerta, con el te-

mor de ser descubierto. ¿Qué dirían los demás si se dieran cuenta de que todo eso que hacen de participar de corazón en todo lo que ocurre a mí me parece más exótico que una reserva de chimpancés pigmeos?, piensa. ¿Qué diría Paolo? Paolo que lo quiere de verdad: de corazón. Paolo que, en realidad, casi no tiene defectos–. El padre de Mandorla... Que sepas que yo nunca me había creído la historia esa del astronauta: lo que es capaz de inventarse la gente para echar un polvo, pensaba yo. Pero de lo que estaba seguro era que el que había mentido a Maria era él, el tipo en cuestión, y que en realidad se trataba de un capullo cualquiera que estaba de paso por Roma y al día siguiente se había vuelto a marchar; y en cambio, mira...

–Y en cambio, mira.

Paolo lo fulmina con la mirada. Con una dureza desconocida, que a saber dónde habrá tenido escondida todos estos años, se pregunta Michelangelo, que prefiere ponerse a recitar mentalmente los nombres de los actores que trabajan en Friends, *pero, entre el nombre del actor que interpreta a Joe y el del que interpreta a Chandler, lo entiende todo.*

–¿Qué?

–Sólo he dicho: y en cambio, mira.

–¿No... no estarás insinuando que yo... esa tarde de marzo...?

No estarás insinuando que yo. Las frases hechas, listas para usar, son un vicio irrenunciable para Michelangelo. Aunque se trate de algo que lo concierne de cerca. Sobre todo si se trata de algo que debería concernirlo precisamente de ahí: de ese maldito, sobrevalorado, escurridizo, grotesco e inaccesible fuero interno.

–Siempre has sido sensible a los encantos de esa puta, Michelangelo: reconócelo.

–Pero ¿tú estás loco? Yo en mi vida he tocado siquiera a una mujer.

–Pero para ti Maria no era sólo una mujer.

–Sí, bueno, pero también era eso: una mujer.

–Pues parece que el aburrimiento y la curiosidad pueden causar extraños efectos.

En el cuarto piso

–Vamos a echar un polvo.

Dijo Lidia, una vez en casa. Tal vez fuera una amenaza, tal vez una súplica. Vamos a echar un polvo. Como si fuera la primera vez que lo hacemos, Lorenzo, como si fuera la última vez que lo vayamos a hacer, pero hagámoslo, porque no hay solución, y aunque ahora me digas que tú esa tarde de marzo estabas presentando un libro sabe Dios dónde y me enseñes tu agenda para demostrármelo, aunque por una vez de verdad sea cierto, total, ¿qué más da? Dime, ¿qué más da? El veredicto es inexorable: nunca sabremos verdaderamente quién es la persona a la que amamos, eso, sí, muy bien, tócame como sólo tú sabes hacerlo (total, nunca), entra despacio pero entra ya (sabremos) y haz que dure lo más posible lo que estás haciendo (verdaderamente), sigue así (quién es la persona), encima de mí fuera dentro fuera dentro, coge todo mi dolor (a la que amamos), quédate todo el dolor que me causa: saber que total nunca sabremos verdaderamente quién es la persona a la que amamos.

DOS SEMANAS DESPUÉS, O POCO MÁS O MENOS

En el primer piso

–Shhhhh. –La señorita Polidoro se llevó un dedo a los labios–. Por fin se ha dormido la pequeñita, ahí, en la otra habitación: no hagamos ruido –le ordenó a Gianpietro.

Con todo el lío de los últimos días, era la primera vez que volvían a verse.

–Ppppp... pero... ¿qu-qu-qu-é pppppppp... pasa ahora?

Como de costumbre, me hace siempre las preguntas más oportunas, pensó ella.

–Ahora... querido Gianpietro, ahora es justo cuando tienes que sujetarte a la silla para no caerte, porque ahora es cuando llega lo más absurdo de toda esta historia. ¿Otra taza de té?

–Grrrrrr... a...

–Toma.

No es propio de la señorita Polidoro impedirle terminar una palabra: es obvio que lo está pasando verdaderamente mal, pobre maestra, observa Gianpietro. Tengo que esforzarme al máximo por entender lo que está pasando y decirle al menos una palabra de consuelo. Si encontrara una corta sería lo ideal.

–Pues bien –empieza Tina, misteriosa y solemne–, al día siguiente nos reunimos todos otra vez en el antiguo lavadero. Como bien comprenderás, Gianpietro, con lo

que ponía en la carta de Maria, se ha convertido en un lugar maldito: pero ¿qué se le va a hacer? Estamos acostumbrados desde siempre a celebrar allí las reuniones de junta de vecinos, quizás habría sido aún más embarazoso, dada la situación, proponer vernos, qué sé yo, aquí, en mi casa, por ejemplo.

–Cccccc... ccccc... claro.

–Claro. Bueno, total que, por suerte, la que toma enseguida la palabra es la abogada Grò: ¿sabes quién te digo, esa señora un poco entrada en carnes del segundo, la que tiene un marido que es un vago redomado y una ricura de bebé? Ésa, sí. Vamos a intentar ser prácticos, dice: esta mañana he hecho un par de llamadas, y un compañero mío de trabajo se encargará de gestionar la cuestión del análisis de ADN de Mandorla con la máxima discreción, dice esta señora. –Tina coge aire dos o tres veces: está tan agitada que parece al borde de un ataque de asma. Pero prosigue–: No te imaginas, Gianpietro, había una tensión en el ambiente que se hubiera podido cortar con un cuchillo. Naturalmente, todos mirábamos a la abogada Grò agradecidos, porque se estaba tomando ella la molestia de sacarnos a todos las castañas del fuego, pero a la vez, cómo decirlo, nos sentíamos incómodos... o quizá debería hablar sólo por mí: ¡y es que, diantre, y tanto que me sentía incómoda! Está en juego la vida de una niña de seis años, no se puede hablar de ello así como así, como quien fija el precio de un kilo de patatas, ¿no?

–Ccccc... ccccc...

–Claro que no. Pero también es verdad que, si Mandorla tiene un padre, está bien averiguar quién es para que pueda ocuparse de ella.

–Ccccc... ccccc...

–Pues no, de claro, nada, Gianpietro. –Pero la mirada que le echa Tina es de cariño–. De claro, nada. Porque ese detalle lo trajo a colación Carmela Barilla, la del quinto: ¿sabes quién te digo? La mujer del ingeniero: esa señora alta, tan educada, la que tiene unas manos y unos hombros enormes, una que es enfermera... Total, que la señora Barilla dijo eso, pero así como si nada, no te vayas a creer, como si fuera la cosa más normal del mundo, pero ¡no te imaginas la que se organizó entonces! Perdona, cariño, pero ¿qué pinta aquí el ADN?, le susurra al oído a su mujer el ingeniero Barilla, pero Paolo (el chico de la joyería, ese que es un poco... ése... ese de la acera de enfrente, digamos las cosas como son) salta: ¡nada menos que él, Gianpietro! Él que siempre es tan dulce, tan educado, que si buenos días, que si buenas tardes, de repente salta y se pone a gritar, como si se hubiera vuelto loco de repente: ¡¿Cómo que qué pinta aquí el ADN?! ¡Es nuestro derecho y nuestro deber saber de quién es hija esta niña! –Gianpietro no sabía que la maestra Polidoro fuera también tan buena actriz: ¡cómo se exalta al contar cómo se exaltaron los demás vecinos! Parecía que le ardiera el rostro, mientras hablaba–: Después del grito de Paolo, Lidia ya no aguanta más e interviene. Querido Paolo, ¿y si Mandorla fuera hija de tu querido Michelangelo?, le pregunta... ¡No te rías por lo bajini, Gianpietro, se lo dijo así tal cual! A mí también me pareció raro, porque se sabe que Michelangelo es el novio de Paolo y, por lo tanto, también él es de la acera de enfrente, no le pueden gustar las señoritas: ¡pero Lidia está que trina, y va y le pregunta eso, sí, sí, como te lo cuento! Entonces Michelangelo le dice a Paolo que no haga ni caso, pero ya era tarde, de la rabia a Paolo parecía que le fuera a estallar la vena del cuello, no te lo imaginas, Gianpietro, y seguía

gritando: ¡el ADN, hay que hacer el análisis de ADN! La señora Barilla decía con la cabeza a medias que sí y a medias que no, no se entendía a quién quería darle la razón; su marido, por el contrario, pese a la situación, sobre todo parecía molesto por Paolo y Michelangelo... ¿Qué le vamos a hacer? El ingeniero Barilla es un señor de otro tiempo, yo hay algunas cosas que me limito a no entender, pero a él sencillamente se le atragantan. –Tina necesita beber un sorbito de té, que se ha quedado frío, para humedecerse la garganta, y aprovecha para volver a tomar aire, antes de proseguir–: Bueno, el caso es que todavía siguió un buen rato este guirigay hasta que la abogada Grò los llamó a todos al orden: bastó que dijera «o si no». Te lo juro, Gianpietro. Y nos callamos todos. O si no, dijo ella. Y nosotros, callados como muertos.

–¿O sssss...sssssi nnnnnno?

–O si no, dice la señora Grò, nada de prueba de ADN. Y saca de ese maletín medio roto y más viejo que yo que lleva siempre (que me digo yo a mí misma que, si tuviese la confianza para hacerlo, le regalaría un nuevo) un montón de papeles y más papeles, que me entra dolor de cabeza sólo de verlos, Gianpietro. Empieza a leerlos, se da cuenta de que nadie tiene la capacidad de entender nada de nada, y entonces se pone a explicárnoslos: vamos que, para abreviar, nos dice que, tal y como están las cosas, sería posible adoptar a Mandorla, porque para la ley es una huérfana a todos los efectos y deberían ocuparse de ella los familiares más cercanos, pero como no los hay, y Maria no pertenecía a la clase de personas que ya a los treinta años se preocupan por hacer testamento, entonces... Entonces, dice la abogada Grò, si alguno de nosotros quisiera adoptarla, podría hacerlo: hombre, desde luego sería un poco complicado en términos legales. Pero

poder, podría. Paolo interrumpe a la abogada e intenta subrayar una vez más que Mandorla sí que tiene un padre, y que lo ideal sería que ese padre encontrara el valor de identificarse, pero como este valor es evidente que le falta, pues nada, habrá que proceder con la prueba del ADN. *Pero ya nadie parece hacerle caso. Estamos todos muy ocupados pensando, pensando y pensando, y, para ser sincera, no sabría decirte en qué pienso yo. En Maria, fundamentalmente.*

Y Tina aquí interrumpe su relato, sólo un segundo, pero quién sabe por qué a Gianpietro se le antoja larguísimo, como si su maestra saliera del salón para coger algo y lo dejara de pronto solo, antes de volver y retomar lo que estaba diciendo:

–Bueno, el caso es que al final Lidia dice: me gustaría expresar mi opinión. Y no sabes a lo lejos que se remonta, Gianpietro... Empieza a contarnos de cuando sus padres se separaron, y pobre chica, aunque eso fuera hace más de veinte años, todavía se la ve afectada. Es terrible, dice, es terrible, lo repite bastantes veces: es terrible cuando una familia se rompe, porque no se rompe en dos, dice, se rompe en tres, o en tantas partes como personas constituyeran esa familia. Mis padres y yo nos rompimos en tres, dice, y a partir de ahí perdí el hilo, porque se puso a filosofar que además de romperse en tres en el sentido de ser tres personas esencialmente solas, cada uno de ellos se rompió en tres trozos: por dentro... o algo así. Pero quiero llegar a donde quiero llegar. –A Tina se le encienden las mejillas, como iluminadas por un neón rojo oscuro–. Sí, quiero llegar a donde quiero llegar. Porque al final lo que Lidia quería decir era: ocupémonos de Mandorla todos juntos.

–¿Qu-qu-qu-qu-é? –De repente a Gianpietro ya no le sale tan natural asentir a todo lo que dice la maestra.

–Y no termina aquí la cosa. Porque el novio de Lidia (Lorenzo Ferri, el famoso escritor, sabes quién te digo, ¿no?), que, por lo general, o no dice nada o lo que hace es meterse con ella, esta vez la mira como si estuvieran solos, le coge la mano y le dice: qué buena idea. ¿Y qué hace luego? Pues se lanza a una filípica sobre los monjes trapenses, improvisa una especie de clase magistral, ¿te haces una idea? Nos *explica que en los conventos de esta orden religiosa, mira tú por dónde, si se moría el padre de uno de los monjes, el, cómo se llama... –Tina cerró sus ojillos miopes para concentrarse.*

–¿El qu-qu-qu-qu-é?

–¿Cómo se le llama al que manda en un convento?

–¿El jeffffff... ffffffe?

–Lorenzo empleó otra palabra, pero bueno, tanto da, llamémoslo jefe. El caso es que si se moría el padre de uno de los monjes, como vivían aislados, a quien le llegaba la noticia era a este jefe, vamos a llamarlo así. ¿Y sabes qué hacía?

–¿Qu-qu-qu...?

–Los reunía a todos y anunciaba: ha muerto el padre de uno de vosotros. Pero no os voy a decir de cuál. Lloradlo como si fuera el padre de todos. Como si fuera el vuestro.

–Pppppp... ppppero ¿el ppppp... padre de qu-qu-qu-qu-ién se ha mmmm... muerto?

–¡Pero ¿tú qué has entendido?! –Tina levanta al cielo sus ojillos de topo: desde que tenía seis años hace lo mismo cuando le hago perder la paciencia, piensa Gianpietro. Y, durante un segundo, se siente irremediablemente feliz–. ¡Gianpietro, pues no faltaba más que eso, que se hubiera muerto el padre de alguien! ¡Era un ejemplo! No *hay ningún padre muerto... y de eso se trata precisamente, que tampoco hay ningún padre vivo.* O *mejor dicho,*

la pobre pequeña Mandorla no tendrá... o sea, no, al contrario, tendrá muchos padres. ¿Lo entiendes?

–Nnnnn... no.

Gianpietro sacude la cabeza de lado a lado, como para subrayar que no, verdaderamente no lo entiende. Aun a riesgo de que la maestra vuelva a levantar los ojos al cielo.

–...

–...

–Hemos decidido criar todos juntos a Mandorla –anuncia por fin Tina–. Como si fuera la hija de todos, para expresarlo como lo harían los monjes trapenses.

–...

–No romperemos en dos, o en tres, o en cuatro, según sea el caso, ninguna familia del edificio, para expresarlo como lo haría Lidia.

–Ppppp... pe... pppppp... pero...

–Maria estaría de acuerdo, eso es lo que estás pensando, ¿verdad? Eso es, Gianpietro, muy bien: eso es exactamente lo que todos pensamos, de lo que estamos todos convencidos. Además, hace falta tener un poco de imaginación, de fantasía, si no, la vida, que es una prepotente, acaba mandando ella y nos convierte en meros esclavos: no había reunión de junta de vecinos en que Maria no nos lo repitiera tres veces por lo menos, dijo la señora Barilla, y te juro por Dios que en ese preciso momento yo estaba pensando exactamente lo mismo. Hace falta un poco de fantasía. Maria lo repetía como un salmo.

No, Gianpietro tampoco ha entendido eso de los meros esclavos, pero intuye que no importa. Por otro lado está demasiado volcado en el esfuerzo de formular una pregunta (la única que se puede hacer) sin que la maestra lo interrumpa. Y esta vez lo consigue.

–¿Y enttttt... tonces?

–Entonces uno de nosotros adoptará legalmente a Mandorla, y todos nos ocuparemos de ella desde el punto de vista económico. Cada uno según sus posibilidades, naturalmente, pero haciendo las cosas de manera que a la niña no le falte nunca nada –responde Tina, de repente serena. Satisfecha, incluso. Sus mejillas empiezan a recuperar su color habitual, si se puede decir así, y pierden el furor de hace un momento. Vuelven a caerle sobre el rostro, flácidas, blancas y tranquilizadoras, al menos para quien las mira. Para Gianpietro, por ejemplo. Que, sin embargo, no se resigna.

–Pppppp... pero ¿ddddd... dónde? –insiste.

–Todavía tenemos que organizarnos. Aquí, en el edificio, eso seguro. Le ofreceremos un techo a la pequeña por turnos, poniendo mucho cuidado en que no ande yendo demasiado de aquí para allá, la pobrecita.

–¿Pppppp... pe... pe... pero?

–Pues claro que sí, Gianpietro: será necesaria la máxima discreción, eso lo tenemos todos muy claro, porque la gente no lo entendería, nunca podría entenderlo... Nos tomaría por locos, o peor todavía, por malas personas. Pero, como muy bien observó Lidia, la gente no conocía a Maria. Así que, ¿qué sabrá la gente de lo que ocurría en una reunión de junta cuando la dirigía ella? Qué sabrá la gente de cómo te hacía sentir Maria, que le bastaba con mirarte de refilón un momento para darse cuenta de que te pasaba algo, y entonces decía: perdonad, pero antes de hablar de los gastos de basuras, ¿os habéis dado cuenta de que alguno de nosotros la basura la tiene dentro y que a lo mejor necesitaría vaciar el cajón de lo que tiene en la cabeza? Qué sabrá la gente de cómo te hacía sentir cuando decía: ánimo, acuérdate de que no hay nada absurdo

hoy que mañana no te parezca natural haber vivido. Pero en ese momento Lidia se puso a llorar otra vez. Vamos, no conviertas esto en un drama, le susurró Lorenzo al oído, pero, dado el silencio lleno de Maria que se había vuelto a crear, lo oímos todos. Dottoressa *Frezzani, no es el momento de venirse abajo así, intervino entonces el ingeniero Barilla: y la versión oficial que debíamos ofrecer a los demás la estableció él, a quien, como de costumbre, se le da muy bien tomar las riendas de una situación. A los demás les diremos sencillamente que queríamos todos tanto a Maria (lo cual, por otro lado, es verdad, Gianpietro, sólo faltaría: no es que todos quisiéramos a Maria, es que la adorábamos, eso es lo importante, de ahí no hay quien nos mueva), bueno, el caso es que queríamos tanto a Maria –diremos– que a todos nos parece lo más natural tratar a Mandorla como a una hija. ¿Entiendes la diferencia, Gianpietro? ¿Entiendes la diferencia entre decir Mandorla nos «parece» nuestra hija y decir «seguramente es» la hija de uno de nosotros? El ingeniero Barilla subrayó este punto tres veces, para asegurarse de que se nos metiera en la cabeza.*

–Ppppp... pero...

–Ya lo sé: tienes curiosidad por saber qué le diremos a la niña. Pues nada, Gianpietro, nada. O mejor: le diremos todo lo que le pueda ser útil para crecer lo más serenamente posible. O sea: que queríamos tanto a su madre que a todos nos sale natural tratarla como a una etcétera, etcétera, etcétera.

–Ppppppp... pero...

–Claro que sí, ya sé que estás de acuerdo: además todos vivimos en la ignorancia de algo que nos concierne, como dijo Lorenzo Ferri. Y ahí terminó la reunión porque no es casualidad que sea escritor, y nadie podría ha-

ber encontrado mejores palabras que ésas para concluir una reunión.

–...

–Bueno, ¿qué pasa, no dices nada?

Gianpietro de verdad no sabe qué decir. Querría con toda su alma ayudar a la maestra Polidoro, querría prometerle que todo saldrá bien: pero algo se lo impide. Le vuelve a la mente su infancia, y no sólo como una idea, no. Él no puede permitirse razonar así: todas las palabras que querría decir pero a las que renuncia, en el momento de expresarlas, se le acumulan en la cabeza, donde se ponen a hacer ruido, como una orquesta desafinada, en la que cada músico va a su aire. Un ruido insoportable. Por eso, al menos a sus pensamientos les exige claridad. Por esa razón, ahora su infancia le vuelve a la mente en muchas fotografías, para verla bien. Ahí está su madre, preparando una tortilla de cebolla: a él para ayudarla le gustaría cortar las cebollas en trocitos, pero ella lo mira, con una expresión infinitamente dulce, y le dice: «¡Eres demasiado pequeño para manejar el cuchillo!», y entonces le enseña a cascar los huevos y a separar las yemas de las claras. Ahí está su padre, que vuelve del trabajo y lo coge en brazos, y el pequeño Gianpietro, aunque le entran ganas de vomitar por la peste a pescado, hace como si nada, porque se alegra de verlo y porque su madre le ha explicado que sí, que vale, que el trabajo de papá en el mercado no tiene buen olor, pero que gracias a ese trabajo trae dinero a casa, así que hay que respetarlo. Ahí están los tres comiendo, y a su padre se le escapa un ruido de la boca, y su madre lo regaña, pero sólo de mentirijillas, porque en realidad le da risa. Entonces él quiere imitar a su padre y hace el mismo ruido, y la diversión está asegurada. Ahí está otra vez su padre, ahora lo lleva al circo y le saca una foto subido a lomos del elefante. Su madre con una tripa enorme que le dice pon la mano aquí, ¿notas qué patadas da tu hermanito? Los cuatro en la playa, en verano, en Lavinia: y debajo de la sombrilla su madre reparte los bocadillos, los abre para ver qué hay dentro, y le da uno a su padre, otro a su hermano y otro a él.

Eso es lo que significa tener padres, piensa Gianpietro: no sabría explicar en detalle lo que significa, pero tiene que ver con los bocadillos de un picnic, *piensa: cada uno tiene el suyo.*

–Pareces alterado. Oh, Gianpietro, entonces quién sabe lo que pensarás cuando te diga quién ha salido elegido para adoptar legalmente a la pequeña...

–...

–¡Pues yo! Como muy bien me han hecho observar los demás, ¡soy la única que no está casada, ni prometida, ni como se diga en el caso de los de la acera de enfrente, con alguien que de verdad podría ser el padre de Mandorla! No me mires así, Gianpietro, se trata sólo de una sutileza legal, vamos, lo ha dicho incluso la abogada Grò.

Es que no quisiera que se metiera en problemas, está a punto de articular Gianpietro. Pero ella esta vez no le deja ni empezar la frase:

–Además, tienen razón ellos. ¿Te imaginas si algún día saliera a la luz quién es aquel que esa dichosa tarde de marzo dejó embarazada a Maria? Vamos, que está claro que yo actuaría con más lucidez con respecto a los demás, teniendo en cuenta que no tengo que sospechar de nadie que me sea querido, a menos que...

–¿A mmmm...menos qu-qu-qu-qué?

–¡No fueras tú el que estuvo con Maria en el antiguo lavadero hace seis años!

Y nos echamos a reír. Como sólo él y yo sabemos ha-

cerlo, piensa Tina. Y cuanto más se ríe Gianpietro, más risa le entra a ella, y cuanta más risa le entra a ella, más se ríe también Gianpietro. Y ríen, ríen y ríen. Pero si riendo riendo riendo, no fuese precisamente Gianpietro el que aquella tarde de... se le ocurre de pronto a la señorita Polidoro. Y le entra como un hormigueo a la altura de la base de las orejas. Pero Gianpietro no le deja siquiera el tiempo de pensar en «marzo».

–¿Ppppp... pro... pro... proffff... ffffesora? –la llama, como si de nuevo se hubiera ido a otra habitación y no estuviera sentada ahí con él, desde hace más de tres horas, en ese sofá rosa claro de reposabrazos raídos.

–¿Sí, Gianpietro? –responde entonces Tina.

–Fffff... feliz Navvvvvv... vidad.

–Feliz Navidad a ti también, Gianpietro.

«... no es hija tuya, ¿verdad?»

«... te lo juro, Cate, te lo juro por Lars: no, no y no, Maria ni siquiera me gustaba físicamente: seguro que ha sido Ferri, todo el mundo sabe que su novia no puede pasar por las puertas de los cuernos que tiene...»

«¡Era una mujer, Paolo! ¡Una m-u-j-e-r! Cómo puedes creer que yo... con ella... ¡vamos, hombre, si me da asco sólo de pensarlo!»

«y esa pobrecita no tiene culpa de nada...»

«Aunque, por otro lado, a mí me parece que hacían bien en Esparta, todos los niños crecían juntos sin esta payasada psicótica del padre y la madre, así que Mandorla tiene una suerte enorme: que no, Lidia, nunca pasó nada con Maria. Nada. Aunque bueno, no puedo negar que no lo

pensara alguna vez. Tampoco muchas. Pero una o dos, sí. ¿Qué tiene de malo?»

«Cesare, te lo pregunto hoy y no te lo preguntaré nunca más: ¿es tuya?»

«... Te aseguro...»

«... que no...»

«Confía en mí.»

«... nunca...»

«... confía en mí...»

«A mí me da que es de Lorenzo Ferri.»

«Seguro que el padre es el ingeniero Barilla. ¿No ves que la niña tiene los ojos del mismo color que él?»

«... su amigo gay, el del tercero...»

«Grò.»

«Ppppp... pero ¿y Mmmm... mandddd... dorla? ¿Qu-qu-qu-qué dddd... dice Mmmm... mandorla dddddde esttttto?»

¿Y AHORA?
(Once años después)

Todos vivimos en la ignorancia de algo que nos concierne.

He intentado hacérselo entender a Pavarotti, el abogado, pero él no quiere atender a razones.

Además ha venido aquí sólo para eso: para saber.

–Pero ¿qué tiene que ver lo que ha ocurrido hoy por la tarde con lo que ocurrió hace once años? –le he preguntado.

–Tiene que ver, claro que tiene que ver –ha contestado Pavarotti (que se llama Luciano de nombre, pero no es siquiera pariente lejano del tenor).

Porque, según él, si ahora yo estoy en la cárcel, la culpa –a fin de cuentas– es de mis familias.

–¿Cómo se puede criar a una niña a base de secretos y mentiras, y luego pretender que sepa distinguir entre el bien y el mal? –me ha preguntado (pero de esa manera en que, como respuesta sólo hay una, no hace falta decirla, y yo me imagino que en este caso sería: no se puede criar a una niña a base de secretos y mentiras, y después pretender etcétera, etcétera). Y ha añadido, repitiéndolo dos o tres veces–: Tienes que confiar en mí, Mandorla.

Pero el problema no es ése: lo único positivo de haber ido a parar aquí es que he descubierto que sé confiar de sobra.

El problema es que a mí me parece un poco absurdo ponerse ahí a contarle a alguien: «Me ha pasado esto y lo otro y lo de más allá», como si desde la torre de control de lo que es nuestra pobre experiencia personal de verdad pudiéramos tener una visión completa de todo.

–Pero, Mandorla, ¿te has vuelto loca? ¿Experiencia personal? ¿Visión completa? –Pavarotti ha empezado a ponerse nervioso–. La que ha ido a parar a la cárcel hoy eres TÚ –lo ha dicho como si escupiera, este tú–, TÚ –otro escupitajo– te has convertido en cómplice de un criminal, un tipo al que yo no hubiera dejado que me invitara ni a un café. Me parece que no podemos permitirnos filosofar.

En ese momento me ha parecido oportuno recordarle un detalle fundamental:

–¡Pero yo soy inocente, abogado!

Y él (muy serio) me ha contestado:

–La ley se basa en los hechos, no en las intenciones. Sólo cuando te decidas a contarme toda la verdad podré yo contársela a mi vez al ministerio fiscal. Y sacarte de aquí.

Aunque este Pavarotti sea el nuevo novio de Cate, y seguramente un buen tipo, me da la impresión de que tiene la cabeza un poco dura: ¡los demás, siempre los demás! ¿Qué les decimos a los demás? Lo quieras o no, siempre tienes que vértelas con eso. Siempre.

–¿Y bien? –me pregunta Cabeza Dura.

Y bien nada, que hay episodios que ni imaginamos siquiera en la vida de los demás (eso yo lo entendí pronto, no tuve más remedio): *episodios de los que no sabemos nada, ni nunca sabremos nada, detalles mínimos, inconfesables, rayos ultravioleta que no podemos percibir pero que lo han condicionado todo e, inevitablemente, cuando entremos en contacto con ellos, influirán también en nosotros*, así que, hablar de verdad es obvio que resulta bastante embaraz...

Pavarotti ha levantado la voz:

–Ya está bien, basta. –Pero en cuanto se da cuenta de que me ha asustado cambia de tono y me estruja una mano (no para hacerme daño, sino para darme a entender que está de mi parte, creo)–: Puedes estar segura de que mañana te sacaré de aquí, Mandorla. Tú sólo tienes que contarme qué pasó: de lo demás me ocupo yo. Luego, en cuanto solucionemos este lío, te prometo que me ocuparé personalmente de tu situación. Te lo juro por Cate. Ya no se puede perder más tiempo: decididamente ha llegado el momento de que tengas lo que todos tienen derecho a tener.

Con eso de tu situación, Pavarotti se refiere a la prueba de ADN.

Con eso de lo que todos tienen derecho a tener, se refiere a un padre.

–Lo que te ha pasado hoy confirma que hace once años, aunque sin mala fe, por supuesto, no digo que no, se cometió un trágico error –ha proseguido–, pero a partir de mañana todo cambiará, Mandorla.

Me parece que pensaba que lo justo hubiera sido que en ese momento sonara la música que, en las películas, anuncia que vienen los buenos.

Pero la música no ha sonado, y a lo mejor a Pavarotti no le ha sentado bien, porque se ha puesto de pie y se ha marchado. Pero antes ha acercado la cara a la mía, lo bastante para que supiera que a mediodía había comido algo con ajo, y me ha dicho, clavándome en los ojos sus gafitas rectangulares:

–Lo peor ya ha pasado, Mandorla. Ahora sólo tienes que poner en orden tus ideas. Aprovecha esta noche para dormir, si es que puedes. Y estate tranquila.

He dicho que sí con la cabeza. Pavarotti ha sonreído como para decir entonces estamos de acuerdo, y hemos quedado mañana a las ocho de la mañana.

¿Y ahora qué?

Debería aprovechar esta noche para dormir.

Debería estar tranquila.

Pero ¿qué puedo hacer, si no lo consigo?

¿Por qué? Porque en la celda de al lado hay una chica que no hace más que toser, y parece que lo haga aposta para molestarme; porque nadie puede tener un cumpleaños tan feo como el que he tenido yo; porque mi Gran Amor me ha traicionado y me ha abandonado; porque si tengo que hacer caso de Pavarotti, mis familias se han portado muy mal conmigo, y porque por fin, pronto, muy pronto, sabré quién es mi padre, y la alegría, cuando es demasiada, se parece a la angustia, de cómo te golpea en la cabeza: en efecto, tengo muchas razones para no dormir.

Y, sin embargo, la única de verdad válida para mí es que nacer hombre, mujer o animal es lo peor que le puede pasar a alguien. Nunca me consolaré de no ser un objeto. Me habría conformado con uno cualquiera, de verdad. Una plancha, un ratón de ordenador, una aspiradora, una puerta, un plato o un cubo de basura.

Si, por ejemplo, yo ahora fuera un objeto programado para contarle a Pavarotti lo que ha ocurrido, funcionaría, si funcionara, y no funcionaría si estuviera roto o se me hubieran acabado las pilas. Como mucho de vez en cuando sufriría un cortocircuito. Pero entonces, llegado el caso, bastaría con llevarme a reparar.

Pero no hay sitio donde se pueda llevar a reparar la infancia. Mucho menos si da la casualidad de que has tenido cinco infancias.

Ésta va a ser una noche larguísima.

EN EL PRIMER PISO

Si de verdad no tengo más remedio que contarle a Pavarotti todas mis cosas, me gustaría empezar por decir que yo eso del orgullo de las personas solas no me lo creo.

Cada vez que la señorita Polidoro me decía: «Oh, Mandorla, qué maravilla estar las dos aquí solitas viendo los dibujos animados, sin que nadie nos moleste», yo sentía que, en realidad, en ese preciso momento echaba de menos a todo el mundo. A su padre, a los gemelos, a la mejor amiga que no había tenido jamás, a los chicos a los que no había besado nunca y a las compañeras de trabajo con las que no había logrado establecer la más mínima relación más allá del horario de trabajo en el colegio.

En cuanto Tina me decía eso, sobre todo desde que descubrí el secreto de sus noches, era como si alguien bajara de pronto el volumen de la tele: ya no entendía nada, los dibujos animados se iban por su lado, y yo no se lo impedía, porque total estaba concentrada por completo en la esperanza de que nos dejaran en paz pronto, que de ese sofá, de ese salón, de toda esa casa desaparecieran los fantasmas de las personas que habrían podido hacerle compañía pero que, de una manera u otra, habían tenido cosas mejores que hacer: unos, hace muchísimos años, y otros, ayer mismo.

Porque aunque el timbre de la casa de Tina sonara continuamente, siempre era sólo para pedir algo.

Diciembre de 1999

–Entonces ¿estamos de acuerdo? –pregunta el ingeniero Barilla por séptima vez desde el inicio de la reunión más difícil de la historia de la junta de vecinos del edificio de la calle Grotta Perfetta, 315. (Y ellos que pensaban que decidir cambiar la calefacción de central a independiente había sido, en su momento, una transformación extraordinaria.)

–De acuerdo –dice Caterina Grò, y todos hacen algún gesto, unos con la cabeza, otros con los ojos, para mostrar que están de acuerdo, sí.

–Tendremos que seguir comportándonos como siempre, naturalmente –prosigue el ingeniero.

–Los primeros días serán los más difíciles, pero después estoy segura de que todo irá muy bien –comenta la señora Barilla.

–Cuando se dice eso es porque, en realidad, se teme lo contrario –cree oportuno subrayar Paolo. Michelangelo le pone una mano en la rodilla como para rogarle: anda, déjalo.

–Mira, Paolo, no –interviene Lidia–, si empezamos así no vamos a ninguna parte. La señora Barilla tiene razón: hay que pensar en el futuro, mirar hacia delante. En cuanto cojamos confianza con Mandorla, lo demás vendrá solo. Vamos, que si tiene que ser hija de todos, ¡pues que lo sea!

–Dottoressa Frezzani, le ruego que contenga su entusiasmo –interviene de nuevo el ingeniero Barilla–. Me explico: naturalmente, será necesario establecer enseguida una relación con la niña. Pero la invito a la prudencia. Y no sólo a usted, a todos.

–A los niños no se les escapa nada, ¿sabes, Lidia? –Como de costumbre, la señora Barilla intenta suavizar los exabruptos de su marido empleando un tono suave y envolvente–. Fíjate, a Giulia, cuando era pequeña, cada vez que nos oía discutir, aunque fuera por una tontería, ¡le daban náuseas y vomitaba! Te lo juro. Aunque no hubiera comido nada, corría al baño y vomitaba.

–¡A Efexor le pasa lo mismo! –Lorenzo Ferri se despierta por fin del letargo en el que se ha vuelto a sumir desde que dejó de discurrir sobre los monjes trapenses–. Cada vez que Lidia y yo nos peleamos, y os aseguro que sabemos hacerlo alcanzando niveles de rara maestría, él corre a esconderse en la cocina, detrás de la despensa.

–Pero, hombre, no se puede comparar a los perros con los niños –le hace notar Samuele Grò, sin darse cuenta de que Lorenzo está ahora demasiado absorto pensando en Efexor para poder escucharlo–. Lars, por ejemplo, es tan intuitivo que, si estoy hablando por teléfono con mi madre, se da cuenta y, ¿sabéis qué hace? ¡Empieza a decir BAAAAA-BA! ¿Entendéis? ¡BAAAA-BA! Como si quisiera decir: saluda a la abuela de mi parte.

–Los niños son tan sensibles... –corrobora Caterina.

Pero a Tina no se le escapa la leve mueca que ha aparecido en el rostro expresivo e intenso de Lidia. Como de costumbre, está segura de que, de alguna manera, puede ser responsable de una desilusión, y quiere ponerle remedio:

–Esto, sin embargo (me refiero a que los niños sean

sensibles), no significa que mientras la pequeñita viva conmigo no puedan venir a saludarla. Lo importante, si he comprendido bien lo que el señor Barilla quería decir, es que todo parezca... ¿cómo decirlo?

–Natural –acude en su auxilio Caterina Grò.

–A menudo ocurre que alguno de ustedes necesite algo y venga a llamar a mi puerta –prosigue Tina. Esperando no herir a nadie, cree importante aclarar–: a mí me gusta mucho poder ayudarlos cuando tienen algún problema. –Pero entonces piensa: ¿a ver si era inútil aclarar que me gusta mucho, y ahora todos están pensando que lo he dicho precisamente porque no tengo la conciencia tranquila y en realidad no me gusta en absoluto? Pobre de mí, se desespera, y se siente tan incómoda que no logra continuar. Pero lo hace la señora Barilla en su lugar.

–Lo que la señorita Polidoro quiere decir es que podemos ir a ver a Mandorla siempre que nos apetezca pero, para que no sospeche, sería bueno inventarse excusas para bajar al primero. ¿No era eso, señorita?

–Sí, eso exactamente quería decir –contesta Tina. Además, desde que vivimos aquí, cada día alguno de ustedes me pide que le haga un favor, querría subrayar. Pero se da cuenta de que debería darle a su voz la entonación adecuada para que el placer que la lleva a ayudar al prójimo no pueda confundirse ni remotamente con la más mínima irritación, por lo que prefiere callarse.

–Prudencia y naturalidad. –Éstas serán las últimas palabras de esa reunión que nadie (nadie) podrá olvidar jamás–. Prudencia y naturalidad. –El ingeniero Barilla las repite tres veces, porque nunca se sabe.

–Prudencia y naturalidad.

Señorita Polidoro, se nos ha acabado el detergente, ¿no tendría usted...? ... Señorita, Cate está en el tribunal, y no tengo con quién dejar a Lars... El azúcar... La sal... ¿Puedo delegar mi voto en usted para la próxima reunión de vecinos?

El motivo por el que sonaba el timbre de Tina no era nunca para charlar un poco.

Es verdad que tengo que reconocer que, al principio, antes de que muriera mi madre, antes de que me viera de repente con cinco familias, antes de que empezara todo, vamos, yo tampoco tenía buena opinión sobre ella.

Peor aún: me daba miedo.

La culpa la tenía el adhesivo gigante en el escaparate del asador de pollos que había justo debajo de casa. De la casa de Tina, me refiero. De la casa de todos. De mi casa.

Porque cuando mi madre iba a recogerme al colegio iba siempre con prisa y me llevaba directamente a casa (a nuestra casa: la mía y la de mi madre, me refiero), donde, con la misma prisa, me preparaba algo de comer y luego se iba corriendo, no sin antes decirme que no hiciera travesuras, que ella volvería en cuanto anocheciera. Y, en efecto, nueve de cada diez veces, cumplía su palabra. Pero esa vez entre diez que volvía después de anochecido, podía estar segura de que cenaríamos bocaditos de patata y pizza.

Los compraba precisamente en el asador de pollos de la calle Grotta Perfetta. Yo también había estado allí una vez. Pero ya no había querido volver porque en el escaparate había una bruja. Una bruja con la cara fucsia, la nariz llena de verrugas, y el pelo sucio, que se cubría con una piel de león y llevaba en una mano una varita mágica torcida y en la otra un pollo asado.

Por si fuera poco, en un ojo le brillaba una estrellita que parecía decir: «No me importa ser una bruja, no es ningún problema para mí, al contrario, estoy muy orgullosa; si acaso el problema lo tenéis vosotros, que no sois asquerosos como yo, así que tened cuidado, podría haceros de todo y cuando menos os lo esperéis».

Pues bien, a mí se me había metido en la cabeza que Tina era esa bruja. Además vivían muy cerca, era fácil confundirse. Por eso, cada vez que mi madre nombraba a la señorita Polidoro, yo pensaba que se refería a la bruja.

«La señorita Polidoro me ha dado chocolatinas para ti», me decía, y yo pensaba en la bruja.

«Perdona, mi vida, he terminado tarde y no me ha dado tiempo a hacer la compra, pero he pasado por la Bruja y he traído un poco de pizza y bocaditos de patata», y yo pensaba en la señorita Polidoro.

Una vez nos la encontramos incluso, a la señorita Polidoro –a la de verdad, claro–. Ocurrió un sábado por la mañana, en el mercado. Se nos acercó una señora que no era ni alta ni baja, ni gorda ni flaca, con el pelo medio gris medio castaño recogido en un moño, vestida como nunca había visto yo vestirse a nadie, con una falda de lana marrón hasta los pies y una chaquetita roja con botones en forma de mariquitas.

–Mandorla, saluda a la señorita Polidoro –me dijo mamá.

–¡Huy, Mandorla! Yo te vi cuando acababas de nacer, ¿sabes? Cuánto has crecido... No me reconoces, ¿verdad? –dijo la bruja dirigiéndose a mí. Porque por las mañanas, cuando va al mercado, se disfraza así para pasar inadvertida, pensé, y yo sólo tenía ganas de salir corriendo, de defendernos del terrible peligro al que nos enfrentábamos: ¿y si terminábamos las dos en el horno, como el pollo?

Mi madre, que no se daba cuenta de nada, mientras tanto se había puesto a charlar con ella como si no ocurriera nada. Se sintió incluso obligada a darle explicaciones:

–Perdónela, señorita Polidoro, pero Mandorla es una niña un poco rara, a veces ni siquiera yo entiendo las cosas que se le pasan por la cabeza.

–No, mujer –contestó la bruja–, quizá sea culpa mía: es que yo no me doy buena mano con los niños.

Y seguían venga a charlar, hasta que no pude más y me puse a gritar. Vámonos, vámonos, le decía a mamá.

–Basta, Mandorla, estás exagerando –me regañó ella (que no me regañaba nunca). Pero yo no podía parar de gritar. Tenía que ponernos a salvo. Vámonos, vámonos, vámonos, seguía gritando, tanto que todos los que pasaban por ahí se me quedaron mirando sin entender lo que estaba ocurriendo, no entendían que si se quedaban ahí parados pronto ellos también estarían en peligro.

–A lo mejor son las amígdalas –se aventuró a decir Tina–. La hija de los Barilla también gritaba así de lo que le dolían. Pero luego se las quitaron, y se le pasó.

Huelga decir que grité aún más fuerte: ¡la bruja era de verdad tan cruel como prometía la estrellita que tenía en el ojo!, pensé. No le basta con clavarme un palo en la tripa como al pollo asado, también quiere arrancarme las amígdalas, a lo mejor para usarlas como botones en lugar de las mariquitas.

No recuerdo cuándo comprendí que Tina y la bruja no eran la misma persona, y que sólo una de ellas era una persona, y la otra, un adhesivo.

Mi madre, mientras vivió, no logró hacerme cambiar de opinión. Después del numerito del mercado tuve que contarle mis sospechas, y entonces ella se echó a reír. Era una fiesta cuando eso ocurría. Me refiero a cuando mi madre reía. Por lo general era siempre ella la que hacía reír a los demás. De entre todos los recuerdos de nosotras dos que estoy segura de conservar pero que cuando los necesito y los voy a buscar ya no sé dónde los he puesto, éste al menos está siempre donde tiene que estar: mi madre que me deja casi siempre sola, pero que cuando está, se nota que está. Mi madre imitando a cualquiera, y es increíble: sabe imitar perfectamente las voces, le cambia hasta la cara, se convierte de verdad en otra persona. O mi madre contándome algo que le ha pasado, y yo soy todavía muy pequeña para entender exactamente lo que dice, pero como quien la escucha se queda embelesado mirándola y se divierte, comprendo que tiene un talento especial para hacer felices a los demás.

Por eso, cuando le conté que había descubierto la verdad sobre la señorita Polidoro, y ella se echó a reír, esperaba haber heredado ese talento.

Pero sólo fue un segundo. De repente se puso increíblemente seria y empezó a explicarme que estaba muy equivocada al pensar eso de ella.

–La señorita Polidoro si acaso es un hada –me dijo–, y es la amiga en la que tu madre más confía. El mundo está lleno de personas que parecen especiales y en realidad son una tomadura de pelo. Ella es exactamente lo contrario. Tú también aprenderás a quererla.

Pero la cosa es que, cuando lo hiciera, ya no habría nadie a quien decirle «tenías razón».

Pero cuando sí que había ese alguien, cambiábamos siempre de casa.

Mi madre y yo, me refiero.

La gestoría para la que trabajaba se ocupaba de una serie de inmuebles en todo el pequeño barrio de Poggio Ameno, y le concedía un precio de alquiler especial, con la condición de que estuviese dispuesta a mudarse de inmediato, en cuanto algún cliente mostrara interés por el apartamento en el que viviéramos en ese momento. Pasábamos indistintamente de estudios que no tenían siquiera una ventana en el cuarto de baño a dúplex con cinco habitaciones y bañera de hidromasaje: la norma era no considerar ninguna de esas viviendas como nuestra casa, para que no nos resultara inútilmente complicado abandonarlas.

Lo bueno era que, como mucho, nos alejábamos un par de calles. Me he preguntado a menudo cuántas veces, cuando aún vivía mi madre, habré pasado delante del portal de la calle Grotta Perfetta, 315, sin saber que ésa se convertiría en mi casa, ya para siempre.

Aunque lo cierto es que, después de haber descubierto a la bruja en el escaparate del asador, siempre que me era posible evitaba esa calle.

Pero entonces llegó ese día. Esperándome a la salida del colegio encontré a la señorita Polidoro. Estaba ahí, al fondo del patio, abrazada a un bolso enorme en el que ponía ERMANI, y torturaba a pellizquitos los flecos del chal negro de forro polar con el que se protegía del frío. En cuanto la reconocí y vi que me miraba a mí empecé a gritar de miedo, como aquella vez en el mercado. Ella pensó que lo hacía porque, de tan sensible como era, ya lo había entendido todo sin necesidad de que me lo explicara, y me dijo:

–Pequeñita, no te preocupes. Desde el cielo, Maria siempre seguirá ocupándose de ti.

Y así fue como me enteré de lo que había ocurrido. O mejor dicho, de lo que, desde ese momento, ya no volvería a ocurrir: llamar a mi madre y oírle contestarme «dime».

Cuando Tina me llevó a casa desde el colegio tenía la cabeza tan vacía que no me fijé en el adhesivo del escaparate del asador. Y, huelga decir, tampoco conseguía concentrarme en todo lo demás: porque, evidentemente, hay demasiadas cosas feas como para que puedan metérsete en el cerebro al primer impacto.

Es precisamente eso lo que intentaba explicarle a Pavarotti hace un rato.

Antes o después, tarde o temprano, *algo* nos asusta, nos hace daño de verdad, y entonces cerramos las persianas a todo lo demás. ¡Por eso el mundo se vuelve incomprensible! Porque nos parece formar parte de él, estar bien o estar mal junto con todos los demás, pero no es verdad. Estamos más concentrados en lo que tenemos encerrado dentro de nosotros, detrás de las persianas bajadas, que en lo que sucede fuera: y ya no entendemos nada de nada.

A mí, por ejemplo, se me bajaron las persianas en el mismo instante en que vi a Tina en el patio del colegio. Y, desde entonces, las ideas que tendría que poner en orden esta noche empezaron a enmarañarse entre ellas, irremediablemente.

Tanto es así que, ahora, el único detalle en el que recuerdo haberme fijado el día en que murió mi madre fueron las cortinas tirolesas en las ventanas del primer piso. Supongo que la intención de Tina era que animaran un poco la habitación, que pusieran una nota de alegría. Pero, en lugar de eso, no sé cómo explicarlo: parecían burlarse de ella. Y, así, me pasé las primeras horas en esa casa deseando sólo una cosa: ser esas cortinas. Tener su seguridad en sí mismas, su indiferencia rosa con rombitos azules.

Oh, cortinas,
os habla Mandorla:
juro que no volveré a comer golosinas,
pero vosotras a cambio dadme ya
vuestros rombos azules,
por favor,
para que me ponga uno en la tripa, uno en el corazón
y otro en la cabeza,
donde, para entendernos, ahora
el dolor
(aunque no diga ay)
se impone.
Oh, cortinas,
hagamos un intercambio:
yo me cuelgo en vuestro lugar sin hacer nada,
y vosotras descubrís en mi lugar,
eso exactamente
que no logro descubrir yo:
por qué,

por ejemplo,
mamá no me esperaba hoy en la puerta del colegio,
por qué no la veré mañana
ni tampoco pasado mañana por la noche,
pero sobre todo descubrid por qué,
oh, cortinas,
mamá,
que me lo decía siempre todo,
esta mañana sin embargo no me ha dicho
que este día iba a terminar así,
que aún no he descubierto cómo
termina,
y de eso se trata precisamente:
mientras yo me cuelgo en vuestro lugar,
vosotras,
oh, cortinas,
lo descubrís.

Era más o menos esto lo que pensaba. Era demasiado pequeña para darme cuenta de que nadie habría podido hacer nada por mí aquella tarde, y menos aún las cortinas de Tina: pero todavía hoy creo que el deseo de pedir ayuda no tiene por qué estar ligado a la esperanza de recibirla de verdad. En efecto, desde ese momento nunca he dejado de rezar. Rezo todas las noches, y cada vez que no sé bien qué hacer pero sé que debería hacer algo. Es verdad que rezo a mi manera: como todo aquel que ha tenido que aprender a hacerlo solo, me imagino.

Que había un problema lo pensé muchas horas después, cuando llegó la hora de irse a la cama.

Tina me acompañó a un cuartito con moqueta de color gris, donde una virgencita abría unos ojos como platos en forma de corazón en el único cuadro que había en la pared, encima del cabezal de hierro de una cama demasiado grande para una persona sola y demasiado pequeña para dos.

–Pequeñita, duerme tú aquí, yo dormiré en el sofá –me dijo Tina, y luego me preguntó si necesitaba que se quedara conmigo hasta que me durmiera.

Fue entonces cuando creí haber descubierto por fin la verdad. A mi madre la había matado ella. La bruja. Y ahora quiere hacer lo mismo conmigo. Para no variar, grité. Quería gritar que no, quería gritar déjame en paz, vete, asesina: pero luego más adelante Tina me contó que, esa noche, sólo llamé a mi madre. Sin embargo (a propósito de la Verdad de los Hechos, tan importante para Pavarotti, el abogado), yo sigo del todo convencida de que esa noche mi problema era cómo lograr librarme de la bruja. Pero tal vez me equivoque si al final, bajo la mirada en forma de corazón de la virgencita, me dormí agarrada a uno de los larguísimos cuellos de la camisa de Tina. Que, a partir de la mañana siguiente, simplemente dejó de darme miedo. Así, de repente, como de repente también maduran las peras y caen del árbol. O quizá, como en ese momento todo me daba miedo, Tina se confundió con todo lo demás. Respecto a lo que ocurría, a fin de cuentas no era tan terrible pensar que fuera una bruja. Podía soportarlo, y podía hacerlo tan bien como para no pensar siquiera en ello.

Abril de 1948

Ay Dios, ay Dios, ay Dios. Tina sigue leyendo la notita que ha encontrado en su estuche, la lee y la relee: cada vez se dice a sí misma que es la última, porque si sigue así la gastará de tanto tocarla, así que la dobla y se la guarda en el bolsillo; pero, un segundo después, la vuelve a sacar, para asegurarse de que sigue ahí, de que siguen ahí esas palabras, garabateadas con prisa, porque se va siempre deprisa cuando uno se declara:

ERES LA MÁS GUAPA. NOS VEMOS DETRÁS DEL COLEGIO AL SALIR DE CLASE.

ROCCO

Sí. Así son las cosas. No es sólo que Rocco la considere guapa, es que la considera la más guapa.

Ahora que lo piensa, se podría haber dado cuenta ella misma, se dice Tina. Aunque el año pasado su grupo y el suyo se reunieran para las clases de ciencias, cuando se encuentran, él no la saluda nunca y finge no conocerla siquiera. Porque le da vergüenza, ¡está claro!... Será tonto este Rocco, murmura Tina, sentada en su banco, y mueve la cabeza de lado a lado, porque de verdad no se imaginaba que fuera tan tímido el chico más especial de la sección masculina del piso de arriba. No: el más espe-

cial de todo el colegio. Uno que cada semana pesca una chica distinta de la sección femenina y, una vez que ha terminado con las que tienen la cintura más estrecha y la piel más clara, vuelve a empezar. Ahora además se lo ve siempre acompañado de una que lo recoge del colegio con una boa de plumas de avestruz al cuello de un color diferente cada día; es alta, con el pelo rubio y rizado, y cuentan que es bailarina.

Pero bueno, Rocco es así, lo sabe todo el mundo; aunque quizás ahora se haya hecho hombre y quiera sentar la cabeza, piensa Tina. Quizás haya entendido que las bailarinas son para divertirse, nada más. Que si lo que quiere es una mujer que le sea fiel, si lo que quiere es una madre para sus hijos, tendrá que buscarla en otra parte. Tendrá que buscarme a mí.

Y entonces Tina se imagina la boda. Ve a Rocco con el pelo engominado hacia atrás y un traje elegante como el del presidente de Estados Unidos, esperándola en el altar. Y ve a una novia, blanca y esbelta como un junco, que camina a su encuentro: la acompaña su padre, que, dondequiera que esté, se ha enterado del acontecimiento y por fin ha vuelto a casa, porque a la boda de su única hija no podía faltar por nada del mundo.

Esto es lo que se imagina mientras mira, sin conseguir escucharla, a la profesora de latín, que traduce a Lucrecio.

Hasta que suena el timbre, y ella querría salir corriendo pero como teme parecer una chica fácil va más despacio de lo normal, y se dirige al lugar de su cita.

Y allí encuentra a su compañera de banco y a otras dos amigas. Y ahora, ¿qué hago?, piensa Tina. Pobrecitas, tampoco puedo decirles que se vayan.

–¿Esperas a alguien, Tina? –le pregunta su compañera.

Y ella baja la mirada, se muerde el labio y responde que sí. Sonriendo. Es precisamente esa sonrisa lo que sus amigas deben de encontrar irresistiblemente divertido, puesto que las tres se echan a reír. Tanto que se tienen que sostener la tripa con las manos, tanto que no pueden parar.

Tina se sonroja: es cierto, ver a una persona enamorada debe de ser bastante cómico, hacen bien en reírse sus amigas, pero, a fin de cuentas, le gusta compartir ese secreto con ellas. A lo mejor quieren ser sus damas de honor, y durante el banquete de bodas recordarán entre ellas ese día, detrás del colegio, cuando estaba a punto de empezar la historia de amor más extraordinaria del mundo.

–Tina... –dice una y otra vez su compañera, pero la risa le impide continuar.

–Tina... –dicen ahora las demás, pero tampoco ellas consiguen terminar la frase. Se les saltan las lágrimas de tanto reír.

–Chicas... –balbucea Tina, confusa y electrizada por la emoción–. Chicas, a vosotras también os pasará algún día...

–¿El qué? –le contesta su compañera, que solloza de risa–. ¿Encontrar una notita de Rocco dentro del estuche?

Y quizás entonces Tina comprende, pero se resiste a hacerlo, no quiere comprender. Sus amigas ríen y ríen y ríen.

–¡Te lo has creído! ¡Te lo has creído! –repiten dos o tres veces a coro.

–Eres la más guapaaaaaa –canturrea una de ellas.

–¡Tina Polidoro, te amoooooo! –añade otra.

–¡Míralo, ahí está tu novio! –le indica su compañera

de banco, señalándole a Rocco, que está en el otro extremo del colegio.

Se aleja en su bicicleta. Lleva detrás a la bailarina. Tras ellos ondea, como una estela, la boa de plumas de avestruz. Hoy es de color negro.

Quienes no viven en ellos no tienen buena opinión de los barrios dormitorio, como si tuviera algo de malo que cada uno espere en su casa a que acabe el día y empiece uno nuevo, sin la necesidad de hacerlo todos juntos en una discoteca, un restaurante, un pub o un sitio por el estilo, donde total, a fuerza de engañarlo, el tiempo ya no nos la juega y se presenta tal cual es.

Será que conseguir dormirse fácilmente me parece un talento increíble, y hacerlo todo seguido sin despertarse hasta la mañana siguiente, un milagro. Yo, normalmente, sin venir a cuento, me despierto en mitad de la noche y abro los ojos –siempre, siempre, siempre– con un agujero enorme en el estómago. O bueno, yo creo que es en el estómago, pero lo curioso es que, si voy a la cocina y como algo, el agujero pese a todo no se llena.

Esta noche al menos ni siquiera contaba con conseguir conciliar el sueño.

Porque Pavarotti, como siempre, se cree que todo es muy fácil. Aprovecha esta noche para dormir, dice. Como si para las noches no fuera facilísimo ser ellas las que se aprovechan de ti: te atormentan con mil mosquitos en forma de ideas que ni siquiera sabías que fueras capaz de tener.

Insectos asquerosos. Estoy destinada a perder contra ellos.

Ésa es la razón por la cual nunca he entendido qué tiene de malo que un barrio, al anochecer, se transforme en una especie de alveolo de sueños, bonitos o feos, lícitos o ilícitos.

Sobre todo si durante el día tiene un aspecto tranquilo como Poggio Ameno.

En cuanto a sus edificios, en los anuncios de la agencia donde trabajaba mi madre se los definía como «señoriales»: lo que, creo, quiere decir que no se molestaban entre sí. Son todos más bien bajos, y quizá por eso entre ellos nunca ha habido rivalidad. Por supuesto, los hay muy estrechitos, como el nuestro, y otros más anchos; pero no se enfrentan entre sí, cada uno va a lo suyo, con su pedacito de césped alrededor a modo de patio.

Me ha contado Tina que hasta hace apenas cincuenta años, donde ahora se yerguen todos esos edificios, sólo había pastos y grutas donde dormían los pastores. Creo que la única vez que he visto a todos los vecinos de la calle Grotta Perfetta, 315, tomar una decisión en la que desde el principio estuvieran todos de acuerdo fue cuando se intentó evitar que construyeran un aparcamiento subterráneo en la placita donde están el bar, la farmacia, el estanco y la ferretería. Mis familias se opusieron por razones más que nada sentimentales, pero de todas maneras no se pudo seguir adelante con las obras porque se descubrió que el subsuelo estaba todo lleno de grutas.

Así que al final nada de aparcamiento.

No es que en la placita hubiera nada especialmente bonito que preservar, qué va. Pero la placita es el ombligo de Poggio Ameno, decía el ingeniero Barilla: construir allí un aparcamiento subterráneo habría sido como ponerle un *piercing* (él les tenía una manía tremenda a los *piercings* porque su hija Giulia se acababa de hacer uno en la nariz. No podía imaginar que, con los años, a ése le habrían seguido otro en la ceja derecha y otro más, ironía del destino, precisamente en el ombligo). Así que, desde que ya no está Mundoperro, es un gusto para todos ir a tomar un café y sentarse en las mesitas del bar bajo los soportales, corroboraba la señora Barilla.

Mundoperro: sí. También fue Tina quien me habló de él por primera vez.

–Dame la mano, pequeñita –me decía cuando cruzábamos la calle, un jardín o cuando simplemente íbamos andando por la acera.

Yo no entendía qué peligro podía correr por no agarrarme a ella: pero, por lo general, me parecía maravilloso tener que obedecer una orden.

En el desastre incomprensible en el que se había convertido el mundo desde que mi madre se había ido, sólo buscaba indicaciones sobre qué hacer: de haber sido por mí, de hecho, no habría hecho nada de nada en todo el día.

Pero no me lo podía permitir, al fin y al cabo no era una cortina de Tina, qué mala suerte la mía.

Así que si Tina me decía: «Dame la mano», pues yo se la daba y estaba encantada de tener algo que hacer, aunque no entendiera el porqué de ese gesto.

Hasta que, muy pronto, todo me quedó claro.

Íbamos camino de la farmacia para recoger unas medicinas de Tina para la tensión. En el preciso instante en que le cogí la mano, evidentemente se sintió obligada a explicarme de una vez por todas qué era lo que motivaba su continua preocupación por mí. Fingió sin el más mínimo apuro que era una cosa sin importancia, pero yo no me dejé engañar:

–¿Sabes, pequeñita? –empezó diciendo–, hace muchos años Poggio Ameno no era un lugar tranquilo y distinguido como ahora. ¡Había drogadictos por todas partes! Tantos que había que quedarse en casa y cerrar la puerta con llave. El jefe de estos drogadictos era el más drogadicto de todos, un señor muy malo que se llamaba Mundoperro. Con decirte que, una tarde, acababa de hacer la compra en Pizza Pane e Fichi y me volvía ya a casa, cuando de repente se me acercó este tipo con el pelo largo como una chica, que olía fatal, un olor insoportable como a queso y a basura mezclados. «¿Quiere que la ayude a llevar las bolsas?», me preguntó. Qué señor más amable, pensé yo, arrepintiéndome de haberlo juzgado mal por su aspecto. Total, que el tipo este me cogió las dos bolsas, y ¿sabes qué hizo, pequeñita?

–No, ¿qué hizo?

–¡Pues echó a correr con ellas! Se subió a la moto de un amigo que estaba ahí mirando, ¡y zas, se fue! ¿Y todo eso para qué? ¡Para llevarse diez latas de comida para gatos y cinco paquetes de tortellini! ¡Imagínate lo que habría estado dispuesto a hacer por, qué sé yo, un par de pendientes de oro! Seguro que me habría matado. Pero bueno, pequeñita, eran otros tiempos. Hace ya mucho que Mundoperro se fue y no volvió más.

Pero entonces ¿qué necesidad hay de que le dé la mano?, pensé yo. Si Mundoperro ha desaparecido de verdad, ¿por qué está Tina siempre tan preocupada por mí? ¿Por qué cuando me acompaña al colegio siente la necesidad de escoltarme hasta la puerta del aula? Si ya no hubiera nada que temer de verdad, no haría nada de eso.

Pero lo hace, lo ha hecho siempre desde que vivo con ella: lo que significa que Mundoperro todavía anda por aquí.

Sigue espiando a los vecinos de Poggio Ameno. ¡Está claro! Los pobrecitos quieren convencer a los niños de que el peligro ha pasado, pero saben perfectamente que no es así: si no, ¿por qué todos juran que se ha ido pero ninguno sabe decir exactamente dónde?

En efecto, según la leyenda, Mundoperro había nacido en el barrio de Garbatella, el uno de enero de 1968, y había empezado a dejarse ver por Poggio Ameno cuando aún era un niño y ya se metía de todo: hierba, hachís, LSD. Y luego después ya sólo heroína.

«Todos tenemos apodos que ni siquiera imaginamos», me dijo un día Lorenzo Ferri, el del cuarto, citando no recuerdo a qué escritor. Pero parece ser que Mundoperro se presentaba a sí mismo así: encantado, soy Mundoperro. Y lo mismo sus mejores amigos, Piolín y Bandana.

Dormían los tres en un taxi inglés al que le faltaba una rueda, aparcado justo en la placita.

Piolín bebía siempre leche con sabor a menta y tenía unos bigotes larguísimos que se teñía de rubio: por eso la gente de la plaza le había puesto el nombre del canario enemigo del gato *Silvestre*, porque, según decían todos, los bigotes eran del mismo amarillo que el canario. Pero ese canario era muy nervioso, y el Piolín de Poggio Ameno, en cambio, no hacía más que dormir: hasta cuando andaba parecía dormir.

Bandana, al contrario, al parecer no paraba quieto: tanto que después de una depresión nerviosa, cuando sólo tenía doce años, se le cayó todo el pelo del cuerpo, el vello incluido. Desde ese día se tapaba siempre la cabeza calva con una bandana negra.

Mundoperro era su jefe. Si no empezaba cada frase con un taco o un insulto, no parecía convencido de que los otros dos pudieran entender lo que quería decir exactamente.

Además de tener el pelo largo como una chica y de

apestar que daba asco, era tan flaco que se metía por las bocas de alcantarilla y en las cloacas para entrar en las casas y vaciarlas. Si los dueños lo sorprendían, él los dejaba fuera de combate a base de patadas en la tripa porque, aunque era flaco como un fideo, era fortísimo. Robaba los retrovisores de los coches, las bolsas de la compra y, a las señoras, les arrancaba los pendientes de las orejas. Así era Mundoperro: dispuesto a lo que fuera por una pizca de heroína.

Hasta que, de la noche a la mañana, y mira tú por dónde, poco antes de que yo naciera, se le perdió el rastro. Unos decían que se había muerto, otros, que se había vuelto bueno y estaba trabajando de voluntario de Cáritas en África, y otros también que estaba ingresado en un centro para toxicómanos en Umbria. Tina decía que ella no tenía una idea precisa de lo que le había ocurrido.

Eso, naturalmente, confirmaba mis sospechas.

Tanto que en mis oraciones nocturnas había una que no me saltaba nunca, nunca, nunca.

«Oh, taxi inglés», empezaba.

> Oh, taxi inglés,
> hagamos un intercambio:
> tú duermes en mi lugar
> en esta cama
> demasiado grande
> o demasiado pequeña
> (según el caso)
> pero que tiene sábanas perfumadas
> (huelen a vainilla o a muguete),
> y yo hago que en mi interior duerman

Mundoperro, Piolín y Bandana,
así los veo con los ojos cerrados
y se me pasa el miedo,
porque todos,
con los ojos cerrados
son capaces de amar
(menos cuando ya no los vuelven a abrir,
como mamá,
pero eso ya es otra cosa
muy distinta).

Rezaba más o menos así. Pero no servía de nada. Así como tampoco serviría de nada que cuando el mundo se volvió loco, un día de septiembre, a todos se les metió en la cabeza echarles la culpa a los terroristas islámicos. Pero yo sabía muy bien que la culpa en realidad era de Mundoperro: y, mientras yo veía en la tele, con Tina y Gianpietro Costanza, cómo esos altísimos edificios caían como si fueran de arena, golpeados por dos aviones, me preguntaba cuál de ellos pilotaba Piolín, y cuál Bandana, y de qué escondite de Poggio Ameno recibían las órdenes para destruirlo todo.

Me daba igual lo que me repetía Tina cada noche, antes de apagar la luz de su habitación, que ahora era la mía.

–Te juro por Jesús negro que Mundoperro ya no puede hacerte ningún daño –me prometía–. Aunque aún estuviese vivo, ya sería bastante mayor y, además, seguro que ya habrá sentado la cabeza.

Pero eso a mí no me bastaba. Si esa historia me la hubiera contado mi madre, se lo habría podido decir sin tanto rodeo: «Vamos, mamá, no me hagas reír. Mundoperro sigue por aquí robando bolsas de la compra y dándole patadas en la tripa a la gente. Así son las cosas, aunque vosotros los padres queráis hacernos creer que no a los hijos».

Pero Tina no entraba en la categoría de «padres».

Su mentira era, pues, más difícil de desenmascarar con un sencillo razonamiento.

Aunque es verdad que, ahora que lo pienso esta noche, ella nunca habría jurado en falso por Jesús negro. Era el crucifijo de la iglesia de los Santísimos Mártires de Uganda, donde ella oía misa todos los domingos, y a veces incluso entre semana.

–Pero, entonces, ¿quiere decir que Jesús era negro? –le preguntaba yo cuando la acompañaba.

–No, hombre, no –me explicaba ella–. Éste es uno de los poquísimos crucifijos de Europa que lo representa así: lo han fabricado en Uganda, donde todos tienen la piel oscura y por eso se imaginan a Jesucristo así.

–Entonces en Uganda son unos mentirosos.

–¡Qué dices, pequeñita! Jesús es siempre el mismo, sea como sea.

–Entonces ¿quién es Jesús?

–¡El hijo de Dios!

–¿Y Dios?

–¿Qué?

–Dios, ¿quién es?

–Pero ¿qué cosas preguntas, pequeñita? ¡Dios es Dios!

Y así podíamos tirarnos horas razonando las dos: siempre y cuando no habláramos de por qué habíamos terminado viviendo juntas.

En ese caso no había nada de qué hablar. Era así, y punto. Igual que lo de que Dios es Dios.

Sólo algo más tarde Caterina Grò, la del segundo, me explicó que, en términos legales, mi adopción no había sido precisamente un paseo: y lo que había hecho todo aún más difícil era el hecho de que Tina no estuviese casada. Un equipo de psicólogos la había sometido incluso a una larguísima serie de tests en los que le enseñaban unas manchas, y ella tenía que decir qué veía, pero, si no lo he entendido mal, no podía decir que sólo veía eso: manchas.

Al final, gracias a la ayuda de un amigo del ingeniero Barilla que trabajaba en el Ministerio de Justicia, lo habían conseguido. O mejor dicho: lo habíamos conseguido. Vamos, que lo había conseguido Tina.

Que, sin embargo, dicho sea de paso, no se extendía nunca al respecto.

–Pequeñita, tarde o temprano llegarás a una edad en que podrás decidir tú misma qué es lo mejor o lo peor para ti.

–¿Es mejor o es peor tener seis años y medio?

–Las personas se dividen en dos: las que creen que es mejor, y las que creen que es peor.

–¿Y tú?

–¿Yo, qué?

–¿Tú qué crees?

–Yo... pues... yo... ¿qué, Mandorla, nos preparamos un buen plato de tortellini?

No había forma de que Tina dijera «yo». Mi madre, en cambio, no paraba de decir «yo». Y por eso yo (me refiero a mí, Mandorla), a mi vez, no estaba en absoluto acostumbrada al «tú». Que Tina empleaba todo el rato.

Tú estate tranquila, pequeñita. Todo irá bien. Ahora durante un tiempo te quedarás conmigo. Después, como en este edificio todos queríamos mucho a tu madre y nadie quiere perderse el privilegio de pasar tiempo contigo, irás a vivir a otro apartamento, pero podrás venir aquí a merendar galletas siempre que quieras.

–...

–Después te volverás a mudar de casa. Y luego otra vez. Pero siempre te quedarás en el edificio, naturalmente, y la puerta del primer piso siempre estará abierta para ti. Hasta el día en que elijas dónde quieres vivir.

–¿Contigo?

–A lo mejor sí, a lo mejor decides vivir conmigo.

–¿Tú estás contenta si decido eso?

–¡No tengas prisa, pequeñita! Las personas se dividen en dos categorías: las que tienen prisa, y las que se piensan las cosas con calma; y las segundas se equivocan mucho menos.

«Pero nunca se divierten mucho», le contestaría ahora que (según Pavarotti, que me lo jura por Cate) ha llegado el momento de tomar una decisión. Ayer, o mejor dicho, hace diez años, en cuanto Tina decía lo de las categorías de personas, yo entendía sin más que la conversación había llegado a su fin.

Junio de 1960

¿Cómo es posible?, se pregunta Tina. ¡Había ocho! Estaba segura, totalmente segura de que había ocho. Tiene que haber ocho. Compro siempre un paquete de dieciséis tortellini –siempre–, ¿cómo es posible que falte uno, precisamente esta noche? A mediodía almorcé ocho, como de costumbre, podría jurarlo. Así que ahora tendrían que quedarme ocho, y sin embargo hay siete, y no me convence que pueda haber ocurrido algo así, francamente, no me convence. No creo que pueda haber sido Negro, *el gato del barrio: las ventanas han estado cerradas toda la tarde, ¿por dónde podría haber entrado? Es un misterio inexplicable. ¿Y ahora tendría que ponerme a cenar como si nada? ¿Como si estuviese acostumbrada a comerme siete tortellini en lugar de ocho? ¿Como si fuera algo normal?*

No lo ha hecho nunca en su vida, ni siquiera cuando era pequeña: pero ahora no se puede aguantar y se pone a lloriquear. Lloriquea: «Había ocho», y, cuanto más lo repite, más ganas tiene de lloriquear. No es exactamente un llanto: parece el chirrido siniestro de una puerta cuyos goznes necesitan aceite.

«Había ocho…», continúa, inconsolable. Querría parar de lloriquear, recuperar la contención que la distingue de los demás. Pero no lo consigue. Chirría, imper-

térrita, no lo puede evitar. Entonces se pega una bofetada. Y otra. Y otra más. Y cuanto más se abofetea, más ganas tiene de lloriquear, y cuanto más lloriquea, más se abofetea para obligarse a parar. Quién sabe cuánto tiempo sigue así. Hasta la medianoche, que le quema tanto la cabeza que se toma una aspirina con un vaso de agua.

Chin chin, se dice antes de bebérselo, felicidades: hoy Tina cumple treinta años.

Cuando descubrí lo que ocurría en el primero en cuanto lograba conciliar el sueño, al principio no entendí nada. Era precisamente una noche como ésta, en la que quedarme dormida parecía imposible.

Daba vueltas y vueltas en la cama ni grande ni pequeña, como un filete en una sartén: el aceite en el que no lograba calmarme era el hecho de que el invierno se convirtiera en primavera, que la primavera corriese a precipitarse en el verano: que, resumiendo, todo siguiera su curso, sin importar que mi madre ya no pudiera celebrar la llegada del calor, cuando por fin se instalaba, o sustituir la colcha por el edredón, a mediados de noviembre.

Si el mundo es tan indiferente a quien responde o no a su llamada, pensaba yo, ¿qué sentido tiene estar en él? ¿Qué sentido tiene levantar la mano y responder presente, lavarse la cara por las mañanas, ir al colegio, hacer los deberes?

Y como el agujero de costumbre, que yo creía que estaba en el estómago, se estaba haciendo más grande, me levanté y fui a la cocina.

Y fue entonces cuando los oí.

–¿De verdad? –decía Tina. La voz provenía del salón, era apenas audible, porque por supuesto estaba obligada a susurrar para no despertarme–. ¿De verdad trepaste a un árbol para esconderte? ¿Y los soldados se pusieron a hacer un *picnic* debajo de ese árbol sin darse cuenta de que entre las ramas había un partisano? ¡Es una historia preciosa, preciosa de verdad! –Y yo pensé, anda, mira. Cuando, de día, todos están acompañados, Tina está sola: pero cuando todos, al final del día, se quedan solos dando vueltas en la cama, Tina tiene compañía. Entonces yo tampoco, yo tampoco estoy sola, ni siquiera cuando de verdad de verdad me lo parece, y el agujero crece y crece. Habrá también para mí, en algún lugar, un sitio y una hora que, ¡zas!, transformen el estar solo en estar con más gente. Y, con mucho cuidado de no hacer ruido, volví a mi habitación de puntillas, con una especie de paz que llenaba el agujero y disolvía las ideas peligrosas.

A la mañana siguiente intenté hacer como si nada: si Tina no quiere hablarme de las visitas nocturnas que recibe tendrá sus razones, decidí.

Pero, por primera vez, cuando sonó el timbre como de costumbre, no me puse nerviosa. Al contrario. Aunque Tina esté al servicio de todos, me dije, cuando se trata de elegir a quién invita por la noche, es ella quien decide. Los vecinos están excluidos, y por eso es tan amable con ellos: lo más fácil cuando alguien no te gusta pero no te ha hecho nada malo es ser educado (alcanzaba a entender perfectamente el mecanismo: más o menos por el mismo motivo estaba yo siempre dispuesta a mostrarme amable con la profesora).

De pronto, al egoísta del gato *Naranja* lo vi como un pobre animalillo perdido, y a los vecinos de la calle Grotta Perfetta, más o menos igual.

Pues así precisamente era cómo empezaba yo a asociar caracteres a las caras de las personas que desde ese momento iba a tener que considerar como mis familias: a través de las necesidades que tenían cuando acudían al primer piso.

A veces alguno, en lugar de tocar al timbre y ya está, asomaba un rato por casa: para acostumbrarse a mí, porque tarde o temprano al final también ellos habrían tenido que aguantarme, claro, hoy ya lo sé. Pero entonces aún no podía figurármelo, no podía saberlo: y simplemente me parecían todos medio locos con eso de estar siempre subiendo y bajando como un yoyó.

No es que me cayeran mal. No, no, al contrario. Me asombraba que pudieran ser tan claros los ojos de Caterina Grò, la del segundo (algo en lo cual al menos tendríamos que estar de acuerdo Pavarotti el abogado y yo), que parecían ventanas abiertas al mar cuando se abrían de par en par para preguntarle a Tina: «Señorita Polidoro, ¿le importa que le haya dado su apellido al mensajero? Es que tengo que recibir un documento importante y temo que mi marido, ocupado como está en sus cosas, no oiga el telefonillo». Su marido. Me hacía tanta gracia que Samuele temiera siempre hacer enfadar a alguien tan incapaz de enfadarse como me parecía que era Cate: «Señorita Polidoro, ¿podría cuidar de Lars? Mi mujer me va a matar si no...», tengo que ir a comprar fruta, si no voy al tapicero, si no hago corriendo lo que tengo que hacer, el recado que fuera. Lo importante era que Cate no lo regañara: tanto es así que, cuando la llamaba por su nombre en lugar de decir «mi mujer», los primeros días siempre pensaba que se refería a su madre.

Y luego estaba el ingeniero Barilla, el del quinto, que me daba miedo de lo serio que era, pero a la vez pensaba que si uno no se esforzaba siquiera un poco en resultar simpático, tampoco habría podido esforzarse en ser malo. Y además, me decía, si Carmela Barilla se ha casado con él, sus motivos tendría. Porque, aunque tuviera que pedirle a Tina un favor, la señora Barilla lo hacía de una manera distinta a todos: parecía que, más que una persona de carácter, como su marido, lo que definía a esa mujer era la amabilidad, sí, eso es.

«Señorita Polidoro, ¿sería tan amable de prestarme una pizquita de pimienta, que por desgracia no me he dado cuenta de que se me había acabado?», «Una gotita de suavizante, ¿sería un problema para usted, señorita? ¿Seguro que no? Gracias. Luego le pido a Giulia que le baje un vasito de la mermelada de naranja que nos ha mandado mi suegra. Gracias otra vez, de verdad».

Si bien Carmela Barilla se andaba con todos esos rodeos, Lidia, la del cuarto, en cambio, iba siempre con prisa, como si la siguiera alguien peligroso: «Señorita, le dejo las llaves de Lorenzo: se las ha olvidado en casa, como de costumbre, y si no se queda en la calle. No sería una gran tragedia, lo sé, pero bueno, aun así». Y se iba. Mientras que Lorenzo, su novio, cuando pasaba a recoger esas llaves se podía tirar media hora para explicarle a Tina el motivo por el que las había olvidado.

A Paolo, el del tercero, no se lo veía nunca por casa (quizá porque es el único que sabe lo que ocurre por las noches en el primero, y le ha ofendido que no lo invite nunca, me decía yo). Michelangelo, en cambio, llamaba al menos una vez al día, aunque nunca se supiera bien qué era lo que necesitaba.

«Se ha roto el tostador, pero no es que se haya roto: creo que es el interruptor lo que no funciona. O quizás es que el pan está ya correoso. ¿Usted qué opina, señorita Polidoro?»

Y cosas así. Podía ocurrir que se volviera a su casa con las manos vacías, sin haber entendido siquiera cuál era el problema para el que esperaba que Tina encontrara una solución. Y cuando le abría yo la puerta, no me miraba ni de casualidad: «¿Está Tina?», preguntaba enseguida. Bajando la mirada, como si estuviera jugando al escondite. Que Paolo y él eran novios, eso a mi madre le había dado tiempo a explicármelo, si no, no sé cómo se las habría apañado Tina para hacerlo. Habría sido de verdad difícil para ella, pues, para empezar, la cosa le resultaba fácil de aceptar, pero imposible de entender. Yo en cambio no lo tuve que aceptar ni que entender: lo aprendí y ya está, como cuando aprendes a atarte los cordones, a enrollar los espaguetis en el tenedor, como todas esas cosas que, si las descubres a los cinco años, las asimilas ya para siempre.

Una tarde nos los encontramos por la calle: yo iba todavía a la guardería, y mi madre había ido a recogerme. Pero, nada más ver a Paolo y a Michelangelo, quiso cruzarse de acera.

–¿Por qué? –le pregunté yo.

–A Paolo, que es uno de esos dos señores, no le caigo nada bien –me contestó ella.

–Pero ¿no puedes saludar al otro al menos? –insistí yo.

–No, tesoro –me contestó ella–. Algunas personas, cuando tienen pareja, se convierten en una única cabeza, un único corazón: a eso se le llama comunión de bienes.

Sólo más adelante comprendí lo que quería decirme mi madre aquella tarde. En ese momento sólo entendí que las imágenes de los libros que nos enseñaban las profesoras no lo decían todo sobre las familias: en esas imágenes sólo salían papás hombres y mamás mujeres. Mientras que fuera de los libros de las maestras podía ocurrir perfectamente que por la calle te encontraras a un papá y una mamá hombres los dos.

¡Por no hablar de lo que, poco después, me iba a pasar a mí en cuestión de padres! Se habrían vuelto tarumba las profesoras de la guardería, con sus imágenes.

¿Cómo es posible, se preguntarían, considerar familia a unos desconocidos, así, de la noche a la mañana?

Porque desconocidos, en efecto, los vecinos de la calle Grotta Perfetta para mí lo eran de verdad.

Sí, vale: habían querido a mi madre hasta el punto de cuidar de mí. Pero cuando ella estaba con ellos no estaba yo. Y ahora que me tocaba a mí, no estaba ella para presentármelos.

Por eso analizaba la manera que tenían de decir: «Perdone, señorita Polidoro, necesitaría esto, necesitaría esto otro», y por cómo me sonreían o me acariciaban la cabeza yo sacaba una conclusión u otra. Algunas cosas resultaron útiles, otras, una tontería, como les sucede a todos cuando la vida, la de verdad, se entromete y te encasqueta a personas que, hasta entonces, veías inmóviles como maniquíes en el escaparate de tus impresiones.

Sólo una, entre todas las demás, no se limitaba desde luego a ser una impresión mía: a todos y cada uno en ese edificio les faltaba algo que tenía poco o mucho que ver con lo que iban a pedir al primer piso.

Era, pues, una suerte que llegara siempre un momento en que el salón se transformaba en un lugar lleno de gente sin problemas, en un lugar lleno de cosas buenas, donde todo el mundo se tuteaba, algo que entre Tina y los vecinos de la calle Grotta Perfetta, en cambio, nunca ocurría.

La comitiva de sus amigos, de hecho, ya no consolaba sólo sus noches, sino también las mías: siempre que no conseguía dormir y me levantaba para ir a la cocina, estaba segura de encontrar el consuelo de las conversaciones que resonaban en el salón. Por lo que conseguía captar al otro lado de la pared, eran muchas y distintas las personas con las que Tina charlaba: madres de sus antiguos alumnos, primos, una vez incluso una señora que debía de ser bastante famosa, porque Tina no paraba de felicitarla por su última canción (aunque, según Tina, el texto hablaba demasiado de la felicidad de estar enamorada, y una mujer, según ella, debía ser más discreta).

Pero bueno, si hay que ser sinceros, yo no escuchaba a escondidas sólo porque sí, como se escucha una melodía que te hace sentir bien, sino también porque, en lo más profundo de mí, esperaba que, tarde o temprano, una noche u otra, entre todos los amigos de Tina apareciera él.

Él, sí. Él.

Mamá me había contado siempre que mi padre era un astronauta. Que en cuanto se aseguró de que me las podía apañar, aunque fuera sietemesina, le dio un beso en la boca, a mí otro en la tripita y, sin avergonzarse de llorar como un niño, no tuvo más remedio que volver a marcharse. Mi madre y yo lo saludábamos a menudo. Antes de irnos a dormir, ella se asomaba a la ventana, me cogía en brazos y me señalaba la Luna: «Ahí está papá, ¿lo ves? Dile hola con la mano, Mandorla. Quién sabe lo solo que se sentirá allá arriba. Necesita saber que tú no te has olvidado de él». Yo, por supuesto, le decía hola con la mano. Sólo faltaría: estaba muy orgullosa de ese padre pionero del cielo.

«Lo hace para saber si es un sitio adecuado para que vayamos nosotras también a vivir allí», me contaba mi madre. Y yo ya nos imaginaba a las dos preparando el equipaje por enésima vez, pero esta vez por fin habría sido la última, para mudarnos a vivir con mi padre. En la Luna.

Pero ahora que ya no está mamá, ¿quién sabe? A lo mejor viene él a la Tierra, me decía yo. Si para hablar con Tina por las noches las cantantes famosas bajan del escenario, ¿no pueden los astronautas bajar del cielo para recuperar a una hija?

Por eso, cuando me daba cuenta de que en el salón había un hombre, mis oídos se convertían en antenas.

Ese hombre, sin embargo, era casi siempre un tal Rocco.

–Rocco, sólo tú me llamas todavía Celeste... –susurraba Tina.

Como de costumbre, por desgracia, nunca lograba oír lo que le contestaba la persona que estuviera con ella, porque se le daba tan bien hablar en voz baja que desde la cocina no se oía nada. Pero bastaba la voz de Tina para darse cuenta de que las visitas de Rocco eran más especiales que las demás. Cuando estaba con él, le cambiaba el tono de voz. Intercalaba las palabras con grititos de recién nacido y con halagos, y parecía avergonzarse de los que, aparentemente, le hacía él, que eran muchos.

–Venga, Rocco, no exageres: hay millones de mujeres más fascinantes que yo, ¡no puedes decir que podría llegar a ser miss Italia! ¡Si ya soy una ancianita! –la oí decir alegremente una noche.

La única persona que habitaba las tardes de Tina y que tenía acceso también a sus fiestas nocturnas era Gianpietro Costanza.

–¡Gianpietro! –lo reñía ella, riendo. Tanto de noche como de día.

A diferencia de los demás, Gianpietro no necesitaba nunca nada cuando llamaba al timbre, todos los jueves por la tarde. Al contrario: siempre traía algo de regalo.

Será por eso quizá (porque no venía al primero a coger

nada, sino a traer) por lo que fue él quien hizo estallar la pompa de apuro y vergüenza en la que todos flotábamos, y el único que mencionó a mi madre.

Porque, en efecto, parecía que los vecinos de la calle Grotta Perfetta, 315, pudieran hablar de todo, cuando bajaban al primero o cuando me los cruzaba en el portal, desde que las bombillas no iluminaban el patio lo suficiente hasta el incordio de la calefacción individual: pero no ocurría nunca, lo que se dice nunca, ni siquiera por error, que alguno de ellos pronunciara el nombre de Maria.

¿Será que soy la única que se acuerda de ella?, me preguntaba yo. ¿Será que, cuando una persona es tu madre, no te crees que haya muerto, mientras que si no es tu madre, al cabo de un tiempo después de que muera ya no te crees que haya estado viva siquiera? Pero entonces, ¿cómo va la cosa? ¿Las personas en realidad no existen y son sólo sueños que tienen sus hijos? Si es así, entonces el mundo es de verdad un lugar absurdo.

Pero mientras pasaban los meses, a propósito de lugares, ocurrió eso que al abogado Pavarotti tanto le cuesta aceptar: empezaba a pensar en ese edificio sencillamente como en una de las tantas casas en las que me había tocado vivir.

Él (me refiero a Pavarotti) sostiene que a la fuerza tuve que sufrir un trauma en ese período y que, mientras no lo admita, seguiré teniendo comportamientos irreflexivos como, por ejemplo, el que me ha llevado directamente a donde me encuentro esta noche. Pero yo no comparto esa opinión: ¿qué significa eso de trauma? ¿Y cuánto debería durar un trauma según él? Yo sencillamente creo que cuando una situación absurda se convierte en tu vida, al cabo de un tiempo ya no la consideras tan absurda. Ya no te preguntas si es adecuada (si es que se puede emplear esa palabra para referirse a normal). La consideras una costumbre: vamos, que dejas de considerarla siquiera. Llega un momento en que ya no reparas en ella, estás demasiado ocupada en vivirla y ya está. Tanto que llegado ese punto ya no hay mucha diferencia entre ti y quien basa su vida en supuestos más normales (si es que se puede emplear esa palabra para referirse a adecuados): todos nos afanamos por sacar algo bueno de lo que nos pasa. Ya sea un niño, como podía ser Matteo Barilla, del quinto (sí, Matteo Barilla: cuando yo tenía seis años para mí era sólo matteobarilla, todavía no era MATTEO BARILLA), con una madre (siempre amable), un padre (demasiado serio) y una hermana (llena de *piercings*), o una niña como yo, sin madre, con demasiados padres, con cinco familias dispuestas a cuidar de ella a condición de no contarle la verdad que habría destruido a una de esas cinco familias.

Por otro lado, aquello absolutamente absurdo que de ahí a poco tiempo habría empezado a ocurrir, hasta convertirse en el ciclón que esta noche me ha arrastrado a donde me encuentro ahora, en aquella época ya me espiaba a escondidas, preparado para estallar en el momento oportuno: pero yo no me daba cuenta.

Hasta que un jueves, que hasta entonces parecía un simple jueves, por fin tuve la certeza de que no: mi madre no había sido un simple sueño que yo hubiera tenido durante seis años.

Tina estaba en la cocina preparando el té, y Gianpietro, como de costumbre, me ayudaba a hacer los deberes en el salón. No me gustaba nada ir al colegio. No me había gustado nunca, ni siquiera cuando aún vivía mi madre, porque tanto en la guardería como en el cole, al final yo siempre aparentaba tener dos años menos que mis compañeros, y eso, cuando tienes seis, es un drama. Y cuando murió mi madre, ya no sólo era distinta a todos los demás porque seguía siendo pequeña mientras los demás crecían, sino también por eso mismo, porque mi madre había muerto: y mientras mi padre se paseaba por la Luna sin decidirse a venir a buscarme, de mí se ocupaban unos extraños que no se parecían en nada a las niñeras, los abuelos o los hermanos mayores que iban al colegio a recoger a los demás niños. Y, por si eso fuera poco, Tina me vestía siempre con unos trajecitos rosa pálido de lo más cursis, que estallaban en enormes pliegues a la altura de las mangas, mientras que mis compañeras de clase iban embutidas en vaqueros elásticos y calzadas con zapatillas de deporte fosforescentes, iguales que las que llevaban los chicos.

El caso es que ese día la profesora nos dijo que escribiéramos una redacción sobre el domingo. Pero, como todo el mundo sabe, el domingo quiere decir familia, y yo no sabía qué inventarme para no parecer siempre rara mientras los demás eran normales. Así que le pedí a Gianpietro que me contara cómo sería un domingo suyo.

–Tú me dictas, y yo escribo. Anda, venga. Dentro de tres días será domingo, eso es lo que llevo escrito por ahora. ¿Qué más tengo que poner? ¿Qué se hace los domingos normalmente?

A él al principio eso de ayudarme con la redacción no le parecía muy bien, pero cuando le expliqué que hasta que mi padre no volviera a la Tierra yo no podía tener un domingo igual al del resto de mis compañeros de clase, se puso a tartamudear más que de costumbre y al final se prestó a ayudarme.

«Dentro de tres días será domingo, y, como siempre, nos reuniremos todos: yo, mi hermano, la mujer de mi hermano (que es cartera), mi madre, mi padre, la abuela Dina (la madre de mi padre) y el abuelo Giovanni (el padre de mi madre). Será un domingo un poco triste porque hará siete años que murió el abuelo Antonino (el abuelo de mi padre).»

Así empezaba la redacción. Pero Gianpietro ya no podía seguir.

–Ppppp... pero ¿ttttttt... tú nnnnnn... no eeeeeechas de mmmmmm... menos a ttttttttt... tu mmmm... madre?

Pero ¿tú no echas de menos a tu madre?

Porque yo echo de menos a mi bisabuelo todos los días.

En ese momento entró Tina en el salón, con el té y las galletas de trigo sarraceno: así ya estábamos todos. Nosotros tres y esa pregunta que flotaba en el aire.

–No pienso nunca en eso –debí de responder al final. O algo parecido. Luego bajé la vista al cuaderno. Mientras, dentro de mí, donde nadie (ni siquiera Tina, ni siquiera Gianpietro) podía saber, me sentía de repente como en fiesta, dentro de mí fue como si fuera, normalmente, domingo: ¡entonces mi madre había existido de verdad!

–Sí, sí: tú también eres mi mejor amiga, claro... –susurraba Tina desde el salón, una noche como tantas otras.

O:

–¿Qué dices? ¿El tiramisú lo haces con requesón? ¿De verdad? Pero ¿con queso mascarpone no queda mil veces más rico?

O también:

–¡Pues claro que yo también te quiero, Rocco, mira que eres bobo!

Pero nunca:

–Tu hija está durmiendo en la habitación de al lado. ¡Qué contenta se pondrá mañana cuando se despierte y se entere de que su padre ha venido a buscarla!

En verano, cuando aún vivía mi madre, todos se marchaban, y nosotras nos quedábamos en Roma.

–¡Australia!

–¡China!

–¡América!

Me anunciaba mi madre, a primeros de junio: y no porque fuera una mentirosa. En absoluto. Lo creía de verdad, tanto es así que iba a comprarse montones de guías turísticas de Australia, de China o de América. Pero luego por supuesto ocurría algo, más o menos en la décima página de la guía que se ponía a estudiar. No sabría decir el qué. Durante unos días la guía en cuestión se quedaba abierta sobre la mesilla de noche, esperando a mi madre. Y luego de repente desaparecía, y con ella desaparecían también nuestros planes de vacaciones.

–Organizar un viaje es tan tremendamente difícil... –podía ocurrir que la oyera suspirar al teléfono a alguna de las miles de personas que la llamaban, que parecían no poder apañárselas sin ella–. ¿Sabes qué te digo? Que casi casi que este verano no me muevo de Roma. ¡Aquí me quedo! –Y se reía.

Nuestras vacaciones en casa eran calurosísimas y vacías, pero siempre que pienso en ellas me vuelven a la cabeza tan sólo detalles que hacen que me parezcan perfectas, como a lo mejor ocurre siempre cuando estás de espaldas y para mirar algo tienes que pararte, darte la vuelta y aguzar la vista. Si resulta que no ves nada bonito, es natural que te lo inventes, porque si no, ¿qué sentido tiene tanto esfuerzo? Así es que de esos veranos lejanísimos ya no recuerdo todos esos ventiladores rotos (que sé que han existido, porque ella tenía la manía de encenderlos a tope y luego se olvidaba de apagarlos) ni las tardes eternas en las que las únicas que se aburrían más que yo eran las agujas del reloj por las que el tiempo no se decidía a pasar nunca, nunca, nunca.

Esas tardes son como los ventiladores rotos: estoy segura de que existieron. Pero si ahora aguzo la vista para volver hasta allí veo sólo almuerzos a base de tarrinas gigantes de helado de fresa y pistacho, mientras ella me habla de esa vez que hizo esto y de esa otra que hizo aquello: y me parece de verdad mía esa madre, en el sentido de mía y sólo mía, no de todos los demás con los que acostumbraba a tener que turnarme. Porque en agosto conmigo estaba sólo ella, y con ella estaba sólo yo, en Roma: hasta Tina se marchaba. Gianpietro la llevaba en coche a Santa Marinella y, dos semanas después, iba a recogerla.

Ése fue precisamente el primer viaje de mi vida: de la calle Grotta Perfetta, 315 (Roma), a la pensión Belvedere (Santa Marinella), a doscientos metros de la playa, como ponía en el neón parpadeante de la puerta. Ese lugar me gustó desde el principio, y esta vez no lo digo por aquello de la ilusión óptica de las cosas que miras cuando estás de espaldas. Todas las mañanas, Tina y yo desayunábamos bajo una pérgola de cañas de bambú artificiales, paseábamos a la orilla del mar de un extremo a otro de la playa, y cuando empezaba a llenarse de gente, demasiada para nuestro gusto, nos escondíamos bajo una sombrilla de la pensión Belvedere y nos partíamos la cabeza con los crucigramas de la *Revista semanal de pasatiempos*. Después de comer nos íbamos a la habitación a descansar un poco, y luego otra vez a la playa, para bañarnos en el mar. Tina me obligaba a ponerme el flotador y los manguitos, las dos cosas, ya desde debajo de la sombrilla. Luego se subía hasta la cintura una camisola violeta que no se quitaba ni cuando más apretaba el calor y se metía en el agua sólo hasta las pantorrillas, mientras yo avanzaba hasta donde siguiera haciendo pie, porque si no el baño terminaba en tragedia. «¡Mandorla! ¡Las olas! ¡Las corrientes! ¡Los tiburones!», empezaba a gritar Tina. «¡Mandorla!», se desgañitaba, y yo, de la vergüenza que me daba, retrocedía enseguida porque ya me parecía un poco exagerado tener que nadar con toda esa armadura de plástico, no faltaba más que los demás niños pensaran que ni siquiera así era capaz de mantenerme a flote. Pero cuando estaba segura de que nadie nos miraba, entonces le hacía bromas. «¡Tina, socorro, me ahogo!», me ponía a chillar. Y ella picaba siempre, se metía en el agua con su camisola violeta, hasta que me veía reír, y aunque me llamaba tonta, apretaba los labios y sacudía la cabeza, pero se veía muy bien que estaba demasiado aliviada de que no me hubiera ocurrido nada malo como para enfadarse de verdad conmigo. Luego por la noche cenábamos debajo de la misma pérgola de plástico, y cuando no estábamos demasiado cansadas nos íbamos al pueblo a tomar un helado. De fresa y pistacho, naturalmente. No son muchos los medios de los que disponemos para creer, cuando las cosas cambian, que no es del todo verdad que hayan cambiado, así que al menos esos pocos hay que saber utilizarlos.

Y así pasaban los días en el primer piso, como una canción llena de estribillos. Una vez terminado el verano, regresamos a Roma, y todo volvió a empezar: el colegio, los deberes y los jueves con Gianpietro Costanza. También las noches secretas de Tina con sus amigos, naturalmente: hasta que llegó una distinta a todas las demás.

Esa noche Tina se lo estaba pasando pipa.

–¡Seguís igual, no habéis cambiado nada! –exclamaba sofocando una carcajada que parecía de verdad incontenible–. Desde pequeñitos ya apuntabais maneras: ¡erais dos demonios! Gemelos en todo, no sólo porque fuerais idénticos, ¡sino porque eran idénticos también los diablillos que teníais en el cuerpo!

¿Había oído bien? ¿Estaban los gemelos con Tina, en el salón? Entonces no era verdad que vivieran en la otra punta del mundo y que ni siquiera le mandaran una felicitación de Navidad. ¡Así que iban a visitarla en cuanto podían! Y qué feliz era Tina de estar con ellos. Yo ya no entendía nada. Vale, no se trataba de mi padre, pero con todo era una noticia sensacional. ¡Yo nunca había visto a dos gemelos en persona! Y qué risa si aparte de ser iguales entre ellos, además también se parecen un poco a su hermana mayor, me dije. ¿Te imaginas dos hombres que parecen uno solo y luego encima con la nariz estrecha y los ojos redondos de Tina? Tenía que ser un espectáculo, no me lo podía perder por nada del mundo, por nada del mundo, así que despacio, muy despacio, con la espalda pegada a la pared, me fui deslizando desde la cocina hasta la puerta del salón.

–¿Qué queréis que os diga? Esa pequeñita es un verdadero ángel.

De mí...

¡Tina les estaba hablando a sus hermanos de mí! El

corazón me dio un vuelco dentro del pecho, mientras, con el oído pegado a la puerta del salón, contenía la respiración para que no pudieran descubrirme.

–Es ordenada, siempre tan formalita, y si supierais lo inteligente que es para su edad... Con Mandorla se puede hablar de cualquier cosa.

Vamos, que entre lo feliz que estaba por lo que Tina estaba diciendo y el deseo cada vez más incontenible de ver a los gemelos, ya no pude resistirme más y asomé la cabeza, siempre muy, muy despacito, al otro lado de la puerta del salón. Pero luego retrocedí. Rápidamente. Antes de correr el riesgo de que Tina, sentada de espaldas en el sofá, pudiera verme. Antes de que se diera la vuelta de pronto, y esos ojos redondos se cruzaran con los míos. Retrocedí a tiempo de que no se diera cuenta, ni esa noche ni nunca, de que la había descubierto.

Que lo había visto.

Lo sabía. Y como en todos estos años no se lo he contado a nadie, que me perdone Pavarotti si sigo callando el hecho de que Tina, de noche, se pone un vestido azul, con las mismas mangas abullonadas como aquellos que me compraba a mí, lleno de pequeñas margaritas blancas. Se suelta el pelo, que le cae sobre los hombros: parece arbustos quemados, pero lo tiene muy abundante, quién lo diría al vérselo siempre recogido en un moño durante el día. Luego se quita los zapatos, apoya los pies sobre el sofá rosa pálido de reposabrazos raídos y empieza a hablar. Con un tal Rocco, con los gemelos, con las cantantes más famosas del mundo, con su padre. Depende de a quien le apetezca ver esa noche, y perfectamente puede darle por decidirlo en el último momento: porque, total, en ese salón nunca hay nadie de verdad.

Abril de 1989

–Encantada, soy Maria, la nueva administradora de fincas.

–El gusto es mío, señora Maria. Yo soy Tina Polidoro, la vecina del primero.

–Oh, no, por favor, tutéeme y no me llame señora. No estoy casada, sólo faltaría. Tengo veintidós años. No me diga que aparento más, por favor... A lo mejor es culpa de este horrible vestido gris con hombreras de gomaespuma... A mí tampoco me gusta: pero ya sabe cómo son las cosas, señora Polidoro, bastante afortunada me considero ya por haber conseguido este trabajo, no puedo hacer el tonto y presentarme en la primera reunión de junta de vecinos, qué sé yo, ¡con unos vaqueros con un siete en el trasero! ¿No le parece? Es que ¿sabe?, si pierdo esta oportunidad lo llevo claro. Figúrese usted que, de niña, cuando me preguntaban «¿qué quieres ser de mayor?», yo contestaba que pintora o poetisa. ¡Y ahora mi única preocupación es no perder mi puesto en una gestoría de administración de fincas! Tiene gracia, ¿no? Cómo nos cambia la vida mientras nosotros estamos tan concentrados en cambiarla, en cambiar la vida, me refiero. Es como una broma, en cierto sentido, pero yo lo encuentro más bien estimulante, o mejor... ¿qué es lo contrario de responsabilizar? Bueno, lo que sea, digamos que a mí esto me parece antirresponsabilizante, eso, vamos a decirlo así. No se me

ha pasado nunca el vicio del «anti», como los niños, ¿sabe? Para los niños, el contrario de preferido es antipreferido, el contrario de bueno es antibueno, etc., ¿no? ¿Se ha fijado? ¿No? ¡Entonces a lo mejor es que no todos los niños hacen así! A lo mejor es que a mí me gustaba pensar que no era la única que lo hacía, ¡y todavía lo hago, cuando no me salen las palabras adecuadas! Si está pensando que todavía tengo cuentas pendientes con algunas cosas, lo reconozco, así es. Me habría gustado ir a la universidad, no puedo negarlo. En aquello de ser pintora no he vuelto a pensar, pero en lo de ser poetisa de vez en cuando sí. Aunque, si he de ser sincera del todo, si hoy por hoy me preguntaran: Maria, ¿qué te gustaría ser capaz de hacer? Diría: ser cirujana. Sí, sí. Admiro muchísimo a los que son capaces de operar a una persona a corazón abierto, sabiendo exactamente dónde poner las manos y qué hacer...

–¿... Señorita Maria?

–Maria a secas, por favor, señora Polidoro. Dígame.

–Pues eso... Que tampoco usted me llame a mí señora.

–Como prefiera. Pero usted tutéeme.

–Sí, perdone... perdona. Y bueno, tampoco es que sea una cuestión de preferencia, sino, cómo decir, yo tampoco estoy casada, aunque no sea joven como usted... como tú... y bien podría ser madre, pero bueno, no soy en absoluto digna de ser considerada una señora.

–No, no, señorita Polidoro, esto sí que no: usted debe considerar antidigno considerar digno ser una señora antes que no serlo, cuando no es razón para juzgar el valor de una persona. Es mejor pensarlo así, ¿no le parece?

Tina sonríe, como no le ocurre nunca a menos que Gianpietro salte con una de sus bromas. Éste podría ser el principio de una gran amistad, piensa.

Y llegó otra vez el verano y, con él, una noticia triste. Poco después estaba previsto que Gianpietro nos llevara a la pensión Belvedere de Santa Marinella.

Pero no ocurrió así.

Porque no había manera, parecía que las personas se empeñaran en morirse. Y esta vez le tocaba a la madre de Tina.

–Murió mientras dormía, como les ocurre a las personas buenas y como Dios manda –nos susurró la monja que se ocupaba de ella en la residencia en la que vivía.

No conseguía quitarme esa frase de la cabeza. Cuanto más intentaba librarme de ella, más se me pegaba por dentro, como un chicle; te crees muy listo pensando que lo vas a poder escupir al suelo por la calle, pero se te pega a la chaqueta, y cuando te das cuenta es demasiado tarde, resulta imposible despegarlo sin mancharte más todavía.

Y después, durante diez días, me fui a vivir al cuarto, con Lidia y Lorenzo, que eran los únicos que no se habían ido todavía de vacaciones.

–Teníamos pensado cruzar el África austral en un avión a baja altitud, pero al final no hemos ido –nos explicó Lidia cuando bajó a darle el pésame a Tina.

–Querida mía, por fin... No lo he dicho nunca por temor a que pensara que me meto donde no me llaman pero, a mi juicio, sus viajes siempre me han parecido una locura. Francamente, ¿cómo es posible?, me preguntaba. ¿Cómo es posible irse de vacaciones a un sitio donde se está mil veces peor que en tu propia casa? ¿Donde al final resulta que tienes que dormir en el suelo? ¿Donde la comida es venenosa y a lo mejor hasta hay guerra? Se lo digo siempre también a mis dos hermanos, que viven en Camboya, precisamente, o sea, vamos, allí, en África: tened cuidado, les digo. ¡Qué alivio saber que por fin al menos usted y el señor Lorenzo lo han entendido, qué alivio que por fin han decidido quedarse tranquilitos en su casa! –comentó Tina, que ni siquiera un día como ése pensaba que fuera plausible existir y ya está, sin tener que pagar el precio de preocuparse por los problemas de los demás.

–No, pero no se puede decir exactamente que lo de quedarnos en casa lo hayamos decidido nosotros –suspiró Lidia–. Lo que pasa es que, poco antes de marcharnos, nos hemos puesto a discutir, y ya sabe cómo son estas cosas, te provocan y reaccionas, y bueno, el caso es que le he roto el pasaporte a Lorenzo.

–Oh –dijo Tina.

Pero me dio la impresión de que incluso ella, que de relaciones humanas entendía poco, por no decir nada, intuía que tampoco era como para preocuparse demasiado, que las discusiones entre Lidia y Lorenzo no eran tan graves aunque terminaran a veces con un pasaporte inutilizable.

–Pero bueno, no es grave: esta mañana Lorenzo ha ido a la comisaría, y dentro de diez días lo más seguro es que ya esté listo el pasaporte nuevo.

–Bien.

–Bien.

–Y África va a seguir estando donde está.

–Desde luego. Debe de ser un lugar muy interesante.

–Sí.

–Sí.

Pero mientras tanto, se ofreció Lidia, Lorenzo y ella estaban encantados de ocuparse de mí, durante un par de días, o lo que fuera necesario.

–Por otro lado, también es hija nuestra –añadió. Tina entonces se convenció, porque pensaba que el que cogiera algo más de confianza con los otros vecinos me habría venido bien a mí, pero también a ellos, y porque de todas maneras ella y yo habríamos tenido todavía más de un año sólo para nosotras.

En realidad, aunque no fuera capaz de reconocerlo, esta vez era sólo ella quien necesitaba ayuda.

Pobrecilla. Su existencia tranquila se había visto repentinamente arrasada por el ciclón de las cosas que hay que hacer en esas circunstancias, sobre todo si tus hermanos de Camboya te mandan un telegrama en el que dicen sentir mucho lo que ha pasado, pero no encuentran de verdad la manera de reunirse contigo: ¡como para venir a verte por las noches y tirarse hasta el amanecer riendo, recordando cómo erais cuando erais niños!

Mientras tanto, Lorenzo y Lidia se portaron bastante bien conmigo. Aunque si he de ser sincera, a Lorenzo no lo vi prácticamente nunca: una mañana ocurrió incluso que me levanté y, cuando iba a desayunar a la cocina, me lo crucé, cuando él se iba a dormir.

Con una tranquilidad pasmosa, nunca se levantaba antes de las dos de la tarde: pero a esa hora yo me echaba la siesta, como me había acostumbrado a hacer Tina, hasta las cuatro de la tarde.

Vamos, que teníamos horarios totalmente distintos,

como en esa película que tanto le gustaba a mi madre en la que los dos protagonistas sólo pueden verse al amanecer y al anochecer, durante un segundo, porque por la noche él se transforma en lobo, y ella, en halcón.

Pero en esa película los dos protagonistas están enamorados: mientras que Lorenzo y yo no, por lo que podíamos vivir así perfectamente.

También porque, con Lidia en casa, nunca corría el riesgo de quedarme sola. Lidia hablaba todo el rato, ininterrumpidamente. Y me daba la sensación de que no lo hacía porque tuviera muchas cosas que decirme, sino más que nada porque tenía muchas que sacarse de dentro, no sé si me explico. Como si fuera a explotar si no lo hacía.

Menos mal que trabajaba en la radio y cada noche podía dar rienda suelta a toda su ansia de hablar con sus oyentes, que la llamaban para contarle sus problemas.

–Tú lo llamas «ansia de hablar», Mandorla: yo lo llamo «necesidad de amor» –me corrigió una mañana mientras desayunábamos–. Es absurdo, ya lo sé, que gente que no me ha visto en su vida y que se limita a escucharme una hora por la radio consiga colmar esta necesidad mía. Pero es así. Porque de eso se trata justamente, ¿entiendes? De escuchar. Y quizás eso sólo lo pueda hacer alguien que está a una distancia determinada. Si se acerca demasiado, ¡pum! Estalla algo que nos deja a todos sordos.

En efecto, cuando Lidia volvía de la radio, encontraba a Lorenzo encerrado en su despacho escribiendo, y si le decía: «¡No sabes lo que ha pasado en el programa de hoy!», él gruñía que no quería que lo molestaran. Pero ella no se desanimaba. Con tal de comentar el programa con alguien, lo hacía con *Efexor*. A él siempre le contaba sus grandes empresas. Porque Lidia de verdad parecía no tenerle miedo a nada. Se cruzaba Roma en bicicleta de un extremo a otro, haciendo eslalon entre coches que, de lo rápido que iban, habrían podido atropellarla en un momento; estudiaba todos los dialectos del África austral; al menos una vez a la semana se despertaba e iba a tirarse en paracaídas: no sé si me explico. ¡Se tiraba desde una altura equivalente a cien edificios como el nuestro puestos unos encima de otros! Y luego a lo mejor cogía y se iba a la radio, como si nada.

–Hoy no soplaba ni una pizca de viento, el aire estaba genial –le confiaba a *Efexor*, una vez en casa. Como si necesitara al menos a un perro como testigo, para que lo que hacía tuviera sentido.

Aunque es verdad que hay que decir, en defensa de Lidia, que *Efexor* no era un animal cualquiera. Era un maravilloso chucho de pelo rojizo y calcetines blancos: cada vez que alguien volvía a casa, él saltaba, saltaba y saltaba, con las cuatro patas, como un muelle, que es algo que los perros por lo general no saben hacer. Luego se me tumbaba encima cuando estaba viendo los dibujos animados en la tele, ponía el hocico debajo de la mesa cuando estábamos comiendo, se colaba entre mis sábanas cuando dormía y se ponía a lamerme los pies.

Quería estar en todas las salsas: siempre. Recordarte que existía y que te quería: era la clase de amigo perfecto para mí.

Cuando era sólo un cachorrito, se había tirado atado a un poste en la plaza de Poggio Ameno durante cuarenta y ocho horas seguidas, hasta que la chica que trabajaba en el estanco se dio cuenta de que ese perrito no estaba esperando a nadie, sino que lo habían abandonado. Así es que cuando Lorenzo bajó ese día a la plaza a tomarse un café, volvió a casa acompañado (es increíble que Lorenzo sepa relacionarse tan bien con los animales mientras que con Lidia le cuesta tanto, me hacía observar Tina a menudo, y lo que más le costaba reconocer era que hasta el gato *Naranja* tenía debilidad por él).

–Lo llamamos así –me explicó Lidia– porque *Efexor* es el nombre de una medicina para levantarte el ánimo. La tomaba Lorenzo hace un par de años, pero no le bastó, ¿y cómo le iba a bastar, Mandorla? Ni que fuera sólo el ánimo lo que no le funcionaba bien. No le funcionaba la cabeza, se le había atascado el corazón, era todo un agujero, no te haces idea. Pero bueno, volvamos a nosotros. O, más bien, a *Efexor*. Un nombre así le traerá suerte, nos dijimos: dada la tragedia que ha vivido, pobrecillo, la necesitará. Pero desde la primera noche nos dimos cuenta de que estaba aún más loco que nosotros, este perro. He intentado por todos los medios educarlo, pero no hay nada que hacer, nada: es incapaz, pero incapaz del todo, de convencerse de que, si por ejemplo salimos, tarde o temprano volveremos, y entonces ladra como un poseso hasta que oye la llave en la cerradura, y pega esos saltos absurdos, y mete el hocico en la basura y luego lo pasea por toda la casa... El diagnóstico es el de síndrome de abandono, Mandorla, ¿qué le vamos a hacer? Es típico.

Bueno, si tengo que ser sincera, yo la verdad es que no entendía todo lo que me decían y se decían entre sí Lidia y Lorenzo.

Tendría ocasión de hacerlo mejor en un futuro, cuando viviera con ellos.

Por aquel entonces sólo acerté a darme cuenta, vagamente, de que vivir con alguien no era mucho más fácil que vivir solo, como Tina. Era distinto, eso seguro. Pero más fácil, no.

Pero bueno, en lo que se refería a mí, lo importante

era que también en esas pocas noches que pasé con ellos supiera a quién acudir.

Oh, poste,
hagamos un intercambio:
tú te pones en mi lugar
aquí en el cuarto piso,
y te convences de que Tina
tarde o temprano
volverá,
porque estás harto de quien te dice
hasta luego
cuando en realidad quiere decir
hasta nunca.
Oh, poste,
y yo mientras tanto me estoy quieta
en tu lugar,
y veo a muchos perros
como *Efexor*
abandonados ahí,
pero veo también a muchas personas
como Lorenzo,
que pasan y se los llevan consigo,
a esos perros,
y así me convenzo de que nadie
abandona a nadie,
sino que todos se están buscando
y al final
a lo mejor
se encuentran.

Por una vez mi oración no cayó en saco roto: no es que me transformara en un poste de la plaza; no, por desgracia eso no ocurrió. Pero cuando pasó todo el ciclón de los papeles que firmar y del funeral (del cual todos los vecinos de la calle Grotta Perfetta pensaron oportuno mantenerme alejada), lo primero que Tina quiso fue que volviera a vivir con ella.

Y así fue como por fin, cuando como de costumbre estaba a punto de apagar la luz en su habitación, que ya se había convertido en la mía, se lo pude preguntar.

–¿Cómo murió mi madre?

Ahora, pensándolo bien, quizá Tina no se mereciera ese golpe tan bajo, justo en ese momento. Pero ella nunca ha razonado en esos términos. No pensaba que hubiera razones válidas para que las cosas malas pudieran no pasarle a ella. Así que se tomó unos momentos para pensar y suspirar, y al final me contestó.

–Murió en un accidente de tráfico, pequeñita.

–Pero la monja dijo que las personas buenas y justas se mueren mientras duermen: ¿es que mamá no era buena? ¿Es que no era como Dios manda?

Creo que entonces Tina estaba a punto de contestarme que había dos clases de personas: las que se piensan las cosas antes de hablar, y las que abren la boca para soltar todo lo que se les pasa por la cabeza, y estaba claro que la monja pertenecía a esta segunda clase. Pero algo se lo impidió. Y, por primera vez, empezó una frase con esa palabra imposible.

–Yo sólo puedo decirte que si me hubieran ofrecido poder cambiar a mi madre por la tuya, no me lo habría pensado ni un segundo y habría dicho que sí.

Nos quedamos un rato calladas, espiándonos la una a la otra, yo en esa cama demasiado grande para una persona sola y demasiado pequeña para dos, y ella junto a la puerta.

Quién sabe con quién se pondrá a hablar esta noche en el salón, me dije de repente.

–¿Dormimos juntas, Tina? –le pregunté entonces. Y como ella seguía mirando al suelo, pero se veía que estaba deseando meterse conmigo bajo las sábanas, tuve que suplicárselo–: Por favor. Esta noche no paro de pensar en Mundoperro. Me da miedo que si cierro los ojos, venga, y como no llevo pendientes, me arranque directamente las orejas. Si no duermes conmigo no voy a poder pegar ojo.

–...

–Anda, vamos, Celeste, di que sí.

EN EL SEGUNDO PISO

No debía haber sido así. No debía haber sido así en absoluto. No: en absoluto pretendía Samuele Grò que las cosas ocurrieran así.

–Es que a mí me gusta pensar bien de la gente, Cate, qué le voy a hacer –se desahogó con su mujer en cuanto volvieron a casa, a la mañana siguiente–. Pero la gente es que no entiende, no es capaz de entender. Si no, un gobierno como el que tenemos no podría existir en nuestro país, ¿no te parece?

Yo en aquella época tenía nueve años, seguía esperando que mi padre bajara del cielo para venir a buscarme, pero mientras tanto llevaba un par de meses viviendo con los Grò. Me mudé de casa de Tina a la de ellos justo a tiempo para el gran acontecimiento.

Domingo, 9 de febrero de 2003
Hora: 07.30 a.m.*
Lugar: el antiguo lavadero, en el sexto piso
de la calle Grotta Perfetta, 315

Mi hijo mientras duerme
de
Samuele Grò

Se obsequiará al respetable público con un kit para asistir a la proyección.

Os esperamos a todos.

Quiero dormir el sueño de las manzanas,
alejarme del tumulto de los cementerios.
Quiero dormir el sueño de aquel niño
que quería cortarse el corazón en alta mar.

F. GARCÍA LORCA

* Por la mañana.

Mayo de 1999

–Eres tú –susurra Samuele, cuando por fin la enfermera se lo pone en brazos.

Así lo ve ahora por primera vez.

Su hijo.

El único ser humano que, de no haber sido por él, hoy no existiría.

–Está durmiendo –dice bajito la enfermera.

Y a Samuele le parece no haber visto nunca nada tan perfecto.

Y exactamente entonces, antes aún de la conmoción, de la infinita ternura, de los miedos, antes aún de todas las preguntas, llega ella. Samuele la reconoce enseguida, mientras la enfermera le explica dónde poner una mano y la otra.

Es exactamente Ella: la Idea.

La buena.

La que aguarda desde que, hace ya diez años, dejó de tener bajo los pies el trampolín de lanzamiento. Una película. La historia de un multimillonario que pierde la cabeza por la puta más bella de Roma, la saca de la calle y se casa con ella. Calidad como para ganar el Oscar a la Mejor película extranjera. Como para encabezar las páginas culturales del Corriere della Sera. *Como para aparecer en primera página en* La Repubblica.

–¿Entiendes? El capitalismo, que conoce al mercado libre en su forma más pura y se queda prendado... –contaba, con una admiración por sí mismo patente e ilimitada, a cualquiera que se le pusiera a tiro–. Y es obvia la cantidad de discursos inherentes a una historia así. Considera el del sexo, por ejemplo, cómo de repente puede volver a tener misterio incluso para alguien que lo practica como profesión: ya tengo pensadas las luces que utilizaré, cómo enfocaré el rostro de ella cuando se desnuda delante de él por primera vez y, ya desde ese momento, nota un reparo que no conocía, o mejor, que había olvidado... y entonces ahí, ¡zas!, coloco un flash-back *de cuando era sólo una niña, la muestro inocente y asustada, sentada en un banco, dando su primer beso...*

Si alguien se atrevía a preguntarle cuándo tenía intención de buscar financiación para hacer esa película, él se lo quedaba mirando, sacudiendo la cabeza de lado a lado, con una expresión preñada de conmiseración, como diciendo pobrecito, yo te hablo de Arte con mayúscula, y tú me contestas desde el subsuelo de las contingencias cotidianas.

Hay que decir que cuando se estrenó Pretty Woman, *Samuele iba ya por la página 130 de su guión.*

–Para no atraerme la mala suerte no se lo decía a nadie, pero ya casi lo había terminado, ya lo tenía casi.

–Qué mala suerte –comentaban los demás, algunos con buena fe y otros con menos. Y, sin embargo, nunca habrían podido decir algo tan equivocado, tan ajeno a la verdad.

Porque la mala suerte no tenía nada que ver con eso, nada en absoluto. Lo que sí tenía que ver era ese maldito verano de hacía dos años, esa idea maldita del coast to coast: *cuatro amigos, un coche, América.*

–Esa puta.

–¿A quién se refiere? ¿A Julia Roberts?

–A América. Lo recuerdo como si fuese ayer, cuando hicimos una parada en Los Ángeles, como si fuese ayer...

–...

–No me mire así, abogada, no se imagina lo que significa tener una idea, ver cómo te la roban delante de tus narices y permitir que la transformen en mierda comercial: yo tenía en mente una provocación, ¿entiende?, algo que sacudiese las conciencias a nivel individual, y por qué no, también colectivo...

–Continúe.

–Claro. Mis amigos y yo, como le iba diciendo, hicimos una parada en Los Ángeles y nos metimos en la primera hamburguesería de Venice Beach, creo que se llamaba Bobby's, o Tobby's, no lo recuerdo exactamente, pero si, en el juicio, el ministerio fiscal me enseña fotografías del lugar, lo sabré reconocer enseguida.

–Continúe.

–Claro. Bueno, total, que nos estábamos comiendo una hamburguesa y pegamos la hebra con el camarero, un tiarrón cachas con una sonrisa de oreja a oreja, el clásico californiano, ¿sabe cómo le digo?

–Más o menos.

–El caso: era un chico que parecía muy tranquilo, muy normal. Nos explica cómo llegar al albergue más cercano, nos cuenta que estuvo en Italia de niño, esas cosas. Y entonces...

–¿Y entonces?

–Nos invita a una barbacoa en la playa.

–Qué detalle por su parte.

–Espere. Nosotros estábamos cansados, sucios, pero ¿cómo íbamos a decir que no a una fiesta en Malibú?

–Imposible.

–Exactamente. Así que fuimos. Habría por lo menos cincuenta personas, no exagero, y eran todas rubias y parecían todas... felices, sí, bailaban, se liaban porros, pero ¿cómo decirle?, alegremente, y se bañaban en el mar: la típica velada californiana a la orilla del mar, ¿se hace una idea?

–No.

–Bueno, tanto da. En un momento dado mis amigos se pegan cada uno a una chica, si el ministerio fiscal me pidiera que las reconociera, no sabría hacerlo porque de verdad me parecían todas iguales las chicas de esa playa, así que nada, voy y me siento junto a la hoguera, con el tío de la hamburguesería. Me presenta a sus amigos, empezamos a hablar, y entonces ocurre.

–¿El qué?

–Pues que cuando me preguntan sobre mí, me pongo a hablar de la película.

–...

–La trama exacta, abogada: ¡se la cuento!

–Se la cuenta...

–Sí. Pero parece perpleja.

–Es que quiero entenderlo: usted quiere llevar a los tribunales ¿a quién exactamente, y por qué motivo?

–A Hollywood. Por haberme robado la idea de Pretty Woman. *Por supuesto no espero ganar en un juicio, por Dios, qué tontería, me gustaría sólo levantar un poco de revuelo, ¿entiende? Incitar a la gente, gracias a esta historia, a reflexionar sobre hasta qué punto somos todos víctimas de un sistema en el que, pobres ilusos, creemos en cambio participar activamente.*

De llevar el caso ante la justicia, por supuesto, no se volvió a hablar, ni entonces ni nunca más después.

Pero pasados unos meses, ironía del destino, precisa-

mente a la salida de un cine, Samuele volvió a encontrarse con esa abogada.

Estaban los dos solos. Él llevaba toda la tarde dando vueltas por el centro, después de haberle dicho que no por enésima vez a una agencia que seguía proponiéndole que rodara vídeos para bodas de actrices de tercera categoría, la clase de cosas con las que Samuele sentía que simplemente perdía el tiempo y que eran una ofensa a su genialidad. Ella ese día había tenido que defender una causa de divorcio que al final había logrado ganar, pero que le había dejado un sabor amargo en la boca y le había dado náuseas. Este hombre no tendrá nunca el valor de hacerle a alguien lo que todos los días se hace entre sí la gente en los tribunales, pensó nada más volver a ver a Samuele, con sus ojos de siempre, esos ojos chispeantes pero vacíos, y ese aire vehemente de quien está convencido de saber más que nadie.

–Abogada.

–Llámame Caterina.

Pocos días después, Samuele, con más de treinta años, dejó por fin la casa de sus padres para mudarse a la de Caterina, en Poggio Ameno, un barrio bastante lejos del centro, en la periferia sur de Roma, sin el más mínimo bar ni restaurante a la moda, donde sólo alguien como ella, pensó él, alguien para quien el trabajo era lo más importante, podía vivir.

Pero él la quería como era, a su Cate. Con esa capa de grasa que la rodeaba toda pero que por el momento se limitaba a redondearle las caderas y las mejillas, con esos ojos claros y severos, con esa sensatez tan suya, esa determinación que ponía en todo, aunque sólo se tratara de cambiar el color de las paredes: si decidía hacerlo, lo hacía sin ninguna duda.

Pasados unos meses se casaron, y después de muchos, muchos años y de infinitos intentos, por fin, a la tercera fecundación asistida a la que se habían sometido, Cate se quedó embarazada.

–Llamémoslo Mario, como mi padre –propuso ella.

–Llamémoslo Lars, como Lars von Trier, mi director de cine preferido –propuso él.

De modo que:

–Bienvenido, Lars... –susurra Samuele, nueve meses después, a su hijo.

A su hijo recién nacido.

A su hijo mientras duerme.

Sí, eso es. Así se titulará, decide.

Mi hijo mientras duerme: *la obra maestra de Samuele Grò. Un documental de veinticuatro horas de duración, para proyectar en un cine donde a los espectadores se les repartan unas cestitas con el almuerzo, la cena, un pequeño tentempié y un par de zapatillas de andar por casa desechables.*

Basta tener paciencia, se dice: y empezar a rodar desde esta noche.

Sin prisa. Ya que, total, ahora que está Ella (la Idea), ese día llegará tarde o temprano.

Y será memorable. Lo recordarán todos como el día de la verdad. Del talento que por fin se expresa, sin importarle lo más mínimo qué es comercial y qué no. Del duende, *para decirlo a lo García Lorca (a quien a Samuele le gusta citar a menudo). De la revancha de una concepción del tiempo dictada por la propia interioridad por encima de aquella prefabricada que ahora dicta el mercado. El mundo comprenderá que se halla ante un arte tanto más poderoso cuanto imposible de calificar según los cánones tradicionales y burgueses. Lo entenderán Loren-*

zo Ferri y la neurótica de su novia, si es que se la podía definir así (en lo de novia, porque neurótica no había duda de que lo era). Pero, sobre todo, piensa Samuele, mientras de la boquita de Lars empieza a salir un hilillo de baba tan espontáneamente armonioso que merecería ser filmado al instante: lo entenderá mamá. Es decir: la madre de su hijo. O, lo que es lo mismo: Cate.

Cerca de un año antes, Samuele había terminado de rodar su documental. De haber sido por él, habría seguido quién sabe cuánto tiempo más: pero mientras tanto, Lars, de recién nacido indefenso como era, había pasado a ser un ternerito rubio de cuatro años que, en plena secuencia de rodaje se despertaba y gritaba: «Hambre: ahora mismo», o: «Caca, ahora mismo», y lo estropeaba todo.

Por otra parte, en casa mandaba él: aquello que, expresamente o no, Lars deseara, expresamente o no se convertía en una orden que había que cumplir al pie de la letra.

–Sólo podía ser él, ¿entiendes, Mandorla? Sólo él podía darme la señal de que había llegado el momento de proceder –me explicaba Samuele mientras se afanaba en el montaje de las ciento seis horas y media de material filmado que tenía que condensar en veinticuatro, y al que consentía que yo echara un vistazo. Trabajaba sobre todo de noche, cuando nadie podía distraerlo, y, todas las mañanas, cuando me ayudaba a lavarme y a vestirme para después acompañarme al colegio antes de irse a su despacho, Cate me decía que no hiciera ruido, que el pobre Samuele necesitaba descansar.

Yo entonces no entendía qué había en las palabras de Cate que diera la vuelta al significado de las mismas: no sé si me explico. Había algo en ellas, no sé el qué, que transformaba el instinto de protección en rabia, la curiosidad por el talento del marido en pena profunda, el deseo de no molestarlo en la necesidad de que no la molestaran a ella, al menos por la mañana. Todo ello, estoy segura, quien menos lo entendía era ella misma. Pero yo de vez en cuando lo percibía, misterioso e indistinto, y era algo sobre lo que no me gustaba reflexionar demasiado, porque prefería concentrarme en la fuerza luminosa de Cate, en la manera que tenía de pedirme: «Ponte el cinturón de seguridad, Mandorla», y de hacerme sentir verdaderamente segura, como si mientras ella estuviera junto a mí, en ese coche, hubiera podido apostar a que, fuera cual fuese mi destino, lo habría alcanzado.

Tanto es así que, esas noches, oh, cinturón, yo rezaba:

Oh, cinturón,
hagamos un intercambio:
yo me convierto en ti y doy seguridad,
tú te conviertes en mí y la adquieres,
adquieres seguridad.
Vale: todos los demás niños
tienen madres y padres,
abuelos, hermanos y primos.
Tú, no.
Pero los mayores
que te rodean,
aunque tengan las vidas
llenas,
se entiende que
te quieren.
No como Cate y Samuele
quieren a Lars,

no con la misma intensidad:
pero ¿a ti qué más te da,
oh, cinturón?
Al fin y al cabo no eres yo: ¡intercambiemos
los papeles
precisamente por eso!

Con Samuele, en cambio, todo era distinto a como era con Cate. A él le tocaba venir a recogerme al colegio y, aunque nada más verme aparecer en el patio, se ponía a agitar los brazos como un loco y a gritar: «¡Estoy aquí!», yo no sentía el más mínimo alivio al distinguir su rostro entre todos los demás rostros de los seres queridos de mis compañeros.

No se trataba de afecto ni de nada por el estilo: esas cosas, tarde o temprano, las acabas sintiendo por quien sea que viva contigo, en cuanto superas el nivel de confianza necesario para llamar a la puerta del baño cuando está ocupado pero necesitas entrar tú. Se trataba del hecho de que, así como con Caterina el destino estaba asegurado, con Samuele hasta el recorrido en sí suponía un problema.

–¿Qué me dices, Mandorla? ¿Prefieres comer en casa o que nos tomemos un sándwich en un bar?

–Y si comemos en casa, ¿qué quieres que te prepare? ¿Carne o pescado?

–Pero si nos tomamos algo en un bar, ¿estás segura de que te basta con un sándwich?

–¿Quieres ir al bar que está enfrente del colegio, o al de la plaza?

No es que me disgustara poder decidir algo. Pero tener que decidirlo todo, a la larga, debilitaba en mí esa especie de músculo que, si está bien entrenado, te evita tener que hacer siempre todas las cosas decidiéndolas tú.

Con esto no quiero decir que pasar tiempo con Samuele fuera una condena, no: mañana quiero especificárselo a Pavarotti, mi abogado, aun a costa de que se ponga celoso porque a nadie le gusta que se hable bien del ex marido de la persona de la que uno está enamorado. Pero como el que se ha obsesionado con esta historia absurda de la Verdad es él, pues bien, le diré que la Verdad de los Hechos es que yo con Samuele me lo pasaba bien. O mejor dicho: ni siquiera con Matteo Barilla, que tenía sólo un mes más que yo, conseguía hacer cosas que, mientras duraban, me convencieran de que tenía de verdad mi edad (naturalmente me refiero a ese período: cuanto habría de ocurrir, o, mejor dicho, habría de no ocurrir, más adelante con Matteo Barilla es otra historia, una historia totalmente distinta).

Por ejemplo, de vez en cuando íbamos a dar de comer a los patos del estanque del Eur: Samuele, Lars y yo.

O hacíamos casitas con los bloques de construcciones, y luego Samuele convencía a Lars para que saltara encima y gritara: «¡La primera guerra mundial!», y después me tocaba a mí: «¡La segunda guerra mundial!».

Los domingos por la mañana íbamos al mercadillo de Porta Portese, pero nunca comprábamos nada.

Cuando Caterina tenía que trabajar hasta tarde y llamaba para decir que no vendría a cenar, Samuele compraba un tarro de medio kilo de Nutella, y el reto era para los tres: llegar a rascar el fondo. Sólo entonces podíamos dejar de comer, y quien mientras tanto hubiera vomitado, perdía un punto, quien hubiera vomitado dos veces, perdía dos puntos, y así. Luego bajábamos a arrojar el tarro a los contenedores de basura para que Cate no pudiera sospechar nada, y cocinábamos pasta con tomate que luego tirábamos por el váter, después de servirla de la sartén a los platos, que luego, metidos en el fregadero, parecían dar fe de una cena normal y sana.

De vez en cuando, en mitad de alguna de nuestras hazañas, Samuele sentía la necesidad de declarar: «Nosotros tres solos estamos mucho mejor». Y se ponía a decir cosas como: «¿Te das cuenta, Mandorla, si no me hubieran copiado la idea de *Pretty Woman*, dónde estaría yo ahora? Por eso, cuando leo una entrevista con ese viejo imbécil de Clint Eastwood, por ejemplo, me dan ganas de romper el periódico. ¡Ése es un actor de películas del Oeste, no es un director de cine! Pero como es Clint Eastwood, le hacen ganar Oscars y todo. Es que es increíble, oye».

Junio de 1975

La señora Grò empieza a preocuparse seriamente: al volver del colegio, su hijo no ha almorzado y se ha atrincherado en su habitación.

–Mamá, déjame tranquilo –le ha dicho, antes de cerrar la puerta.

Pero ya es casi la hora de cenar: han pasado más de seis horas, no es posible que no tenga siquiera ganas de ir al baño, espero que no se encuentre mal, piensa la señora Grò.

Y se decide a abrir la puerta de la habitación de su hijo, sin llamar.

–Samuele, ¿estás bien?

–No –le contesta él. Está tendido en la cama boca arriba, con la mirada catatónica fija en el techo.

–¿Quieres hablar?

–Mamá, hay poco que contar. La profe de mates ha corregido los exámenes en clase.

–¿Y?

–He sacado un tres.

–Huy.

–Espera, ¿quieres saberlo todo? He sacado un menos tres.

La señora Grò se sienta en la cama de su hijo. Está muy nerviosa, pero no quiere que se le note.

–Sólo por curiosidad, Samuele: ¿al resto de la clase cómo le ha ido?

–Si te lo digo te da un síncope, mamá.

–Dímelo, cariño.

–Sólo ha habido dos suspensos, contando el mío.

Esto es demasiado, piensa la señora Grò. Esto es de verdad demasiado. De acuerdo, su hijo será un poco indisciplinado, ¡pero desde el primer año esta profesora le ha cogido manía! Pero ya está bien, ya basta, para todo hay un límite.

–Sólo por curiosidad, Samuele: ¿Alberto Castelvecchi cuánto ha sacado?

–Siete y medio, mamá.

–Ya ves tú...

–Exactamente, mamá.

Si supiera dónde vive la profesora de matemáticas, la señora Grò no esperaría ni al día siguiente para ir a cantarle las cuarenta. ¿Qué pasa, que basta ser sobrino del director de un instituto, como ese Castelvecchi, para que lo aprueben a uno en su clase?, le diría: le dirá.

–Mañana voy a hablar con tu profesora, Samuele.

–¿De verdad, mamá?

–Claro que sí. ¿Qué pasa, que basta ser sobrino del director del instituto para que lo aprueben a uno en tu clase?

–Pues me parece que sí, mamá.

Y Samuele vuelve la cara a la pared: no quiere que su madre vea que se ha puesto a llorar, pero ella se da cuenta igual.

–Vamos, Sami, no te vengas abajo. El mundo está lleno de injusticias, pero cuanto antes aprendas a reconocerlas, antes sabrás cómo hacerles frente.

Cuando terminó de montar el documental, Samuele pensó que el tema de la distribución en todas las salas de cine sería un mero trámite.

Aunque Cate parecía tener curiosidad por verlo, él se había mostrado categórico: no, tenía que esperar al día del estreno.

–Tú sólo piensa en comprarte un vestido precioso, Cate. Eres la mujer del director, serás el blanco de todas las miradas.

Pero transcurrían los días y las semanas, y ninguna productora daba señales de querer ponerse en contacto con él.

–La culpa es de esas gilipolleces americanas que esta gente está acostumbrada a tratar y que le han destruido las neuronas y la capacidad de distinguir un producto que no vale una mierda.

–La culpa es de Lorenzo Ferri: seguro que conoce a alguien, dentro de ese mundillo, y puedes estar segura, Mandorla, de que si se trata de hablar bien de mí, ése preferiría mil veces cortarse la lengua antes que recomendarme.

–La culpa la tiene el hecho de que, hoy en día, la gente ya no sabe amar: y la poesía no busca secuaces, busca amantes, decía García Lorca.

–La culpa es del Ministerio de Cultura.

Cada día, mientras preparaba la papilla para Lars o nos llevaba a dar de comer a los patos, Samuele despotricaba contra alguien.

Hasta que un día ya no pude contenerme y tuve que preguntárselo:

–Pero ¿por qué necesitas una productora?

–¿Qué? –me contestó él.

–¿Por qué?

–Por qué ¿qué?

–Tú tienes una cámara de vídeo, ¿no?

Samuele se echó a reír, no sé si porque mi pregunta le había hecho gracia o si es que se reía de pura desesperación.

–Mira, Mandorla, es que no es tan fácil... Con mi cámara de vídeo puedo enseñaros el documental a Cate, a ti, a personas que ya me conocen: pero no es lo mismo enseñárselo a personas que pueden conocerme gracias al documental, ¿entiendes?

No, no lo entendía. Porque, si ése era el problema, ¿no podía resolverlo invitando a casa a las personas que no conocía? A Samuele empezaron a brillarle los ojos.

Han pasado muchos años: pero aún hoy, pensándolo otra vez en esta larga, larguísima noche, no sé si hice bien o hice mal dándole esa idea. Seguramente el abogado Pavarotti, una vez más por esos celos contra quien ha amado a quien uno mismo ama ahora, me diría que hice bien.

Pero cuando, en el antiguo lavadero del sexto piso, los únicos que se presentaron fueron los vecinos, yo ya empezaba a arrepentirme. Y a rezar bajito, para que nadie se diera cuenta: oh, documental.

Hagamos un intercambio:
yo me convierto en ti y dejo que me vean
todos,
y tú te conviertes en mí
y te escondes, te refugias
de todos,
o bien porque presientes que podría
ocurrir
algo malo
dentro de poco,
o bien porque dentro de ti no sabes
si a Samuele se le da bien
o no
hacer lo que hace,
pero te gusta pensar que sí,
que es el mejor que hay,
que es mejor que el que inventó los videojuegos,
la Nutella o el té,
y no te gusta pensar así
porque eres bueno,
oh, documental que te pones en mi lugar,
sino porque
si le deseas buena suerte
a otra persona
a lo mejor allí arriba, en la Luna,
tu padre razona así:
«¡Pero qué niña más buena!
Me gustaría que estuviera conmigo.»

–Sami, tranquilo: ahora llegarán también los demás –intentaba tranquilizarlo Cate, embutida en un vestido azul clarito que hacía resaltar sus caderas demasiado gruesas, pero también sus ojos, clarísimos, que irradiaban confianza.

A mí en cambio Samuele me había regalado unos *leggings* rosa fosforito, una camiseta de los Cure y un par de botas de agua, y me había encargado la tarea de entregar a los presentes el kit necesario para asistir a la proyección: una bolsa que contenía un par de zapatillas de andar por casa desechables, dos botellas pequeñas de agua mineral, dos sándwiches, una manzana y una chocolatina. Samuele y yo habíamos preparado los sándwiches poniendo mucho cuidado en que todos fueran distintos entre sí aunque sólo fuera por un pequeño detalle, como podía ser un pepinillo o la marca de la mayonesa.

La primera en llegar fue Tina, que casi se emocionó al verme vestida así («como una niña mayor», dijo, aunque después me confesó que le parecía que iba disfrazada de payaso) y enseguida se preocupó de disculparse una y mil veces con Samuele:

–Señor Grò, lo siento infinitamente, de verdad... infinitamente: mi amigo Gianpietro Costanza no puede venir porque hoy es domingo y tiene que almorzar con su familia. Es una tradición.

Para Samuele, no creo que la ausencia de Gianpietro fuera una tragedia. Pero sí lo era la de cierto crítico al que había mandado invitación. Y la de otro. Y otro más.

–Al menos ha venido Ferri –le susurró a Cate cuando llegaron Lidia y Lorenzo–. Si de verdad es tan intelectualmente honrado como dicen en los periódicos, ya hará algo por ayudarme... aunque sólo sea para demostrarme que puede hacerlo, ¿entiendes? Para subrayar su poder respecto a mí.

Lorenzo, mientras tanto, se sentó junto a Lidia, muy ocupado en quejarse: de la hora en que se había tenido que despertar, supongo. Las siete de la mañana era un concepto del todo inverosímil para él.

–Os he reunido muy temprano, lo sé. Pero existe un motivo.

Finalmente Samuele se dirigió a la platea, si se la puede definir así: nos habíamos pasado todo el día anterior alquilando cincuenta sillas en una tienda y haciendo trayectos de ida y vuelta de dicha tienda al antiguo lavadero. Una molestia que no parecía que fuéramos a amortizar ni a medias siquiera: después de Tina, Lorenzo y Lidia llegaron Michelangelo y Paolo, los Barilla al completo, con Matteo todavía en pijama, los padres de Samuele y los de Cate.

Las sillas ocupadas, con respecto a las vacías, dejaban las cosas bastante claras.

–Pero tenemos que tener en cuenta que la madre de Cate se ha roto el fémur –me dijo Samuele, señalándome a su suegra que, sentada en una silla de ruedas, no necesitaba naturalmente acomodarse en una de las sillas alquiladas.

Lars estaba allí, justo al lado de su abuela materna, sentado en el regazo de su abuela paterna, que para la ocasión lucía un broche de oro en forma de libélula y una increíble permanente que le daba a su cabeza el aspecto de un *panettone* de Navidad.

–Hay un motivo –proseguía Samuele, impertérrito– si este documental, aunque sólo sea por su duración, no se parece a nada que hayáis podido ver hasta ahora. Y es que además me ha costado casi cuatro años de vida. Y también se los ha costado a su protagonista: Lars Grò.

Como me habían pedido, en ese momento hice amago de aplaudir, y todos me siguieron.

–Lars, ven aquí.

Samuele lo invitó a recibir el honor que le correspondía. Lars, con un biberón en una mano y un conejo de goma en la otra, trotó hasta reunirse con su padre, frente a la platea. Su vestimenta había sido objeto de largas reflexiones, y al final se había impuesto la decisión de ataviarlo con un peto vaquero: un poco a lo Johnny Depp, había decretado Samuele.

–Con todos vosotros, Lars Grò.

Esta vez el aplauso lo inició la madre de Samuele.

–Es el protagonista de esta obra. Y no sólo eso: es él quien me la ha inspirado. Quiero darle las gracias, delante de todos vosotros. Así como quiero dar también las gracias a mi mujer Caterina, que ha estado a mi lado, con amor y paciencia, incluso en los momentos bajos, fisiológicamente hablando, en los que puede sumirte una profesión como la mía.

Pensándolo bien, aquí habría estado perfecto otro aplauso, pero nadie tomó la iniciativa de propiciarlo.

–También debo mucho a mi madre y a mi padre, que siempre han creído en mí, y muchísimo también a todos aquellos que me odian: gracias a ellos me he hecho más fuerte.

Como había decidido durante los ensayos del discurso, llegado a este punto Samuele se quedó callado unos instantes, para que todos (y en especial Lorenzo) pudieran comprender en profundidad las alusiones de su provocación. Después, con un suspiro –fruto este también de numerosos ensayos–, prosiguió:

–Por último, quiero expresar mi agradecimiento también a Mandorla...

Pero Tina se puso a aplaudir antes de que le diera tiempo a explicar por qué me daba las gracias.

Y entonces Samuele pasó directamente al momento más importante de su introducción. Lo había escrito y reescrito miles de veces:

–Y, ahora, basta; ha terminado el tiempo de las palabras. Que empiece el de las imágenes: hoy celebramos su dominio sobre todo lo demás.

A su señal, como estaba convenido, encendí el televisor que habíamos transportado cuatro pisos hasta el antiguo lavadero, y pulsé la tecla del vídeo.

En cuanto en la pantalla apareció la carita de Lars, con pocos días de vida, dormidito, ajeno al mundo y a sí mismo, Cate, sentada a mi lado, inmediatamente tuvo que secarse la comisura de los párpados con la manga de su precioso vestido. De reojo espié a Samuele, que la estaba mirando, feliz. Lo sabía, parecía pensar.

Pero después pasó un minuto. Y otro más. Y otro, y otro, y otro. En la pantalla, Lars podía aparecer con una ranita distinta o con un dedo diferente en la boca: pero, en realidad, no hacía más que dormir. Confiar en una sorpresa en la trama, de secuencia en secuencia, parecía cada vez menos plausible.

Los primeros en abandonar el antiguo lavadero fueron Michelangelo y Paolo, hacia las doce del mediodía: tenían un almuerzo benéfico por las víctimas de la homofobia en Oriente Medio, le explicaron a Samuele, no les quedaba más remedio que marcharse.

–Pero enhorabuena: de verdad interesante tu documental –comentó Paolo.

Luego fue el turno de Cesare Barilla y de Matteo:

–Perdona, Grò, pero hay partido, hoy la Roma tiene que jugar bien porque si no ya le puede decir adiós a la liga. Lo entiendes, ¿verdad?

Hasta que se le acercó Lidia: y Samuele le contestó con una sonrisa, como diciendo, vete tranquila, querida, no te preocupes. Pero después me susurró enseguida al oído: «Tienen que sacar al perro: qué chorrada. ¿Tú te lo crees,

Mandorla? Yo no. O mejor dicho, ¿por qué tendrían que ir los dos? Está claro que a ese capullo de Ferri la envidia lo corroe. Y yo, pobre iluso, que todavía esperaba alguna solidaridad entre artistas».

A las siete de la mañana siguiente, cuando empezaron a desfilar por la pantalla los genéricos, naturalmente sobre un primer plano de Lars durmiendo, quedábamos verdaderamente pocos. Incluso Tina, acostumbrada a soportar el cansancio mucho mejor que la responsabilidad de tener que disgustar a alguien, a las cinco cayó y se volvió a su casa: pero al día siguiente les envió a los Grò una planta con una notita para disculparse.

Por otro lado, hasta la propia madre de Samuele, ya desde medianoche, había empezado a roncar bajito, con la boca abierta y la cabeza en forma de *panettone* inclinada hacia atrás.

En su regazo reposaba el cabezón de Lars, que, para no hacerle sombra a su personaje en la pantalla, hacía horas que lo imitaba ya.

Así, cuando Samuele encendió la luz, yo cumplí con mi deber y me lancé a lo que en nuestros planes debía ser el último y el más fragoroso de los aplausos. Pero me siguió sólo una persona.

Que, curiosamente, no era Cate sino Giulia Barilla.

–Sensacional, increíble: una pura obra maestra –repetía una y otra vez, con las pupilas dilatadas por la emoción. Hasta se había puesto de pie, para demostrar su entusiasmo.

Samuele entonces nos contó: Lars, su madre, Giulia y yo. Con él, sumábamos un total de cinco. ¿Y Cate? ¿Dónde estaba Cate?

–¿Dónde está Cate? –me preguntó.

–Ha tenido que acompañar a sus padres a casa.

–¿Y después no podía volver aquí?

–A lo mejor estaba cansada –fingí especular yo, pero sabía perfectamente que, a las seis horas, antes incluso que los Barilla, Cate les había propuesto a sus padres marcharse, y, cuando éstos la habían invitado a no preocuparse por ellos y a disfrutar de la película, ella había protestado: a mi hijo durmiendo yo puedo contemplarlo siempre que me apetezca, venga, vámonos, os llevo a casa, que a estas horas no hay tráfico.

–¿Cansada?

Samuele no se lo podía creer. Pero antes de que la incredulidad pudiera ceder paso al disgusto, se le acercó Giulia Barilla.

–Resígnate, los grandes talentos siempre tienen que soportar la ignorancia de la gente.

Él probablemente habría querido replicar: aquí no se trata de la gente, se trata de Cate. Pero esa niña seguía mirándolo con unos ojos como platos de admiración. Tendrá unos dieciséis años más o menos, calculó Samuele.

–Tienes una valentía increíble –proseguía Giulia–. Increíble.

Quizá diecisiete, se corrigió Samuele: pero vamos, en lo que a sus gustos respecta, decididamente es más madura que la edad que en realidad tiene.

Y ella gesticulaba, agitando unos bracitos delgados llenos de pulseras de plata, con los dedos se torturaba el *piercing* de la naricita y seguía diciendo, una y otra vez: «Eres un grande», con esa boca carnosa y esos labios pintados de negro.

Hasta que se despertó la madre de Samuele.

–¿Y tu mujer dónde está? –le preguntó a su hijo.

Mayo de 2000

Lars duerme, por fin, en su cuna.

Esta tarde han celebrado su primer cumpleaños. Samuele ha hecho pizza para la ocasión, preparando la masa con una receta especial que le ha enseñado Paolo, y Cate, según volvía del despacho, ha comprado una tarta de nata, el dulce preferido de Samuele.

Han descorchado una botella de Asti y, con los dedos, han llenado las minúsculas orejitas de Lars de vino espumoso.

–Felicidades, osito.

–Felicidades, tesoro.

Se han mirado, pensando los dos lo mismo. Parecía imposible, parecía que ya no pudiera ocurrir: y, sin embargo, ahí está. Y ya ha pasado un año.

En la cama, Cate se abraza a Samuele.

Qué tarde más tierna, piensa.

Y también: cuánto necesito, ahora mismo, aquí mismo, unos cuantos mimos.

Unos cuantos mimos, así sin más. Esa clase de cosas a las que renunciaron casi enseguida, después del viaje de novios, cuando ella se transformó en un óvulo, y los testículos de Samuele, en millones de espermatozoides entre los que había que saber distinguir a aquel al que habría que alentar en su tarea y venerar.

Tampoco es que quisiera sabe Dios qué. Cosas extrañas y acrobacias no sabría ni cómo afrontarlas, sobre todo después de un día de trabajo como ése: una clienta se le había presentado en el despacho con su marido, temprano por la mañana, para que pusieran a su nombre un apartamento recién comprado. Por la tarde había vuelto, ella sola. Para pedir el divorcio. No, no, por Dios, ningún imprevisto, nada que no esté en los planes, al menos en casa, en su dormitorio, suplica Cate. Bastante difícil ha sido ya liberarse de la pesadilla del misterio de Maria y de esa tarde de marzo: pero su marido le rogó que confiara en él, y parecía sincero cuando le dijo que había visto juntos varias veces a Maria y a Lorenzo Ferri, solos los dos, le dijo que siempre había estado seguro de que había algo entre ellos.

Bueno, sea como sea, de ahora en adelante ya estaba bien de bromas, había tenido su cupo.

Lo que ahora necesita es un poco de sexo conyugal, sexo soso, indolente y cómodo: el que todos desprecian, pero para el que Cate siente que tiene una especie de vocación.

Le pone a Samuele la mano entre las piernas.

Él se echa a reír:

–¡¿Me estás haciendo cosquillas?!

Pero ella insiste. Y se la coge.

–¿Hacemos el amor? –le pregunta, con ese gusto por la claridad que la caracteriza.

Samuele entiende entonces que no es ninguna broma, adopta una expresión concentrada, que intenta que sea lo más intensa posible:

–Vale.

Se incorpora, apoyándose en los antebrazos, enciende la lámpara de la mesilla de noche con una mano y con la otra empieza a manosear las tetas grandes y pesadas de

Cate: pero enseguida le da como cosa pensar que, hasta hace poco, a esas mismas tetas Lars llevara su boquita en forma de ventosa para almorzar, merendar y cenar. Y de repente siente un deseo fortísimo. Cate cierra los ojos, feliz. Le gusta que le besen las tetas. Le gusta mucho. Pero cuando le vuelve a poner la mano entre las piernas a su marido no encuentra ningún rastro de excitación. Y sin embargo parece que le quiera comer los pezones, visto el frenesí con que se los chupa.

Entonces, con dulzura, le toma el rostro con las manos y se lo aleja del pecho. Lo mira a los ojos y, gruesa, rubia, llena de deseo, se le sube encima, a horcajadas.

–¿Hacemos el amor? –repite.

–Vale –repite él también.

Pero su colita no parece estar de acuerdo. Se queda ahí, entre las piernas, pequeña y flácida, como una judía cocida.

Cate inclina la cabeza, con la misma dulzura, y se la introduce en la boca. Hasta la nata de la tarta de antes tenía más consistencia que esa cosita de nada.

–¿Qué pasa? –le pregunta entonces a Samuele, abriendo como platos sus ojos claros, empujada por lo que a él enseguida se le antoja rabia.

–Perdona, Cate –dice él–. Perdona, perdona, perdona –lloriquea.

–¿Qué pasa?

–No lo hago a propósito.

Ése es justamente el problema, querría decirle Cate. Pero se queda callada.

–Abrázame, anda, no te cabrees –maúlla Samuele.

Después apaga la lámpara, apoya la cabeza entre sus tetas, y vuelve a agarrar una. Se dormirá así, con una teta de Cate en una mano. Parece Lars con su conejo de goma, observa Cate, un segundo antes de quedarse dormida.

Por fin dejé atrás la escuela primaria y pasé a sexto.

Digo por fin porque en esos cinco años no conseguí hacerme ni un amigo, ni uno solo, con quien, qué sé yo, hacer los deberes, ver la tele, jugar a un dos tres el escondite inglés. Ni uno solo. No sé si es que estaba siempre tan ocupada en estar con adultos que se me olvidó que era pequeña, o al revés, si había perdido hasta tal punto la costumbre de ser pequeña, con todo lo que había pasado, por estar siempre entre adultos. Pero vamos, seguro que tenía que ver con alguna de estas dos cosas.

Y así, para facilitarme la vida, o para facilitársela ellos, los vecinos de la calle Grotta Perfetta, 315, decidieron, después de una de sus infinitas reuniones que, no sé por qué, se empeñaban en llamar de junta de vecinos y no –qué sé yo– mandorlianas, que iría a la misma clase que Matteo Barilla.

–Así la pobre niña no se sentirá del todo desubicada –me contó Tina que elucubró la señora Barilla.

–Así, el que tenga que ir a llevar o a recoger a uno de los dos al colegio se lleva o se trae también al otro, y con eso ganamos todos –me contó Samuel que subrayó Lorenzo.

Ahora, a la luz de todo aquello que ocurriría al cabo de los años (bueno, sobre todo lo que no ocurriría) entre

Matteo y yo, me cuesta un poco pensar en todos esos días en que no era capaz de ver nada, pero nada de nada, especial en él, cuando para todos era tan evidente que era alguien fuera de lo común.

–El hijo menor de los Barilla es fantástico.

–Su hermana Giulia es muy colérica, pero él, él es un ángel.

–¡Siempre está de buen humor!

–¡Aunque claro, con unos padres como los suyos no podía ser de otra manera!

Entre todos los comentarios sobre Matteo Barilla que se propagaban por las escaleras y los rellanos de la calle Grotta Perfetta, 315, este último tenía la capacidad de licuarse, de invadirme la cabeza y, una vez ahí plantado, volverse sólido y duro. Era de Tina, que a veces sentía incluso la necesidad de subrayar:

–El ingeniero es una persona tan como debe ser, y su mujer lo mismo: por eso es tan delicioso ese niño.

Pero entonces ¿cómo va la cosa?, pensaba yo. ¿Hay que tener padres buenos para ser bueno uno también? Pero si ellos (nuestros padres, me refiero) son malos, ¿eso implica que nosotros somos malos también? ¡Entonces es muy fácil para los buenos, y demasiado injusto para los malos! Y, sobre todo, ¿qué pasa si uno tiene a su padre en una misión en la Luna y ya no tiene madre? ¿Qué es entonces, bueno o malo? ¿No es nada, como la nada que queda en la casilla que deberían ocupar sus padres?

–¿Qué tienen que ver el ingeniero y la señora Barilla con Matteo? –me limitaba por aquel entonces a preguntarle a Tina.

Ella no entendía que, en realidad, le suplicaba que me contestara: «Pero ¿qué has entendido tú, Mandorla? ¡Yo no quería decir en absoluto que, en la vida, sea esencial tener padres buenos! Qué va, al contrario. Quizá me haya expresado mal: ¡en lo que a los Barilla respecta, sólo quería que vieras que es una casualidad, una verdadera casualidad, que el ingeniero, la señora y Matteo sean los tres simpáticos! Tanto es así que Giulia, la hija mayor, está un poco loca: si no, habría sido muy raro. ¿Cuatro personas fantásticas de cuatro bajo el mismo techo? Absurdo, ¡teniendo en cuenta que las virtudes y los defectos se distribuyen entre los seres humanos de manera aleatoria!». Esto, más o menos, era lo que esperaba que Tina me contestara. Pero nada. Porque en ese momento ella se ponía a contarme la fantástica historia de la familia Barilla: *De un pueblecito de dos mil almas a la ciudad de Roma*, se titulaba. Tina la empezaba siempre así: «De un pueblecito de dos mil almas a la ciudad de Roma, ¿entiendes, pequeñita? Cuando tenía tu edad, el ingeniero era muy pobre, muy pobre, muy pobre. Pero a fuerza de estudiar y de esforzarse, se convirtió en un pez gordo: ¡uno que hasta sale en los periódicos de vez en cuando! ¿Y sabes lo bueno? ¡Que pese a todo no se le subió a la cabeza! Se casó con la señora Carmela, date cuenta: era una amiguita suya de infancia, con la que jugaba de niño, de su mismo pueblecito de dos mil almas, vaya. ¡Vamos, que no se casó con una joven modista, como suelen hacer los ricachones!». Con eso de «modista», hoy he entendido por fin que Tina quería decir modelo. Bueno, total: «Son de verdad personas extraordinarias –proseguía Tina–. No le restriegan a nadie su fortuna: ¡al contrario! Viven en una casa que sí, de acuerdo, es la más bonita de toda la finca porque tiene una terraza enorme, ¡pero tampoco es que se hayan comprado un castillo! Han seguido siendo personas sencillas, en lo más profundo de sí mismas, y nunca se olvidan de ayudar a quien lo necesita: piensa que cuando tu madre tenía problemas de dinero, ellos la ayudaban siempre, sin ponerla siquiera en el apuro de tener que pedirles ayuda ella directamente. Pero sobre todo... –y aquí llegaba la parte de la historia que Tina prefería–, sobre todo para los Barilla es muy importante que sus hijos conozcan la importancia de los valores fundamentales. ¡Me acuerdo del ingeniero cuando Giulia era pequeña! Todos los domingos la llevaba de paseo en bicicleta por el barrio: hay pocos padres en el mundo como él». Aquí Tina solía interrumpirse para pensar en el suyo, en su padre, imagino: y habría apostado a que esa misma noche tendría ganas de charlar justo con él, en el salón, cuando todos los demás vecinos estuvieran durmiendo. Pero la historia de los Barilla no había terminado todavía: «Naturalmente, también con Matteo ha tenido siempre el ingeniero una relación preciosa».

Y, llegados a este punto, llovían ejemplos. Matteo y su padre de pesca, Matteo y su padre haciendo juntos los deberes, Matteo, su padre y su madre en el cine viendo las películas de Walt Disney, los sábados por la tarde.

Pero claro, hoy soy consciente de que, para Tina, basta que algo no tenga que ver con ella para que esté cubierto como de un polvillo mágico que asegura su perfección.

Aunque la verdad es que en el caso de los Barilla tenía su parte de razón.

Parecía de verdad que entre Matteo, Giulia y sus padres hubiera un pacto invisible a los demás y que a lo mejor en realidad ni siquiera habían necesitado establecer oficialmente. La fuerza de ese pacto bastaba en sí misma, y punto. Surgía, espontánea, cada vez que la señora Barilla se preocupaba de meter la merienda en la cartera de su hijo o cuando el ingeniero veía el cuerpo de Giulia llenarse de *piercings* como un bosque de champiñones, y se limitaba a soltar un bufido: «Bah».

No sería honrado por mi parte (y, en este caso, el abogado Pavarotti tendría razón en irritarse) si no añadiese aquí al elenco de los méritos de los Barilla el de haberse preocupado siempre de renovarme el abono de la piscina, de comprarme los libros de texto y de ingresar todos los meses dinero (no sé cuánto, lo juro) en una cuenta corriente de la que podré disponer cuando cumpla los dieciocho (lo que eso signifique en términos prácticos me lo preguntaré cuando llegue el momento: hoy por hoy ya tengo bastantes problemas que resolver. ¿Por qué llamas «problema» a la responsabilidad?, me preguntaría Pavarotti, el abogado. Llámala oportunidad, me diría).

El caso es que, de todas las «barilladas» más logradas, Matteo parecía ser el no va más. Bello y raro como un elfo, con sus rizos negros y sus grandes ojos verdes, siempre, siempre estaba sonriendo y dispuesto a transformar esa sonrisa en una carcajada sonora y contagiosa: no había quien se le resistiera.

Y sin embargo. Y sin embargo a mí Matteo no me gustaba nada: algo que a él le parecía imposible de entender. Se me pegaba como una lapa, desde el momento en que Samuele o la señora Barilla nos llevaban al colegio, y no había manera de apartarlo de mí hasta que volvíamos a casa, solos. Hoy cuando lo pienso me parece increíble. «No tengas miedo, yo estoy contigo», me decía, no sé si porque alguien le había recomendado que me lo dijera, o porque le salía a él natural. Pero (pensándolo hoy, me parece increíble) no entendía que ése era precisamente mi motivo de mayor preocupación: que estuviera conmigo.

Sobre todo porque siempre encontraba la manera de hacerme sentir que, de no ser por él, mi vida en clase habría sido un infierno: en efecto, tenía razón, pero ¿qué necesidad había de recordármelo? No digo que lo hiciera aposta, eso no. Creo que lo que quería era llamar la atención sobre lo bien que se le daba a él hacerse amigos: pero al final la llamaba sólo sobre el hecho de que yo, en cambio, era una negada para eso. Si instintivamente, desde el primer día de colegio, los niños de una clase deciden quién cuenta y quién no, Matteo, desde el primer instante, había contado, y yo, no hace falta decirlo, no. Además, yo llevaba las bailarinas a juego con el pantalón militar, y siempre vestía una chaqueta de paño azul que me había regalado Cate, con una escarapela rosa en un hombro. Ahora, pensándolo bien, no sé de quién era la culpa de que yo fuera por ahí así vestida. ¿De los adultos, quizá, que en lugar de ponerme lo que a ellos les gustaba tendrían que haber entendido que yo no era una muleta sino una niña de once años que sólo necesitaba que los Otros Niños de Su Edad la aceptaran?

¿O mía, que al fin y al cabo también habría podido echar un vistazo a cómo vestían los Otros Niños de Mi Edad para darme cuenta de que lo estaba haciendo todo mal?

Fuera de quien fuese la culpa, mis compañeros de clase (es decir, los ONME) no tenían desde luego el mérito de haberse roto mucho la cabeza para burlarse de mí: llamarme espantapájaros les debió de salir de lo más natural.

Pero dejaron de hacerlo, tan instintivamente como habían empezado. No necesitaron ni un mes. Bastó que les quedara claro que Matteo Barilla no sólo me consideraba una amiga, sino incluso una amiga especial, para que los ONME sumaran dos más dos y se esforzaran al menos en respetarme: en dejar de llamarme espantapájaros, para entendernos (aunque siempre haya sospechado que, a mis espaldas, siguieran haciéndolo: pero con todo consideraba un avance que ya no me lo dijeran a la cara).

De modo que claro que le estaba agradecida a Matteo. Pero lo odiaba, precisamente porque sabía que le debía un favor. Y porque pensaba que si, en los cuatrocientos metros que separaban nuestra casa del colegio, nos hubiéramos encontrado con Mundoperro, no habría habido esperanza: primero le habría molido a él a patadas en la tripa, y luego me habría arrancado los pendientes a mí (con motivo de mi undécimo cumpleaños, Samuele me había regalado el permiso de hacerme agujeros en las orejas, y Paolo y Michelangelo acto seguido me habían regalado dos enormes pendientes de oro y de coral).

Poco importaba que los rizos negros de Matteo, sus ojos verde prado y su aire travieso engañaran a nuestras compañeras de clase, dispuestas a turnarse para llevarle la mochila desde el patio del colegio hasta el aula de clase. Poco importaba que engañasen a nuestros compañeros, que lo habían elegido capitán del equipo de fútbol de la clase, por unanimidad, sin informarse siquiera de si sabía jugar o no.

Matteo Barilla lograba engañar a los ONME, sí: pero no habría engañado a Mundoperro. A alguien como él, pensaba yo, alguien que lo que hay que ver ya lo ha visto y lo que hay que hacer ya lo ha hecho, le bastará un segundo para ver bajo esa apariencia de hombrecito desenvuelto a un niño mimado: sí, le bastará un segundo. Le bastará un segundo para considerar ridículos los andares ágiles y seguros de Matteo, penosa su necesidad de soltar siempre una broma, y absurda su convicción de tener el mundo a sus pies.

Ya podían los ONME transformar a Matteo en un héroe y a mí, en su protegida, Mundoperro nos habría visto tal cual éramos: dos niños incapaces de defenderse, dos ceros a la izquierda.

Y cuando estalló el escándalo de los cromos, mis temores resultaron ser del todo fundados.

La noticia empezó a propagarse en una clase, a la hora del recreo llegó a otra, y luego a otra, a otra y a otra, y así llegó hasta los profesores y los padres. Al parecer, a la puerta del colegio se habían apostado dos tipos que vendían paquetes de cromos de superhéroes. Pero no eran cromos adhesivos: para pegarlos en el álbum había que chupar la parte de atrás del cromo. Que, se rumoreaba, estaba cubierta por una fina capa de una droga muy potente: aquel que la chupara inmediatamente habría querido más y más droga de aquélla, hasta convertirse en un adicto, sin darse cuenta siquiera de haber empezado a tomarla.

Para mí era obvio que detrás de una operación así sólo podía estar Mundoperro. Sólo él era capaz de inventarse algo tan perverso y genial, algo tan semejante al mal en su esencia, tal era su especialidad de pillarnos siempre desprevenidos.

Cate intentaba tranquilizarme: «Mandorla, cariño –me decía todas las noches, antes de que me durmiera, o que al menos lo intentara–, tienes que estar tranquila, ¿no ves que yo lo estoy? Si de verdad hubiera algo de lo que preocuparse, yo sería la primera en hacerlo, ¿no te parece? Hace siglos que ya nadie se ha topado con Mundoperro, y, tal y como estaba, puedes estar segura de que no habrá acabado bien ese chico, pobrecito. Y dime la verdad: ¿tú los has visto alguna vez a esos tipos que venden los cromos?».

No, no los había visto nunca. Pero era una argumentación demasiado débil comparada con la fuerza con la que la obsesión con Mundoperro plantaba sus raíces venenosas, día tras día, en mi cerebro.

Bastaba que se pusiera a llover: al primer relámpago, el corazón me empezaba a latir a mil por hora porque pensaba, ya está, es él, es Mundoperro, se acabó, está aquí.

Bastaba un anuncio en la tele: si por ejemplo salía el del detergente capaz de quitar las manchas de salsa de tomate de una camisa blanca, yo estaba convencida de que Mundoperro había metido droga en ese detergente, y que de inmediato la pobre ama de casa que hacía la colada se volvería adicta a su pesar.

Bastaba un ruido, uno cualquiera.

Como esa tarde de principios de noviembre en que Matteo y yo volvimos de la piscina, donde, naturalmente, la señora Barilla y Cate habían tenido la idea de apuntarnos a los dos en la misma clase de natación. Pragash, el filipino que trabajaba en casa de los Barilla, había ido a recogernos, y como Samuele tenía una reunión importante de trabajo, de la que, por superstición, no quería contarle nada a nadie, había dejado a Lars con su abuela y a mí me había pedido que lo esperara en casa de Matteo.

Después de todas las horas que habíamos pasado juntos, yo estaba de verdad exhausta: Matteo en clase, Matteo en el trayecto del colegio a casa, Matteo en la piscina. No había hecho más que hablar y hablar, contarme de aquella vez que había ganado el torneo de baloncesto del campamento de verano y de aquella otra que se había pasado dos horas bajo el agua, en el mar, sin respirar, mientras su padre cronometraba el tiempo. Ya no soportaba escucharlo hablar de sí mismo como si fuera el protagonista de su tebeo preferido.

Así es que, después de la merienda (porque la merienda, en casa de los Barilla, era algo sagrado), fingí haberme olvidado el estuche en el segundo piso, y conseguí volver a casa, con la intención de quedarme allí. El primer día de clase en la escuela secundaria, Cate decidió que había llegado el momento de darme una copia de las llaves de su piso, por si surgía algún imprevisto y las necesitaba.

Ese día había surgido el imprevisto.

Una vez en casa, en un principio sentí alivio: la voz de Matteo y lo que me contaba estaba lejos, a tres pisos de distancia.

Pero enseguida caí en la cuenta de que, por primera vez, estaba sola en un apartamento que no compartía con mi madre: y para resarcirme de la espera no podría llegar ella, con esa manera que tenía de volver a casa y gritar ya estoy de vuelta, una vuelta anunciada por su perfume (de herbolario) de almizcle blanco, rodeada por el agradable misterio de las increíbles aventuras que yo imaginaba que habría vivido durante el día.

Y, de pronto, la cháchara de Matteo se me antojó lo mejor que podía aspirar a escuchar: estoy dispuesta incluso a dejar que me hable de cuando hizo *snowboard* por primera vez y a volver a ver todas las diapositivas una por una, me dije. Estoy dispuesta a todo, con tal de no quedarme aquí, ahora. Sin mamá. Sin nadie que me pueda defender de Mundoperro. Alguien como él se entera siempre de todo, así que anda que no le habrán avisado ya de que hay una niña sola en casa, con dos pendientes de oro y coral en las orejas...

Oh, taxi inglés, empecé a rezar con todas mis fuerzas.

Y entonces, justo en ese momento, cayó algo al suelo, o quizá rodó. El caso es que algo se movió. Algo hizo ruido. Alguien se echó a reír. Otra persona rió aún más fuerte. Estás perdida, Mandorla, pensé. Están los tres, al completo: Mundoperro, Piolín y Bandana.

Sólo quería desaparecer, no haber bajado nunca a casa, no haber nacido nunca, o al menos fingir que nada de eso había ocurrido y, mientras seguía repitiendo oh, taxi inglés, corrí a la habitación de Samuele y Cate para esconderme y encerrarme allí con llave.

Pero abrí la puerta y los encontré ahí. En efecto, reían. Sólo que no eran Mundoperro, Piolín y Bandana.

Eran Samuele y Giulia Barilla. Desnudos. Ella a cuatro patas sobre la cama, y él detrás de ella, de rodillas.

Samuele se quedó más blanco que la sábana con la que inmediatamente se tapó. Giulia, en cambio, seguía riéndose y no hizo ademán siquiera de cubrirse. Al contrario, parecía querer que viera perfectamente cómo era su cuerpo: cómo las piernas, larguísimas y delgadas, terminaban en un penacho teñido de verde, del que luego salía, muy plana, la tripa, donde tenía tatuada una enorme rosa sin pétalos y con el tallo lleno de espinas.

No entendí exactamente qué estaba pasando. Hombre, estaba claro que no se trataba de una reunión de trabajo: Matteo me hablaba a menudo de su hermana, por lo que yo sabía muy bien que Giulia no era productora cinematográfica sino que cursaba el último año del instituto, que estudiaba arte y sabía dibujar muy bien, sobre todo al carboncillo.

–En esta cama con Samuele la que tiene que dormir es Cate –me limité, pues, a observar.

–Niña de mierda, tú tendrías que callarte la boca y pensar sólo en la puta de tu madre que se folló a alguien de este edificio para luego parirte a ti –me contestó ella.

Noviembre de 2004

«... se trata de una enfermedad de los huesos, ¿sabes?, una cosa congénita que se los vuelve más frágiles, pero no quiero aburrirte contándote detalles penosos. Es como si los huesos de mi madre fueran de papel cebolla, para entendernos. Pero por fin he conseguido estar más tranquila desde que los he convencido, a ella y a mi padre, para que se muden a un apartamento que les he comprado cerca del mío... bueno, del nuestro. Te he dicho que estoy casada, ¿verdad? ¿Y que tengo un niño precioso que se llama Lars?»

Cate baja la mirada a la ensalada de atún que se ha pedido para almorzar, en el restaurante que está al lado de su trabajo. Le gusta hablar con el nuevo abogado recién incorporado al bufete hace unas semanas. Es un penalista que se llama Luciano Pavarotti, como el tenor, pero no son parientes, ni siquiera lejanos.

Qué raro, ¿no? Y más bien divertido. Se lo estaba contando a Samuele esa misma mañana, pero él parecía distraído: por la tarde tenía una reunión de trabajo de la que, por superstición, no había querido contar nada a nadie, ni siquiera a ella. Esperemos que vaya bien, se dice Cate. Pero a ella esa historia de que el abogado Pavarotti y el tenor más famoso del mundo compartan nombre y apellido sin ser parientes le parece desternillante.

Se ríe mucho Cate cuando está con Pavarotti.

Incluso ahora, que le está explicando en detalle la enfermedad de su madre, porque él parece deseoso de conocer los detalles: y no tiene nada, pero nada, de divertido. Si no fuera porque es irrefrenable, se da cuenta Cate, la alegría que siente por dentro.

La chica de la celda de al lado ha dejado de toser.

Probablemente se habrá dormido.

Quién sabe cuánto llevará ahí dentro. Quién sabe por qué.

Quizás ella también esté ahí por error, y el error no sea suyo sino de quien ha pensado que lo era.

Quién sabe.

Pero tal vez ella logre dormir porque es más capaz que yo de comprender qué entiende su abogado por la Verdad, dónde ha empezado la cadena de acontecimientos que, de repente, se ha transformado en un laberinto y la ha llevado hasta allí.

Porque ahora, por ejemplo, yo no sé cómo de útil le será a Pavarotti saberlo, pero desde luego tengo que reconocer que hubiera preferido descubrir de otra manera que mi padre no es un astronauta. Hubiera preferido descubrir de otra manera que no podía venir a buscarme porque ya se encontraba donde yo lo estaba esperando.

O quizá, ¿por qué no?, hubiera preferido no descubrirlo nunca.

Lo primero que hice, de todos modos, fue salir de esa habitación, de esa casa: enseguida. Bajar un piso y llamar al timbre.

Cuando vino a abrirme, Tina llevaba el pelo suelto

sobre los hombros y el vestido azul con margaritas blancas. Evidentemente, desde que ya no vivía con ella y había pasado al segundo piso, para matar el tiempo había empezado a quedar también por la tarde con sus amigos nocturnos, me di cuenta poco después. Pero no ese día. Ese día había demasiado que entender para entender de verdad algo.

–Mandorla, pequeñita, ¿va todo bien? –me preguntó Tina.

–No, nada va bien –le contesté.

Y ella no necesitó más.

–Este momento tenía que llegar, más tarde o más temprano –suspiró.

Pero sí, desde luego, estaba de acuerdo conmigo: si hasta para una noticia así existen dos posibilidades de enterarse, una más dolorosa y otra menos, a mí me había tocado una tremenda.

–Pequeñita, prométeme una cosa: la señora Grò no debe saber nada de lo que ha pasado hoy –me pidió–. La enormidad de la inconsciencia de Samuele lo protege, porque nadie podría sospechar nunca lo que se trae entre manos. –Se llevó una mano a los ojos, como si no quisiera imaginar siquiera la escena a la que yo había tenido que enfrentarme–. Les diré a todos que he sido yo quien te ha dicho la verdad. Se enfadarán conmigo, pero eso es poca cosa comparado con el desastre que podríamos provocar si reveláramos lo que ha ocurrido de verdad.

–Pero ¿qué ocurrió de verdad, Tina?

–Pequeñita, si me lo acabas de contar tú: el señor Grò y la jovencita Barilla...

–No. Me refiero a después de que muriera mi madre.

Entonces Tina se subió a un taburete para llegar a lo

alto de la despensa y cogió una caja de hojalata. La abrió y sacó una carta. Me la entregó: «Todos vivimos en la ignorancia de algo que nos concierne», dijo. Luego me invitó a leer en voz alta: «Veinticinco de octubre de mil novecientos noventa y tres. Vida mía. Te he visto apenas un momento, luego una enfermera te ha llevado a otro sitio».

Pavarotti conoce bien esa carta: me ha pedido que se la dé, está convencido de que por ahora debe tenerla él. Vamos, que es inútil que le demuestre que me la sé de memoria, mejor que mi número de móvil, mejor que *Oh, taxi inglés*, que *We Wish You a Merry Christmas*, que la tabla del siete.

«... hoy me parece que ninguna mujer, aparte de mí, ha sido nunca Mamá.» Y así, leyendo, llegué a la última palabra. A esa palabra.

Mamá.

Y por fin Tina, de la manera menos dolorosa posible, se puso a contarme todo lo que me quedaba aún por saber.

Faltaba un detalle, pero sentía que no era ella la persona más indicada para preguntárselo.

Por eso subí al cuarto piso.

Acudió a abrirme Lorenzo, con la cara abotargada de sueño.

–¿Está Lidia? –le pregunté.

–Está en su sesión.

–...

–Con su psicóloga. Una tía que seguramente no hace más que darle la razón y convencerla de lo gilipollas que soy. Por ochenta euros eso lo sabe hacer cualquiera, ¿no?

–...

–Pero vamos, que volverá pronto.

–Ah.

–Me había tirado en el sofá para leer un libro del que

tengo que escribir una reseña y me he quedado dormido –se disculpó, como si mi desilusión a la fuerza tuviera que tener algo que ver con él y no con el hecho de que necesitaba absolutamente hablar con Lidia. Mientras tanto, *Efexor* había corrido a la puerta y se había puesto a saltar como suele hacer, para saludarme.

A saber lo triste que debió de ponerse: yo siempre le devuelvo las muestras de cariño. Pero esa tarde no.

No esperé siquiera a que Lorenzo me invitara a entrar para hacerle a él esa pregunta que llevaba horas rumiando, menos incansable que *Efexor:*

–¿Cómo se hacen los niños?

A Lorenzo entonces se le pusieron los ojos (uno verde y el otro marrón, los dos enormes) como platos, y me dijo vamos al salón.

Me invitó a sentarme en un sillón, él se hundió en otro y empezó a prepararse un cigarrillo, con un papel, tabaco y lo que por aquel entonces me parecía una extraña bolita de goma de la que Lorenzo pellizcaba trocitos para mezclarlos con el tabaco.

–La vida humana, querida Mandorla, es una locura –empezó diciendo–. Figúrate que hay quien cree en las decisiones que toma, en las cosas que hace... ¡como si tuvieran sentido! Pero no lo tienen, hay que hacerse a la idea: somos todos, absolutamente todos, fruto del sueño de un viejo borracho que no sabe qué coño dice, por no hablar de lo que sueña.

–Sí, pero ¿y los niños? ¿Cómo se hacen? –insistí.

–Un momento, ahora llego a eso.

–Perdona.

–No pasa nada. Como te iba diciendo... –Aspiró una larga y profunda bocanada de humo–. La vida no tiene sentido, es un hecho. Pero, no me preguntes por qué, hay quien no se resigna. Hay quien construye puentes y casas, se lava los dientes antes de irse a la cama y se los vuelve a lavar después de desayunar: y hace todo eso con cierto orgullo mal disimulado, ¿entiendes? Como si estuviera en juego un premio al Mejor Ser Humano Entusiasta de Serlo y quisiera ganarlo. Eso es. Ése es el concepto clave, Mandorla: no existe premio alguno, naturalmente, como tampoco hay, es obvio, ninguna posibilidad de ganarlo. Pero quien cree que sí, llega un momento en que no puede vivir sin ello. –Le dio otra calada a su cigarrillo liado a mano. Y se quedó embelesado mirando el humo que salía de su nariz y de su boca.

–¿Y...?

Sentía que debía atraer de nuevo su atención, como si no bastara estar sentada delante de él para que siguiera reparando en mí.

–¿Y qué?

–¿Cómo que qué? El que cree que el premio al Mejor Ser Humano Entusiasta de Serlo existe aunque no exista, ¿qué hace?

–Hace niños –afirmó Lorenzo. Y, al decirlo, paradójicamente parecía de lo más entusiasta.

–Pero yo te he preguntado cómo. ¿Cómo, Lorenzo, cómo se hacen los niños?

–Cómo. –Le dio una última calada a su cigarrillo, que después apagó dentro de una taza de café que tenía apoyada en el reposabrazos del sillón–. ¿Quieres saber exactamente cómo, en el sentido práctico?

–Sí. –¿Acaso tenía que repetírselo? Hablar con ese hombre parecía imposible.

–Las mujeres tienen esa cosa entre las piernas: la maldición de nosotros, los hombres, que, de no ser por eso, pasaríamos el tiempo haciendo cosas interesantísimas.

–¿Como qué?

–Qué sé yo. Viviríamos todos juntos en un monasterio, por ejemplo, estudiando los Evangelios apócrifos y dejándonos crecer las uñas de los pies para luego apostar a ver quién las tiene más largas. Pero volvamos a lo que nos ocupa, Mandorla. –Si eso es precisamente lo que quiero, pensé. Y lo dejé proseguir–: Se llama coño, la maldición que tienen las mujeres entre las piernas, pero a ti te habrán dicho que se llama de otra manera. Quizá mariposita, margarita, o algo por el estilo, me imagino.

–Tina lo llama la rajita.

–La rajita, vale.

–Y los hombres tienen colita.

–¿Eso también te lo ha dicho Tina?

–No, no me acuerdo de dónde lo aprendí.

–Ya decía yo –se rió–. ¿Qué sabrá de eso la señorita Polidoro? Ésa está tan mal que yo creo que piensa en el gato callejero del barrio cuando quiere masturbarse.

No lo entendí, aunque al ver la cara que ponía Lorenzo parecía un comentario divertido. Pero yo no estaba para bromas.

–¿Y entonces?

–Entonces los hombres meten la colita en la rajita de las mujeres, y a eso se le llama hacer el amor, follar, acostarse: lo mismo da. El caso es que así es como nacen los niños. Pero siempre inútilmente.

Así que tener un hijo tenía que ver con eso que estaban haciendo Samuele y Giulia Barilla, como yo imaginaba.

Y si mi padre podía ser cualquiera de ese edificio, entonces también podía ser Samuele. Y, en el lugar de Giulia, a cuatro patas delante de él, podría haber estado mi madre. Justo después de una reunión en el antiguo lavadero, quién sabe: esa noche quizá Cate se quedara a cenar en casa de sus padres, y, mientras los demás vecinos volvían a sus casas, quizá Samuele se entretuviera con mi madre. Quizá le contara esa historia absurda de *Pretty Woman*, y ella lo escuchara como sabía hacer, haciendo que el que le estuviera hablando se sintiera importante. Y luego pasó, y ya está.

Por eso, aunque después llegó Lidia, y Lorenzo le explicó por qué estaba yo allí, no sirvió de nada. Aunque ella ahora me haya llevado a su dormitorio, y parecía de verdad la conmovedora escena de una película en la que dos amigas se confían sus secretos, no sirvió de nada. Aunque me confió que había hecho el amor millones de veces con Lorenzo, pero que se peleó con él durante un tiempo y entonces se quedó embarazada de otro, con el que sólo había estado por despecho, porque todos cometemos errores, y por eso no podemos ser demasiado severos con los errores de los demás, no sirvió de nada. Aunque, bajando la mirada, me contó que perdió a ese niño después de un mes de embarazo, y que ése sí que fue un momento horrible, porque aunque no fuera de Lorenzo, ese hijo era suyo, había sido suyo, no sirvió de nada. Aunque me explicó que era muy importante que yo entendiera que esas tres cosas (quererse, hacer el amor y concebir un hijo) a veces no tenían por qué tener nada que ver las unas con las otras, no sirvió de nada.

¿Por qué es de verdad necesario que le diga a Pavarotti cómo me sentía esa tarde? ¿Es que no se lo puede imaginar? ¿Es que no se lo podría imaginar cualquiera?

Me sentía una ladrona de padres. A la que, sin embargo, le habían robado el suyo.

Una ladrona de madres. A la que, sin embargo, etc.

Entonces recé muchísimo.

Porque yo sólo quería ser un tortellini de Tina, la cama de Samuele y Cate, el tatuaje de Giulia Barilla, un pañal sucio de Lars, un pelo de *Efexor*. Cualquier cosa que no fuera yo misma: un cromo con la droga de Mundoperro, incluso.

EN EL TERCER PISO

Enero de 1990

Acaban de dar las doce de la noche.

–Feliz año, Eme –balbucea Maria, con la boca pastosa por los analgésicos. De la manta sólo asoman sus ojos, la escayola que le hace las veces de pierna izquierda, y las otras dos que le hacen las veces de brazos.

–Feliz año, Eme –le contesta Michelangelo, sentado al pie de esa cama de hospital, en el servicio de urgencias donde han ingresado a Maria esa tarde, después de que la atropellara un coche que de milagro logró frenar cuando esa chica surgió de repente, como si un semáforo en rojo, para ella que iba con prisa, no significara nada.

–Si al menos tuvieras una aventura con, qué sé yo, uno de esos médicos increíbles tipo el doctor Ralph de El pájaro espino *–le dijo Michelangelo nada más reunirse con ella en el hospital, después de pasar por casa para traerle su cepillo de dientes, la pasta y un camisón–, entonces sí habría tenido sentido cruzar en rojo.*

–No tienes ni idea: el padre Ralph era un cura –sonrió ella–. Además llegaba tarde... ¿Tú crees que me lo perdonarán algún día? –le preguntó ella, riendo, como cuando al hacer una pregunta uno sólo quiere dar pie a que el otro diga algo gracioso.

–¿Quiénes, los mendigos de la estación? ¿Por faltar a la comida benéfica de Fin de Año? Oh, desde luego, no

habrán pensado en otra cosa: «¿Dónde está Maria?», se habrán preguntado todo el tiempo. Porque, ¿qué problemas puede tener la gente como ellos? Qué coño, ahora su mayor preocupación seguro que es la de no haberte visto hoy en el banco del comedor social. «¡A quién le importa si va a nevar y no tenemos dónde dormir! ¡Queremos saber por qué no ha venido Maria!» Eso es lo que estarán diciendo ahora.

Por lo general nadie entiende su sentido del humor: y, en efecto, la enfermera que le estaba tomando la temperatura a Maria los miró sin acertar a contener un gesto de desaprobación por un cinismo tan estúpido y gratuito.

Ahora se han quedado solos.

–Anda, venga, márchate. Todavía estás a tiempo de irte a alguna fiesta –le sugiere Maria a Michelangelo.

–No me apetece.

–Venga, Eme: ¡tienes que vivir tu vida!

–Pero si mi vida es ésta –le contesta él.

Ningún hombre heterosexual me ha dicho nunca nada tan romántico, piensa Maria. O quizá no se lo he permitido a ningún hetero. Quién sabe, ¿quizá Michelangelo es el premio de consolación por el desastre que es mi vida sentimental, o el obstáculo definitivo que impide que tenga una relación normal, como todas las mujeres de mi edad? Qué más da, decide Maria. Tiende el brazo escayolado y le coge la mano a Michelangelo. El doctor Ralph... repite bajito, y se ríe. Hasta que se queda dormida.

Resumiendo.

A los doce años medía un metro treinta y uno de altura: o, mejor dicho, de bajura.

No pesaba nada pero, a diferencia de lo que sostenía Tina, comía bastante.

Iba por ahí vestida como un collage y no lo hacía aposta, pero:

1. si no te das prisa en darte cuenta de cómo visten los Otros Niños de Tu Edad luego es difícil recuperar el tiempo perdido;
2. no quería disgustar a ninguno de los vecinos de la calle Grotta Perfetta, 315.

Así es que llevaba mis típicas bailarinas, los vestidos rabiosos que le gustaban a Samuele, la chaqueta de paño azul de Cate, los pendientes de oro y de coral; en el pelo, una horquilla con forma de mariposa que me había regalado la señora Barilla, y, en el cuello, un colgante con un colmillo de elefante que Lidia y Lorenzo me habían traído de África, donde al final sí consiguieron marcharse.

No tenía amigos; aunque una vez, si he de ser sincera, lo intenté: con Eva Brandi, una rubita que se sentaba detrás de mí y de Matteo. Eva era un perfecto ejemplar de la categoría ONME. No es que por aquel entonces fuera nada del otro mundo, al contrario. Era alta, sí, pero también flaca como un fideo, y no paraban de salirle granos en la frente. Pero a ella no parecía importarle, estaba encantada con sus vaqueros elásticos, y muy orgullosa de saber participar en cualquier conversación que mantuvieran los chicos de la clase, durante el recreo, ya fuera de una película que hubieran visto la noche anterior o de un partido de fútbol.

El caso es que un día, cuando sonó el timbre que anunciaba el final de la última hora, Eva, que hasta ese momento no me había dirigido la palabra jamás de los jamases, me sonrió y me dijo adiós. Como Caterina siempre me estaba dando la tabarra con que no era normal que no invitara a nadie a hacer los deberes conmigo por la tarde, cogí la ocasión al vuelo e invité a Eva. E, increíble pero cierto, ella me contestó que vale.

–¿Esta tarde a las cuatro?

–Oca –me contestó: que quiere decir ok, en la lengua de los ONME.

Empecé a esperarla desde ese mismo momento: de lo nerviosa que estaba ni siquiera pude comer, porque siempre he tenido debilidad por esos momentos con respecto a los cuales, el día de mañana, se puede echar la vista atrás para decir: «¡Fue entonces! ¡Fue entonces cuando estaba empezando todo, y yo no lo sabía!». La primera vez que se estrechan la mano dos personas que luego serán marido y mujer, el primer malentendido entre quienes, de ahí a un año, se mandarán al cuerno definitivamente: la primera de las infinitas tardes que dos amigas del alma pasarán juntas.

Porque, mientras esperaba a que fueran las cuatro, no hacía más que imaginarnos de mayores, a Eva y a mí, sentadas en un bar con las piernas cruzadas, contándonos la guerra que nos daban nuestros hijos, que, mira qué casualidad, habrían nacido el mismo día y eran un niño y una niña que, por supuesto, de mayores se habrían casado el uno con la otra. Y por fin Eva llamó al telefonillo. Le abrí para que subiera y, en cuanto entró, le ofrecí un zumo y un bocadillo de Nutella, como Cate me había aconsejado. Una vez terminada la merienda, quise hacerle unas preguntas para poder ser amigas del alma. Le pregunté cuál era su color favorito, si prefería los números pares o los impares, cuántos hermanos tenía, etc. Pero entonces, en un momento dado, ella estalló y me preguntó: «Bueno, ¿y ahora qué hacemos?». Yo intenté explicarle que ya estábamos haciendo algo, es decir, trabar amistad. Pero entonces ella se empeñó a toda costa en ver la tele. Al menos, añadió.

«Vamos a ver la tele, al menos.» Eso fue lo que dijo exactamente. Y nos pusimos a ver el canal de la teletienda, calladas las dos, hasta que su madre vino a recogerla, y entonces nos despedimos, con esa especie de vergüenza que quizá le da a todo el mundo cuando está claro que el final de una primera cita no llevará a nada maravilloso, al contrario, sino que coincide con la certeza de que no habrá una segunda.

En realidad, la cosa con Eva Brandi no terminaría ahí.

Pero, por aquel entonces, parecía que sí.

Por lo demás, mis compañeros de clase se limitaban a no burlarse de mí, gracias a Matteo Barilla, pero estaba claro que no les interesaba lo más mínimo saber quién era yo ni lo que pensaba, mientras que Matteo, a quien sí le interesaba, por aquel entonces no me interesaba a mí.

Sigamos.

Ya había tenido sarampión, paperas y tos ferina. Había estado dos veces en Santa Marinella con Tina, tres veces (dos en verano y una en invierno) en la montaña con los Grò, en París, también con los Grò, y en Nápoles, sólo un día, con Cate, que tenía allí un juicio.

Me gustaba marcharme y también me gustaba volver: quedarme en un sitio, en cambio, empezaba a ser un problema.

Sigamos.

Me gustaba ver cómo la lluvia formaba gotitas en la ventana, jugar a las damas los jueves por la tarde con Gianpietro Costanza, al escondite con Lars, leer los libros que las editoriales le regalaban a Lorenzo y que él luego me regalaba a mí, asistir en directo, desde el estudio radiofónico, cuando al día siguiente no tenía colegio, a las retransmisiones de *Sentimentales anónimos*, el programa de Lidia.

No me gustaba la geometría, ni la idea en general de tener que estudiar y aprender cosas que no me interesaban en absoluto sólo para que me preguntara alguien que ya sabía las respuestas a las preguntas que me hacía, no me gustaban los huevos, ni las judías ni la sopa de verduras.

Rezaba cada noche para poder transformarme en una cosa distinta, pero si alguien me hubiera pedido que eligiera una sola, no lo habría dudado: el taxi inglés de Mundoperro, habría dicho.

Cuando Tina, Cate o el ingeniero Barilla iban a hablar con mis profesores, volvían siempre con el mismo veredicto: el problema era que tenía la cabeza en otra parte (aunque ningún profesor me hacía el favor de especificarme dónde). Y las cosas buenas eran que era una niña muy educada y me expresaba con «notable propiedad en el lenguaje» para la edad que tenía.

Puede. Yo no es que me sintiera especialmente afortunada por conocer el significado de palabras como «paradigmático», «iluminismo» o «follar».

Sigamos.

Prefería el invierno al verano, el *pandoro* al *panettone* y los perros a los gatos.

Pero sobre todo: con doce años, veía a mi padre en todas partes.

Como me había recomendado Tina, no le había dicho nada a nadie de esa maldita tarde, de Samuele desnudo con Giulia Barilla desnuda, etcétera, etcétera, etcétera. Me había limitado, a la mañana siguiente, a preguntarle a Cate: «¿Me acompañas a cortarme el pelo esta tarde?». Y aunque el peluquero no dejara de cortar, y me hubiera reducido a una especie de soldadito, estaba satisfecha porque también Cate se había decidido a peinarse. Nada de pelo teñido de verde al estilo de Giulia, es cierto: pero con el pelo bien peinado, ligeramente ondulado como si se lo agitara el viento, en mi opinión Cate habría podido participar en un concurso de belleza y ganarlo. También se dará cuenta Samuele cuando la vea volver a casa así, pensaba yo.

Mientras tanto, fiel a nuestros planes, Tina asumió la responsabilidad de convocar a los vecinos en el antiguo lavadero y anunciarles: «Mandorla lo sabe». Por lo que me contó, la única preocupación de todos fue que nada cambiara en esa especie de equilibrio que, con tanta dificultad, habían logrado asegurarse a sí mismos y a mí. No importaba que yo supiera lo que había pasado cinco años antes: pero por mi bien, sobre todo por mi bien, que no se me ocurriera querer saberlo todo. Saber ¿qué? Querido Pavarotti, ¿cómo que qué? ¡Pues qué va a ser, la Verdad!

«Porque hay secretos que respetar, secretos que, en aras de nuestra serenidad, son tan importantes como las cosas que, por el contrario, sabemos», sentenció Tina, al final de su relato de la reunión con los vecinos. Para después preguntarme, con esa aprensión que transforma las preguntas en súplicas:

–Bueno, qué, ¿me prometes, pequeñita, que no te vas a meter ideas raras en la cabeza?

–Te lo prometo –le contesté.

Estaba claro que, con eso de «ideas raras», se refería al deseo de descubrir quién era mi padre.

Noviembre de 2004

–¿Qué diantre significa, señorita Polidoro, que «Mandorla lo sabe»? –El ingeniero Barilla, como de costumbre, da voz y concreción al estupor, a la perplejidad general.

–Lo sabe –repite Tina, concentrando la mirada en el dobladillo descosido de su falda, para evitar la posibilidad de que alguien vea en sus ojos que está a punto de mentir–. Me ha oído hablar al teléfono con mi amigo Gianpietro Costanza de esa situación... o, mejor dicho, de esta situación. La situación en la que estamos desde hace cinco años, para entendernos. Entonces, sensible como es, esta pequeña se ha puesto a hacerme mil preguntas. A las cuales, vieja y tonta como soy, no he podido evitar responder.

Todos me miran ahora y probablemente me odian (todos menos Samuele Grò, a quien estoy salvando el pellejo), piensa Tina. Hacen bien, reconoce para sí. Pero creía ser más fuerte y poder soportar, en nombre de la serenidad de Caterina Grò (desde luego no del pellejo de su marido) el rencor del que ahora es injustamente víctima. Pero no es fuerte en absoluto. Porque ella, por Dios bendito, ella es una buena persona. No es posible que sus vecinos la miren así, como si fuese un criminal. O peor todavía: que la miren como la miraba su madre. Enton-

ces ya no aguanta más e intenta al menos salvar lo que se pueda salvar.

–No se preocupen. Mandorla me ha dicho (ella misma espontáneamente, mira tú por dónde) que no tiene el más mínimo interés en saber quién es de verdad su padre. En lo que a ella respecta, nosotros, los vecinos de la calle Grotta Perfetta, 315, somos su familia: no le interesa nada más. La pequeña, lo vuelvo a decir, es muy sensible: entiende perfectamente qué es lo mejor para ella y también para ustedes. Para nosotros, quería decir, naturalmente. Bueno, así que, no hay ningún problema, ¿no?

Y vuelve a concentrarse en el dobladillo de su falda. Intenta dividir las mentiras en dos categorías: las que se dicen para hacer el bien, y las que se dicen para hacer el mal. Pero, si proteger a Caterina Grò de la verdad tiene algo que ver con el bien, no se puede afirmar lo mismo con tanta seguridad en lo que respecta a Mandorla y al deseo legítimo que pueda tener la pequeña de descubrir la identidad de su padre: Tina es consciente de eso. Mañana sin falta tengo que ir a confesarme, piensa. Apenas consigue sacar algo de consuelo de esa decisión cuando ya le espeta Lidia, con muy malos modos:

–Señorita Polidoro, ¿qué quiere decir con eso de «ningún problema»?

De modo que, por aquel entonces, todos sabían que yo sabía, pero no sabían todo lo que de verdad había que saber y que Tina y yo (y, naturalmente, Samuele y Giulia Barilla) sabíamos.

«Un período terrible», parece que lo definió Cate, cuando se lo contó a Pavarotti (o eso al menos me ha dicho él).

En efecto, vivir con ella y con Samuele para mí también se había convertido en una tortura.

Estaba deseando mudarme al tercer piso para no tener que seguir sosteniendo la mirada azul y transparente que tenía Cate cuando se preocupaba, qué sé yo, de que me hubiera lavado las manos antes de sentarme a la mesa, como si no hubiera habido nada más importante que decirnos ella y yo. Cuando sí que lo había.

Por no hablar de Samuele que, después de aquella tarde, aprovechando un momento que estábamos los dos solos, me había susurrado: «Las cosas no son lo que parecen, Mandorla», y nada más: como si no hubiera necesidad de explicarme qué eran las cosas de verdad entonces. Cuando sí que la había.

Giulia Barilla, por su lado, cuando se topaba conmigo, no sé, a lo mejor porque Matteo insistía en que subiera a verlo, me saludaba diciendo: «Hola, niña de mierda». Su hermano la justificaba, con ese aire que ponía siempre para dar a entender que comprendía todo lo que había que comprender, y me tranquilizaba diciendo: «No le hagas caso: es su carácter».

Todo eso no me impedía dormir por las noches, sólo la posibilidad de una emboscada inesperada de Mundoperro tenía esa capacidad, pero sí que me distraía de aquello que se había convertido en mi único interés: ver a mi padre por todas partes, vuelvo a repetir.

Cruzarme en el ascensor con el ingeniero Barilla, examinarle las orejas, la forma de la cabeza, fantasear sobre el tono de rojo de la sangre que corría por sus venas y comparar todo ello con mis propias orejas, con la forma de mi cabeza y el rojo de mi sangre. Pedirle a Lorenzo aclaraciones sobre el libro que me había regalado el día anterior, porque no se fijaba nunca en los títulos antes de pasármelos, y a veces me encontraba con ensayos incomprensibles de teología o tratados de filosofía clásica: y también me gustaba escucharlo, pero, sobre todo, lo que quería era observar sus manos mientras gesticulaba para expresar un concepto especialmente difícil, y fijarme en si esas manos se parecían a las mías, cuánto y de qué manera. Espiar la forma que tenían los hombres de la calle Grotta Perfetta, 315, de sonarse la nariz, ver si tenían correo en el buzón o bostezar: averiguar qué podía haber heredado yo, para descubrir de quién lo había heredado.

Ellos, en cambio: nada.

–Eso es lo que me parece de verdad infame por parte de los hombres de ese edificio –me ha dicho Pavarotti–. Que no hayan tenido siquiera el valor de confesarte que no han tenido el valor de hacerse la prueba de ADN. ¿De qué hablaban mientras, durante todo ese tiempo? ¿De tus deberes del colegio? ¿Del tiempo?

Más o menos sí.

Pavarotti despotrica de los hombres porque entre las mujeres de la calle Grotta Perfetta, 315, está también Cate, me imagino: pero si a él de verdad le parece escandaloso el silencio con el que mis familias decidieron admitir que entre ellas se escondía mi padre, entonces la responsabilidad es de todos: hombres y mujeres; adolescentes y niños; y un perro.

Noviembre de 2004

–Señorita Polidoro, ¿qué quiere decir con eso de «ningún problema»? –Lidia se levanta de la silla indignada.

–Cálmese, dottoressa *Frezzani –la invita el ingeniero Barilla.*

–No, no me da la gana de calmarme –insiste ella–. Mandorla no debería haberse enterado, y sin embargo así ha ocurrido. Muy bien. O mejor dicho, muy mal. Sea como fuere, Mandorla está al corriente de que su padre vive en este edificio. Pero, según la señorita Polidoro, no le interesa saber nada más: ¿es así, señorita?

–Dice que todos nosotros, los vecinos de la calle Grotta Perfetta, 315, somos su familia, y que no le interesa saber nada más –repite Tina, con un hilillo de voz, los ojos fijos en el dobladillo de su falda.

–Me parece que con esto Mandorla confirma ser la niña razonable que todos hemos aprendido ya a apreciar –considera la señora Barilla.

–Quizá no nos hayamos entendido bien. –Lidia parece ahora más tranquila, pero Lorenzo la mira asustado y la anima a volver a sentarse: precisamente cuando su chica deja de estar exaltada y recupera la calma es cuando se vuelve de verdad peligrosa–. Lo que quiero decir, señora Barilla, es que en el punto en el que estamos ahora, ya no nos es posible seguir haciendo como si nada.

–¿Y eso por qué? –pregunta Caterina.

–Eso es, ¿por qué, Lidia? –añade Samuele como un eco, más que nada para que su mujer entienda que, sea cual sea la postura que elija adoptar, él estará de acuerdo con ella.

Desde el principio de la reunión, no hace más que meterse las manos en los bolsillos y rascarse los muslos. Grò está inquieto, piensa Tina, porque es obvio que es consciente de que la culpa de que Mandorla se haya enterado de aquello que no debería haberse enterado nunca la tiene su horrible infidelidad. Tina no alcanza a imaginar siquiera el motivo real del evidente nerviosismo de Samuele: Giulia Barilla todavía no ha contestado al mensaje que le mandó hace ya treinta y seis minutos.

–¿Cómo que «por qué»? –Lidia ahora sencillamente no da crédito a lo que oye–. Pero ¿os habéis vuelto locos? Según vosotros, ¿deberíamos hacer caso omiso de lo que ha ocurrido? ¿Es que acaso no creéis que tengamos el deber moral de hablar con Mandorla todos juntos, ahora que sabe que su padre se esconde entre nosotros?

–Hace cinco años hicimos un pacto, dottoressa Frezzani –le recuerda el ingeniero Barilla.

–¡Pero ahora las cosas han cambiado!

–Si un pacto se llama familia, dottoressa, es difícil que ocurra algo que realmente pueda quebrarlo –replica el ingeniero.

–¡Nosotros no somos una familia! –exclama Paolo, alzando la voz–. ¡Somos cinco familias bien distintas unidas por un pacto, es cierto, pero un pacto infame! Yo lo dije desde el principio, que era necesario hacer la prueba de ADN. Desde el principio lo dije.

–No tiene sentido reprocharnos ahora cosas del pasado, Paolo –lo sermonea Cate, muy serena–. Lo hecho,

hecho está. Y Mandorla, te guste o no, nos convierte a todos en una familia; tiene razón el ingeniero.

–Perfecto, ¿y ser una familia nos confiere entonces el derecho de obviar y no hablar de una cosa gigantescamente grave como es el hecho de que, de ahora en adelante, Mandorla sea consciente de que tiene un padre en este edificio pero no pueda saber quién es ese padre? –pregunta Lidia.

–El derecho, no –le contesta el ingeniero Barilla–. Ser una familia confiere el deber de obviar cosas «gigantescamente graves», dottoressa. *–Después se dirige al resto de los vecinos–: Por supuesto, ello no quita que si al padre de Mandorla le pareciera oportuno revelar su identidad, éste me parece el momento idóneo para hacerlo.*

Pasan, mudos, segundos que parecen minutos.

Hasta que: bip-bip, la señal que anuncia la llegada de un mensaje al móvil de Samuele quiebra el silencio.

Qué extraño.

En esta larga noche, que cuanto más avanza más parece que retroceda en el tiempo, me doy cuenta de que no consigo recordar ni una sola cosa de las que solía hacer todos los días: no recuerdo a qué hora ponían en la tele mis dibujos animados preferidos, no recuerdo los nombres de los siete reyes de Roma, ni de mi profesor de natación.

Y sin embargo no había tarde que no hiciera lo que fuera con tal de poder ver la tele, no había lunes que no fuera a la piscina, y, como la profesora de historia preguntaba en clase sin avisar, había que llevar siempre la lección bien estudiada.

Nada, un vacío total. Lo he olvidado todo. Mientras que recuerdo, como si hubieran sucedido ayer, hechos aislados, que quizá me ocurrieron una vez y nada más, pero que, precisamente por ello, se diferencian de todo lo demás. Es como si la memoria avanzara esquivando las costumbres y amplificara las excepciones.

Por ejemplo, ahora mismo no sabría decir qué sentía al tener que diluir la urgencia natural que tenía de saber quién era mi padre en la urgencia misteriosa con la que todos, de una manera u otra, me incitaban a renunciar a ello.

Ocurría día a día, y yo no lo recuerdo.

Mientras que recuerdo perfectamente lo que me dijo Paolo cuando por fin pasé del segundo piso al tercero, para vivir con él y con Michelangelo.

–Mandorla, una cosa tiene que quedar clara entre nosotros. Ya no es un secreto que tu padre vive en este edificio. Nadie habla de ello, pero todos lo sabemos. Muy bien, pero que sepas que no soy yo. De eso, al menos, puedes estar segura. Tu madre, sin ánimo de ofender, no me caía bien. Y te diré más, si hay que salir del armario, es mejor hacerlo del todo: en mi opinión, era una auténtica pelmaza. Llamaba por teléfono o al portero automático de nuestra casa a todas horas, de día o de noche, en los primeros tiempos de irnos Michelangelo y yo a vivir juntos: ¿te parece normal? Demonios, le decía yo a Michelangelo, ¿por qué no se busca Maria un marido sólo para ella, en lugar de recurrir a ti cada vez que tiene el más mínimo problema? Por si eso fuera poco, no sabes cómo me trataba al principio tu madre. Como si fuera fruto de la imaginación de Michelangelo, exactamente así me trataba. Algo pasajero, una alergia que, tarde o temprano, así como había aparecido, desaparecería. Pero me quedé, maldita sea, y tanto que sí. Desde que me compré este piso, y Michelangelo se mudó a vivir conmigo en lugar de seguir haciendo de dama de compañía de tu madre, por fin tuvo que aceptarlo. No creo que me perdonara el que le robara su juguetito. Ahora descansa en paz, pero nunca podrá perdonármelo, pobre mujer. Bueno, el caso es que es obvio y no hace falta ni decirlo que esa tarde de marzo desde luego no fui yo quien estuvo con tu madre en el antiguo lavadero del sexto piso. Ni por asomo. Bastante difícil nos resultaba ya a los dos estar juntos en un mismo sitio lo que durara una reunión de junta de vecinos.

Uno menos, pensé, tachando a Paolo de la lista que, pese a todo, nada ni nadie conseguía quitarme de la cabeza.

Pero, justo después, pensé también otra cosa.

Mi madre no era ninguna pelmaza. Quizás en la historia de Paolo, en su versión de los hechos, era necesario que alguien tuviera el papel del malo: y ese papel le tocó a ella. Pero eso no significa que de verdad fuera una pelmaza, como por supuesto tampoco lo era Paolo. Aunque tal vez mi madre necesitara creerlo.

Así que no me quedaba más que rezar: oh, pendientes.

Oh, pendientes de oro y coral,
hagamos un intercambio:
yo me convierto en vosotros y me hago a la idea
de ser un regalo de Paolo
pero de estar en las orejas
de la hija de Maria
(a la que Paolo odiaba):
si así tiene que ser,
pues que lo sea.
Pero vosotros, oh, pendientes,
os convertís en mí,
y entonces no os debe importar
un rábano
si para los Otros Niños de Vuestra Edad
no sois nada, un cero a la izquierda;
os tiene que importar un rábano
si a Giulia Barilla le da por llamaros
pendientes de mierda,
si Samuele no le dice nunca la verdad a Cate.
¿Y vuestro padre?
Oh, pendientes,

quién sabe si imagináis
que vivís cerca, muy cerca de él
(pero ¿por qué?
¿dónde está?, os preguntáis.
De nada sirve:
porque no,
eso no os tiene que interesar ni una pizca siquiera).

Febrero de 1993

Unos días antes, Michelangelo dijo así, como si nada, estaría bien, con el frío que hace, irse a algún rincón del mundo donde ahora haga cuarenta grados: a Paolo le bastó eso para reservar un bungaló escondido entre los cocoteros de la isla de La Digue.

–Feliz día de San Valentín, cariño –susurra, en cuanto Michelangelo abre los ojos.

–Feliz día de San Valentín a ti también, mi amor.

El mar los saluda desde la ventana y les protege las espaldas.

La vida puede cambiar de un momento a otro, si sabes reconocer ese momento, piensa Paolo. Ese día, en la joyería, podía ser un día como tantos, un día como todos los demás. También Michelangelo. Él también podía ser un cliente como tantos, como todos. Entró sin tener siquiera una idea precisa de lo que andaba buscando.

–Necesitaría un colgante. De la forma que sea, mientras no sea un corazón: no es para una persona con la que tenga una relación –dijo de un tirón, y a Paolo nunca se le escapaba cuando un hombre empleaba expresiones como «alguien con quien tengo una relación», en lugar de especificar que se trataba de una «mujer». Pero no había querido interrumpirlo y lo había dejado proseguir–: Bueno, vamos, que es para mi compañera de piso:

mañana celebramos nuestro quinto aniversario de convivencia. Se llama Maria, pero yo la llamo Eme, porque yo me llamo Michelangelo, y ella también me llama a mí Eme. Es una cosa entre ella y yo, que parece un poco tonta, es difícil de explicar a los demás, esto de tener las mismas iniciales... y bueno, el caso es que me gustaría grabar esta inicial en el colgante. Pero claro, antes tendría que elegir el colgante adecuado.

Paolo, por deformación profesional, estaba acostumbrado a interpretar los deseos de los clientes para después darles una forma concreta: sabía aconsejar un anillo trilogy si se trataba de engañar con vanas esperanzas a una amante, o una pulsera de oro blanco si se trataba de tranquilizar a una esposa. Y, por ejemplo, ese rubito de mirada huidiza y aire majestuoso era obvio que no necesitaba en absoluto ese colgante: lo que necesitaba era alguien a quien regalarle uno en forma de corazón.

–¿Recuerdas nuestra primera cita, cariño? –le pregunta Paolo a Michelangelo, mientras el sol que luce en febrero en las Seychelles empieza a filtrarse, prepotente, por las cortinas del bungalow.

Vagamente, piensa Michelangelo. Pero lo que hay que recordar por supuesto que lo recuerda. Paolo lo invitó a tomar un café antes siquiera de enseñarle los colgantes que tenía en la tienda. Puso en la puerta de la joyería el cartel de CERRADO y le dijo: «Vamos». No esperó ni a llegar al bar para besarlo. Lo hizo en la calle, delante de todos. Eso era nuevo para Michelangelo. Y más nueva todavía fue la impresión difusa como de sentirse protegido junto a ese chico tan seguro de sí mismo que, una vez dentro del bar, seguía cogiéndolo de la mano y repitiéndole: «Pero ¿sabes que tienes unas facciones increíbles? ¿Sabes que no he visto nunca dos zafiros azules como tus *ojos?». Hasta ese momento, Michelangelo siempre se había protegido él solo. De la posibilidad de que sus padres se enteraran de que era gay y lo obligaran a un enfrentamiento al que no tenía la más mínima intención de someterse. De los precios de los alquileres de Roma, que sólo podía permitirse compartiendo piso con Maria, y eso porque ella trabajaba en una gestoría de administración de fincas y disfrutaba de magníficos descuentos. De la exuberante personalidad de Maria, que lo había arrastrado desde el momento en que se habían conocido, en la fiesta de inauguración de una discoteca gay, pero que, desde ese día, corría el riesgo constante de anularle a él la suya, bastante tambaleante ya. De sí mismo: de esa personalidad que se tambaleaba porque la envenenaba una especie de virus que le hacía imposible entender incluso si lo que hacía o decía lo concernía de verdad o no.*

–Claro que la recuerdo, hasta en los más mínimos detalles –le contesta a Paolo. A su Paolo. Que en ese momento emerge de la cama y descorre las cortinas con un solo gesto. Lo mira sonriendo, con una expresión misteriosa.

–¿Qué pasa? –le pregunta Michelangelo.

–Tengo una sorpresa para ti –anuncia Paolo.

Sigue una pausa larguísima, cinematográfica, y luego éste le pregunta de un tirón:

–¿Quieres tú, Michelangelo Arca, convivir conmigo, Paolo de Santis, hasta que la muerte nos separe?

Primero tendríamos que tomar un café, y luego si acaso hablarlo, ¿no?, es lo primero que piensa Michelangelo.

Pero contesta, aunque se arrepiente inmediatamente, lo segundo que se le pasa por la cabeza:

–¿Y Maria? No puede apañárselas sola...

Paolo imaginaba tener que mitigar su entusiasmo con paciencia: y, en efecto, lo consigue.

–Michi, si con esto te tranquilizo, el piso que me interesa está precisamente en uno de los edificios de los que es administradora tu compañera de casa. –Era mejor llamarla Maria. «Tu compañera de casa» sonaba hostil, reflexiona Paolo antes de proseguir–: Sería perfecto para mí, porque tendría la joyería a un paso, y para ti también, porque seguirías estando en el mismo barrio que Maria.

El reverso de la personalidad de doble cara de Michelangelo es que posee un instinto especial para saber qué es lo que los demás querrían escuchar: a menudo esto no coincide con lo que él querría decir, pero al menos le ahorra los típicos engorros inútiles a los que tiene que enfrentarse la gente cuando se trata de comparar expectativas y desilusiones. De modo que mira a Paolo, con un gesto lo invita a volver a la cama y por fin le regala al oído la respuesta adecuada. ¿Coincide con la que alberga él en su interior? Michelangelo no lo sabe. Lo que sí sabe es que no puede permitirse perder a Paolo. Sus anchas espaldas, la manera que tiene, como un prestidigitador, de transformar cualquier problema teórico en una solución práctica, el pie que desliza entre los suyos un instante antes de quedarse dormido.

–Pues claro que sí. Sí, quiero.

Con Paolo y Michelangelo siempre estábamos celebrando algo. La Navidad, un cumpleaños, el aniversario de su primer beso, de su primera noche juntos, si yo sacaba alguna buena nota en el colegio, lo que fuera.

Según Matteo, ni siquiera en casa de los Barilla, donde sin embargo algunas cosas como pasar juntos la Nochebuena se consideraban bastante importantes, se prestaba tanta atención a las ocasiones de reunirse y de descubrirse, con un poco de buena voluntad, felices de estar juntos.

¿Y yo? Yo estaba encantada. Cuando la idea de tener un padre se había trasladado de la Luna al propio edificio donde vivía, el deseo que desde hacía tiempo incubaba como una enfermedad había estallado: quería, y lo quería con todas mis fuerzas, ser igual a los Otros Niños de Mi Edad. Convencerme de que mi condición no tenía nada de especial, porque todos, en la vida, tarde o temprano, habrían tenido que vérselas con una muerte inesperada, una noticia increíble o un secreto que guardar.

Por ejemplo, me decía, mis compañeros de clase no es que no tengan problemas ellos también: Eva Brandi, sin ir más lejos: ¡su madre ha dejado a su padre por el profesor de gimnasia de su propia hija!

Pero desde luego no podía escapárseme que Eva Brandi y los Otros Niños de Mi Edad tenían, pese a todo, dos padres con los que tratar, o al menos uno: y una abuela, un abuelo y un pez de acuario como puntos de referencia en su vida.

Mientras que yo, no. Por eso, la manía que tenían Paolo y Michelangelo de celebrarlo todo me parecía fantástica. Celebrar me hacía sentir que formaba parte de un algo indescifrable. Me hacía sentir normal (si es que se puede decir así para referirse a una Niña de Mi Edad): tanto es así que yo misma a menudo era quien sugería nuevas ocasiones de celebración.

–¡Paolo, hoy cumplo doce años y cuatro meses!

–Michelangelo, mañana empieza el campeonato de tenis, ¿qué hacemos?

Me gustaba, al atardecer, ir con Michelangelo a recoger a Paolo a la joyería, y luego coger a uno y a otro de la mano, pasar por la pastelería, elegir una tarta, pedirle al pastelero que escribiera algo encima con sirope de chocolate, algo del tipo ENHORABUENA, MANDORLA, o MICHI & PAOLO, 13 AÑOS JUNTOS o ¡VIVA ITALIA! Y más me gustaba todavía volver a casa y convertirme en el pinche de Paolo en la cocina: poner la mesa, remover la crema en un cuenco hasta que desaparecían los grumos, aprender cómo se extendía la masa quebrada para hacer una tarta de frutas, cuánto tiempo había que dejar macerar la fruta para que se convirtiera en mermelada. Y cuando a Paolo se le metía en la cabeza inventarse una nueva receta y quería estar solo en la cocina, también me gustaba acurrucarme en el sofá con Michelangelo a ver la televisión. El salón del tercer piso era tan distinto al salón de Tina que me costaba pensar que fueran espacios que, en teoría, servían para la misma función. En casa de Samuele y Cate todo estaba tan invadido por sonajeros, tacatacas y juguetitos de Lars que todas las habitaciones eran iguales entre sí (de hecho me pregunto por qué razón tuvieron Samuele y Giulia Barilla que elegir el dormitorio conyugal para sus encuentros, como si de verdad lo que buscaran fuera ofender a Cate, más que divertirse juntos).

Pero en las casas en las que cada habitación significaba de verdad algo, las diferencias entre las maneras de entender conceptos como «salón», «vestíbulo» o «habitación de invitados» saltaban a la vista.

El sofá de Tina, por ejemplo, era tan pequeño que cabían sólo ella, sus amigos nocturnos y Gianpietro Costanza, mientras el rosa de los reposabrazos palidecía de año en año.

El de Paolo y Michelangelo, en cambio, era una gran extensión de cojines brillantes, blancos y negros, de todas las formas y dimensiones posibles: había incluso uno con forma de rana. Y luego, la televisión en casa de Tina era un cubo minúsculo, mientras que en el tercer piso era una especie de armario. Y una luz roja y cálida, que girando una ruedecita se podía hacer más o menos intensa, lo envolvía todo: el sofá brillante, la televisión gigante y a nosotros, sentados viéndola.

Pasábamos horas viendo la televisión.

Aunque la mayoría de las veces al final Michelangelo se quedaba dormido.

«¡Eh, eh!», lo sacudía yo los primeros días, creyendo que le sentaría mal perderse el final del episodio de *Friends* o del documental que estábamos viendo. Pero pronto comprendí que Michelangelo elegía sus programas preferidos en función precisamente del hecho de que no podían proporcionarle ninguna información que lo interesara de verdad. Para decirlo de otra manera, elegía programas que le dejaran la libertad de no existir, mientras existían ellos, los programas.

Lo cual tenía la capacidad de sacar a Paolo de quicio.

Me lo confió una noche, después de que organizáramos una fiesta de inspiración japonesa para celebrar el santo de Michelangelo: esa tarde, Paolo volvió a casa dos horas antes de la joyería, con tres quimonos. Michelangelo y yo nos lo pusimos enseguida (el mío era rojo con mil dragoncitos minúsculos con alas por todas las mangas), mientras Paolo se afanaba en la cocina entre bolitas de arroz y pescado crudo. Le salió una cena japonesa a más no poder, con rollitos de todos los colores, salsa de soja para dar y tomar, sake y una tarta helada al té verde que, para ser sincera, no sabía a nada, pero daba gusto verla porque Paolo la había decorado con cisnecitos de cartulina que parecía que se hubieran posado en un lago, a ras del agua.

Comimos hasta empacharnos y luego acabamos hechos polvo en el sofá, vestidos todavía con nuestros quimonos.

Y entonces Paolo empezó a ponerse nervioso.

–Míralo –me dijo, señalándome con la barbilla a Michelangelo, al que le había bastado apoyar la cabeza en su cojín preferido con forma de estrella para ponerse a roncar bajito, mientras en la televisión desfilaban las imágenes de un pájaro que parecía tan insolente como buenos e inocuos se me habían antojado antes los cisnecitos de la tarta de té verde.

«Si acabas de nacer y tu madre te abandona en el nido de otro pájaro, ¿qué hay que hacer para convencer a tus nuevos padres de que te den de comer? De esto saben mucho los cucos... –decía la típica voz que acompañaba esa clase de documentales: pobrecita, se esforzaba por expresar suspense, y quién sabe lo mal que habría podido sentarle saber que Michelangelo la utilizaba de somnífero–. El cuco es un pájaro parásito, que no cría a sus propios hijos sino que prefiere que de esa tarea se encarguen otros pájaros. Las hembras colocan así sus huevos en los nidos de otras especies. ¿Y una vez que el pequeño cuco sale del cascarón? ¡A menudo no se contenta con la hospitalidad del extraño de turno! Pretende ser el único heredero, y echa fuera del nido los huevos de los pajaritos legítimos. Pero por sí solo el delito no basta, y, para conseguir que lo adopten pájaros de otra especie, el caradura recién nacido deber recurrir al engaño. –Al decir "caradura", la voz había adoptado una entonación divertida, como si quisiera decir: también sé ser graciosa, o qué os creíais. En la pantalla, mientras tanto, no se veían más que pajarillos empujándose entre sí–. Las crías del cuco europeo gritan de manera tan aguda que simulan un nido entero de pajarillos tremendamente hambrientos. El primero en dejarse engañar es precisamente el propietario del nido: incapaz de imaginar siquiera que acaban de echar fuera del hogar a sus propios huevos, piensa que está alimentando a sus crías. Y ésta no es la única artimaña del miniusurpador de familias: en la Universidad Rikkyo de Tokio, dos biólogos especializados en el comportamiento de las aves que observaban al cuco asiático acaban de descubrir una nueva y sagaz estrategia. –Ahí están los dos biólogos, con sus caras redondas con dos hendiduras en el lugar de los ojos–. El polluelo del cuco de Horsfield, *Chrysococcyx basalis*, tiene manchas de color naranja en las alas cuya forma se asemeja al pico de un pájaro. Cuando el polluelo de cuco aletea, moviendo la parte anaranjada de sus alas, el progenitor adoptivo –mucho más pequeño de tamaño– cree encontrarse ante un gran número de bocas abiertas de par en par. ¡Y es frecuente que trate de poner comida en el ala del usurpador! –Era increíble: ¡de verdad parecía un pico, pero era un ala! Me habría gustado tirarles de la manga del quimono a Paolo o a Michelangelo, como para decirles: ¿habéis visto? ¿Estáis pensando vosotros también en lo que estoy pensando yo? Pero uno dormía, y el otro lo miraba dormir–. Para comprobar su hipótesis, los dos biólogos han pintado de negro las alas de algunos cucos. El resultado ha sido sorprendente: a los polluelos pintados de negro les daban de comer hasta un quince por ciento de veces menos que a los otros...»

–Increíble, ¿verdad? –dije entonces dirigiéndome a Paolo.

Quería hablar del cuco, naturalmente, o mejor dicho, del hecho de que la historia del cuco podía aplicarse a alguien como yo. A dos personas como nosotros. Porque si bien Paolo estaba seguro de no ser mi padre, Michelangelo y yo estábamos en el mismo barco. O debería decir: en el mismo nido. Donde, si bastaba un ala naranja para que pareciera una boca abierta de par en par, ¿cómo era posible fingir que todo fuera como debe ser, si es que se puede decir así para referirse a normal?

–Increíble, sí –contestó él: pero no hablaba del cuco. En absoluto–. Me recorro toda Roma de una punta a otra en busca de una tienda de comestibles japonesa, paso del trabajo, paso de todo para organizarle una fiesta de santo como debe ser. ¡Me gasto un ojo de la cara en tres quimonos de los cojones porque pienso que le hará ilusión! ¡Que lo veré sonreír! Y en lugar de eso, ¿qué me encuentro?

Debajo de las últimas imágenes de los polluelos impostores desfilaban ya los títulos de crédito, en los que, en lo que a mí respectaba, ponía:

> MANDORLA, ES MEJOR PARA TI Y PARA TODOS NO PERDER TIEMPO HABLANDO DE LO QUE PASÓ EN EL SEXTO PISO ESA TARDE DE MARZO ETCÉTERA, ETCÉTERA, ETCÉTERA. ¿Te lo quieres meter de una vez en la cabeza? ¿Te quieres meter en la cabeza de una vez que tu padre, si de verdad quieres imaginártelo en algún lugar, te conviene seguir pensando que está en la Luna? ¿Que los vecinos de la calla Grotta Perfetta no tienen ni la más mínima intención ni las ganas de darle vueltas a esta historia para eliminar los grumos? Olvídalo, anda: vivimos todos en la ignorancia de algo que nos concierne.

–Y en lugar de eso, ¿qué me encuentro? –Al contrario que yo, Paolo no abandonaba fácilmente su presa si decidía hacer frente a un problema–. En lugar de eso, míralo. –Volvió a señalarme a Michelangelo, que roncaba ya bien fuerte, con las piernas colgando fuera del sofá.

–A lo mejor estaba cansado... –traté de defenderlo yo: aunque no alcanzaba a entender exactamente de qué lo acusaba Paolo.

–Cansado ¿de qué? ¿De no hacer nada? ¿De que lo sirva, yo que no sólo hago realidad todos sus deseos sino que además trato incluso de anticiparme a ellos?

Nada, yo seguía sin entender. Sobre todo me preguntaba cómo podía seguir durmiendo Michelangelo pese a que Paolo, con cada palabra, iba alzando peligrosamente el tono de voz.

–Venga, Mandorla, no digas tonterías. ¿Cansado, Michelangelo? ¡Pero si hace más de diez años que cuando se levanta por las mañanas se encuentra un cruasán caliente y un zumo de naranja recién exprimido para desayunar! Ni a la pobre Diana la veneraban así sus camareras. ¿Y quién es el gilipollas que antes de ir a trabajar corre a la panadería y a la frutería?

Esta última pregunta Paolo la hizo gritando. Pero Michelangelo seguía durmiendo, inmóvil en la misma postura.

–Eh, Mandorla, ¿me quieres decir quién es ese gilipollas?

Me daba cosa contestarle eres tú ese gilipollas, pero me lo estaba pidiendo él mismo. Al menos así se tranquilizará, esperaba yo.

Así que se lo dije:

–Tú.

¿Y qué hizo él entonces? Cogió un cojín del sofá (uno con forma de pez) y lo lanzó a la televisión. Como si fuese lo más natural del mundo preparar cisnes de cartulina, tomar una cena japonesa, reírse porque no sabe utilizar los palillos en lugar de cubiertos, gritar y estar a punto de romper la tele. Y todo eso en una sola noche. Me enfadé muchísimo con Paolo en ese momento. No sólo porque no se pierden los papeles así, sin avisar, sino porque pensé: ¡tú no! Vale que Tina hable sola por las noches, que Samuele ame (o se acueste o se folle, tanto da) a Giulia Barilla, que nadie quiera que sepa quién es mi padre, ni tampoco él quiera saber que lo es, que Cate no se dé cuenta de que Samuele ama (o se acuesta o se folla) a Giulia Barilla. Pero Paolo: ¡tú no, tú eres fuerte, estás seguro de ti y de lo que haces, sabes que no eres mi padre y me lo dices a las claras porque tú no tienes nada que esconder; sabes preparar rollitos de arroz como los hacen en Japón, sabes evitar que se formen grumos en la crema, no eres el típico caprichoso que lanza cojines contra las cosas! En general, los niños como Lars Grò son caprichosos y lanzan cojines contra las cosas, pero los adultos, no. Los adultos consuelan a los niños caprichosos. Están ahí para eso. Sobre todo si llevan chaqueta, corbata y perilla, una perilla perfectamente cortada como la tuya, Paolo. ¿Es que acaso te basta con ponerte un quimono para olvidar quién eres?

–No te pongas así... –intenté hacerle entrar en razón y dominar la rabia que se iba adueñando de mí–. Que Michelangelo se haya dormido no quiere decir que no le haya gustado la cena... –Pero nada, Paolo erre que erre, venga a lanzar cojines por los aires y contra las paredes. Y mientras, el otro, ¿qué hacía? Dormir: con más insistencia todavía, si es que eso era posible.

–Anda, Paolo, para –decía yo. Pero Paolo no paraba. No sólo no paraba sino que seguía.

–¡Como un pobre iluso al principio creía que el problema era tu madre! –Otro cojín (esta vez en forma de pie) salió volando derechito hacia la ventana del salón–. Y tanto que lo creía. Maria lo quiere sólo para ella, me decía. Maria lo ha subyugado y lo trata como a un esclavo, así es normal que Michelangelo no logre abandonarse a nuestro amor... ¡qué pobre iluso soy! –Y voló otro cojín, éste en forma de piña–. Porque después ¿qué ocurrió, Mandorla? Que Michelangelo lo hizo: por fin cortó los lazos que lo unían a Maria. ¿Y...?

¿Y...? Me vuelve a la mente como si fuera ayer, como si fuera ahora mismo, mi madre que quiere cruzarse de acera para no encontrarse con ellos. A Paolo, uno de esos dos señores, no le caigo nada bien, me explica ella. Pero ¿no puedes saludar al menos al otro?, le pregunto yo.

–¡Nada de nada, Mandorla! ¡No cambió nada de nada! Entonces pensé que la culpa la tenía la precariedad de su empleo: y le aconsejé que lo dejara, que total con la joyería gano bastante para vivir los dos. Y, según tú, ¿cambió algo? ¡Nada! ¡Nada, nada, nada, nada! Después pensé que estaba deprimido y le dije que fuera a un neurólogo a que le recetara alguna medicina. Michelangelo va, se toma la bendita medicina durante seis meses, ¿y...? Nada. Nada, nada de mil novecientos nada. ¡Hasta llegué a creer que había otro hombre! –Por cada cosa que Paolo se había equivocado en creer volaba un cojín–. Es más, ¿sabes lo que te digo? Que casi tenía la esperanza de que lo hubiera: sí. Tenía la esperanza de que Michelangelo estuviera con otro. Así al menos habría entendido por fin por qué se comporta así.

–Pero ¿así, cómo? –Eso al menos me lo tenía que explicar.

–Así. –Y me lo señaló–. Como si estuviese aquí por casualidad pero en realidad nada le importara un pimiento. Ni la cena japonesa, ni tú. Ni yo.

Y, al pronunciar la palabra «yo», la furia de Paolo estalló con toda su fuerza. O mejor dicho: con toda su debilidad. Porque yo ya había visto a muchas personas enfadadas, y muchas me quedaban todavía por ver: todavía habría de regañarme el ingeniero Barilla, habría de asistir a terribles peleas entre Lidia y Lorenzo, y habría de hacerle perder los nervios a Pavarotti, el abogado. Pero algo en esas personas que perdían los papeles me habría dejado intuir que en el momento adecuado los habrían sabido recuperar: todo lo que hacían, por otro lado, era un ir y venir entre comportamientos desquiciados y comportamientos razonables. Mientras que Paolo, que en toda circunstancia mantenía siempre una actitud irreprochable, me estaba revelando algo terrible: ¡no era dueño de sí mismo! La dueña era esa actitud irreprochable suya, y según lo que había estudiado en algún capítulo de historia (aunque en ese momento no recordara cuál), el odio de quien, llegado un momento, se rebela contra sus opresores puede ser devastador. Puede llevarlo a cometer verdaderas locuras: como coger tres cojines a la vez y lanzarlos contra Michelangelo. Que ya entonces sí debería haberse despertado, ¿no? Pues no. Se limitó a cambiar de postura, volviéndose sobre el lado contrario del cuerpo. Para seguir durmiendo.

–¿Tanto le pido? ¿Tanto te pido, Michelangelo? –lloriqueaba Paolo.

Yo ya de verdad no soportaba más verlo en esas condiciones.

–Depende, Paolo –le dije, probando a imitar el tono decidido del ingeniero Barilla, que hasta cuando te daba los buenos días te ponía en posición de firmes. Quién sabe, a lo mejor funciona, pensé.

Y, en efecto, Paolo, con un cojín en forma de buzón a medio levantar, entonces y sólo entonces, se quedó quieto por fin.

–¿Qué significa eso de «depende»? –preguntó.

–Depende de lo que le pidas –contesté, tratando de mantener el tono del ingeniero Barilla.

El cojín se le resbaló de la mano y cayó al suelo con un blando puf. Paolo contestó:

–Que sea mío, Mandorla. Pero mío de verdad, ¿entiendes lo que quiero decir?

Por como me miraba parecía que se hubiera dado cuenta de que no era yo la persona idónea a la que hacerle esa pregunta: mío yo sólo tenía una madre que ya no estaba a mi lado y un padre que no tenía la más mínima intención de querer serlo. Pero eso no le impidió continuar:

–Mío –repitió–. En el sentido de que me gustaría tener la certeza de que nadie me lo robe.

–Pero ¿y si nadie te lo roba sino que eres tú el que lo pierde?

–Exacto: ni siquiera eso tendría que ocurrir.

Necesité unos segundos para reflexionar sobre lo que me acababa de decir.

–¿Qué es lo que más cuidas para que no se te pierda o que no te lo roben?

Paolo me miró perplejo, como si fuera un poco tonta: pero acababa de dejar un sofá entero sin un solo cojín, ¡así que desde luego no podía permitirse el lujo de juzgar a los demás, en ese preciso momento! De modo que no tuvo más remedio que concentrarse y me contestó:

–Pues supongo que las llaves... o el móvil. O las gafas que necesito para conducir.

–Bien. Entonces compórtate con Michelangelo como te comportas con las llaves, el móvil y las gafas. O como las llaves, el móvil y las gafas se comportan contigo...

Paolo recogió del suelo el cojín que se le había caído antes, como si fuese un escudo para defenderse de quién sabe qué.

–¿Acaso me estás criticando porque trato a Michelangelo como un objeto de mi propiedad? ¿Te lo ha dicho él? Te lo pido por favor, Mandorla, dímelo, necesito saberlo.

Auxilio, pensé, aquí haría falta un intérprete como el que, en el documental, traducía lo que decían los biólogos de Tokio, porque aunque Paolo y yo hablemos la misma lengua, está claro que esta noche es imposible entenderse.

–¡No! ¿Por qué tendría que haberme dicho una cosa así? –Y esta vez me tocó a mí señalarle a Michelangelo, que seguía durmiendo: aunque después de la tormenta de cojines, al menos a mí me parecía evidente que sólo fingía dormir–. ¿No lo ves?

–¿El qué?

¡No lo veía!

–Que ésta es su casa. ¡Si no, no podría dormirse así, como si nada!

Haz caso de lo que te digo, porque yo nunca consigo pegar ojo, me habría gustado añadir. Pero, de una forma u otra, habría vuelto a hablar del cuco: y ya había captado que ese tema a Paolo no le interesaba en absoluto.

–Entonces, según tú, en lugar de cabrearme, ¿debería gustarme que, al final de una fiesta organizada para él, en lugar de charlar un poco conmigo, o de darme las gracias o abrazarme, Michelangelo coja y se ponga a roncar?

–Claro. Porque así seguro que no lo pierdes. –Era obvio, ¿no?–. ¿Dónde va alguien que duerme? A ninguna parte. Se queda donde está. Como las llaves cuando sabes dónde las has puesto.

Paolo entonces hizo la última cosa absurda de la noche y me cogió la cara entre las manos para susurrarme, como si no quisiera que lo oyera Michelangelo y, por lo tanto, también él supiera perfectamente que en realidad estaba despierto:

–Y, en tu opinión, Mandorla, ¿las llaves son felices? Quiero decir, ¿se quedan por su propia voluntad allí donde sabemos que las hemos puesto?

Hoy, si reflexiono sobre ello, le diría: quién sabe, Paolo. El cuco nos enseña que es todo muy complicado, y no es seguro que un nido sea de verdad de quien lo habita, o viceversa, si después se ponen en funcionamiento mecanismos extraños, olores especiales, alas mentirosas y de colores, a los que es imposible resistirse.

Pero entonces tenía doce años. Y una gran necesidad de tener personas felices a mi alrededor. Así que le contesté:

–En mi opinión, sí.

Él sonrió.

Nos pusimos a recoger los cojines, uno a uno, y a devolverlos a su lugar. De vez en cuando Paolo se llevaba un dedo a los labios y decía «shhhh», como si quisiera decirme: no hagamos ruido, Michelangelo está dormido.

Septiembre de 1982

Suena el despertador: es el primer día de colegio después de las vacaciones de verano. Paolo se levanta enseguida, como un niño bueno. Se lava la cara y las axilas, y se pone el uniforme que el día anterior sacó del armario y colocó bien extendido, con cuidado de que no se arrugara, sobre el cabecero de su cama.

Luego va a la cocina: en su interior todavía espera encontrar la mesa puesta como en los viejos tiempos, con la jarra de leche, su taza de Superman y una tarta, quizá de manzana, su preferida. Pero nada: y él prefiere pensar bueno, total ya sabía yo que no podía ser. Abre la nevera y sirve la leche del brik en el cazo, para calentarla.

–¡Paolo! –lo llama su madre desde el salón.

–Buenos días, mamá –le contesta él gritando, con el tono más alegre que consigue adoptar–. Dime.

–¿Me traes el café?

Paolo se afana a toda prisa con la cafetera y se bebe la leche directamente del cazo, porque se le está haciendo tarde. En cuanto está listo el café, le echa dos terrones de azúcar y lo lleva al salón.

–Toma. –Deja la tacita en el suelo, junto a la colchoneta de plástico de dos plazas, colocada en el centro de la habitación, donde su madre yace, hecha un ovillo, con los ojos cerrados.

–Gracias, mi vida.

–De nada. Pero tengo que irme ya.

–¿Adónde vas? –La madre abre los ojos. Le sonríe, cansada ya, y eso que es temprano por la mañana.

–Al colegio, mamá. Es el primer día.

–¡Vida mía! ¡¿Cómo se me ha podido olvidar?! –exclama, y vuelve a cerrar los ojos–. Ven aquí, Paolo.

–Mamá, me tengo que ir.

–Sólo un momento, anda. Ven aquí.

Paolo se quita los zapatos y se tiende junto a ella, sobre la colchoneta de playa. Su madre entrelaza las piernas con las de su hijo.

–Mi vida, de no ser por ti...

–Vamos, mamá, ten ánimo.

–Sí, cariño, tienes razón. Pero es tan difícil... tan imposible...

–¿Por qué no intentas dormir en tu cuarto, en tu cama? Yo te ayudo a desinflar esto, anda.

–Ésa no es mi cama, Paolo: era nuestra cama. Y sabes muy bien que esta colchoneta es el último regalo que me hizo. ¿O es que ya no te acuerdas?

–Bueno, pero ahora al menos levántate.

–Paolo, contéstame: ¿ya te has olvidado de él?

Mamá, pero qué dices, para ya: hace cinco meses y ocho días que murió, y no pasa un solo día en que no me hable todo el mundo, de una manera o de otra, de papá. ¿Cómo narices me puedes preguntar si me he olvidado de él?, querría contestar Paolo, y se irrita tanto que le entran ganas de pinchar la colchoneta.

–Claro que no, mamá. Pero ahora levántate.

–Bien, y una vez que me haya levantado, Paolino, ¿qué hago?

–Vas al mercado...

–¿Al mercado?

–Sí, al mercado.

–No tengo ganas de encontrarme con nadie, cariño, lo sabes.

–¡Pero tarde o temprano tendrás que volver a salir!

–Ven aquí. –La madre pasa la mano por el cabello rubio de su hijo–. ¿Quieres que te haga cosquillitas, como cuando eras pequeño?

–¡Mamá, por favor, que tengo catorce años!

–Es verdad. –Sonríe de nuevo. Paolo le da un beso en la frente antes de volver a ponerse los zapatos y de irse pitando al colegio. Va a llegar tardísimo.

–¿Te ocupas tú de hacer la compra, mi vida? –le da tiempo a su madre a preguntarle, antes de que salga del salón.

–Claro, mamá.

–Y ya que estás, ¿te pasas por la joyería para ver qué estará haciendo tu tío? Ese hombre es un inútil, llevará el negocio a la ruina... Nos llevará a todos a la ruina...

–No te preocupes, mamá.

–Bravo, estás hecho todo un hombrecito. Pronto te ocuparás tú del negocio, y entonces yo podré estar tranquila.

–Adiós, mamá.

–Adiós, mi vida.

Pero mis días preferidos en el tercer piso eran aquellos en los que lo que se celebraba era una manifestación.

–¿Quieres ir al colegio o venir con nosotros? –me preguntó Paolo una mañana.

Después de la noche de la tormenta de cojines, trataba de evitarlo al máximo, como se hace con alguien a quien, entrando en el baño, hemos pillado sentado en el váter porque se le ha olvidado correr el pestillo de la puerta. No contábamos en absoluto con verlo desnudo: sin embargo, desde ese momento, cuando nos lo encontramos completamente vestido, seguimos imaginándolo así: desnudo.

Es necesario entonces que el apuro nos lo quite él: me refiero a lo de estar sentado en el váter. Y que, en un momento dado, quizá sin darse cuenta siquiera, vuelva a dirigirse a nosotros con el tono de siempre. Así, como si nada: porque entonces haberlo visto desnudo dejará de ser importante, si es él quien nos autoriza a olvidar el incidente.

–¿Quieres ir al colegio o venir con nosotros? –me preguntó.

Y, en un instante, volvió a ser Paolo de nuevo, el Paolo que necesitaba yo. Dueño de sí, infalible, absolutamente seguro de no ser mi padre y capaz de tirar del carro del tercer piso él solo.

Por supuesto, no me lo pensé dos veces y le dije que iría con ellos, aunque no supiera exactamente dónde ni a hacer qué. Pero en cuanto me vi en una plaza llena de gente que hacía ondear banderas de colores, me di cuenta de que estar ahí para mí no tenía sólo que ver con la posibilidad de perder un día de colegio: esas personas, por lo que alcanzaba a entender, estaban furiosas por motivos idénticos a los míos. Fundamentalmente, reclamaban tener una familia. Que se las considerara iguales a los Demás (De Su Edad o De Edad Diferente).

Se me aclararon las ideas unas semanas después cuando, con motivo del cumpleaños de Michelangelo, Paolo se presentó en casa con tres billetes de avión con destino a Nueva York.

Era una ciudad que no se acababa nunca. Lo primero que pensé fue que, en un sitio así, hasta Mundoperro se habría sentido pequeño: y quizás habría renunciado a ser peligroso, derrotado por la evidencia de que los seres humanos, ya sean buenos o malos, son bien poca cosa comparados con un rascacielos.

Paolo y Michelangelo me llevaron enseguida a pasear por Greenwich Village que, según ellos, era la zona en que Nueva York más se esforzaba por ser única en el mundo. Nos perdimos por un laberinto de calles con portales de colores pastel, entramos en un montón de tiendas llenas de cachivaches que no servían para nada, cenamos en un restaurante medio italiano, medio vietnamita, y luego tomamos por una calle que se llama Christopher Street hasta llegar a una estatua de dos chicos abrazados.

–¿Sabes, Mandorla? –se puso a explicarme Paolo–, hace más de treinta años, justo aquí, la policía irrumpió en un bar, el Stonewall Inn, transformado hoy en el monumento nacional que tienes ante los ojos.

–¿Qué habían hecho las personas que estaban dentro de ese bar? –quise saber yo.

Entonces intervino Michelangelo que, por lo general, acostumbraba a rumiar monosílabos en lugar de hablar; esta vez en cambio parecía incapaz de callarse:

–De eso se trata precisamente, Mandorla. El motivo oficial de la redada policial era que en ese bar se vendía alcohol sin licencia, ya ves tú. Pero el motivo real era otro: la policía detuvo a todo el personal y a tres transexuales porque, abre bien los oídos, se consideraba ilegal (ilegal, Mandorla, ¿entiendes?) no llevar puestas al menos tres capas de ropa correspondiente a la identidad sexual de uno.

Sabía bien quiénes eran los transexuales: en la primera manifestación a la que había ido con Paolo y Michelangelo había conocido a Alfredo, que desde hacía unos años prefería hacerse llamar Candy Candy. Tenía la misma voz que Lorenzo Ferri y un peinado como el de Cate: era obvio a quién me recordaba.

A mí.

Con las bailarinas, los pantalones militares y todo lo demás. Seguro que la policía me habría detenido de haber estado yo también en el Stonewall Inn, pensé (sin imaginar que, pocos años después, ocurriría, al final pasaría una noche en la cárcel).

–Pero la gente que presenció aquello no se quedó cruzada de brazos, mirando –proseguía Michelangelo–. No te imaginas qué trifulca se armó, Mandorla. ¡Todos se pusieron a tirar piedras y cubos de basura contra el coche de la policía, no había quien pudiera contenerlos! Es un hecho que, esa noche, algo terminó: «Los maricas han perdido su mirada herida», como escribió alguien.

–Algo terminó pero, a la vez, todo empezó –añadió Paolo–. Porque fue entonces, Mandorla, cuando de verdad tomó forma la idea de un movimiento que reivindica para los homosexuales los mismos derechos de los que goza el resto de la gente.

Era la ocasión adecuada para hacerle a alguien la pregunta que, por culpa de Eva Brandi, Matteo Barilla y todos los ONME en general, me rondaba por la cabeza día tras día:

–¿Y se puede saber de qué derechos goza el resto de la gente?

Michelangelo y Paolo se echaron a reír, pero no como cuando estaban alegres porque celebraban algo, no: se reían serios, si es que se puede decir así. Y me explicaron que, precisamente porque los derechos de la gente no son especiales, sino que atañen a cosas naturales como casarse y tener hijos, es justo que se les concedan a todos, incluidos los hombres que aman a otros hombres y las mujeres que aman a otras mujeres.

–Porque la verdadera familia es la que uno elige formar –sentenció Michelangelo.

Dada mi situación, no podía más que mostrarme de acuerdo con él, pero en algún lugar dentro de mí me dije: si así son las cosas, o sea, si todos tienen que tener el derecho de formar una familia con quien les parezca, ¿por qué mi madre no tuvo el derecho de formar una familia con Paolo y Michelangelo? ¿Por qué tendría que haberse «buscado un marido» como me dijo Paolo aquella vez? ¿Tenía quizás algo que ver esa historia de que Paolo necesitaba que Michelangelo fuera «suyo»? Pero «las otras personas», las que les impedían a Paolo y a Michelangelo casarse y tener hijos, ¿no pensaban quizá lo mismo: es decir, que el matrimonio y los hijos eran una propiedad exclusiva «suya»? Algo no cuadraba, o quizás es que estaba destinado a no cuadrar.

«Me gustaría que te convirtieras en una persona especial, como una jirafa en la ciudad, pero con el instinto doméstico de un perrito (que es algo que yo nunca he tenido)», había escrito mi madre en su carta. De modo que, por lo general, había que elegir: o la libertad de ir por el mundo como si fuese una sabana, o el instinto doméstico, un collar con tu nombre y alguien que te lleva al veterinario. Pero todo el mundo sabe que la libertad es algo bello y correcto: entonces, el instinto doméstico, si la excluye, ¿qué es? Algo feo y equivocado. Pero ¿qué significa exactamente eso del instinto doméstico? Me lo sigo preguntando esta noche, en esta celda. ¿Cómo sabes si lo tienes o no lo tienes? Y si lo tienes, ¿por qué tienes que renunciar a la aventura de la sabana?

Si de verdad es como dice Paolo, que la verdadera familia es la que uno elige formar, ¿no habrían podido casarse los tres, mi madre, Paolo y Michelangelo? ¿No habría sido ésa una manera de ser jirafas y perritos a la vez? ¿Para corretear a tu aire todo el día en la sabana y tener un lecho asegurado para la noche?

Pero preferí quedarme callada y fingirme absorta en la contemplación de esas dos estatuas, como Paolo y Michelangelo, como contemplaba también Tina el crucifijo del Cristo negro, como contemplaba Samuele a Lars, como contemplaba Lidia a Lorenzo, como se contemplaban los Barilla el uno al otro, como yo, maldita sea, no lograba contemplar nada ni a nadie.

Julio de 1983

Michelangelo tiene quince años, tres meses y un día cuando se da cuenta de que no le basta con cortarse el pelo de punta, comprarse camisas dos tallas más grandes y poner acento del norte para parecerse a ese tío de Milán que cada día se pasea por la playa abrazado a una chica distinta. Comprende sobre todo que aunque le bastase con hacer todas esas cosas, de todas maneras no sería suficiente. Porque no es parecerse al chico de Milán lo que le interesa. Pero entonces ¿qué es lo que quiero de él?, se pregunta. ¿Qué es eso que me colma y a la vez me hace sentir que me falta algo cada vez que él pasa delante de mi sombrilla y me saluda? Por lo general se aburre de sus dudas mucho antes de poder resolverlas. Pero esta vez la respuesta le estalla, impertinente y autónoma, dentro de los calzoncillos.

Cuando el agua hierve, entonces se puede echar la pasta: me lo ha enseñado Paolo.

Cuando hay escrita una fecha en el vasito de yogur, y ya ha pasado esa fecha, hay que tirar el yogur: esto también me lo ha enseñado Paolo.

Cuando el gato no está, los ratones bailan: Paolo también (a propósito de sus empleados, que si no fuera él a trabajar, cerrarían la joyería a las siete y media en lugar de a las ocho).

Pero ¿cuándo ocurre que aquel al que mortifican empieza él también a mortificar a otros? Esto también, justo esta noche y justo aquí, me lo pregunto todavía. ¿En qué grado de ebullición quien se siente considerado peor que los demás empieza a sentirse mejor? ¿Por qué no consigue pensar que es distinto a los demás y ya está? ¿Por qué necesita creerse especial? ¿Quién tiene la culpa? ¿El que ha empezado? ¿El que no consigue parar? Para mi madre era todo muy sencillo: «Me gustaría que si tus compañeros de clase se burlan de ti por la razón que sea, tú pienses que los que se equivocan son ellos, no tú». Fácil y lógico. ¿Entonces por qué, día tras día, algo me convencía de que tenía que demostrarle a Eva Brandi que había perdido la ocasión de conocer a una persona de verdad excepcional y que esa persona se llamaba Mandorla? ¿Por qué, en lugar de cogerle manía, no me buscaba otra amiga? ¿Por qué, si por ejemplo Tina me regalaba un estuche nuevo, lo único que quería era que Eva Brandi lo viera, y de no ser así, yo no habría sabido qué hacer con él?

Esto Paolo no me lo aclaró nunca.

Probé a preguntárselo una mañana de julio, poco antes de mi último verano con él y con Michelangelo.

–Paolo, ¿adónde vamos?

–Al *piazzale* Ostiense, Mandorla.

–¿A qué?

–Al Gay Pride.

–¿Y qué significa «pride»?

–Significa «orgullo». Vamos a manifestar nuestro orgullo de ser diferentes. Nuestra felicidad.

–Pero si tan felices somos, ¿para qué queremos que todo el mundo lo sepa? Tina dice que cuando las cosas te van bien trae mala suerte decírselo a la gente.

Estaba claro que esa mañana no había tiempo que perder. Paolo levantó los ojos al cielo y me dijo:

–¿Te quieres dar prisa?

Tenía razón: teníamos que coger el metro y llenar una plaza.

Y cuando llegamos a esa plaza, había ya mucha, muchísima gente. Cien veces más que la que había visto en el funeral de mi madre. No, cien no, mil veces más. O quizá dos mil.

Menos mal que, aunque tuviera ya trece años, pesaba lo bastante poco para que me subiera a hombros Candy Candy, y gracias a que estaba tan alta no me perdí nada. Los colores, las caras, la música, las cosas divertidas y aquellas por las que había que luchar: ¿era eso el orgullo?, me preguntaba. Si lo era, era una cosa que durante un segundo parecía fantástica pero, un segundo después, un poco ridícula, y otro segundo después, más bien inútil, luego absolutamente necesaria y después de nuevo fantástica.

Y que, pese a todo, hacía que dentro de mí creciera, acuciante, el deseo de ser una de las pancartas que Paolo y Michelangelo agitaban.

> Oh, pancarta,
> hagamos un intercambio:
> dame tu certeza de tener razón,
> y yo te doy mi certeza de estar equivocada,
> equivocada siempre,
> porque en efecto
> Eva Brandi
> hizo bien
> y los ONME
> (espléndidos, sin defectos)
> tienen razón
> cuando dicen:
> ¿qué sentido tiene
> ponerse bailarinas con pantalones militares?
> Ningún sentido,
> y lo mismo pasa con muchas cosas que hago
> (o que me son familiares).

Volvimos a casa en el último metro y, aunque era tardísimo, estábamos los tres demasiado nerviosos por lo que acabábamos de vivir como para conciliar el sueño. Paolo se puso incluso a sacar la ropa de invierno de los armarios para dejar sitio a la de verano, de tanta electricidad como tenía que eliminar.

–Anda, Mandorla, vamos a ver un documental –propuso en cambio Michelangelo, como siempre.

En la pantalla aparecieron dos ciervos con los cuernos entrelazados.

–¿Qué hacen? –le pregunté a Michelangelo.

–Pelear –me contestó él.

–¿Por qué?

–Porque de vez en cuando todos necesitamos hacerlo.

–¿Por qué?

No es que hubiera desarrollado, con retraso, el terrible vicio de los porqués: qué va, no tenía el pasado adecuado para poder permitírmelo. Pero si querías tener la más mínima conversación con Michelangelo tenías que hacer así: incitarlo a hablar a base de preguntas. Ya me había quedado claro a esas alturas.

–Para cambiar las cartas que te han tocado en la partida, creo –me contestó, después de quedarse pensando un momento–, y hacerte así la ilusión de que, además de las cartas, cambiamos también nosotros.

–¿Y luego?

–Entonces nos damos cuenta de que el problema no eran las cartas, sino la partida.

–Entonces ¿se puede hacer las paces?

–Hacer las paces es difícil y cansado. Hace falta fuerza.

Me pareció que era extraño que dijera eso alguien que lleva de pie veinticuatro horas y se ha pasado el día desfilando, gritando y blandiendo pancartas que pesan toneladas. Pero tal vez una cosa sean las plazas de las ciudades, y otra distinta, las habitaciones de las casas, me dije. Pero, ahora que lo pienso, ésa fue la primera y única vez que, a su manera, Michelangelo me habló de mi madre.

«Me gustaría que encontraras un amigo, como lo es para mí mi amigo Michelangelo –había escrito ella–, alguien que, mientras todo lo demás se mueve y cambia, se quede quieto y esté siempre ahí.»

Y, en efecto, justo en ese instante, Michelangelo se quedó quieto. Quietísimo. Abrazado a su cojín con forma de estrella, empezó a roncar bajito. Si fuera él mi padre, espero heredar esa capacidad de quedarme dormida cuando me apetezca, pensé. Y luego ya nada más, porque lo conseguí: me quedé dormida. Como si bastara convencerse, un instante tan sólo, de ser hija de alguien para parecérsele. Un instante tan sólo. El tiempo justo de no heredar también, junto con lo que nos gusta, todo lo demás.

Abril de 1995

–¿Diga?

–Eme, soy Eme: ¿podemos hablar de ello, por favor?

–Hablar ¿de qué, Maria?

–De lo que ha pasado.

–Pero si no ha pasado nada, Maria, venga...

–¡No! ¡No puedes esconder la cabeza como un avestruz! Si no, ¿por qué habrías de llamarme Maria y no Eme, como has hecho siempre? Entre tú y yo han cambiado los gestos, ha cambiado el tono de voz, las palabras, no puedes negarlo... TENEMOS QUE *hablar de ello.*

Qué coñazo esta histeria tan Mayo del 68 que tiene Maria de «hablar de ello», piensa Michelangelo.

–Yo no tengo nada que decir, Maria, de verdad.

–¡Michelangelo, espera! La amistad no es como el amor, no tiene fecha de caducidad; ¡la amistad debe durar toda la vida!

Un sentimentalismo insoportable, una prepotencia absurda, piensa Michelangelo: la amistad DEBE *durar, pero ¿qué chorrada es ésa? ¿Cómo puede Maria no entender que las relaciones entre las personas dependen de contingencias, de momentos en la vida? ¿Cómo coño puede pensar que sea al revés? Y cuelga.*

«Todo acabó entre nosotros porque yo no le caía bien a Paolo –le confiará Maria a Lidia, un día–. Y como a

Michelangelo no le gustan las complicaciones, ha preferido quitar de en medio al insecto molesto. Que soy yo.»

«Le colgué el teléfono porque a Maria, que es una histérica, la saca de quicio la idea de que tenga una relación seria contigo, cuando ella no consigue estar con un tío más de una semana», le dirá Michelangelo a Paolo.

Tendrán los dos razón, y estarán los dos equivocados, como todos.

Incluso cuando ella sienta la necesidad de añadir: «Pero ¿sabes lo que ocurre, Lidia? Echo de menos a Michelangelo todos los días. Todos».

Y él dirá: «Bueno, qué coño. Mejor así: últimamente Maria se había vuelto obsesiva».

Tendrán razón y estarán equivocados: como todos.

Con ocasión de mi último examen de colegio, antes de pasar a cursar bachillerato, Paolo y Michelangelo hicieron las cosas a lo grande, y eso que tampoco es que sacara una nota maravillosa.

Al examen oral vinieron casi todos: ellos dos, Tina y Gianpietro, Cate, Lidia y Lorenzo, Matteo y sus padres. Faltaba Giulia, por supuesto: no había presenciado el examen de su hermano, como para asistir al mío. Pero sobre todo faltaba Samuele, y eso no me lo esperaba.

–¿Dónde está? –le pregunté a Cate.

–Tenía una cita de trabajo importantísima –me contestó ella, con una sonrisa que quería ser la de siempre pero no lo consiguió y se le bloqueó antes de que le llegara a los ojos.

Pero justo entonces me tocaba ya a mí y traté de concentrarme sólo en las preguntas de los profesores aunque me resultara extremadamente difícil, dada la presencia en el mismo lugar de Michelangelo, Lorenzo y el ingeniero Barilla. Tres de mis posibles padres, vamos. Sin contar a Gianpietro, en el que de vez en cuando me paraba a pensar porque, si con trece años había entendido una cosa de la vida es que nunca se sabe, y porque, aunque no tartamudeara como él, empezaba a notar cierta dificultad a la hora de sacar lo que tenía dentro. Era como si, en el pasar de la cabeza que los formulaba a la voz que los tenía que expresar, mis pensamientos se transformaran. Sí. Como si se torcieran, como si se volvieran jorobados. Se ponían a cojear: como Gianpietro, exactamente. Del que por supuesto bien podía ser hija. Sobre todo teniendo en cuenta que compartíamos una misma pasión arrebatadora por las galletas de trigo sarraceno y por Tina. Todo eso quizá significara algo.

Y luego, esa tarde, todos mis posibles padres estaban ya al completo.

Paolo y Michelangelo habían organizado una fiesta nunca vista en la discoteca en la que Candy Candy trabajaba de pinchadiscos: para la ocasión, la habían decorado con banderines en forma de almendras enormes, verdes y amarillas, que no sé de dónde habrían sacado. En cada banderín había una letra que formaba el siguiente cartel:

LOS EXÁMENES NO SE ACABAN NUNCA
PERO EL COLEGIO SÍ

Y, atada con una cintita azul, debajo de cada almendra de papel cebolla, colgaba una fotografía mía gigante. Salía yo con Tina en Santa Marinella, yo con Gianpietro, yo con Lars en brazos, yo del brazo de Samuele, yo con Cate en el paseo marítimo de Nápoles, yo a hombros de Candy Candy en el día del Orgullo Gay, yo con Matteo Barilla el primer día de colegio: para resumir, yo con todo el mundo. Hasta con mi madre, en una foto que no había visto nunca en la que salía ella aplastando la nariz contra el cristal de la incubadora, donde dentro había una especie de renacuajo que en realidad era yo. Seguramente esa foto la sacó mi padre, pensé nada más verla: y, para mí, la fiesta terminó en ese mismo momento.

Porque mientras los amigos de Paolo y Michelangelo bailaban e invitaban a unirse a ellos a los vecinos de la calle Grotta Perfetta tirándolos del brazo, mientras Candy Candy ponía uno tras otro los discos «más gais del mundo», como los definía él gritando desde su cabina de pinchadiscos, mientras hasta Tina llevaba el compás con el pie, en un rincón de la pista, yo ya no fui capaz de estar ahí como si no pasara nada.

Hacía más de dos años que lo intentaba. Que respetaba el pacto establecido con Tina y, de alguna manera, con todos los demás. Nadie me obligaba a hacerlo, como nadie me había obligado nunca a ponerme bailarinas con pantalones militares. Es que yo prefería comportarme así.

Yo, como todo el mundo, sólo quería que me quisieran.

No lo conseguía con los ONME: al menos con los adultos esperaba que sí, y si para eso bastaba con evitar preguntas para las que no tenían respuesta, pues las evitaba.

Pero mi padre estaba en esa discoteca en ese momento. En el corazón tenía un secreto que me concernía, entre sus brazos –ya fuera por aburrimiento o por casualidad– había estado mi madre, unos minutos de su tiempo –le gustara o no–, hacía trece años, y lo había utilizado para traerme al mundo a mí.

Entonces, para no aguarles la fiesta también a los demás, me escondí en el guardarropa, desde donde lo podía ver todo pero nadie podía verme a mí.

¿Quién eres, papá?, sólo quería que me dejaran la libertad de preguntármelo, ahora que no podía equivocarme porque no había duda de que estaba ahí la persona a la que yo buscaba, escuchando la misma música que escuchaba yo, sirviéndose del mismo bufet que yo.

«Me gustaría que tu padre fuera un astronauta que se pasea por la Luna pero que no para de pensar en nosotras, y no un hombre como tantos otros, que vive en la calle Grotta Perfetta, 315, y, una tarde de marzo, quizá por aburrimiento, quizá por curiosidad, hizo el amor conmigo en el antiguo lavadero del sexto piso.»

¿Quién?

Por fin nadie me distraería y podría preguntarme de verdad, por primera vez y a fondo: ¿quién eres?

De verdad, por primera vez y a fondo: mientras esta noche me lo preguntaré por última vez, porque mañana es mañana, y en cuanto Pavarotti me saque de aquí (¿qué fue lo que dijo?), se ocupará personalmente de mi situación.

Es decir, de la prueba de mi ADN.

Esta noche, entonces, por última vez.

Pero en aquella fiesta, en el guardarropa, por primera vez.

¿Quién eres, papá?, me pregunté.

Todos me dicen que para mí sería mejor no saberlo, y seguro, seguro, seguro que tienen razón: pero algo dentro de mí no puede renunciar a ti.

¿Quién eres?

Eres Lorenzo, a lo mejor. Bailas, aunque no lo parezca, porque todo lo haces así: sin ganas, como si nunca pusieras la más mínima intención. De la misma manera, aquella tarde de marzo, en el antiguo lavadero quizá le dijeras algo paradójico a mi madre. Sin ganas: y a ella, precisamente por eso, le hizo gracia y se rió. «Pero ¿cómo se te ocurren estas cosas?», te preguntó. Y tú esa misma tarde habías discutido con Lidia y necesitabas sólo alguien que no te conociera por completo, alguien con quien interpretar el papel que siempre se te ha dado mejor, el del genio para quien teóricamente todo es posible y a quien, precisamente por ello, en la práctica no se le permite nada. Alguien a quien desnudar, sin ganas, y con quien hacer el amor, sin ganas, alguien capaz de alejarte de todo lo demás, durante un cuarto de hora al menos, alguien capaz de alejarte de ti mismo.

O quizá seas el ingeniero Barilla. No logras disimular que Candy Candy te disgusta, tanto es así que eres el único que no se ha dejado arrastrar a la pista de baile: pero a la fiesta sí que has venido. Tu mujer te habrá dado la tabarra con lo importante que era participar en una velada organizada para mí, y tú eres consciente de ello, porque eres un hombre para quien la familia es lo más importante, y después viene lo que se debe hacer, lo que es correcto hacer, y yo, pensándolo bien, tengo que ver con esas dos cosas. Esas dos mismas cosas de las que te quisiste olvidar, aquella tarde, en el antiguo lavadero: al menos una vez, te dijiste, hago algo sólo porque me apetece. Porque el cabello de Maria huele bien, porque sonríe como sonreía mi mujer a su edad, cuando no había que hacer la declaración de la renta, cuando no había que ir a las funciones escolares de los hijos, cuando no había recibos del teléfono que pagar, ni cenas con los parientes, ni suelos que remozar, ni bautizos, ni comuniones, ni multas, ni sarampiones, ni varicelas ni había que bajar la basura.

¿Eres Michelangelo? No sabes ni quién eres, como para saber qué quieres. Así que esa tarde simplemente te equivocaste, confundiste la necesidad de estar con mi madre con el deseo, y ella aceptó, así, porque era una manera como otra cualquiera de decirte que te apreciaba.

Quién sabe si no eres Gianpietro: te gustan las mismas galletas que a mí. Todavía no habías tocado a una mujer en tu vida, y entonces mi madre, porque era como era, «quizá por aburrimiento, quizá por curiosidad», esa tarde te propuso: «¿Quieres que te enseñe yo?».

O eres Samuele: hoy sigues eludiéndome, más que de costumbre, desde que te sorprendí en la cama con Giulia Barilla. Desde ese día, no hago más que imaginarte a cuatro patas, pegado a mi madre. ¿Rodarías también un documental sobre mí, Samuele, si fueras mi padre? Podrías titularlo *Mi hija mientras busca a su padre*. Sería perfecto si esta vez, al contrario de lo que hiciste en *Mi hijo mientras duerme*, metieras una escena grande, una escena importante. Una escena padre, nunca mejor dicho. Algo así como que, al final, sales de detrás de la cámara, entras en la pantalla, vienes hacia mí y gritas, un poco emocionado pero sobre todo feliz: «¡Mandorla, soy yo la persona a la que buscas! ¿No te habías dado cuenta por cómo te enfocaba? ¿Por cómo, cuando rodaba, te ordenaba ponte más a la derecha, ponte más a la izquierda? Era mi manera de decirte eres lo más importante del mundo para mí, eres sangre de mi sangre: ¡eres mi hija!». Y yo en ese momento te abrazo, y luego ya desfilan los títulos de crédito.

En ese preciso instante, alguien me puso una mano en el hombro.

–Justo estaba pensando en ti –le dije.

–¿Y qué pensabas? –quiso saber él.

–Me preguntaba por qué no has venido hoy a mi examen.

En parte era verdad.

Pero ¿quién lo hubiera imaginado?, ¿quién hubiera imaginado que bastara eso para que se echara a llorar?

–Vamos, Samuele –traté enseguida de animarlo–. No es tan grave, no te preocupes, no pasa nada. Si además lo he hecho fatal en las preguntas de geografía, no te has perdido nada.

Pero él no daba señales de calmarse. Parecía Lars cuando quería algo: pero, a diferencia de Lars, no se entendía el qué.

–¿Quieres que te traiga un trozo de tarta? –le pregunté.

–Sólo quiero desahogarme –me contestó él. Y lo estaba haciendo de maravilla.

Lloraba y lloraba, se limpiaba la nariz con la manga de la camiseta y se agarraba a la mía diciendo estoy perdido, estoy perdido.

Menos mal que nadie necesitaba el abrigo, porque si no se habría encontrado con una escena francamente embarazosa. Y todavía Samuele necesitó bastante tiempo para tomar aliento y contarme lo que había ocurrido.

–Anoche hablé con Cate –empezó diciendo, y el resto vino todo de un tirón–. Le conté la verdad. Que me he enamorado de Giulia y todo lo demás. No te imaginas lo mala que fue conmigo, Mandorla. ¿No entiendes que estoy confuso y que necesito tu apoyo?, le pregunté yo. Pero ella, nada: dura, insensible. Me trae sin cuidado si estás confuso, me contestó.

Yo lo escuchaba, aterrada: pero ¿cómo es posible?, pensaba. Tina y yo hemos hecho lo impensable para que Cate no supiera nunca la verdad, ¿y Samuele, de repente, coge y se lo confiesa todo? ¿Y qué hay de esa historia de que hay cosas que se deben saber y otras que se deben mantener en secreto? Irritada, pulsé el botón de PAUSA del documental *Mi hija mientras busca a su padre*, que hasta ese momento había seguido proyectándose en mi cabeza.

–Entonces, con el corazón destrozado por tanto egoísmo, que de Cate desde luego no me lo esperaba, llamé a Giulia y le dije que subiera enseguida al sexto, donde solemos... solemos... Bueno, tú ya me entiendes.

Entendía, sí, vaya si lo entendía. Le indiqué con un gesto que siguiera contándome.

–¡Pero ella no estaba en casa! ¿Te das cuenta, Mandorla? Las diez de la noche y no estaba en casa. ¿Dónde estás?, le pregunté. Y ella: no es asunto tuyo, joder, me contestó, pero yo no me enfadé porque sé cómo es Giulia, está acostumbrada a hablarle así a todo el mundo, sobre todo a la gente que le importa. Pero entonces se lo tuve que decir por teléfono, no podía esperar: he hablado con Cate, le dije. A partir de este momento, somos libres de amarnos a plena luz del día, le anuncié.

Volvió a echarse a llorar. Yo le puse la mano en el brazo, por hacer algo. Desde la escenita de Paolo con los cojines, había aprendido que cuando un adulto está mal, hay que dejarlo en paz. Quien necesita consolarlo es el que asiste a su desesperación, para que ésta termine cuanto antes: pero él sólo necesita sacar todo lo que tiene dentro.

–Mandorla, agárrate fuerte –prosiguió Samuele–. ¿Sabes lo que me contestó Giulia? Y a ti quién coño te ha pedido que dejes a tu mujer, eso me contestó. Yo sentí que me moría. ¿Cómo?, repetía una y otra vez. ¿Qué quieres decir? Pues quiero decir que no tengo la más mínima intención de ser tu novia, me dijo ella, silabeando. Es más, ahora déjame en paz porque estoy en casa de un tío que ha salido un momento para buscar una cuerda con la que atarme a la cama, y si vuelve y se entera de que estoy hablando por teléfono con otro se va a cabrear un montón. Adiós, Sam, muchos besos. Y me colgó. Me colgó, Mandorla, ¿entiendes? Yo intentaba una y otra vez volver a llamarla, pero nada, no contestaba. Al final hasta apagó el móvil y todo. Esta mañana entonces la he esperado en el portal, porque total en algún momento tenía que ir a la universidad, y porque la loca de Cate no me ha dejado dormir en casa... Bueno, el caso es que al final ha llegado. Giulia, claro, no Cate. Qué guapa estaba, Mandorla, no te lo imaginas. Ahora que empieza a hacer calor se pone unos vestiditos muy finos, y se los arregla ella para que le queden muy cortitos, cortísimos... –Se quedó absorto mirando la manga de un abrigo que tenía delante, quizá cambiándola en su cabeza por la falda de Giulia. Tuve que tirarlo del brazo, suavito, al menos para recordarle dónde estábamos. Sólo entonces tragó saliva, para proseguir–: pero en cuanto me ha visto, ¿sabes qué ha hecho, Mandorla? No te lo vas a creer. Me ha acariciado la cabeza y me ha susurrado al oído: haz las paces con tu Caterina, Sam. Te conviene, ha añadido. Pero ¿quieres decir que entre tú y yo todo ha terminado?, le he preguntado, porque yo ya sólo quería saber la verdad. ¿Y sabes lo que me ha contestado? ¿Y por qué? Tú eres un gran artista, y juntos nos lo pasamos bien. Si un día no tenemos nada que hacer y nos estamos aburriendo, ¿qué razón hay para no subir al sexto piso para un poco de *zum zum*? Así me ha dicho. Exactamente así. ¡Y piensa que hacer *zum zum* es una expresión que nos inventamos juntos! ¿Entiendes la crueldad? Y luego se ha ido. Y ahora...

Me la señaló. Estaba en el centro de la pista. Con un vestido negro muy ceñido, en efecto cortísimo, un par de sandalias de plataforma, tan altas que parecían zancos, y un mechón de pelo teñido de rosa fosforito para la ocasión: medio bailaba entre Paolo y Michelangelo y medio se frotaba a un tío grande y gordo que la cogía con una mano por la cintura y con la otra le sobaba el trasero.

–¿Ése es el de la cuerda? –pregunté, porque cuando no sabes qué decir puedes decir cualquier cosa: esto también lo había aprendido ya.

–No –me contestó Samuele–. Ése es el segurata de la discoteca. Lo acaba de conocer, creo.

Y así nos quedamos un rato. Entre los abrigos, entre las posibilidades que tenía Samuele de que Cate lo perdonara y las que tenía yo de saber quién era mi padre.

Oh, guardarropa, no pude evitar invocar.

Hagamos un intercambio.
Yo me convierto en ti y protejo los abrigos,
o, como hace calor,
llamémoslos de otra manera:
pero démonos prisa en entendernos,
porque total no es ése el problema.
Oh, guardarropa,
el problema es si puedes
convertirte en mí
y así me dices si no es raro
que haya gente como
Michelangelo y Paolo
que lo darían todo por ciertas cosas
(como por ejemplo un matrimonio, hijos, etc.),
y que luego haya gente como Samuele,
que tiene esas cosas
(como por ejemplo un matrimonio, hijos, etc.)
pero las destroza.

Las hace pedazos:
parece que si no
no aguanta.
Dime tú si no es raro,
guardarropa, ¿eh?

EN EL CUARTO PISO

«¿Cómo termina un amor?

»Termina cuando ya no hay más, cuando hay demasiado o cuando en realidad nunca lo ha habido. Un amor termina porque algo se consume: entonces el amor quizá no haya que gastarlo. Pero también termina aunque no se consuma nada: todo queda como el primer día. Tan perfecto que parece de pega. Entonces quizá si que habría que gastarlo un poco. ¿Y si al final termina porque mientras lo gastas se te cae al suelo y se rompe? También eso puede ocurrir. Como puede ocurrir que lo tires al aire, para jugar, pero luego no vuelva a tus manos. O quizá termine porque te lo dejes olvidado en algún sitio, porque lo quieras tener siempre metido en el bolsillo para que no se te pierda, pero así se marchita: se estropea. Termina porque ibas con prisa, termina porque te quedas atrás, termina porque quiere terminar, porque tiene que terminar. Termina porque no hay nada más imposible de tener en mente, cuando un amor empieza, que el que podría terminar. Y transformarse, una vez pasado el dolor, en algo a lo que hacer alusión mientras hablas de otra cosa, la enésima anécdota que contar en una cena, sacudiendo de lado a lado la cabeza divertido de ti mismo y del dolor que te causaba lo que hoy te hace sonreír, mientras esperas que la persona a la que acabas de conocer y que tienes sentada enfrente te encuentre gracioso, fascinante, original: y querrías que acudiera en tu auxilio el valor o simplemente la manera de pedirle el teléfono para mandarle por la noche un mensaje que ya estás redactando en tu cabeza.»

Antes de dar la palabra a sus oyentes, Lidia empezaba así cada programa de *Sentimentales anónimos*. Razonando ella sola o a menudo desbarrando, durante unos diez minutos, sobre un problema al que inevitablemente te convencías de tener que enfrentarte también tú.

Será que de verdad creía en lo que decía. Ya fuera un comentario sobre el helado que se estaba comiendo o sobre el precio de un vestido, siempre necesitaba expresar una opinión, como si al helado o al vestido les interesara lo que ella pensara.

A Lorenzo, en cambio, le ocurría al contrario por completo. Si el afán de Lidia era el de acercarse lo más posible a las cosas y a las personas, para «reflejarse en ellas y convencerse de que existía», decía ella, el afán de Lorenzo parecía el de mantenerse a distancia. Era extraño, ¿no? Que alguien como ella, siempre ansiosa por entrar en contacto, hubiera acabado con alguien que no estaba en contacto, si se puede decir así, ni consigo mismo. En efecto, por mi fijación por las cosas, Lorenzo siempre me ha recordado a una lámpara que no funciona, no porque tenga la bombilla rota, no, sino porque nadie sabe dónde demonios está el interruptor para encenderla. Y el primero que no lo sabía era precisamente él.

Así, cuando por ejemplo cogíamos el ascensor los tres juntos para ir al cine, a una exposición o para lo que fuera, ocurría algo extraño: en lugar de charlar, como hacían Paolo y Michelangelo, o de comprobar que no se habían dejado en casa las llaves del coche, cada uno se perdía en su propio reflejo en el espejo. ¡Sí, hacían hasta muecas para mirarse mejor! Lidia, en particular, comprobaba su delgadez, y se ponía de perfil o se levantaba la camiseta para asegurarse de que no tenía nada de tripa, y Lorenzo se analizaba la barba. Huelga decir que, visto como eran los dos, entender de verdad qué quería decir el otro cuando hablaba no era tarea fácil.

«Pero ¿tú me quieres, Lorenzo?», solía preguntar Lidia, después de sus largas, larguísimas peleas, esas peleas que, al principio, cuando se amplificaban y llegaban hasta mi habitación, tenía que esconder la cabeza debajo de la almohada para no oírlos, pero que a la larga se habían convertido en algo tan familiar para mí que me servían de nana.

–Pero, a ver, ¿qué quiere decir eso de que si te quiero? ¿Qué es esto, una novelita rosa? ¿Tú ves a Milena preguntándole a Kafka algo así? ¿O Linda a Bukowski? ¡Hagamos como ellos, Lidia! Abandonémonos a la nada que hay y limitémonos a cogernos de la mano, sin más.

A menudo, llegados a ese punto, las voces de Lidia y de Lorenzo se difuminaban y se condensaban en una coma de silencio, en el frufrú de una camiseta que resbalaba al suelo, para transformarse en un latido líquido, primero lento, después furioso y luego de nuevo lento, de un modo u otro tranquilizador para *Efexor* y para mí: bueno, también esta vez ha pasado lo peor, podíamos tener esperanza. Lo habían conseguido.

Pero había noches en las que Lidia abría sin hacer ruido la puerta de mi habitación. Sin hacer ruido también, se deslizaba bajo mis mantas.

–No te he despertado, ¿verdad?

Y sin esperar a que le contestara, empezaba a contarme con pelos y señales la pelea que acababa de escuchar.

–¿Por qué estás con él? –le pregunté la primera vez que me la encontré en mi cama, cuando todavía no imaginaba que también eso se convertiría en una costumbre.

Lidia suspiró. Encendió la lámpara de mi mesilla de noche. Torturó la goma con la que se había recogido el pelo. Se lo soltó, se lo volvió a recoger y de nuevo lo soltó. Como de costumbre, parecía que estuvieran en juego la vida y la muerte cuando alguien le preguntaba algo. Quería conseguirlo, quería contestar con total exactitud. Como si participara en uno de esos concursos que tanto le gustaban a Tina, donde si el concursante acertaba la respuesta podía ganar un millón de euros.

–¿A ti, Mandorla, nunca te ha gustado nadie? –me preguntó: también esto era típico de Lidia. Multiplicar las preguntas mientras buscaba una solución.

Pero esta vez yo tenía preparada la respuesta:

–No.

–Qué raro –comentó ella.

–Tampoco tanto –consideré yo. Sin darme cuenta siquiera de que quizás estaba tratando de sincerarme con alguien. Me doy cuenta esta noche, cuando echo la vista atrás y vuelvo a vernos en esa cama, a ella y a mí. Pero Lidia, repito, hacía hablar hasta a las paredes. Aun a costa de poner en peligro su paredidad, si se puede decir así.

–Si a las personas que te gustan tú no les gustas, o peor aún, si las personas que te gustan tarde o temprano te dejan sola, más vale no tomarte la molestia de que te gusten. ¿No?

–No –dijo Lidia, convencida, negando con la cabeza–. ¿Y sabes por qué?

–¿Por qué?

–Porque si no te tomas las molestia de que te gusten, mientras tanto ¿quieres decirme qué haces? ¿Coleccionar sellos? ¿Irte a un spa? ¿Tirarte en paracaídas? Sí, vale: pero ¿y después? Vamos, Mandorla, no me hagas reír. Tu madre eso lo tenía muy claro: es imposible que tú, dentro de ti, no lo sepas ya.

–¿El qué?

–Que todo lo que hacemos es una manera de matar el tiempo en espera de que llegue –dijo entonces ella, muy inspirada.

–¿Quién? ¿La persona adecuada? –Es cierto, eso mi madre lo tenía muy claro: «Me gustaría que luego, en un momento dado, encontraras a la persona adecuada», me había escrito. Pero «adecuada para ti, me refiero», se había sentido obligada a añadir.

–O a la equivocada –prosiguió Lidia, como si, además de hacer hablar a las paredes también pudiera leer el pensamiento–. Pero que por algún absurdo motivo, tiene que ver contigo. ¿Sabes, Mandorla?, es difícil saber por qué entre todas las voces y las maneras de pedir un café y de besar con las que nos topamos, damos con ésa, damos con ese hombre que nos toca exactamente ahí, donde siempre hace frío. Y entonces no hay nada que hacer: sólo puede quedarse. Sí. En algún lugar dentro de mí, cuando conocí a Lorenzo, enseguida sentí que se quedaría. Que, ¿cómo explicártelo?, sería mi primer reto, uno que nunca me cansaría de querer superar. Eso es.

Hoy como ayer tendría mil objeciones que oponerle a Lidia. Pero hoy como ayer no conseguiría formularle ninguna.

Porque intenté preguntarle:

–Pero si alguien se queda, y luego te hace llorar, gritar y desesperarte como te ha pasado a ti esta noche, ¿qué hay que hacer con ese alguien?

Pero ella replicó con esa manera suya de ser que era

como eléctrica, ansiosa de terribles verdades, esa manera suya de ser impaciente que, por extrañísimos motivos, te llegaba a los oídos como el ruido que hace una tiza nueva sobre una pizarra, pero luego se te deslizaba dentro como el sonido de un instrumento cautivador, acordado según la mágica y algo disparatada desproporción entre la intensidad de Lidia y las cosas que la provocaban:

–Mira, Mandorla, es como cuando vas al médico y te palpa y te pregunta ¿le duele aquí? ¿Y aquí? Y tú dices: ¡Sí, sí, caramba, doctor, ahí sí me duele!

–¿Y...?

–Pues que entonces aunque el médico sea un torpe y siga apretándote ahí aunque tú ya le hayas dicho que te duele, no importa porque ha ocurrido otra cosa mil veces más importante.

–¿El qué?

–Pues que el médico ha descubierto dónde te duele. ¿Entiendes?

–No.

–Lorenzo –sin quererlo en absoluto, desde luego– lo ha hecho.

–¿Ha descubierto dónde te dolía?

–Sí. Y tú te sientes agradecido de por vida a quien lo consigue, Mandorla. Y, al final, a lo infinito de esa gratitud lo llamas amor.

Nos quedamos calladas un momento: Lidia pensando en sus cosas, me imagino, y yo con la cabeza llena de preguntas. Sobre todo una:

–Pero entonces, perdona una cosa, ¿la persona de la que nos enamoramos puede ser fantástica o asquerosa, lo mismo da?

–Ayayay, eso es. –Y me sonrió como hace siempre cuando se convence de no hablar sólo para sí sino de enunciar leyes que tienen una especie de valor universal–. Sí. Todos deseamos tan sólo liberarnos de nuestra angustia de vivir, y cuando alguien nos gusta, en realidad en mi opinión sobre todo le estamos encomendando la tarea de distraernos de nosotros mismos. Por lo tanto, resulta absolutamente relativo y más bien irrelevante si se trata de un hombre maravilloso o de un perfecto hijo de puta. Por supuesto, hay quien puede distraer a unas personas, y quien puede distraer a otras: banalmente, eso es lo que a las revistas femeninas les gusta definir como «compatibilidad de caracteres». Pero no, no creo que tenga que ver de verdad con el hecho de que las personas sean, ¿cómo has dicho?, fantásticas o asquerosas. No, no, no tiene nada que ver. ¿Entiendes lo que quiero decir, Mandorla?

No; en ese momento, para ser sincera, no lo entendía. Todavía no sabía que pronto, muy pronto, y sin tan siquiera darme cuenta, lo habría entendido más que de sobra.

Abril de 1986

¿Me tiro? Me tiro.

¿Por qué? Porque ya estoy aquí. Porque así al menos este día se pasa sin dar mucho la vara. Porque dentro de una semana cumplo dieciocho años y si me hago pedazos antes de mi fiesta qué más da: total, no me apetece nada celebrarla. A lo mejor podría haberlo pensado antes de invitar a todo el instituto. Pero hasta ayer me parecía algo increíble, una fiesta con mil personas: mil exactamente, ni una más ni una menos. Hoy la sola idea me da ganas de vomitar.

Pero bueno.

La puerta del helicóptero acaba de abrirse sobre el vacío. ¿Y si no se despliega el paracaídas? Lidia, pero ¿quién te manda a ti...?, me ha dicho mi madre esta mañana. A mi padre en cambio se lo contaré sólo a toro pasado, porque si no le da un síncope. Cuando le pregunté a mi madre ¿por qué os dejasteis?, ella me contestó: tu padre es una persona maravillosa, un hombre excepcional, pero si el amor se va, no hay manera de recuperarlo. Y se puso a cortar un tomate a velocidad de vértigo.

En efecto, es un hombre excepcional mi padre: si mi madre le decía en plena noche me apetece una pizza, nos metía a las dos en el coche y se iba a buscar una pizzería abierta (entonces mi madre le decía estás loco, y le daba un beso entre el cuello y la oreja). Mi padre es una persona que no puede ver películas demasiado tristes porque luego se queda hecho polvo durante una semana entera. Así que si le llego a anunciar esta mañana que iba a tirarme con paracaídas le hubiera dado un síncope.

Pero bueno.

Ya está.

Me toca a mí.

Me arrodillo en la puerta del helicóptero y rezo a las nubes pidiéndoles que no me traicionen.

Y sí.

Lo hago.

Me lanzo.

El aire está helado. Es mío. Todo el mundo es mío, y por fin, durante un instante (ese instante: éste exactamente, antes de convertirse en ése), la oigo.

¡De modo que sí que tienes voz! Lo sabía. Sabía que si te esforzabas, si me esforzaba, al final conseguirías decirme algo y hacerme callar para que te escuche.

Sabía que lo conseguirías.

Porque quizá sólo lo inaferrable nos aferra, sólo lo inaferrable nos aferra, sólo lo inaf.

Una bofetada tan grande como Dios: el paracaídas se abre.

La tierra se descubre de nuevo posible.

Ahora sé, exactamente, que no me haré pedazos.

Sobreviviré.

(Este instante se ha convertido en ése.)

Y.

Y ya empiezo a aburrirme un poco.

Porque de nuevo me tapona los oídos.

El vacío, y ese silencio asqueroso que produce.

Qué coñazo.

Cuatro minutos duran muchísimo, si tienes la manera de contar los segundos y de pensar cosas como: es verdad que son minúsculas las casas vistas desde aquí arriba, y es un poco absurdo que el dolor pueda parecer enorme, estando uno dentro de él.

Rodillas al pecho y brazos arriba, por fin estoy a punto de aterrizar.

¿Y mañana, lo vuelvo a hacer?

Sí, bueno, vale.

Pero con un paracaídas más estrecho, así complico las cosas.

Si no me duermo en pleno cielo de puro aburrimiento.

De todas maneras tendré que inventarme otra cosa cuanto antes.

A lo mejor lo intento con el del tercero B, ese que está siempre solo y nunca habla con nadie: podría invitarlo a la fiesta, aunque entonces sean mil y uno.

Aterrizo.

Dos tíos vestidos con el mono del centro de paracaidismo aplauden.

¡Muy bien, Lidia!

¡Bravo!

Choca esos cinco.

Pero qué tía, qué bien lo has hecho.

He fracasado.

He fracasado de nuevo.

Pero tarde o temprano lo conseguiré.

Tengo que conseguirlo.

Lo encontraré.

El remedio adecuado para poner en stand-by *esta cosa que tengo dentro y que nunca deja de pedirme «más», nunca nunca nunca nunca.*

Como iba diciendo.

El último verano que pasé con Paolo y Michelangelo, en una isla griega azul y lejanísima, sucedió el milagro: por fin crecí unos cuantos centímetros.

No se puede decir que fuera tan alta como Eva Brandi o como los ONME, eso no. Pero si antes no llegaba al buzón ni poniéndome de puntillas, ahora en cambio sí. Ahora llegaba.

Además, unos días antes de mudarme del tercer al cuarto piso, también me vino la regla por primera vez.

Tina lo llamaba el río rojo, Lidia, la feminidad, Michelangelo y Paolo, tus cosas: en lo que a mí respecta, era una pesadez, y prefería pensar en ello lo menos posible.

Más cosas.

Mundoperro seguía atormentándome, y, para ser sincera, la situación no sólo no había mejorado sino que había empeorado desde que una mañana, en Grecia, una noticia sacudió a la isla entera: durante una fiesta en la playa, una chica había sido violada por su novio entre las rocas. ¿Y qué tiene que ver eso?, podría preguntarme mañana Pavarotti, el abogado. Tiene que ver, y tanto que tiene que ver: porque a Paolo y a Michelangelo les pareció que fuera un derecho sagrado mío que me informaran de lo que significaba exactamente la palabra violación, dado que, desde que me había venido la regla, todos me repetían que ahora ya podía considerarme una señorita: está claro, ¿no? También Mundoperro se daría cuenta de que había crecido. Así, además de arrancarme los pendientes de las orejas, también me violaría, tal vez entre los arbustos del parque donde llevaba a *Efexor* a hacer sus necesidades.

Más cosas.

Giulia Barilla había dejado la universidad y se había marchado a Londres para matricularse allí en una escuela de diseño, muy prestigiosa según decía todo el mundo.

Samuele había vuelto temporalmente –se empeñaba en subrayar él– a vivir con sus padres. Tres mañanas a la semana venía a recoger a Lars, pasaba el día con él y luego lo traía de vuelta a la hora de cenar.

–¿Sabes lo que pasa, Mandorla? Pues que llego tarde, tengo que irme pitando a poner al día Duende –me decía cuando pasaba a saludarme, y era obvio que sólo esperaba que yo le pidiera: ¿me llevas a tomar una pizza, Samuele? O ¿me acompañas a sacar a pasear a *Efexor*, que si voy al parque sola tengo miedo de Mundoperro?

No siempre podía contentarlo, pero al menos una vez a la semana encontraba la manera de pasar una tarde con él.

–¿Sabes, Mandorla?, llevar un blog no es moco de pavo –suspiraba mientras íbamos hacia la pizzería–. Si además eliges llamarlo Duende, peor todavía. El «duende» es el espíritu misterioso que anima a los bailarines de flamenco, te lo he explicado ya muchas veces, ¿no? Según García Lorca, es el espíritu que anima el arte en general. Tú misma entenderás que puedo permitirme mostrarme irónico en los *posts* de mi blog (no me mires así, Mandorla, anda, no te quedes rezagada en estas cosas, pero ¿es que no te enseña nada Ferri, el del cuarto? *Posts*, sí, se llaman «*posts*» las entradas que se hacen en un blog), ¿qué te estaba yo diciendo? Ah, sí, que puedo permitirme bromear en mis *posts*, pero sólo hasta cierto punto.

Entonces se ponía a contarme la última discusión que había estallado en Duende, y ya se tratara de Anónimo77, que le tenía manía porque no estaban de acuerdo sobre si los últimos Oscar habían sido merecidos o no, o de Celuloide72, que consideraba un impostor a Lars von Trier y a toda la vanguardia danesa; yo de verdad de verdad no lograba entender por qué esa gente se cabreaba tanto. ¿Te gusta una película? Me alegro por ti, pensaba yo: ¿por qué discutir con quien la odia? ¿Que no te gusta una película? Pues nada, son cosas que pasan, la próxima vez que vayas al cine tendrás más suerte. Pero ¿por qué tomarse la molestia de encender un ordenador, teclear duende.com y ponerte ahí a dar con pelos y señales todas las razones por las que te ha parecido una birria la peli en cuestión?

–Pon que un cineasta esté navegando por la red, dé por casualidad con tu blog, lea todos esos reproches a su película y se enfade, ¿qué pasaría entonces? –me limitaba a preguntarle: prefería callarme todas las demás cosas que no entendía, ya fuera porque dentro de mí le tenía cariño a ese blog que le hacía de canguro a Samuele ahora que, más que nunca, necesitaba que alguien se ocupara de él, o porque temía que al día siguiente apareciera un enorme *post* que dijera algo así como: «Mandorla, de la calle Grotta Perfetta, 315, no está de acuerdo con Duende: hablemos de ello», y yo no tenía la más mínima gana de hablar de ello.

–¡Mandorla, pero qué tonterías dices! –se exaltaba él–. Si un cineasta se disgusta a lo mejor eso le da la oportunidad de reflexionar sobre sus errores. Y además, perdona que te diga, pero no me dan pena algunos caraduras que, por ignorancia, la gente manipulada por el sistema llama artistas. Como Gabriele Muccino, por ejemplo...

Y entonces Samuele podía tirarse hasta el postre hablando solo: el hecho de que Gabriele Muccino, que a fin de cuentas era casi contemporáneo suyo, italiano como él, de su misma ciudad incluso, hubiera rodado una película de producción estadounidense, que esa película en Estados Unidos hubiera cosechado críticas entusiastas y recaudado millones, y que en ella trabajara un actor como Will Smith... le parecía demasiado.

Samuele ni siquiera había necesitado ver *La búsqueda de la felicidad* para saber a ciencia cierta lo que era: basura envuelta en papel de regalo.

Un éxito evidentemente tan ajeno al verdadero talento del cineasta, el triunfo de tantas cosas equivocadas todas juntas, que en lugar de despotricar de esa película, en mi opinión Samuele debería haberle hecho un monumento a la ocasión maravillosa que le ofrecía Muccino: la de poder tomarla con él en lugar de con el fin de su matrimonio y, por lo tanto, bien considerado, consigo mismo.

Porque si la teoría de Lidia era verdad, y si uno cuando se enamora en el fondo confía en el título de esa película con Will Smith, estaba claro que Cate ya no tenía la más mínima gana de buscar la felicidad con Samuele.

Y mientras él (convencido de que era sólo cuestión de tiempo que un buen día su mujer le dijera, anda, basta ya de tonterías, Lars te necesita, y yo también: vuelve a casa, te perdono, te quiero) estudiaba el diseño de su blog, mientras discutía animadamente de la Maria Antonieta de Sofia Coppola con NaranjaMecánica84, esperando en lo más profundo de sí mismo que detrás de ese *nick* se escondiese Giulia Barilla, Cate, con la misma determinación con la que había decidido casarse con él, había decidido ahora eliminarlo de su vida.

Pero esto ¿quién lo sabe ya mejor que Pavarotti, el abogado? Desde luego no necesita que se lo cuente yo, mañana por la mañana, que le cuente lo que estaba pasando en el segundo piso.

Porque fue precisamente entonces, en ese período, cuando empezamos a ver a Pavarotti a menudo por allí.

–Me alegro tanto por Cate –suspiraba Lidia–. ¿Has visto que ayer el abogado llevó a Lars al pediatra? Es un verdadero macho alfa, ese tío, está claro. Uno que, cuando se enamora de una mujer, le dice: tranquila, de ahora en adelante yo me ocupo de todo. Naturalmente, Caterina, como mujer independiente que es, antes de encontrar el valor de abandonarse a alguien ha tenido que experimentar la relación con un inútil total, un tío con sangre de horchata como es Grò: el macho omega, en su inadecuación estructural, aparentemente puede dar seguridad. Pero, lo quieras o no, está destinado a decepcionarte, de manera inevitable: y es precisamente esa decepción lo que te hará sentir por fin preparada y digna de tener a tu lado a alguien que te proteja, en lugar de alguien a quien proteger tú.

–Pero ¡¿qué macho alfa ni qué ocho cuartos, Lidia, por favor?! Esos tíos se llaman tiburones mierda: Pavarotti, ¿se apellida así, no? Tiburón mierda. Un ejemplar puro: cuando la nave mercante de una pareja está en crisis, porque en el maremagno de las relaciones interpersonales está descargando momentáneamente mierda, ese tiburón huele la situación, y ¡zas!, se acerca a la nave y se nutre de la mierda para sus turbios fines. A todos se les da muy bien tirarse a una mujer insatisfecha. Qué pena que no tengan en cuenta que incluso en el interior de una tan íntegra como Cate Grò se esconde una señora Bovary, y que la insatisfacción de las mujeres tiene poco o nada que ver con el pobre desgraciado que las ha decepcionado en un momento dado. Lo más bonito de todo es que también el destino del tiburón mierda es el de transformarse en un pobre desgraciado. Entonces sí que quiero ver si a ese tal Pavarotti le bastará con llevar a Lars al pediatra para hacer las cosas bien –replicaba Lorenzo que, como de costumbre, se defendía a sí mismo de enemigos invisibles para todos menos para él, pero que, en ese caso concreto, sin darse cuenta estaba defendiendo a Samuele, que sí que se consideraba su verdadero enemigo.

En lo que a Cate respectaba, naturalmente, no dejaba que nadie viera lo que pensaba.

–Samuele no me ha hecho nada encaprichándose de esa chica –le oí afirmarle a Tina una mañana en el portal, racional y cálida como sólo ella sabía ser a un tiempo–. Lo que ha hecho sobre todo ha sido darme información sobre sí mismo.

Y Tina, por supuesto, decía que sí con la cabeza. Se estaba haciendo vieja, la pobre Tina: pero aunque ella no hiciera más que repetírmelo, yo no lo creía. O mejor dicho: el tiempo, a mis ojos, pasaba por los rostros, se colaba por los cuellos de las camisas, en las sonrisas de todos los vecinos, pero a ella ni la rozaba siquiera. Tenía ya tanto tiempo encima, cuando la conocí, que desde entonces el que pasara por añadidura apenas se notaba ya: ella era Tina. Punto. Y cuando el gato *Naranja* no se dejó ver más, y ella me advertía de que me preparara porque seguramente después le tocaría a ella, yo no quería escucharla siquiera. Como tampoco quería escucharla Gianpietro que, mientras tanto, había sido ascendido a responsable de una sección entera de Pizza Pane e Fichi, para gran orgullo mío.

Más cosas.

Durante todo el verano había seguido viendo a mi padre por todas partes. Ya no me limitaba al edificio de la calle Grotta Perfetta: veía a mis padres en la playa, los buscaba en los padres de los demás, en el arquitecto griego que les había alquilado la casa a Paolo y a Michelangelo, en los turistas españoles, franceses y australianos. Imaginaba cómo habría sido mi vida de haber sido la hija de uno de ellos, y todas esas vidas, sin excluir ninguna, me parecía que despedían un luminoso fulgor, tanto más imposible cuanto más perfecto y adecuado era para mí.

Hasta que llegó septiembre.

Al cabo de una semana llegaría también mi primer día en el instituto.

Pero, sobre todo, llegó Matteo Barilla: quizá debería decir que volvió porque, en efecto, ya estaba en mi vida desde hacía bastantes años.

El abogado Pavarotti sabrá disculparme si, al menos en este caso, ni aun esforzándome, no consigo ser todo lo lúcida que según él debería ser.

Vamos que, ¿cómo se lo podría explicar LÚCIDAMENTE?

¿Acertaría él a explicarse por qué un buen día decidió llevar a Lars al pediatra? No. De la misma manera, tampoco yo esta noche acierto a explicarme por qué ese día, cuando me crucé con Matteo Barilla en el ascensor, y él me echó los brazos al cuello, me empujó hasta su casa para enseñarme las fotos de sus vacaciones, me dijo: «¡Cuánto te he echado de menos! –y me preguntó–: ¿Y tú,

Mandorla, has ligado este verano? Yo sí, con una chica de Milán», a mí, bum. Fue como si se me apagara la cabeza. Un verdadero apagón fue aquello: y lo único que acertaba a pensar era que era maravilloso, maravilloso, maravilloso que Matteo Barilla me llamara por mi nombre.

Sí. ¡Y que me tuteara! También eso era maravilloso. ¿Qué más podré decirle a Pavarotti?

¿Que en ese verano todo había cambiado porque me había venido la regla y porque a Matteo le habían salido unos pelillos oscuros encima del labio? ¿Que Lidia me había metido en la cabeza que era necesario que te gustara alguien, porque si no, no eras normal, si es que ésa es la palabra adecuada para referirse a lo que está bien? ¿Que si las madres se mueren, y los padres faltan a su deber de padres, y los gatos desaparecen, y los amigos se pelean y las parejas se dejan, es de cajón que las chicas de catorce años se enamoren, porque si no, no se entiende qué motivo tendrían para participar en este juego?

No sé de verdad qué más podré decirle a Pavarotti.

Simplemente, la capacidad que tenía Matteo de estar sereno y tranquilo incluso cuando no había ninguna razón para ello, esa capacidad que siempre había hecho que lo considerara un poco estúpido, ahora hacía que me pareciera un ser superior: alguien que ha entendido que cuanto más observas la vida con preocupación, más angustia sientes.

Además, me había parecido de verdad mezquina la actitud de Matteo en lo que concernía a mi situación. Sí, porque él lo sabía todo, pero nunca había necesitado preguntarme abiertamente cómo me sentía al tener un padre desertor que quizás era precisamente el suyo.

Simplemente, ahora esa mezquindad me daba por considerarla tacto, delicadeza.

Simplemente.

Como cambia de color la piel cuando uno se pone moreno, y como encanece el cabello cuando uno se hace viejo. Ocurre una cosa: y, como consecuencia de ésa, ocurre otra. Nos enamoramos, y una persona se convierte en el centro del universo. Una persona se convierte en el centro del universo, y nos enamoramos.

Así. Simplemente.

Ahora que lo vuelvo a pensar esta noche, puedo distinguirlas perfectamente: había dos Mandorlas. Una que terminaba esa tarde, y otra, enamorada de Matteo, que empezaba esa misma tarde.

Hacía un montón de cosas absurdas esa segunda Mandorla.

Hacía la cuenta atrás de los días que faltaban para volver a clase, por ejemplo. Le suplicaba a Lidia que la ayudara a elegir una mochila y un par de zapatos que hicieran que, por fin, por fin, se sintiera igual que los ONME (¿que quién en concreto?, le preguntaba una y otra vez Lidia aquella tarde, para estar segura de no equivocarse. Igual que los Otros: que los de Mi Edad, en general, le contestaba la nueva Mandorla).

¿Qué le voy a hacer, abogado Pavarotti?

De verdad no creo haber tenido nunca nada en común, ni antes ni después de entonces, con la persona que resultaba ser yo.

Porque (¡simplemente!), aquellos días, una única y terrible pregunta aspiraba como un aspirador todos los demás pensamientos.

Esa pregunta se despertaba media hora antes que yo y no me abandonaba nunca.

Desde hace casi tres años ya no era: ¿quién es mi padre?

Sino que, de repente, se había convertido en: ¿qué estará haciendo en este momento Matteo Barilla?

Y mi oración, una vez que las clases decidieron reanudarse por fin, era del todo nueva, siempre la misma todas las noches de mi primer año en el instituto:

Oh, libro de álgebra,
hagamos un intercambio:
yo me convierto en ti
y por fin entiendo
todos esos números y esos signos
que
no me dicen nada de nada,
mientras que tú te conviertes en mí
y,
simplemente,
te acercas a Matteo Barilla
y le preguntas: «¿Estudiamos juntos?»,
pero lo haces bien,
con aire tranquilo,
con la cabeza un poco inclinada
hacia un lado,
con una sonrisa un poco zalamera,
dorada,
como diciéndole
olvida
que
dentro de mí, en lo más hondo de mí
siempre te he visto
perdido y desvalido
frente a Mundoperro,
olvida
que

me viste con gorro
en la piscina,
olvida
que para ti soy
como una hermana pequeña,
no es eso lo que quiero
de ti
esta mañana.
(Aunque claro, mi duda
es que si
ni siquiera tengo un padre
que confiese: «Soy yo»,
¿cómo voy a tenerte a ti?
¡Ni que yo formara parte de los ONME!
Y, además,
tú ahora sueñas con esa chica de Milán...)
Pero un signo menos más un signo menos
es igual a un signo más,
muy fácil para mí que soy un libro de álgebra,
pero, venga: eso lo puedes entender
tú también.

Vale, tenía sólo catorce años pero no era tonta perdida: y sabía perfectamente que si, con mi madre, en ese maldito antiguo lavadero del sexto piso, esa maldita tarde de marzo, hubiese estado el ingeniero Barilla, mi historia de amor con Matteo se habría enfrentado a un problema, y a uno más bien gordo.

Pero por el momento los problemas más bien gordos eran tantos que no podía engañarme y pensar que fuese ése el único obstáculo: por eso lo consideraba el último al que, quizás, algún día nos enfrentaríamos juntos.

Al atardecer, en una playa desierta de Santa Marinella

o de Grecia, según el tiempo que hubiéramos tenido para llegar hasta dicha playa.

«Amor mío, no te preocupes», me diría Matteo, plantándome en los ojos sus ojos verdes, tan verdes.

«Pero los hermanos no pueden...», susurraría yo.

«Chist. –Él me llevaría un dedo a los labios y me atraería hacia sí agarrándome por detrás, como hacía Lorenzo con Lidia algunas noches mágicas en que ninguno de los dos tenía ganas de discutir, y si uno hablaba el otro conseguía incluso escucharlo–. Chist –repetiría él. Y luego diría–: Cuando dos personas se quieren como nos queremos nosotros, nada podrá separarlas nunca», afirmaría Matteo, mirando hacia el sol que, grande y naranja, justo en ese momento caería al agua, crepitando, como diciendo él también «chist».

Pero faltaba tiempo aún antes de que llegáramos a esa playa y afrontáramos juntos la espinosa cuestión de nuestra posible relación de parentesco.

Ahora tenía muchas otras cosas en qué pensar, y debía hacerlo sola.

Por ejemplo en Eva Brandi que, aunque yo estaba segura de que había elegido matricularse en un instituto de humanidades, pues no, ahí estaba otra vez dando la vara: ahí estaba, en el instituto de ciencias, con Matteo y conmigo, en la misma clase.

Y aún había más: si yo había vuelto del verano con cuatro centímetros más, y Matteo con pelillos oscuros encima del labio, Eva Brandi parecía haber logrado lo que yo suplicaba en mis oraciones nocturnas: había hecho intercambio.

Pero en lugar de transformarse en un objeto, había seguido el proceso contrario: de un fideo alto y flaco como era, se había convertido en una chica.

Era suya esa sonrisa dorada que yo le pedía a mi libro de álgebra, antes de dormirme por las noches. Porque desde que había vuelto de vacaciones, Eva Brandi no hacía más que sonreír, sin saberlo. Sonreía con unos labios resplandecientes de brillo de labios con aroma a melocotón, y con todo lo demás: con el pelo, que hasta el año anterior siempre llevaba recogido en una mísera coleta o en una trenza y que ahora en cambio le caía suelto sobre los hombros, suave, fragante y largo, mientras que el mío parecía una planta trepadora de la que nadie cuidaba. Sonreía con esos ojos claros suyos, que siempre habían sido de un gris bastante soso, pero ahora lanzaban destellos y mandaban extrañas señales luminosas que parecían decir mírame, mírame, mírame. Pero, sobre todo, Eva Brandi sonreía con los tremendos pechos que le habían salido.

–¡Llevar una talla de copa tan grande es un rollo, Mandorla, qué suerte tú que puedes ir por ahí sin sujetador! –se quejaba de vez en cuando, porque ésa era otra novedad: Eva Brandi se había vuelto simpática. Hasta conmigo. Y cuando me confiaba su perplejidad, ante esas dos cosas enormes que habían estallado fuera de su cuerpo en un verano, no lo hacía como alguien que en realidad lo que quiere es atraer la atención sobre algo de sí mismo que finge odiar y que en verdad le encanta.

No; parecía sinceramente que para ella eso fuera un problema. Y era eso, creo, lo que los chicos de nuestra clase, y poco después los de todo el instituto, encontraban irresistible. La mezcla de timidez e irrefrenable feminidad, de estupidez pero también de infinita ternura que prometía la sonrisa de Eva Brandi.

Huelga decir que, con los nuevos pensamientos sobre Matteo que me llenaban la cabeza, la presencia constante de una chica como Eva Brandi me sacaba de quicio.

–Eres tú mil veces mejor que ella –me aseguraron Paolo y Michelangelo un día que vinieron a recogerme al instituto sólo para ver a esa chica de la que les hablaba a todos a todas horas, porque no conseguía revelarle a nadie el verdadero secreto titulado *Matteo* que ocupaba mi corazón–. ¿No te das cuenta, Mandorla, de lo impúdica que es la belleza de esa chica? Al cabo de un rato empalaga. Mientras que mujeres como la mujer en la que tú te convertirás no cansan nunca. Al contrario, suponen un continuo descubrimiento. Las que son como Eva Brandi lo mejor de sí mismas lo dan ahora: el resto de sus vidas no es sino una triste e inevitable nostalgia de lo que fue. Su destino no es más que un melancólico *wonderbra*.

–¡Pero si no es más que una indecente! –Fue en cambio la opinión de Tina, absolutamente escandalizada al comprobar lo ceñidos que le quedaban a Eva Brandi los bodis ceñidos.

–Ya le gustaría a ella ser tan original como tú. –Caterina (que, sin querer, me estaba haciendo tristemente notar hasta qué punto no bastaban un par de zapatos y una mochila como los de todos los ONME para convertirme yo también, de una vez por todas, en una de ellos).

–No vale nada. Parece esa actriz tan sosa que sale en la segunda película de Muccino. –Esto lo dijo Samuele.

–Una chica de chicha y nabo para hombres tontos. –Este comentario fue de Lidia.

–Guapa sí que es –reconoció en cambio Lorenzo. Y quizá fuera precisamente su sinceridad lo que hizo que, entre todos, lo eligiera a él para confiarle mi tormento. Pensándolo bien ahora, fue algo de verdad absurdo que el ser humano más incapaz de vivir en el mundo real que he conocido en mi vida ese día me pareciera el más capaz de comprenderlo.

Porque para los demás vecinos ya se había convertido en una costumbre: «Lorenzo Ferri no es capaz de decir la verdad ni sobre el tiempo que hace», decían. O también, los más benévolos: «Ferri es un escritor, un intelectual, habla siguiendo un esquema de pensamiento que sólo entiende él y que a todos los demás nos resulta incomprensible».

En mi opinión, ni unos ni otros entendían nada.

¡Porque Lorenzo no podía definirse exactamente como un mentiroso y porque ojalá hubiera seguido un esquema de pensamiento desconocido para todos nosotros pero evidente para él! Ojalá.

–Mira, Mandorla –me explicó un día Lidia–, los verdaderos mentirosos mantienen cierta relación con aquello que traicionan, no lo pierden de vista: lo tienen bien presente. Lorenzo, no. Desde el momento en que se hace intérprete de un hecho, ese hecho deja de existir incluso dentro de él. Quieres preguntarte dónde está la verdad: pero se ha perdido y ya está, porque, en su corazón, las cosas no se quedan dentro: desaparecen, por decirlo de alguna manera. Tú misma comprenderás que una vez que una cosa desaparece, es muy difícil saber qué era esa cosa en su origen.

Y quién sabe si, aparte del juicio imparcial con respecto a Eva Brandi, no fuera también la certeza de que Lorenzo no tardaría en olvidarse de nuestra charla lo que me convenció de querer sincerarme con él.

–Lorenzomeheenamorado –le dije de un tirón, sin respirar, cuando estábamos aún en su moto, camino de casa de vuelta del instituto.

–Me he enamorado –le repetí, una vez en casa, cuando nos tiramos sobre el sofá donde él hacía un poco de todo, desde leer hasta dormir, escribir, fumar, mirar el techo y dormir.

–Hay cosas que pasan, tarde o temprano: es un poco como el sarampión, no te puedes librar –comentó él, empezando a liarse el primero de la serie infinita de porros que habrían de acompañarlo aquella tarde y que, a diferencia de cuando era pequeña, ahora sabía perfectamente lo que eran.

–¿Y...?

Eso también lo sabía, a Lorenzo había que estimularlo a base de «¿y...?» para sacar algo bueno de él.

–Y ahora prepárate a tragar una buena cantidad de basura, mi querida Mandorla.

–¿Por qué, porque estás seguro de que Matteo Barilla nunca podrá corresponderme?

Pronunciar ese nombre incandescente me hizo ponerme colorada. Lo he dicho, oh, Dios mío, oh, Dios mío, oh, Dios mío, lo he dicho, pensaba. Pero Lorenzo ni se dio cuenta siquiera. Seguía liándose su porro, recuperando con el meñique hasta el pedacito más microscópico de hachís que se escapaba del papel. Le había revelado por fin a alguien quién era el chico imposible de mis sueños, y él a saber en lo que estaría pensando: a lo mejor ni siquiera me había oído. Sí, sí. Porque, casi siempre, Lorenzo andaba siempre absorto en algo que poco o nada tenía que ver con la persona que en ese momento diera la casualidad de que tuviera delante. Si mientras tanto hubiera estallado un terremoto, a lo mejor ni siquiera de eso se habría dado cuenta, a no ser que se hubiera abierto una vorágine que justo se hubiera tragado su sofá.

–¿De verdad quieres saber lo que pienso, Mandorla? –me preguntó.

Y fue entonces cuando comprendí que no me había entendido, y que quizá, bien mirado, fuera mejor así, pero le indiqué con un gesto que sí, que claro que quería saberlo.

–Si esto del amor no es una chorrada que has leído en algún lado, o que quizás hayas visto en una película, si de verdad es cosa tuya, entonces debes vivirlo, no te queda otra.

–No te sigo. –No lo seguía.

–Bien, como te decía –suspiró–, de todas partes nos llega el mensaje de que amar es algo bello. Piensa en los cuentos que os cuentan a las mujeres de pequeñas. Blancanieves y la Bella Durmiente habrían dormido durante toda su vida si no hubiera llegado el Príncipe Azul para despertarlas. ¿Y Cenicienta? Habría seguido limpiando y fregando. ¿O no?

–¿Sí? –¿Qué otra cosa podía decir?

–Sí. O mejor dicho: no. Es decir: sí, nos atormentan con la promesa de que cuando encontremos el amor podremos considerarnos de verdad realizados, pero no: no es verdad. ¿Quién ha decidido que alimentar a los hijos del Príncipe Azul era mejor para Blancanieves que dormir toda la vida, rodeada del cariño de sus amigos los enanitos, a los que, seguramente, en cuanto se convirtió en madre, demasiado ocupada con la casa, los pañales y todo lo demás, no tenía tiempo ni de llamar por teléfono? ¿Eh? ¿Quién dice que era mejor eso?

–Pero pobres enanos... –no podía evitar pensar.

–¡Pobres enanos, Mandorla, bravo, eso es! Pobres enanos. ¿Y el hada de la Bella Durmiente? ¿Cuántas veces piensas que irá a verla, la muy tonta, cuando tenga que ocuparse de limpiar la plata del castillo al que se ha ido a vivir, o cuando tenga que apuntar a los niños a clases de equitación, ¿o es que según tú no van a saber montar a caballo los hijos del hijo del rey?

–¡Pobre hada!

–Pobre hada, desde luego. Pero... –y le dio la última

calada a la colilla de porro que ya le estaba quemando las yemas de los dedos– ... es justamente quien está del lado de los siete enanitos y del hada quien puede salir airoso.

–¿En qué sentido?

–En el sentido de que si todas esas chorradas, desde Perrault hasta los anuncios de platos preparados, no te han hecho mella, si de verdad no ves nada positivo en que la especie humana se perpetúe a través de la cópula y de lo que de ella deriva, cuando te ocurre que conoces a alguien o que te vas a vivir con alguien, bien: puedes estar seguro de que no estás obligado a hacerlo. Que ésa es la expresión exacta de tu voluntad.

–¿Me lo explicas mejor?

Me interesaba demasiado la cuestión como para que me preocupara quedar como una tonta.

–Pues yo por ejemplo, Mandorla. Antes de conocer a Lidia, desde luego mi ideal de mujer no tenía nada que ver con ella. Me gustaban las mujeres deprimidas, mundanas, un poco putas, fieles a la morfina, al anhídrido acético. No me veía para nada con una mujer que no se diera preventivamente por derrotada en la lucha contra la existencia, no me parecía nada atractivo, pero nada de nada, el afanarse en resistir. –Lamió un pedazo de papel de fumar para cerrar otro porro–. Y entonces llegó Lidia. Tan eléctrica, tan deseosa de expresarse, tan hambrienta de emociones fuertes, con ese interés sincero que siente por los demás seres humanos, con esa herida del divorcio de sus padres siempre abierta, con esa disparatada certeza que tiene de que uno se puede salvar, de alguna manera, de este vacío infinito que hay, como ella lo llama.

–¿Y...?

–Y al principio pensé: pero ¿qué quiere esta tía de mí? Me acuesto con ella un par de veces (porque tenías que verla, Mandorla: Lidia sigue siendo una mujer guapa, desde luego, pero en aquella época era increíble, con ese cuerpecito de asceta y ese aire tremebundo a lo Zelda Fitzgerald), y luego adiós, si te he visto no me acuerdo.

–¿Y en vez de eso qué pasó?

Increíble pero cierto: estaba emocionada. ¿Qué le voy a hacer si no tenía ni idea de quién fuera esa Zelda, pero lo que me estaba contando Lorenzo me parecía el principio de la historia más romántica que había escuchado en mi vida? Más romántico que las cosas que me contaba Lidia, más romántico que Blancanieves, la Bella Durmiente y Cenicienta juntas. Y ello pese a que, desde que había empezado a hablar, la voz de Lorenzo no se hubiera permitido nunca ni la más mínima alteración, ni el más mínimo tono íntimo, ni la más mínima señal de emoción. Da igual: el caso es que a mí sí me emocionaba.

–En vez de eso... en vez de eso seguimos aquí. Los primeros tiempos, sin embargo, ésos sí que fueron heroicos. Le habré puesto mil cuernos, puede que ella también (pero, al contrario que ella que, mujer como es, lo quiere saber todo siempre, yo no tengo el más mínimo interés en saberlo: gracias), nos dejamos, volvimos juntos y nos dejamos de nuevo. No quería resignarme para nada a pensar que me hubiera atrapado: fíjate cómo sería que, por pura cabezonería, dejaba mi neceser en el salón, como para decirle: mira, guapa, hoy estoy aquí contigo, pero mañana quién sabe. Y, sin embargo, la realidad era que ya vivía aquí con ella. Hasta que un día, ¿sabes lo que hizo Lidia? Me dijo: basta, ya está bien. Así como te lo cuento, querida Mandorla. Basta, me dijo: si de verdad te molesta tanto estar conmigo, éste es el momento de coger la puerta y largarte. Así, tal cual.

Basta, repitió. ¡Su intención era desafiarme! ¿Y adivinas lo que ocurrió? Pues que ganó, joder, ganó. ¡Basta! Y yo ese día comprendí que no: no me bastaba en absoluto. Entonces ¿quieres parar ya de humillarme y de despreciar cada día la vida que llevamos juntos?, me preguntó ella. –Por fin, en la pasta de la voz de Lorenzo se abrió una rendija: duró apenas un instante, pero sentí el aliento de algo que tenía que ver con ese día, con Lidia que le decía ya basta, con él que pensaba no, no me basta–. Y yo contesté que sí, que paraba. Que paraba con esa obsesión: puedo parar. Con tantas otras cosas que tienen que ver conmigo y que te hacen daño, no, no podría, porque dentro de mí pensaré siempre que, como la vida no tiene sentido, mucho menos podemos tenerlo tú y yo. ¿Está claro eso? Para mí era importante subrayarlo. Siempre tendrás la sensación de estar con alguien que no es capaz del todo de estar a tu lado, Lidia: lo sabes, ¿verdad? Porque si aceptas eso, yo acepto de una vez por todas que aunque no tengas nada que ver en absoluto con lo que imaginaba que era adecuado para mí, no pasa nada: eres mi dependencia.

No pude evitarlo: las manos escaparon a mi control y se juntaron en un aplauso.

–Pero ¿qué estás haciendo? ¿Aplaudes? –me preguntó él abriendo unos ojos como platos.

–Pues sí –podía ser sincera–, me alegro de que siguierais juntos. ¿Qué le voy a hacer?

–¡Mandorla, entonces no es verdad que estés del lado de los enanos! –me regañó él, pero se veía que tenía ganas de reír–. ¡Lo que ocurrió ese día es una tragedia! ¡Te he dicho que los años heroicos fueron los primeros! Intenta imaginar un superhéroe que pierde sus superpoderes: así es como me sentí yo. Aunque, desde luego, quiero que sepas que no me transformé del todo en un gilipollas al que Lidia pueda definir como su novio con ese maldito orgullo con que lo hacen todas las demás mujeres. Vamos, hombre, si yo no sé cuidar ni de la punta de mi dedo gordo, ¿cómo podría cuidar de ella? Pero Lorenzo el Superhéroe era de otra pasta: él sí que era de verdad grande... ¿Quieres que te confíe una cosa, Mandorla, ya que estamos? Hoy por hoy, aunque de manera del todo accidental, me he vuelto incluso fiel... Lorenzo el Superhéroe esto no me lo perdonará nunca. Pero de verdad que no he podido hacer nada, no puedo hacer nada.

–¿No has podido hacer nada con respecto al hecho de que quieres a Lidia?

–Vamos, Mandorla, de verdad, haz un esfuerzo por recomponerte: ¿qué pregunta es ésa? Sí, si quieres te contesto que sí. Pero no creas que quiero a Lidia, si me obligas a expresarme así, porque me fascine su carácter, me admire su inteligencia, me intriguen las cosas que hace u otras chorradas por el estilo. Ni yo mismo la entiendo cuando se pone a decir esas cosas tan retorcidas que dicen las mujeres que en general se creen mucho más sensibles que nosotros, esas cosas para las que mi chica, en particular, debe de ser fuera de serie si hasta le pagan por contarlas en la radio.

–Entonces ¿por qué?

–Por qué ¿qué?

–¿Por qué la quieres?

–¡Y yo qué sé, Mandorla! Ése, precisamente ése, es el quid de la cuestión: no sé por qué quiero a Lidia. Te respondería que por cómo le queda el mono de paracaidismo, por cómo se corre cuando hacemos el amor, porque se acuerda de ponerle la loción antipulgas a *Efexor*. Pero sé que sólo te puedes fiar de cosas así.

–¿Yo?

–Sí, tú.

–Pero ¿cuándo?

–Cuando te enamoras. Fíate sólo de cosas que no tengan nada que ver con absurdos valores de mierda.

–¡Los valores de mierda de Blancanieves!

–Eso es, muy bien. Eres de verdad una chica extraordinariamente consciente.

–Gracias.

–No te engañes: los chicos extraordinariamente conscientes un buen día se convierten en adultos gilipollas e inconscientes, como todos los demás.

–Ah.

–¿Quieres una calada? –me dijo, tendiéndome el porro–. ¿Qué me dices?

–¿Puedo? –Hasta ese momento, nunca había fumado ni un simple cigarrillo siquiera–. Sabe a zapatilla de deporte sudada.

Parecía disgustado. Como si lo que de verdad lo conmoviera fuera la humillación de ese pobre porro ofendido, y no lo que me había contado de su historia con Lidia. Era obvio: el porro no era un ser humano, pero Lidia sí, por lo que habría podido hacerle daño. Mejor defenderse. Si él fuera mi padre, ello explicaría de quién me viene ese vicio tan feo de preferir las cosas a las personas, pensé. Pero ahora (precisamente esta noche, precisamente aquí), me parece que –si fuera él mi padre– mi condición no sería menos absurda de lo que lo ha sido en estos once años. En fin. Empiezo a creer que se puede ser de verdad padres o hijos sólo dentro de nosotros mismos, más allá del papel que la vida nos asigna y que, sólo por casualidad, puede corresponderse con aquello para lo que más aptitudes tenemos.

Por ejemplo, si tuviera que trazar una línea en la pizarra, como hacía mi maestra de primaria para separar a los buenos de los malos, lo haría así:

PADRES	HIJOS
Tina Polidoro	Lars Grò
Caterina Grò	Samuele Grò
Paolo De Santis	Michelangelo Arca
El ingeniero Cesare Barilla	*Efexor*
Carmela Barilla	Lorenzo Ferri
	Giulia Barilla

Detrás de la pizarra, en esa época, habría escrito, además:

MATTEO BARILLA ♥

Pero esto ahora no viene para nada a cuento.

Volviendo por el contrario al lado de la pizarra más interesante, no sabría muy bien si escribir a la izquierda o a la derecha el nombre de Gianpietro Costanza y de Lidia, que unas veces me parecían formar parte de una categoría, y en otros momentos, de la otra.

Porque (justo esta noche, justo aquí) me parece evidente que, por decirlo como lo haría Tina, hay quien es capaz de cuidar de los demás (y, por lo tanto, es padre), y quien no es capaz en absoluto (porque es hijo). Yo soy un caso que habría que estudiar en un laboratorio, me temo: en el sentido de que me esfuerzo al máximo en querer ocuparme de quien me interesa, pero está claro que me equivoco en algo, visto que estoy donde estoy precisamente porque quería ayudar a mi Gran Amor.

Lorenzo en cambio es un caso muy simple desde este punto de vista: no sabe cuidar ni de la punta de su dedo gordo del pie. Por no hablar ya de alguien que no sea él. Si tuviera que elegir al más padre de la categoría de los padres, elegiría, empatados en méritos, a los Barilla, el ingeniero y su señora. Y si tuviera que elegir al más hijo de los hijos, ése sería Lorenzo.

«Es que tú no pudiste ser un niño cuando te tocaba, y ahora se lo tienes que hacer pagar al mundo, como si fuera culpa de los demás si creciste en una familia de mierda», le grita Lidia cada vez que él parece poner todo su empeño en sacarla de quicio y le responde mal o no le responde en absoluto.

Según ella, la cosa es que si alguien no pudo comportarse como hijo cuando era pequeño, luego se comporta así el resto de su vida.

A mí este tipo de ecuaciones algebraicas me parecen las más imposibles de verificar en absoluto: si no, no se entiende que dos personas como Matteo y Giulia Barilla se hayan criado en la misma familia pero hayan sido siempre tan diferentes entre sí.

Aunque, desde luego, tener como padre a un hijo sería la guinda perfecta para coronar la absurda tarta de cinco pisos que ha sido mi vida; al menos hasta esta noche, al menos hasta aquí.

Porque ¿qué hace una hija si tiene a un hijo como padre?

A mí, por ejemplo, esa tarde, después de toda esa charla, sólo me apetecía coger en brazos a Lorenzo y acunarlo, utilizando su porro como biberón. Para que vea, Pavarotti.

–Eh, Lorenzo –le dije, para que volviera conmigo, porque su cabeza lo estaba llevando lejísimos.

–¿Eh?
–Aunque no me haya gustado el porro...
–¿Qué pasa?
–De todas maneras vivan los enanos.
–Siempre.

Octubre de 1967

–¡Anda, Lorenzo, repítele a todo el mundo lo que me dijiste ayer a mí nada más volver de tu clase de piano! –lo exhorta su madre.

Inmediatamente, las perezosas miradas de los amigos que sus padres han invitado a cenar se centran todas en él.

–¡Sí, sí, Lorenzo! –interviene también su padre. Pero justo en ese momento suena el teléfono, y él se levanta para contestar desde su despacho–: ¡No seas tímido y cuéntanoslo! –Se las apaña sin embargo a ordenarle, dándole la espalda para salir.

–¿Sabéis a quién me recuerda Lory? –pregunta una mujer filiforme. Es una poetisa bastante conocida, perdida siempre en los meandros de una vaga oscuridad o en los de una absurda euforia, como esa noche–. A la Melancolía *de Durero. No sé por qué... pero lo veo perfectamente, con esos ojazos suyos tan intensos, en el lugar del querubín alado: ¿no os parece?*

–Pero ¿qué dices? –la regaña cariñosamente su marido, un psiquiatra que de un modo u otro siempre se las agencia para calzar en todo lo que dice alguna mención al período en que estuvo haciendo psicoanálisis con Jacques Lacan en persona–. Lorenzo no es en absoluto melancólico. Al menos no en los términos canónicos en

que se puede hablar de melancolía. Si te refieres a lo que sostiene Klein, quizá sí, pero según Lacan, yo diría que... –Y, en ese momento, por debajo de la mesa, la madre de Lorenzo restriega su rodilla contra la del psiquiatra. Es nuestro secreto, les gusta pensar a los dos, aunque después de nueve años en realidad ya no sea un secreto para nadie: por otro lado, como todo el mundo dice, si el profesor Ferri se divierte con sus alumnas de último curso de Paleontología, ¿qué tendría que hacer su esposa? ¿Quedarse mirando? Ella es la mejor traductora literaria del ruso de toda Italia, es una mujer culta, que ha estudiado, una mujer que se conoce de memoria el libro de Betty Friedan y que lucha todos los días contra la mística de la feminidad y por los derechos de las mujeres: así que como para no permitir que se exprese su propia mística femenina y que se le reconozcan sus derechos...

Mientras tanto, el padre de Lorenzo ha terminado de hablar por teléfono y vuelve al salón:

–Bueno, ¿qué, Lorenzo? ¿Piensas dejarnos así? ¿Como Vladimir y Estragón?

Papá, por favor, basta: sólo quiero irme a mi cuarto a jugar con mis juguetitos, querría decir Lorenzo. Pero sabe perfectamente que en su casa no están permitidos los caprichos porque la posibilidad de un diálogo abierto entre padres e hijos no los prevé, y además sabe que si dijera «juguetitos» se armaría una buena, porque emplear un diminutivo sea quizás aún más grave que mostrarse caprichoso: así es que mira a Clelia, la criada, buscando al menos en ella una pizca de solidaridad. Pero nada, esa noche está demasiado ocupada sirviendo la mesa.

–Vamos, Lorenzo, no seas tonto y cuéntales a todos lo que me dijiste ayer al volver de tu clase de piano.

Lorenzo concentra la mirada en el plato y por fin se decide a hablar.

–Te dije que a lo mejor no debía deprimirme si me había regañado el profesor de piano, porque tiene razón Hemingway cuando dice que el que es valiente muere mil o dos mil veces si es inteligente, pero de todos modos sigue adelante.

De toda la mesa se alzan pequeñas risitas delicadas.

–Pero ¡si tenemos a un minicomandante Che Guevara entre nosotros!

–Tienes razón, Lory: ¡brindemos por el valor!

–¡Por el valor, sí!

–¡Viva!

–Clelia, perdona, ¿puedes traer los vasos para el vino dulce, o pretendes que lo bebamos directamente de la botella?

–Por el valor.

Oh, palabras
que vivís en el cuarto piso,
hagamos un intercambio:
yo me convierto en vosotras
y llego directa al meollo
de la cuestión,
vosotras os convertís en mí
y con mucho cuidado
hacéis lo mismo:
¿os parece un poco tonto
este intercambio?
Confiad en mí, sé lo que me digo:
llegar al meollo
de la cuestión
en nombre de otro
es mucho más práctico:
no hay comparación,
¡sólo hay que poner el piloto automático!

Cuántas, cuántas palabras en esos dos años.

Sumando en un día las de todo el resto del edificio, puedo afirmar sin temor a equivocarme que el total nunca habría superado a las que revoloteaban por el cuarto piso. Ya fueran palabras escritas por Lorenzo en sus libros o en sus artículos, o palabras vomitadas por Lidia en la radio o hablando por teléfono con sus amigas, o bien palabras empleadas en una discusión, para comentar un disco, un salto en paracaídas o una tienda o palabras cortadas a medida para mí: eran muchísimas, demasiadas. Ocupaban todo el espacio que las personas solían ocupar haciendo algo: hay por ejemplo quien plancha, quien se marcha a estudiar a Londres, quien elige un nuevo color para las paredes o quien pasea. Pero al menos de vez en cuando se está callado.

Lidia y Lorenzo, no. Jamás.

Lo hacían todo con palabras, ellos. Incluso cuando escuchaban, ¿cómo explicarlo?, ¡escuchaban hablando!

Si bien es verdad que cuando era más pequeña me gustaba escucharlos días enteros, ahora a veces los encontraba de verdad insoportables. ¡Basta ya!, llegaba a veces a pensar. ¿Será posible que una experiencia no os parezca nunca suficiente per se? ¿Será posible que siempre sintáis la necesidad de analizarla al microscopio y declarar lo que a cada uno os parece ver en ella?

Quién sabe.

A lo mejor le tenía un poco de manía a esa cantidad anormal de palabrería, porque si a Lidia y a Lorenzo les servía para matar el tiempo, yo en cambio no sabía de verdad qué hacer, a fin de cuentas.

Cuando por ejemplo Matteo Barilla me llamaba al telefonillo, ¿dónde quedaba todo lo que Lidia contaba sobre la necesidad de expresar, a toda costa, los sentimientos? Todas esas palabras me miraban y se burlaban de mí, pues después de haber pensado toda la noche en Matteo, después de haber invocado su atención en mis oraciones, cuando lo tenía delante sólo acertaba a asentir con la cabeza a todo lo que él decía, porque sus pestañas, al abrirse y cerrarse, tenían la capacidad de pulsar una tecla que yo tenía en la cabeza y entre las piernas (que antes de entonces no imaginaba siquiera que pudiera tener). Qué desastre. ¿Cómo podía imaginarse Matteo cuando me hablaba, que yo, en lugar de escucharlo, estaba ocupada en desenmarañar los circuitos de la central eléctrica que él encendía dentro de mí? ¿Qué podía saber él de lo difícil que era apagarla una vez que se ponía en marcha ella sola? Nada, no podía saber nada. Así es que mi cara de tonta debía de parecerle simplemente una cara de tonta, no la única máscara de la que disponía para ocultar el cansancio que me provocaba controlar los movimientos de esas dos teclas, mientras él charlaba de la mar y los peces.

No hay mayor injusticia que querer darle a alguien lo mejor de ti con todas tus fuerzas y acabar por darle exactamente lo peor.

Pasar una noche en la cárcel aunque no hayas hecho nada malo me parece incluso una injusticia menor, comparada con ésa.

Sí, sí.

Porque ahí estaba yo, a los catorce años, con Matteo Barilla: ahí estaba yo con el corazón desnudo, delante de él, y con la máscara de Cara de Tonta.

Ahí estaba yo dándole la razón, riéndome sin motivo, ahí estaba yo respondiéndole que sí, incluso y sobre todo cuando pensaba lo contrario.

Si por ejemplo se había peleado con sus padres y se ponía a decir que eran las peores personas del mundo, yo me declaraba enseguida de acuerdo, aunque los Barilla fueran los padres más padres que conocía y aunque conmigo fueran siempre de una generosidad exagerada. ¡Hasta me habían regalado un móvil por mi último cumpleaños, y del modelo que debía ser, idéntico al de todos los ONME! ¿Y yo, qué decía yo? Pues yo, con tal de no decirle: «¿Sabes una cosa? Pues que te quiero», le decía que su padre y su madre eran unos gilipollas, pobre Matteo. Y, en cambio, cuando él no tenía nada de qué quejarse, entonces me parecía buena idea quejarme yo, del álgebra y del latín: dos temas estos que, bien considerado, no diría yo que encabecen la lista de los que pueden contribuir a hacer que alguien parezca fascinante.

Hasta que llegaba al máximo de ese penosísimo mínimo: y lo invitaba a hacerme confidencias.

–Vamos, si soy prácticamente tu hermana. –Pues sí, se lo recordaba–. ¡Si te gusta alguien a mí me lo puedes contar!

Matteo, naturalmente, no se hacía de rogar y se ponía a darme la lista de todas las chicas que, según él, eran las más guapas del instituto, a contarme que con una de ellas había ido al cine y se habían besado pero nada más, sin lengua siquiera, y que con otra en cambio sí se habían besado con lengua, pero que ella tenía demasiados granos para su gusto.

Dónde estaban entonces todas esas parrafadas misteriosas de Lorenzo, que me habría gustado copiar para resultar misteriosa yo también, cuando por el contrario parecía que me esforzara por parecer más idiota de lo que ya era en realidad, y al menos una mañana sí y otra no le soltaba a Matteo: «¿Y qué te parece Eva Brandi?». ¿Qué hacía yo de todas esas palabras sin prejuicios que habitaban el cuarto piso si me quedaba completamente muda cuando Matteo contestaba: «¡Pero si Eva Brandi es inalcanzable!».

Completamente muda: y cuantas más ideas me atestaban la cabeza, menos se me ocurría decir.

Por otra parte, también me quedé así, completamente muda, cuando Cate me invitó a cenar a su casa para presentarme a Pavarotti, el abogado. Me cayó bien enseguida (y no lo digo porque ahora mi destino esté en sus manos), pero ¿qué podía hacerle? Estaba acostumbrada a ver a Samuele sentado en ese taburete, presidiendo la mesa. De modo que trataba de entender dónde estaba esa línea invisible traspasada la cual se vuelve a empezar desde el principio, desde cero, y los sitios de una mesa se vuelven a repartir solos. Después, naturalmente, se abrió el diálogo:

–¿Quién te gusta más, Samuele o Pavarotti?

–¡Qué tendrá que ver una cosa con la otra, a Samuele lo quiero mucho, no se puede comparar!

–Entonces, según tú, ¿Cate tendría que haberlo perdonado?

–Yo no he dicho eso, pero...

Y cosas así: como de costumbre, era un debate que se desarrollaba dentro de mi cabeza, mientras parecía muy concentrada en comerme la lasaña que había preparado Cate, y sonreía con la máscara de Cara de Tonta que ahora llevaba casi siempre.

Porque, evidentemente, por dentro se me había roto del todo ese engranaje que transforma las cosas que hay que decir en palabras sinceras.

Febrero de 2008

–La lasaña estaba exquisita, Cate –comenta Luciano Pavarotti mientras quita la mesa, con la naturalidad algo forzada de quien empieza a moverse en una casa cuya familiaridad quiere ganarse lo antes posible.

–Gracias.

Cate le sonríe. Mandorla ha vuelto a casa de Lidia y Lorenzo, Lars se ha decidido por fin a irse a la cama, y ella puede dar por terminadas las obligaciones del día. Descalza, con las piernas, fuertes y blancas, apoyadas en alto sobre una silla, saborea un vaso de licor de mirto.

–¿Y qué te ha parecido Mandorla? –le pregunta.

–Es de verdad una niña especial –contesta Luciano–. Un poco tímida, desde luego, pero especial. Aunque, a decir verdad, no he entendido qué...

–¿Qué no has entendido? –lo interrumpe Cate.

–Cariño, ¿por qué te pones nerviosa?

Cate ha bajado las piernas de la silla y se las abraza contra el pecho. ¿De qué quiere defenderse?, se pregunta Pavarotti que, a fuerza de estudiarla, está aprendiendo deprisa a conocerla.

–¿Qué no has entendido? –insiste Cate.

–No he entendido cómo es que, si Mandorla es la hija adoptiva de la señorita Polidoro, ha vivido aquí con vosotros y ahora vive en el cuarto piso, con el escritor y la

locutora de radio –contesta él, seguro de tranquilizarla con su respuesta–: ¿Por qué pones esa cara? Es una curiosidad como otra cualquiera, ¿no?

No, piensa Cate. No es una curiosidad como otra cualquiera.

–Luciano, siéntate.

Trata de que no se le note la tensión, pero Luciano es diferente de Samuele (Luciano es diferente de todos) precisamente porque no se aprovecha de la versión de sí misma, equilibrada y fuerte, que Cate, por comodidad, prefiere dar a los demás.

Y tanto que no:

–Cate, ¿qué ocurre? –le pregunta, enseguida inquieto: se sienta a su lado y le coge la mano.

Cate necesita respirar hondo para sacarse de dentro todos esos años de su matrimonio. Y luego otra vez, para inspirar, junto a la bocanada de aire, la necesidad de decirse yo soy esto, yo soy ésta, para que al final no se vaya todo a la mierda (o Luciano se acabe yendo con chiquillas adolescentes con tatuajes).

–Luciano, tienes que saber que todos los vecinos de este edificio queríamos mucho a la madre de Mandorla. –Respira hondo una vez. Dos. Y prosigue–: Cuando murió...

Y empieza a contar.

Lo del funeral, lo de la carta, lo de la decisión tomada ocho años antes, lo de la necesidad de reafirmarse en esa decisión desde el momento en que Mandorla descubrió casi todo lo que tenía que descubrir.

No omite ni un solo detalle.

Lo revela todo.

Hace exactamente lo que el ingeniero Barilla les había urgido a todos que no hicieran nunca jamás con nadie que no viviera en la calle Grotta Perfetta, 315.

Pero ahora Luciano vive aquí, piensa Cate. Y sólo espera que siga haciéndolo, porque en los ojos con los que la está mirando ahora hay tanto reproche, tanta perplejidad que quizá ya no quede sitio para el amor.

–No nos parecía que tuviéramos más alternativa, Luciano –trata enseguida de justificarse. Y añade, con una angustia nueva que siente en ese momento, a la vez que descubre que es capaz de sentirla–: ¿Por qué no dices nada?

–Perdóname: me he quedado sin palabras –le contesta él. Pero sigue cogiéndole la mano, como no ha dejado de hacer durante toda esa confidencia interminable, inesperada e insostenible. Más aún: se la lleva a los labios y la besa. Aunque le parezca absurdo, de verdad absurdo, que en un edificio como tantos otros haya podido ocurrir una cosa como ésa.

Sí: ahora llevaba los zapatos de los ONME (botas de caña alta o zapatillas Nike cuando había gimnasia).

Tenía un móvil con cámara (en la pantalla salía una foto de *Efexor*).

La mochila con un tirante fino, para llevar al hombro, y uno ancho, para dejar colgando.

Y le había pedido a Lidia que me cortara el pelo por debajo de las orejas, como lo llevaban las ONME. No tenía vaqueros elásticos, pero mientras tanto ellas ya se habían pasado a los pantalones militares, por lo que, de una manera u otra, nos parecíamos también en eso. Vamos que, vista desde lejos, parecía de verdad una de ellos. Pero vista de cerca no habría podido engañar a nadie: era falsa, una imitación, como ese bolso grande de Tina en el que ponía ERMANI.

No sabría decir cuál era el detalle que traicionaba mi impostura porque, de haberlo sabido, es obvio que habría tratado de perfeccionarlo. Lo habría borrado con Tippex, como hacía con los errores en las traducciones de latín.

Pero nada, no había manera. Porque no se trataba de un detalle concreto que hubiera podido eliminar, o de una camiseta que hubiera podido ponerme, ya lo tenía claro. Llevaba encima por todas partes la condena de no ser una ONME de marca.

Como si eso no fuera suficiente, seguía necesitando a Cara de Tonta cuando Matteo aparecía, aunque sólo fuera de lejos, tanto en el portal de casa como en clase. Cara de Tonta: siempre. Por no hablar de cuando Eva Brandi, el último día de aquel primer y eterno curso de instituto, con su camiseta de tirantes blanca empapada del agua de las jarras del comedor que, naturalmente, nuestros compañeros habían decidido verterle sólo a ella, me susurró al oído vamos al baño, tengo que hablar contigo. Y nada más cerrarse la puerta a nuestra espalda acercó sus labios con aroma a melocotón a mi oído y empezó a contarme.

–Es el de quinto B, el capitán del equipo de baloncesto. Llevábamos un par de meses mirándonos durante los recreos, pero nada más. Hasta que anteayer, Mandorla, salgo de clase de baile y me lo encuentro en la puerta del gimnasio. ¡Anda, qué casualidad!, le digo. Pero él me explica que no, que de casualidad nada porque hace semanas que me sigue a todas partes, y como ya son los últimos días de clase, y él este año termina el instituto, quería al menos invitarme a un helado. ¿Qué podía contestarle yo, según tú? ¡Vale, invítame a un helado! Y me monta en su moto y me lleva al bar del lago del Eur.

–¿De qué os pedisteis el helado? –le pregunté, pero por la expresión con la que evitó contestarme comprendí que era inútil esforzarme. La culpa no era mía: era de las palabras. No me sabían ayudar, y ya está.

–En el bar descubrimos que teníamos un montón de cosas en común –prosiguió ella–: somos del mismo equipo de fútbol, nos bautizaron en la misma iglesia, nos gustan los mismos grupos, aunque él prefiere Oasis a Linkin Park, pero bueno. Todo el mundo sabe cómo acaban estas cosas, ¿no? Cuando te pones a hablar de música, me refiero: lo demás luego viene por sí solo. Pero esta vez, Mandorla, esta vez no ha sido sólo un beso, vamos... –Y aquí los labios con aroma a melocotón de Eva Brandi se cerraron, se volvieron a abrir y de nuevo se cerraron. Por fin acertaron a decir–: ¡Vamos, que lo hicimos! En su habitación. Fue increíble, Mandorla. Él empezó a desnudarme superdespacito, y cada vez que me quitaba algo de ropa, me besaba los ojos. Yo de repente me asusté: ay, Dios mío, ¿qué braguitas llevo?, pensé. Porque, ¿te imaginas, Mandorla, qué corte si me hubiera puesto unas normales, blancas, de algodón? Por suerte eran de raso verde... De hecho él dijo que eran preciosas, nada más vérmelas al quitarme los vaqueros. Y yo le pregunté: ¿te gustan? Y él dijo: son preciosas, tú eres preciosa. Entonces ya casi estábamos, porque yo me había quedado así, sólo con las braguitas, y él ya estaba totalmente desnudo. ¿Y sabes qué hizo? Me lamió el ombligo. Me lo besó, durante muchísimo rato. Luego volvió a subir la cara, hasta acercarla a la mía, y me preguntó: ¿de verdad estás segura, princesa? Exactamente eso: ¿de verdad estás segura, princesa? Yo lo miré a los ojos y le contesté que sí, que estaba segura. Él fue superdulce y supertierno, Mandorla, te lo juro. A ver, un poco de daño sí que me hizo, porque la primera vez ya sabes cómo es, pero la segunda, en cambio, no sentí nada, me refiero a nada malo. Cuando, después de una horita o así, lo volvimos a hacer, fue como si hubiera volado al paraíso, y él, ¡no sabes cómo estaba él, Mandorla! Me dijo cosas maravillosas: que soy fantástica, que soy su ángel, que no ha visto ni en la tele una chica más perfecta que yo... Todo eso me dijo. Todo eso exactamente.

Todo eso exactamente, le dijo. Todo eso. Y, mientras Eva Brandi seguía susurrándome al oído los detalles de su tarde en el paraíso, yo me convencía a mí misma de que tal vez no fuera un problema mío únicamente porque quizá no existían en ninguna parte las palabras adecuadas para comentar esa confidencia en el baño de chicas del instituto, cuando sencillamente te das cuenta de que tienes delante a una mujer, una mujer de verdad, y te preguntas cómo narices vas a considerarte ahora tú también una mujer si tus braguitas son todas –sin excepción– de algodón blanco, normales, y si las cosas que esa mujer de verdad te está contando no sólo no las has hecho nunca sino que ni siquiera te las alcanzas a imaginar. Y eso no es todo. Además de no ser una mujer de verdad, ahí en el baño con Eva Brandi, tienes la confirmación definitiva de que tampoco eres siquiera una adolescente de verdad: si te enseñaran una foto de Oasis y otra de Linkin Park, ni siquiera sabrías distinguir quiénes son unos y quiénes los otros, reconócelo, te dices, porque sabe Dios a qué leyenda sobre Mundoperro, a qué proyecto de Samuele o a qué inútil angustia de Lidia estabas dedicando tu atención mientras todos los ONTE, pasando olímpicamente de ti –y no les faltaba razón–, se esforzaban por forjarse una cultura musical para así tener un día, ante un helado, un tema de conversación con el que empezar: y todo el mundo sabe que lo demás viene por sí solo.

Ese verano Lidia y Lorenzo me llevaron con ellos, y estuvimos dos meses recorriendo la India.

«El mundo es enorme, y tú tienes que verlo todo, tienes que conocerlo entero», me había deseado mi madre. Y ahora que podía empezar a verlo y a conocerlo, ¿qué hacía yo?

Pensaba sin parar en lo que me había contado Eva Brandi en el baño de chicas. Sin parar. Mientras paseábamos por los templos, Lorenzo me explicaba todos los días la importancia del nirvana para los budistas y la fuerza que te da considerarte una mera ilusión, pero no había nada que hacer: yo no lograba alejarme ni un milímetro de mis asuntos.

Me imaginaba una y otra vez a Matteo Barilla, completamente desnudo, quitándole unas braguitas de raso verde a una chica a la que hubiera conocido durante las vacaciones, llamándola princesa.

Y luego, todas las noches, después de rezar, intentaba imaginarme qué me habría recomendado mi padre que hiciera con Matteo. Michelangelo me habría dado un consejo, Samuele, otro, y el ingeniero Barilla, otro distinto: eso lo tenía muy claro.

«¡Díselo claramente, Mandorla! ¡Sal del armario!»

«¡Idos al cine!»

«"Matteo, la vida es un asco": empieza así. Verás como le pareces superatractiva.»

«Mi hijo es una persona seria como yo: tienes que demostrarle que, como esposa, el día de mañana serás mucho mejor que cualquier chiquilla con bragas de raso verde.»

«¿Y... ssssi... lololo... invvvvvitas a tttommmar u-u-u-n ttté?»

Era obvio que tener demasiados consejos significaba no tener ninguno que poder seguir sin vacilar: el problema era siempre el mismo, de una manera o de otra. Y, sin embargo, esa cosa sin forma, es decir, mi vida, tan lejana, a un continente de distancia, me parecía más soportable de lo que lo era desde su posición fortificada, por decirlo de alguna manera.

Además, todo lo que me angustiaba vivía en un mismo edificio: Matteo Barilla, mi padre y el hecho de que no pudiera ser la novia de uno y la hija de otro.

Por eso, nada más despertarme, intentaba hacer empequeñecer el edificio hasta reducirlo a una cajita de nada, para encerrar dentro todas las marionetas de lo que me atormentaba. Si existe una cosa tan rara como el huso horario, me decía, entonces significa que tenemos la libertad de cambiarlo todo como nos da la gana. Lo hacemos con el tiempo: ¡como para no poder hacerlo entonces con las dimensiones de las cosas! Hacía empequeñecer las ventanas, las puertas y los patios. Y también las personas.

A veces lo conseguía, y así durante el día podía complacer un poco a Lidia y a Lorenzo: pasmarme ante un mercado que olía maravillosamente a curry, una vaca que caminaba, plácida y flaca, en plena calle, el meandro de un río al amanecer.

Pero luego siempre llegaba el momento de irme a dormir. Entonces la cajita se abría sola y me obligaba a mirar lo que había dentro: en ese momento, aunque en Bombay fueran las once de la noche, en mi cabeza eran las siete y media, exactamente la hora que era en la calle Grotta Perfetta, 315.

Aunque, pensándolo bien ahora, quizá no habría estado mal, ese verano, que me hubiera dado la ventolera de irme –qué sé yo– a Kaza, donde termina el Himalaya.

Quién sabe, hoy quizá sería la primera monja budista.

Esta noche al menos no me vería obligada a estar aquí encerrada, donde de verdad da la impresión de estar dentro de una caja, de lo pequeña que es esta celda.

Pero ¿cómo habría podido imaginar, mientras un tren de vapor que parecía de juguete trepaba hasta el Tíbet, y

Lidia me decía «¡Mira!», señalándome un lama por la ventanilla, que a mi regreso a Roma estallaría un escándalo después del cual nada de nada volvería a ser como antes?

Se llamaba Palomo, Carnevale de apellido, tenía unos ojos que parecían forrados de moqueta negra, la nariz aplastada, un chándal naranja fosforito y un acento extrañísimo que era una mezcla entre el de Cate, que sonaba a montaña, y el de Lorenzo, que sonaba a ciudad.

Había suspendido el curso dos veces seguidas y por eso había decidido cambiarse de instituto. O, mejor dicho, era evidente que lo habían decidido sus padres por él, o vaya usted a saber quién, porque el primer día del segundo curso, mientras la profesora de lengua y de latín nos lo presentaba, él mascaba un chicle con la boca abierta y miraba por la ventana como si, sinceramente, no le importara un pimiento ni la profesora ni todos los que estábamos en esa aula.

–Palomo, como ese actor ridículo, seguramente medio marica, que hacía el papel de Don Juan del Diablo en ese culebrón que veía mi abuela...

–¡Palomo, como el hámster de mi prima!

–Palomo: pero ¿puede haber un nombre más absurdo?

Corrieron, entre los pupitres de los ONME, los típicos comentarios inevitables.

–¡Qué asco de chándal! –fue el de Eva Brandi que, por nuestro pacto de amistad en el baño de las chicas antes del verano, había querido sentarse a mi lado.

Después de los exámenes de fin de curso, el tío de quinto B se había marchado a hacer un Inter-Rail por España y no había vuelto a dar señales de vida: no le había mandado ni un mensajito al móvil. Pero para ella, según decía, había sido mejor, mucho mejor así. Porque mientras tanto había empezado a salir con un chico de segundo C, al que, sin embargo, al cabo de dos días le había dado por ponerse a montarle unos numeritos de celos que a Eva le habían parecido sencillamente inadmisibles. Por eso, antes de marcharse a Cerdeña, lo había mandado a la porra por Messenger (otro sitio en el que estaban todos los ONME y yo no, porque Lidia siempre me daba la vara con eso de que cuando más medios tienes para decir las cosas, al final terminas diciendo las cosas menos importantes, como si:

1. ella no dijera bastantes, aun sin tener Messenger;
2. para mí decir las cosas importantes no fuera ya imposible de por sí).

Bueno, a lo que íbamos. El caso es que vía Messenger o no, por suerte Eva había dejado a ese tío de segundo C, porque si no, según me dijo también, para serle fiel habría tenido que renunciar a un militar destinado en Génova que había conocido durante las vacaciones y que le había hecho ver de verdad lo que era estar enamorada. «Ésta es una relación seria», me aseguró. Tanto que, pese a los cientos de kilómetros que los separaban, estaban los dos muy decididos a llevarla adelante. Hasta se habían intercambiado el reloj como signo de amor eterno.

–¡Pero si parece un Teletubby con ese chándal! –añadió Matteo Barilla, sentado detrás de nosotras, como un eco al comentario de Eva Brandi.

Dentro de mí había esperado que verlo después de las vacaciones me hiciera ese extraño efecto que de vez en cuando me hacían los libros de los que Lorenzo me hablaba tan pero tan bien que, cuando por fin los leía, no podían sino decepcionarme un poco.

Pero no. Al contrario.

Si bien de vez en cuando me había preguntado a mí misma: «Pero ¿estás de verdad segura de que lo quieres, Mandorla? ¡Hasta el año pasado para ti Matteo Barilla ni siquiera existía!», nada más volver a verlo, en septiembre, se me disiparon de golpe todas las dudas. Estaba segurísima: aunque hasta el año pasado para mí Matteo Barilla ni siquiera existiera, nadie dice que no lo quisiera ya en mi subconsciente (de entre todas las palabras del cuarto piso, ésta era la más recurrente).

Sin embargo, por desgracia el verano le había concedido a Matteo más puntos para acceder a un mundo secreto de divinidades y alejarlo aún más de mí, mísera y mortal: no es casualidad, me decía yo, si en la India todos saben quién es Buda pero nadie habla de sus antiguos compañeros de clase (y mucho menos de los que son una pura imitación). Los dioses perduran siempre, las demás personas, no: y Matteo desde luego habría sido el único en perdurar en el Libro Sagrado de nuestro instituto.

Esta vez, después de haber pasado un mes en Londres en casa de su hermana y dos semanas con los amigos de ésta en Croacia, había vuelto con una especie de chispa, en los ojos y en la sonrisa, que había barrido del todo los últimos restos del niño que había sido. Ahora sí que se merecía el respeto general de los ONME, del cual, en los tiempos de la escuela primaria, quizá mi subconsciente lo considerara digno, pero yo no. Ahora se lo merecía por completo. Se había dejado el pelo hasta los hombros, unos músculos bronceados y desconocidos dibujaban sus largos brazos, y en su muñeca destacaban triunfantes dos pequeñas emes tatuadas, entrelazadas.

No hacía falta ser un genio para adivinar que una de esas emes fuera su inicial, y la otra, la de la famosa chica con la que lo había imaginado en la cama durante todo mi viaje por la India. En resumen, para expresarlo en palabras de Eva Brandi, también Matteo Barilla lo había hecho: estaba claro.

Hasta con el comentario sobre el chándal de nuestro nuevo compañero de clase en realidad era eso lo que quería declarar: soy un hombre. Por eso puedo darme el lujo de tildar de Teletubby a este tal Palomo: porque yo ahora soy un chico que les quita a las chicas las bragas de raso. Lo he hecho. Sé cómo funciona.

Era esto lo que quería declarar.

¿Se había dado cuenta Eva Brandi? Por cómo le contestó, parecía que no, porque esto fue lo que le dijo:

–¡Anda, no te pases! –se permitió reñirlo. Pero...

Pero, pero, pero.

Fue en ese momento preciso cuando, por primera vez, me di cuenta de que también ella, a través de las misteriosas vías mediante las cuales los ONME se comunican entre sí, había reparado en esa nueva y definitiva chispa que brillaba en Matteo.

Mientras tanto, la profesora invitó a Palomo Carnevale a tomar asiento, y él, sin dejar de mascar su chicle, se arrastró hasta el último pupitre vacío de una fila, el que estaba junto a la ventana, y en lugar de sentarse normalmente, fue como si se desmayara sobre la silla, haciendo mucho ruido.

–Chist, chicos, no tiene nada de gracioso. –La profesora tamborileó sobre la mesa con su pluma–. Y tú, Carnevale, perdona, pero hay un sitio libre en la tercera fila, al lado de Barilla. ¿Por qué no te sientas ahí?

–No.

Ésa fue la primera palabra que le oí pronunciar a Palomo Carnevale. No. Precisa como una cuchilla: no.

–Pues yo digo que sí, Carnevale –replicó ella, tranquila pero tajante.

–Pero yo digo que no –contestó, impasible, él.

–Car-ne-va-le –la profesora silabeó el apellido–, es el primer día de clase, y todos vamos a tener que cooperar un poco. Anda, vamos, ve a sentarte al lado de Barilla: no me obligues a pedirte desde hoy mismo una reunión con tus padres.

–Si yo no hablo con ellos, ¿por qué deberías hacerlo tú? –le contestó Palomo. Pero luego se levantó y fue a desmayarse detrás de mí y de Eva Brandi.

–¡No sabes cómo apesta! –no hacía más que repetirme Matteo ese día, de vuelta a casa, mientras que yo sólo habría querido saber si esa eme era de Manuela o de Maria (que, siendo el nombre de mi madre, habría sido para mí una broma de pésimo gusto), o quizá de Meggy, porque podía ser perfectamente que la primera vez de mi Amor Imposible hubiera sido en Londres, con una inglesa, quizás una compañera de la prestigiosa escuela de diseño de Giulia Barilla, quién sabe. Pero no había manera: él sólo quería hablar de Palomo Carnevale.

Algo que, por otro lado, muy pronto en nuestra clase querría hacer todo el mundo.

–¿Has visto lo que ha escrito Palomo Carnevale en su mochila con rotulador? ¡Vaya burrada!

–¡Ayer entregó el examen de historia en blanco, en blanco!

–¡Mi madre me ha dicho que la profesora le ha dicho que Palomo Carnevale es adoptado!

–¿Te imaginas a Palomo Carnevale convocado al despacho de la directora, y cuando ésta lo regaña, él le escupe el chicle a la cara?

–¿Te imaginas a Palomo Carnevale bailando en una fiesta?

–A mí me da que ni siquiera sabe leer.

–¿Te lo imaginas follando?

Palomo Carnevale, mientras tanto, se movía entre todas esas habladurías sobre él, o mejor dicho se arrastraba, impasible. No decía ni hola. Llegaba a clase, se aparcaba al lado de Matteo y, cuando sonaba el último timbre, se marchaba. De vez en cuando, como sin ganas, posaba su mirada de moqueta sobre alguno de nosotros: y los ojos se le empezaban a reír solos. Como sin ganas, repito: y no porque tuviera nunca algo en contra de alguno de nosotros en concreto, sino porque Palomo miraba a todas las personas así. Como si fueran fenómenos paranormales en un relato de ciencia-ficción escrito por un niño de cinco años: es decir, un relato en el que, cuanto más debería inquietarnos algo, más se nos aparece en toda su ingenuidad.

Absorta como estaba en mi amor por Matteo, personalmente no participaba en el interés general que había suscitado el recién llegado. Aunque...

Aunque, aunque.

Aunque una noche soñé algo de verdad extraño: la pena es que por aquel entonces no le diera ninguna importancia.

Pero antes de contárselo a Pavarotti, tendré que aclarar una cosa con él.

Si yo fuera ese bendito libro de álgebra, lo expresaría así:

PROBLEMA:

Si A es a B lo que hacer el amor es a una violación, ¿qué relación hay entre A y B?

SOLUCIÓN:

Ni idea.

¿Entenderá Pavarotti lo que quiero decir?

Intentaré ser más clara.

Gracias a Giulia Barilla y a Samuele, a Lidia y a Lorenzo, al antiguo lavadero del sexto piso, a Eva Brandi (¡la lista empezaba a ser decididamente larga!), yo ya iba teniendo una idea bastante precisa de lo que se hacía cuando se hacía el amor, y gracias a Michelangelo y a Paolo, que me lo habían explicado muy clarito, sabía lo que era una violación. De modo que, entre ambas cosas, a la fuerza tenía que haber una diferencia.

Lo que pasa es que yo no acertaba a comprender cuál exactamente.

Pero, en cuanto me quedaba dormida, la incompatibilidad entre ambas situaciones se veía subrayada por el color de mi sueño.

La fotografía, lo llamaría Samuele. Eso es. Porque si la fotografía del sueño brillaba, entonces seguramente, antes o después, habría llegado Matteo, y habríamos hecho el amor.

Si en cambio la fotografía era oscura y no dejaba ver bien nada, entonces había ambiente de violencia.

Ésa es la razón de que el aire pareciera luz cuando empecé a soñar aquello que, dos años después, eligió esta larguísima noche para reclamar atención.

Porque al principio de ese sueño estaba en Croacia, con los amigos de Giulia Barilla y de Matteo. Me divertía con ellos, me sentía totalmente a gusto, formaba de verdad parte de ese grupo, era como una más, una ONME de marca. Nos protegía del sol un mangle gigante, como los que había visto en la India y que no creo que existan en Croacia, pero a los sueños les traen sin cuidado las plantas que crecen en ellos.

Bueno, a lo que iba. Matteo cogió una guitarra y me miró con una máscara que no le había visto nunca, una máscara de Cara de Tonto, y me dijo:

–Esta canción de Linkin Park es para ti. –Los demás del grupo se burlaron un poco de nosotros.

–¡Oh, qué tortolitos!

–¡Qué romanticones!

–Así que estáis enamorados, ¿eh, niños de mierda? –nos preguntó Giulia Barilla. Y nosotros le contestamos no, hombre, como cuando dices no pero en realidad quieres decir sí.

Entonces Matteo pellizcó una cuerda de la guitarra: pero antes de que pudiera empezar la canción que quería dedicarme, antes de que yo por fin pudiera escuchar al menos un trozo de esos malditos Linkin Park, la fotografía del sueño de repente se volvió negra.

Alguien me cogió por los hombros y me raptó. Sabía perfectamente quién era ese alguien: Mundoperro. Por supuesto. Desde siempre era el soberano indiscutible de mis pesadillas, no necesitaba facciones concretas, no necesitaba un olor ni un tono de voz para ser reconocible. Le bastaba con arrancarme los pendientes, torturarme, atarme a una silla y obligarme a asistir al asesinato de Tina o de Lars Grò.

Esa vez, después de separarme de los amigos de los hermanos Barilla, me llevó a lo alto de una especie de torre formada por cinco escollos uno encima de otro como si fueran ladrillos gigantes.

Luego me vendó los ojos y me desnudó.

Y cuando ya sólo tenía puesto un par de braguitas de raso verde, me violó.

O sea que, hasta aquí, nada nuevo.

De no ser porque, en un momento dado, Mundoperro me quitó la venda de los ojos para obligarme a mirarlo a los ojos. Y me encontré cara a cara con Palomo Carnevale.

Sí.

Podría haberle dado más importancia a este sueño, repito. Pero en esos días estaba ocurriendo algo entre Eva Brandi y Matteo Barilla que acaparaba toda mi atención, toda mi energía. No sé explicar exactamente qué era: era algo que no se veía pero que estaba ahí.

La manera que tenía él de hacer un comentario cuando se dirigía a ella, la manera que tenía ella de reír de los comentarios que hacía él. Ese algo tenía la capacidad de quitarme las ganas de comer, de dormir y de vivir. La capacidad de deslizarse como una bacteria en todos los momentos felices de mi vida y estropearlos: cuando acompañaba a Lidia a la radio, cuando bajaba al primer piso a merendar con Tina y Gianpietro, cuando bajaba al tercero para ver la tele con Michelangelo. Siempre, esa bacteria estaba ahí siempre y lo estropeaba todo, todo, todo. Incluso la idea, hasta ese momento durísima e inmóvil, de tener un padre pero no poder saber quién era había quedado del todo debilitada por la bacteria que hacían surgir las miradas entre Eva y Matteo.

«Mejor así, ¿no? –podría haberme hecho notar Pavarotti–. Así al menos algo conseguía distraerte de la condición absurda en la que te veías obligada a vivir.»

Pero, para una persona enamorada, no existe condición más absurda que el propio enamoramiento: sobre todo si no es un amor correspondido.

Así es que como para dar importancia a los sueños...

Una persona enamorada no puede dar importancia a nada, y quizá precisamente por eso decide enamorarse. Para tener el derecho de no dar importancia a todo lo demás: tiene razón Lidia.

A la que, obviamente, no se le podía escapar que algo no marchaba bien.

–Mandorla, ¿quieres que hablemos de ello? –me preguntaba todos los días.

–Déjala en paz, ¿no ves que quiere que la dejen tranquila? –la reprendía Lorenzo. Se equivocaba: en realidad tenía una arrebatadora y desesperada necesidad de «hablar». Pero no sabía de qué. No sabía cómo. No sabía por dónde empezar: el problema era ése, siempre ése.

Hasta que, hasta que.

Hasta que ya no hubo tiempo de buscar las palabras que no tenía.

Hasta que se precipitaron los hechos, y yo corrí detrás de ellos para recuperarlos, sin darme cuenta de que, en lugar de eso, yo también me precipitaba con ellos.

Hasta que llegó ese día, el día del escándalo.

Llegó en mayo, durante el viaje de fin de curso a Venecia. También ese año estaban a punto de terminar las clases pero todo había seguido igual que en los primeros días. La sensación era un poco como la que me provocaba el belén que Tina y Gianpietro preparaban todos los años con suma aplicación, a primeros de diciembre, en el que una pastorcita vertía agua en el arroyo de papel de aluminio, la Virgen abría los brazos, los Reyes Magos ofrecían sus presentes, vamos, que todos estaban en su sitio pero nadie hacía *de verdad* nada, desde el principio hasta el final, nada que tuviera consecuencias *reales*.

De la misma manera me desesperaba yo por Matteo Barilla, que le regalaba todos sus comentarios a Eva Brandi, la cual se reía y cada vez hablaba menos de su militar genovés, mientras Palomo Carnevale mascaba su chicle, miraba por la ventana y sacaba malas notas.

Entonces la profesora de latín nos anunció: «Nos vamos a Venecia».

Y todo cambió, *de verdad* y para siempre.

Yo compartía la habitación de hotel con Eva Brandi, naturalmente.

La profesora nos había arrastrado todo el día por iglesias y museos, pero, en realidad, a ninguno nos importaban un pimiento las cúpulas, los triforios o las vidrieras.

Una cosa es que los veas en la India, y otra que los veas a cuatro horas en tren de tu casa: cuanto más te alejas de aquello a lo que estás acostumbrado, más expectativas tienes, ¿no?

Me parece que funciona más o menos así.

Y en lo que a mí respectaba, ocupada como estaba en mí no estar ocupada por nada que no fuera Matteo, para mí Roma era lo mismo que Nueva Delhi, y Nueva Delhi lo mismo que Venecia.

Sobre todo porque precisamente él, mi Amor Imposible, desde que nos habíamos marchado no me había dirigido ni siquiera un distraído «¿qué tal?». Había escuchado algo de música en su iPod, había mirado un poco a su alrededor y, al final de la tarde, para divertir a todo el mundo, había fingido perder el equilibrio en una góndola y caer al agua: pero a mí, en cuanto Mandorla Como Persona Que Existe Fuera del Contexto Clase, no me había regalado siquiera una sonrisa de las suyas.

Era eso en lo que trataba de no pensar mientras me lavaba los dientes para irme por fin a dormir cuando Eva Brandi sacó de su maleta una botella y me miró, con los ojos llenos de flechas grises y azules que se movían a velocidad de vértigo.

–¡Vodka! –exclamó, y bastó eso para que estallara en carcajadas, como si le hubieran contado un chiste irresistible. Luego se puso a marcar números como una loca desde el teléfono de nuestra habitación.

–Dentro de una hora, fiesta en la habitación de Mandorla y mía –decía cada vez que respondía una voz al otro lado. Y yo, que sólo quería dar por terminado ese día horrible no entendía por qué, si no teníamos más remedio que organizar esa fiesta, no podíamos hacerlo enseguida en lugar de esperar otra hora más.

Pero Eva estaba como poseída.

–¿Qué te parece, Mandorla, avisamos sólo a los chicos? –me preguntaba–. Las chicas son tan coñazo... menos nosotras dos, claro.

Me guiñaba un ojo, se reía y seguía marcando números. Yo, para variar, estaba ahí sin hacer nada, medio metida ya en mi cama medio no, con la máscara de Cara de Tonta, esperando sólo que terminara esa tanda de llamadas y que Eva me explicara sus intenciones.

Pero nada, cuando terminó de invitar a quien quiso, se

encerró en el baño, se pegó una ducha de veinte minutos, se untó en todo el cuerpo una crema anticelulitis que olía a vainilla y se puso un camisón que le quedaba al menos dos tallas más pequeño de lo que habría sido razonable. Luego apagó la luz.

–Cuando llegue, dile que ya estoy dormida, así no parecerá que me he preparado aposta para él –me pidió.

–Cuando llegue ¿quién? –le pregunté yo.

–¿Pues quién va a ser, Mandorla? ¡Matteo Barilla!

¿Qué pensé yo entonces, en esa oscuridad infestada de vainilla?, me pregunto hoy, en la oscuridad infestada de silencio de este lugar donde no debería estar pero estoy.

¿Qué pensé?

No pensé nada.

Nada de nada.

Por otra parte, en Turquía, según me contó Lorenzo, hubo una vez un rey que cada día tomaba una gota de cicuta para que su cuerpo se volviera inmune al veneno que algún criado desleal habría podido verterle a escondidas en el vino. Yo también hacía más o menos eso, desde hacía un año: me preparaba para el anuncio oficial del Amor Posible entre Eva y Matteo, para que el hecho no me aniquilara. Y así, cuando llegó el anuncio, me dejó en una especie de trance indiferente.

El mismo con el que empecé a recibir a los invitados a nuestra fiesta nocturna.

El mismo con el que le dije a Matteo:

–Eva ya está dormida.

Ni siquiera en ese momento me contestó como si yo, en cuanto Mandorla, existiera, sino:

–¡Pues vamos a despertarla! –replicó de inmediato haciéndoles un gesto a los demás como para decirles: ¡al asalto! Y así, un segundo después, estaban todos los chicos de la clase sobre la cama de Eva Brandi. Unos le pellizcaban los pies, otros le hacían cosquillas, otros le decían despierta, despierta, mientras ella a medias reía, a medias chillaba y gemía, en la burbuja mágica en la que, a mis ojos, esa escena flotaba.

Habría podido ser un anuncio publicitario perfecto. «Ahí están –habría recitado una voz en *off*–. Ahí están: los ONTE. Ahí están, ellos no buscan saber quiénes son: son y basta. Ahí está la música que escuchan: la que tiene que ser. Ahí está la ropa que llevan: la que tiene que ser. Ahí está su deseo de aprovechar un viaje de fin de curso a Venecia: el que tiene que ser, ni más ni menos. Ahí están sus madres y sus padres: tú no puedes verlos, pero existen. Porque los ONTE saben muy bien quiénes son sus padres, y por eso precisamente pueden olvidarse de ellos ahora. ¿Quieres ser tú también una de ellos? Fíate de tu madre, fíate de tu padre: ellos se quedarán siempre donde los dejaste y donde podrás volver cuando los necesites. Por eso ahora puedes centrarte exclusivamente en ti. Ahora que los ONTE sólo piensan en divertirse, en desmadrarse, en tirarse sobre la cama de Eva Brandi y hacer el loco, ahora que hablar sería una cosa fuera de lugar, como también lo sería preocuparse por analizar la situación, ahora que...»

De repente, la burbuja estalló.

El anuncio se interrumpió de golpe.

Los chilliditos de Eva se transformaron en un único grito, ronco y terrible.

–PERO ¿TÚ ESTÁS PIRAO, GILIPOLLAS?

Hasta el aroma a vainilla de la habitación se paralizó.

–¿TÚ ESTÁS PIRAO, GILIPOLLAS? –gritó de nuevo Eva Brandi, y emergió de debajo de las sábanas, con el pelo revuelto y los ojos grises y cálidos transformados por una rabia incontenible–. ¿TÚ ESTÁS PIRAO? –repitió, y se levantó, tapándose el pecho con los brazos porque un tirantito de su minúsculo camisón la había abandonado y colgaba en el aire, un aire tan pesado que se habría podido cortar con un cuchillo.

–¿Qué ha pasado, Eva? ¿Qué ha pasado? –intervino enseguida Matteo.

–¡ESE GILIPOLLAS ME HA ROTO EL CAMISÓN Y ME HA TOCADO UNA TETA! –contestó ella, incapaz de dejar de gritar. Y lo señaló con el dedo.

No recuerdo si todos, entonces, nos pusimos a mirarlo, incrédulos, o si primero Matteo se enfrentó a él y le dio un puñetazo que fue directo a su nariz aplastada.

Pero el caso es que Palomo Carnevale, con ese típico aire suyo, como si existiera sólo porque no tenía más remedio, sin preocuparse siquiera del reguero de sangre que rodaba hasta su boca y sin dejar de masticar su chicle de siempre, dijo:

–Me parecía que estaba claro que esa perra en celo sólo quería que le dieran caña. –Luego buscó un par de ojos a los que enganchar los suyos. Buscó los míos. Y me preguntó–. ¿Es que acaso no estaba claro?

Agosto de 2003

Los señores Carnevale ya habían perdido la esperanza.

Se disponen frente a la trabajadora social, que los invita a sentarse.

–Buenos días, señor y señora Carnevale.

–Buenos días.

–Pues aquí estamos.

–Aquí estamos –responde el señor Carnevale.

Su esposa se limita a hacer un gesto con la barbilla: tiene la lengua como dormida por la excitación y los nervios, debilitados por todas las mortificaciones, las infernales gestiones burocráticas, las inútiles ilusiones que han transformado, día tras día, año tras año, su vida en ese único, natural para todas las mujeres pero evidentemente prohibido para ella, deseo que cumplir.

–Hoy es un día importante: para ustedes y para Palomo.

¿Palomo?, se preguntan, al unísono y en su fuero interno los señores Carnevale: pero entienden que ése no es en absoluto el momento de hacer preguntas, sino sólo de escuchar.

–Así que, por lo que puedo ver aquí en su ficha, antes del régimen de acogida habían considerado ustedes la posibilidad de una adopción.

¿Que habíamos considerado?, piensa la señora Carnevale. ¡Siete años estuvimos en lista de espera! Significa

algo más que considerar una posibilidad, ¿no? ¿No significa algo más? ¿No significa acaso haber confiado tan profundamente en esa posibilidad que al final uno termina envejeciendo con ella, y haber renunciado a ella sólo para evitar que esa posibilidad les hiciera perder definitivamente la salud? Pero, tranquila, se recuerda a sí misma: tienes que estar tranquila, no puedes perder la calma.

–Conozco bien la complejidad de ciertas decisiones y el tormento que supone la espera. El tribunal sin embargo ha establecido para Palomo una modalidad de acogida duradera, y eso les garantizará a ustedes y a él todo el tiempo necesario para formar realmente un núcleo, sin el temor de que, de aquí a dos años, la madre pueda quizá reclamar sus derechos. Por otra parte, no deberían correr ningún riesgo de esta índole. Desde que Palomo tenía seis años, su madre no ha vuelto a dar señales de vida, ni a nosotros ni a él: y ahora Palomo tiene doce.

Así no sólo nunca sabré lo que significa protegerlo dentro de mí durante nueve meses antes de dejar que se enfrente al mundo, piensa la señora Carnevale. Tampoco sabré nunca lo que significa verlo dar su primer y dubitativo paso, alentarlo en su incertidumbre, escucharlo pronunciar sus primeras palabras, esperar que la primera de todas sea mamá. A un niño de doce años una señora de cincuenta y tres no puede enseñarle nada ya. Con doce años un niño ya sabe hacerlo todo. Con doce años un niño ya no es un niño. La señora roza con su mano la de su marido. Él se la aprieta, como para prometerle que todo irá bien, todo irá muy bien.

La trabajadora social conoce los tiempos de reacción a los distintos anuncios que le toca hacer, cada día, a las parejas que se dirigen a ella: por ello espera un instante antes de proseguir:

–La madre de Palomo tenía quince años cuando dio a luz. Había crecido en un minúsculo pueblecito en la frontera con Suiza: un día conoció a un tipo que estaba de paso, creyó que era el hombre de su vida y lo siguió hasta Roma. Pero ese tipo no estaba de paso por casualidad, naturalmente: se ocultaba de la policía por un asunto de tráfico de coches robados. Una vez fuera de peligro volvió a su casa, con esa chiquilla pegada a él. Bebía, y mucho. Ella cayó también en el vicio. Según parece alquilaron una habitación cerca de la estación –aunque reconstruir los hechos, en estos casos, es siempre difícil–. El caso es que ella se quedó embarazada. Del tipo con el que estaba, sostiene: pero es muy probable que él la empujara a la prostitución, por lo que ni siquiera este hecho se puede dar por seguro. Cuando por fin se detuvo a este individuo, la policía fue a registrar su apartamento, si se lo puede llamar así, y encontró a esta chiquilla indocumentada, tendida sobre un colchón en el suelo, con la televisión encendida, que sostenía en brazos a un bebé de un par de meses.

–Palomo... –susurra para sí la señora Carnevale, más que nada para empezar a familiarizarse con ese nombre, con esa historia: con su hijo.

–Palomo –confirma la trabajadora social–. Como Eduardo Palomo, el actor que hacía el papel de Juan del Diablo en Corazón salvaje. *Ese culebrón mexicano era la única pasión que tenía la pobre chiquilla. Incluso cuando la trasladaron a la primera casa de acogida, todo era un continuo suplicar que la dejaran ver* Corazón salvaje.

En el bar que regentamos, los primeros tiempos, el televisor siempre estaba sintonizado en Rete4, precisamente por Corazón salvaje, *piensan de nuevo al unísono los señores Carnevale. Luego vino* Beautiful, *y después de un tiempo de indecisión entre Ridge Forrester y Juan del Diablo, la señora Carnevale se decantó por el primero. Ahora se siente un poco culpable. Pero cuando se trató de votar para los premios televisivos, en el 95, votó por Eduardo Palomo, se justifica consigo misma. Por ejemplo, nunca se ha aventurado siquiera a comparar el talento de Palomo con el del actor que interpreta a Ridge, de cuyo nombre no se acuerda siquiera, y eso ya dice bastante. El problema, considera la señora Carnevale, está todo en las promesas embusteras que trae consigo una novedad. Sí, sí. La novedad te engaña. Y entonces basta que lleguen un diseñador de mandíbula cuadrada, una bióloga desvergonzada y una psicóloga de ojos azules para que tú pienses que podrán darte eso que el viejo (pero siempre joven, naturalmente) Juan hace algún tiempo que ya no alcanza a darte porque lo conoces tan bien ya que puedes anticipar las cosas que va a decir. Así que cambias de canal. ¡Como si a la larga Ridge Forrester pudiera seguir sorprendiéndote! Como si después del primer año no tuviera todo el mundo bien claro que, quieras o no, volverá siempre con esa desvergonzada de Brooke. Así que para eso más valdría haberle sido fiel a Juan del Diablo. Pero sobre todo a él: a Eduardo Palomo. Ahora que la señora Carnevale recuerda, una clienta del bar le dijo un día que ahora había empezado también a trabajar de cantante, Palomo, y que, por supuesto, lo hacía como los ángeles, porque sin esos ojos tristes y profundos Juan no habría sido Juan, así que es de cajón que esa tristeza y esa profundidad eran suyas, de Palomo. Ahora habrá que comprar ese disco, se vuelve a prometer la señora Carnevale, mientras levanta y baja la mirada, siguiendo la de la trabajadora social. Habrá que comprar ese disco, se repite: porque son siempre absurdos, inútiles y ligeramente descabellados los pensamientos que desfilan, de manera recurrente, por nuestra mente en los momentos más importantes de nuestra vida.*

–... mientras tanto Palomo, poco más que un recién nacido –prosigue la trabajadora social–, fue ingresado enseguida en un hospital: y saben lo que ocurre en estos casos, ¿verdad? Los niños amamantados por mujeres que beben como bebía esa pobre chiquilla tienen la sangre infestada de porquerías... Vamos, que sólo una vez que lo hubieron desintoxicado volvieron a reunir a Palomo con su madre. De la casa de acogida donde los habían recibido fueron trasladados a un centro para madres adolescentes. Pero la pobre desgraciada no conseguía dejar la bebida. Aguantaba un mes, como mucho dos, y luego sufría una recaída. Se volvía cada vez más violenta y agresiva: con el mundo entero y, naturalmente, con Palomo.

Es increíble el despego que muestra esta mujer con respecto a la tragedia que está contando, piensa el señor Carnevale: y se esfuerza por no dejar traducir en absoluto ningún reproche, concentrado como está en transmitir confianza, valor y esperanza a su mujer, y desde luego no alcanza a imaginar siquiera que, en ese preciso momento, ella pueda estar vagabundeando en su cabeza por las grandes llanuras mexicanas de Juan del Diablo.

–De modo que el Tribunal de Menores no tuvo más remedio que separarlos, y Palomo fue a parar a un internado de monjas. Allí es donde lo vi por primera vez. Un par de años después el colegio cerró, y nos vimos obligados a trasladarlo a otra casa de acogida, pero no hubo nada que hacer: si bien en el colegio, Palomo, por lo que puede leerse en su ficha, había logrado integrarse bastan-

te bien, en esa casa de acogida no ocurrió así en absoluto. Los educadores hacen lo que pueden. Y Palomo, es importante que lo sepan, aunque por supuesto ya se lo habrán imaginado ustedes, no es un chico fácil. Pero en lo que respecta a su carácter y a las dinámicas familiares que la acogida puede suscitar, el psicólogo con el que hablarán dentro de poco les podrá dar información mucho más detallada que la que les estoy dando yo ahora. Mi trabajo termina aquí. ¿Alguna pregunta?

En el autocar de vuelta de Venecia, Palomo Carnevale me besó.

Yo me dejé besar.

A pocos asientos de distancia de donde estábamos nosotros, Eva y Matteo ya se estaban intercambiando el reloj como signo de amor eterno.

¿Y mi madre, en todo este lío?

Mi madre había muerto: no se me olvidaba nunca.

¿Y mi padre?

A él lo echaba de menos siempre.

EN EL QUINTO PISO

Pavarotti está convencido de verdad de que es posible poner la vida en orden.

–Tú sólo tienes que explicarme lo que pasó, de lo demás me ocupo yo –dice. Como si las cosas que nos pasan tuvieran sentido.

Tarde o temprano, si uno se esfuerza, lo puede encontrar, sí, pero no obstante se trata siempre de una intervención externa.

Ahora soy más consciente todavía. Ahora que los recuerdos se acercan: lo que pasó está a punto de unirse a lo que pasa ahora y a lo que pasará dentro de pocas horas, cuando vuelva a ver a Pavarotti.

Por ahora, sin embargo, sigue siendo de noche.

Pongamos que los hechos de nuestra vida son manchas de humedad en el techo: como las que hay aquí y que se distinguen aunque no se vea nada, porque son un poco más oscuras que la oscuridad.

Si se quiere hablar de sentido, alguien tendría que unir entre sí esas manchas con un rotulador y decir: ¡ahí está! Pero el dibujo que aparecerá en el techo nunca hablará de nuestra vida con la sinceridad con que lo hacen todas esas manchas desperdigadas.

Por ejemplo, mire, Pavarotti:

Mis familias están todas en esa mancha que, cuanto más la observo, más crece y crece y crece, hasta convertirse en un hecho. Imprescindible si se quiere trazar una línea que, desde ahí, lleve hasta esta celda de aquí.

Hacía bastante tiempo que los vecinos de la calle Grotta Perfetta, 315, no se reunían de urgencia en el antiguo lavadero del sexto piso.

Ocurrió por mi culpa, naturalmente.

Era septiembre, pocos días antes de que terminara también aquel verano, pocos días después de que me hubiera mudado del cuarto al quinto piso.

Ya desde la primera noche en casa de los Barilla habían empezado los problemas. Esa noche Matteo, sin terminarse siquiera la fruta tranquilamente, mientras sus padres y yo seguíamos sentados a la mesa, salió para ir a jugar al fútbol sala: un beso en la frente a su madre, otro a su padre, una especie de pellizco en la mejilla a mí, y hala, se fue.

Cuando terminó de cenar, el ingeniero se retiró a su despacho a hacer quién sabe qué cosa seguramente importantísima. La señora Barilla, mientras tanto, se puso a recoger la cocina y a meter los platos sucios en el lavavajillas.

No me quedaba otra que ayudarla. Nos pusimos a hablar de esto y lo otro, como me gustaba hacer con ella desde siempre. Pero, en un momento dado, el ingeniero salió de su despacho y declaró:

–Buenas noches.

Más que una fórmula de cortesía, enseguida entendí que se trataba de una orden: era hora de irse a la cama, quería decir. Para todos.

Tanto es así que la señora repitió enseguida «buenas noches», volviéndose a mí con esa sonrisa que sólo en ese momento vi claro a quién se la había robado Matteo. Y añadió:

–¿Te importa dejar encendida la luz del pasillo de vuestra habitación? Cariñito está acostumbrado a encontrarla así cuando vuelve a casa.

No hace falta decir que, entre todas esas palabras, había una que no me cuadraba. No era «Cariñito»: desde que conocía a Matteo, sus padres lo llamaban así, y a mí me parecía simplemente una manera de recordarle: «Si el mundo te hace daño siempre podrás contar con nosotros. El amor que sentimos por ti es absoluto, eterno, distinto a todo lo demás: y, en efecto, ese amor te llama con un nombre secreto, nuestro sólo, tuyo sólo».

Así que era otra la palabra incómoda. Incomodísima.

–¿Vuestra? ¿Vuestra habitación? –le pregunté a la señora Barilla, y creo que estaba demasiado anonadada para parecerlo de verdad.

–¿Por qué, qué pasa? –Y ella, demasiado tranquila para no estarlo de verdad–. ¿No te gusta dormir con Matteo? Pensaba que quizás así te sentirías menos desubicada. Él me dice siempre que se considera tu hermano mayor...

–¿Dice eso, hermano mayor?

–Sí. Eso me ha dicho a mí. Créeme. –Así era. La señora Barilla, pensando darme una alegría, quería convencerme de que era cierta la hipótesis que, durante años, me había parecido la más terrible de todas.

–Qué guay. –Me pareció que estaba bien por mi parte devolverle la intención y darle la alegría de que me hubiera dado una alegría–. Pero...

–Pero ¿qué, Mandorla?

¿Qué? Pues que dormir siempre había sido una misteriosa aventura para mí. Por no hablar de tener que hacerlo con Matteo en la misma habitación... Pues que él no era para nada mi hermano mayor. O mejor aún: si de verdad hubiese sido mi hermano mayor, yo nunca habría podido considerarlo como tal.

–Señora Barilla... –me puse a balbucear, peor que Gianpietro Costanza–. Señora... Barilla. Señora...

–Creo que ha llegado el momento de que te decidas a llamarme Carmela, ¿no te parece? –Por suerte interrumpió enseguida ese disco rayado en el que me estaba transformando–. ¿Qué ocurre, Mandorla? Cuéntamelo todo.

¿Todo? ¡Pero si no podía contarle nada!

¿Cómo podía sincerarme con la señora Barilla, o bueno, con Carmela, y decirle: «No quiero dormir con Matteo» sin explicarle ese imposible porqué?

Pero el caso es que, increíble pero cierto, ella dijo:

–¿No quieres dormir con Cariñito? –me preguntó. ¡Exactamente! Plácida y telepática. Y como si no se diera cuenta siquiera de que se había colado en mi cabeza y había conseguido leer mis pensamientos, añadió–: Tienes razón, Mandorla –suspiró–. Para nosotros seguís siendo niños, pero tú ya has cumplido dieciséis años... y quieres tener tu propio espacio, como es natural. ¡Qué tonta soy, mira que no pensarlo! Anda, venga, acompáñame a preparar la habitación de Giulia. Pero te lo pido por favor: ten cuidado con sus discos, que cuando vuelva de Londres podría matarte si encuentra uno solo que no esté en su sitio.

«Niña de mierda, ¿qué has hecho con mis discos?», imaginé la furia de Giulia Barilla abatiéndose sobre mí. Pero se trataba de un riesgo que desde luego estaba dispuesta a correr, visto el peligro al que acababa de escapar. Tanto es así que puse mi mejor Cara de Tonta Sonriente, mientras Carmela seguía hablando en mi lugar:

–Tienes razón en lo que estás pensando, Mandorla: precisamente porque Cariñito es como un hermano mayor para ti, ¡no lo quieres tener encima todo el rato! Los hermanos mayores son tan pesados... –Me indicó con un gesto que la siguiera y se puso a buscar en un armario un juego de sábanas limpias para prepararme la cama de Giulia–. Yo también tengo un hermano, ¿sabes? Pero cuando discutimos, siempre quiere tener la última palabra: Cariñito es así también, así que no sabes cuánto te entiendo, Mandorla.

Pero la verdad es que no entendía nada de nada.

Y, entonces, en ese preciso instante, tuve la confirmación a mi idea de que Carmela Barilla, con las sábanas limpias y una manta entre los brazos, era más madre que ninguna mujer que había conocido en mi vida. Madre como ni siquiera mi madre lo había sido. Si hubiese estado ella en el lugar de Carmela, se habría puesto a hacerme mil preguntas y habría conseguido que le confesara el motivo escandaloso por el que para mí era algo tan inconcebible dormir con Matteo.

¡Pero entonces una madre se convierte en una compañera de clase! Si una madre no deja de ser una madre, se comporta como Carmela Barilla: no necesita entenderlo todo de ti para hacer instintivamente lo que tiene que hacer. Lo hace y ya está. Plácida y telepática. En un momento prepara una habitación y te dice: de hoy en adelante será tu reino. Sin imaginar siquiera lo absolutamente vital que es para ti tener uno para defenderte de lo absurdo que es el hecho de que tu ex Amor Imposible recorra el mismo pasillo que tú, utilice los mismos cubiertos que tú y la misma pasta de dientes que tú.

–Gracias –le dije. Y, por una vez, aunque llevara puesta mi máscara de Cara de Tonta, encontré la palabra exacta para expresar lo que sentía.

Por esta razón, pocos días después, en esa reunión de vecinos de final del verano, estaba segura de que, fuera cual fuese el problema, Carmela Barilla estaría de mi parte. Pero me equivocaba.

También ella, como todos, estaba segura de que yo estaba en peligro y que era tan estúpida como para no darme cuenta siquiera. En cuanto entré en el antiguo lavadero, le bastó mirarme a los ojos fijamente para dármelo a entender. Porque había una novedad esta vez: en la reunión estábamos admitidos también Matteo Barilla y yo.

Él, porque había dado la alarma sobre el peligro.

Yo, porque era la que estaba en peligro.

–Todos sabemos el motivo por el que nos encontramos aquí –empezó el ingeniero Barilla.

–La adolescencia es un período terriblemente difícil –lo interrumpió enseguida su mujer.

–Carmela, por favor –le impidió seguir él–, como decía, sabemos todos por qué estamos aquí. Han pasado ya bastantes años desde que Mandorla empezó a vivir con nosotros. Mi mujer y yo sólo ahora tenemos la oportunidad de ocuparnos de ella personalmente, pero gracias a su amistad con nuestro hijo Matteo, Mandorla ya ha estado a menudo en nuestra casa. Espero que se haya percatado de que es bienvenida. Es así, ¿verdad?

Debería haber contestado sin vacilar que sí, claro que sí. En realidad, era precisamente Matteo el motivo de que para mí fuera complicado vivir en esa casa.

–Sabes que eres bienvenida en nuestra casa, ¿verdad, Mandorla? –repitió el ingeniero.

Entonces, en ese momento, Carmela me sacó del apuro contestando:

–Claro que Mandorla sabe que es bienvenida en nuestra casa.

Pero después, extremadamente seria, volvió a mirarme a los ojos. Y yo enseguida intuí que esta vez sus poderes telepáticos estaban enteramente concentrados en su marido, que prosiguió:

–Muy bien. A mí me parece que de estos años se puede hacer un balance positivo. –El ingeniero Barilla acostumbraba a orientarse, incluso fuera de la empresa que dirigía, con los instrumentos que su profesión de gerente ponía a su disposición. Como si todo el mundo, en realidad, no fuera más que una empresa que gestionar, y como si fuera suya, y únicamente suya, la responsabilidad de que todo funcionara lo mejor posible.

–Claro que sí –intervino Lidia, portavoz de la aprobación general–. Mandorla es una chica excepcional: gracias a ella, Lorenzo y yo hemos madurado más de lo que lo habíamos hecho en toda nuestra vida. Este verano, por ejemplo, cuando llegamos a los confines de la Patagonia, Mandorla...

–*Dottoressa* Frezzani: nos lo cuenta otro día, gracias.

El ingeniero Barilla tenía prisa por llegar al quid de la cuestión. Quizá porque lo esperaba un consejo de administración, quizá simplemente porque, por lo general, cuanto más tiempo transcurría, menos le gustaba perderlo.

En este caso concreto, seguro que Lidia estaba a punto de contar que en nuestras últimas vacaciones, en la Patagonia como bien había dicho, se había contagiado de un terrible virus intestinal. Estábamos en un hotel en mitad de la nada, que por no tener no tenía ni electricidad, y Lorenzo, que no sabía qué hacer, pues se limitaba a no hacer nada: por eso fui yo quien toda la noche le sostuvo la frente a Lidia mientras vomitaba de mala manera. Desde que habíamos vuelto, se lo contaba a todo el mundo, porque era obvio que para ella ese viaje había sido especial y no absolutamente inútil como me lo había parecido a mí.

Habíamos visto lugares infinitos, desde luego, pero ¿qué te importa a ti un lugar infinito si no puedes compartirlo con quien acapara todos tus pensamientos?

Si bien es cierto que, en la India, el año anterior, había esperado poder olvidarme de Matteo, esta vez en la Patagonia de verdad no lograba entender qué narices pintaba yo allí.

Porque simplemente no es posible separar a una pareja de novios cuando sólo llevan diez días saliendo juntos: y eso era exactamente lo que nos había ocurrido a Palomo Carnevale y a mí.

Después de aquel beso en el autocar y hasta el último día de clase, no habíamos vuelto a dirigirnos la palabra.

–¡Mandorla, ¿no me digas que es verdad?! –me preguntó Eva Brandi la mañana después de volver del viaje de fin de curso–. Hay quien jura que, en el viaje de vuelta de Venecia, te vio besarte con lengua con ese pervertido: ¿a que no es verdad?

Pues claro que no es verdad, le aseguré, y a Eva le bastó eso para suspirar menos mal y pasar al siguiente tema. El único, desde entonces en adelante: la chispeante, estrepitosa y perfecta historia de amor entre ella y Matteo Barilla.

–Me ha regalado un osito de peluche lleno de chocolatinas con forma de corazón.

–Me quiere presentar a sus padres.

–Ayer, mientras hacíamos el amor, me preguntó ¿te quieres casar conmigo?

Yo la escuchaba como se escucha la radio cuando la tienes encendida mientras estás en el coche con alguien interesante, porque, para mí, lo que me contaba Eva Brandi ya no tenía interés y era como un simple ruido de fondo. Toda yo estaba concentrada en Palomo Carnevale, sentado detrás de nosotros, codo con codo con Matteo precisamente. Después del escándalo veneciano, Matteo se limitaba a fingir que no había nadie sentado a su lado, ayudado por el hecho de que delante tenía, apenas a un brazo de distancia, a su adoradísima, con la que no paraba de intercambiar notitas, miradas secretas y risitas estúpidas. Mientras, Palomo miraba por la ventana y pasaba de mí, igual que hacía con él Matteo. Pero, pensaba yo, ellos se dieron de puñetazos, y nosotros nos besamos: ¡no puede ser que no sea capaz de ver la diferencia este Palomo Carnevale! Pues no, no parecía verla.

Y yo por supuesto no pensaba ayudarlo.

Como un puñetazo en plena cara, cuatro años antes renuncié a saber quién era mi padre.

Como un puñetazo en el corazón, en esa habitación de hotel veneciana, renuncié a Matteo.

Después de haber ahogado durante casi dos años mi amor por él, lo había enterrado en el preciso instante en que su relación con Eva se había hecho realidad: así funcionaban las cosas.

Me había convertido en una experta en el arte de no decir lo que habría debido decir y en eliminar el mal mediante un pequeño ejercicio de voluntad.

De modo que no había nada ahora que me resultara más fácil que no hablarle a nadie de la fina película de colores que ese beso me había dejado entre los dientes, en la lengua y en todo el cuerpo.

Podía incluso olvidarme de ella, si era necesario.

Hasta que terminaron las clases, y llegó el día en que nos dieron las notas. Como todo el mundo imaginaba, resultó que Palomo había suspendido el curso.

Él estaba ahí tranquilamente, mientras los ONME se apiñaban en el patio del instituto, ansiosos por conocer noticias sensacionales o catastróficas sobre su futuro escolar. Él estaba ahí tranquilamente, sentado a horcajadas en un murete, con el mismo aire que, podría haberlo jurado, habría tenido si milagrosamente hubiera aprobado el curso.

–Hey –me acerqué a decirle: porque quizás ésa fuera la última vez que lo veía en mi vida. Y porque vale, muy bien, tampoco es que uno se pueda mostrar del todo indiferente ante el tercer suspenso seguido de su Primer Beso.

–Hey –me contestó él.

–¿Qué tal?

–Psé.

–¿Vamos a dar una vuelta?

¿De dónde había sacado esa valentía imposible que con Matteo siempre había brillado por su ausencia?

De la indescifrable autorización de existir que me garantizaban esos ojos como de moqueta negra, creo, para los que todo daba igual y, huelga decirlo, también estaba todo permitido.

O quizá del hecho de que también Palomo me parecía un impostor, un ONME de imitación: ¡y desde luego no habría podido juzgar si yo era de marca o no!

Así es que fuimos a dar una vuelta: literalmente. Dimos una vuelta entera al instituto. Y luego otra, y otra, y otra más. Al principio paseábamos en silencio, entre los casilleros que empezaban a volar por todo el patio, las ONME que escapaban corriendo y los ONME que las perseguían con globos llenos de agua.

Y, de pronto:

–Qué gilipollas –comentó él, con una especie de gruñido. Y nos pusimos a hablar. Eran sólo fragmentos de frases, estábamos muy lejos de las parrafadas de Lidia y Lorenzo o de Tina y Gianpietro.

Cosas como: «¿Qué vas a hacer ahora?», «Dejo los estudios y me pongo a currar en el bar de mi padre», «¿Estás contento?», «Me la suda».

O: «¿Dónde vas este verano?». «A la mujer de mi padre se le ha ido la olla, está siempre muda o rezando el rosario; mi padre dice que todo el dinero que tenemos hay que gastarlo en hacer que vuelva a ser normal, así que a la mierda las vacaciones: me resbala, porque total a mí viajar me parece un coñazo», «Pues yo dentro de diez días me voy a la Patagonia», «Qué bien», «Estaré fuera un mes y medio: ¡es un montonazo de tiempo!», «Ah», «La Patagonia está muy lejos de Italia», «Si tú lo dices».

O también: «¿De qué equipo eres?», «El fútbol me da por culo», «¿Qué cantantes te gustan?», «Odio la música».

Pero sobre todo: «¿Piensas alguna vez en ese beso que nos dimos?», «¿Por qué, quieres otro?».

Y me lo dio, otro beso, me refiero. En el patio del instituto, que ya se había quedado desierto y cubierto de globitos muertos desperdigados por todas partes.

En ese mismo lugar nos citamos al día siguiente a la misma hora. Y al otro, y al otro. Pasábamos la tarde paseando y besándonos.

Eran besos extraños. No eran largos, como esos que se daban Eva y Matteo a la salida de clase, que los dejaban pegados durante un buen rato. Cada uno sacaba sólo un trocito de lengua, la mojaba con la lengua del otro, y ya está. Ahí quedaba la cosa.

Los ONME de marca se besan de una manera, y los de imitación, de ésta, pensaba yo. Pero quién sabe si, a fuerza de besarse de la manera equivocada, no aprende uno a hacerlo bien y se convierte así en un ONME, aunque sea honoris causa (tuve que esforzarme pero al final aprobé el latín, y con un siete incluso).

Vamos, que los dos juntos lograríamos convertirnos en Uno de Nuestra Edad.

O al menos eso me parecía a mí, mientras le hablaba sin parar de Tina, del blog de Samuele, del último desfile del Orgullo Gay con Paolo y Michelangelo, del libro que me acababa de regalar Lorenzo. Él escuchaba, mascando chicle y emitiendo gruñidos que yo, poco a poco, empezaba a saber interpretar. Parecían todos iguales pero no lo eran: estaba el gruñido con el que Palomo expresaba interés, y aquel otro con el que expresaba que estaba de acuerdo o que no lo estaba en absoluto.

Los cotilleos sobre los Barilla, por ejemplo, le gustaban mucho (el que más, el hecho de que los padres de Matteo todavía lo siguieran llamando Cariñito).

¿Cómo podré hacer cambiar de idea mañana a Pavarotti?

Porque él me lo dijo muy claro: «Yo, a uno como Palomo, no le habría dejado ni que me invitara a un café».

Pero a lo mejor porque Pavarotti ese café no lo necesitaba: ya se lo preparaba Cate.

Mientras que el café que yo había soñado tomarme con Matteo ahora se lo estaba tomando Eva Brandi.

Entonces ¿qué habría tenido que hacer? ¿Contestar: «No, gracias» a quien me invitaba a tomar uno con él?

¿Permanecer indiferente a quien, por fin, quería escuchar lo que yo tenía que contar, sin obligarme a utilizar la Cara de Tonta?

Porque de verdad parecía que a Palomo le interesaran mis historias.

A mí, por otro lado, me interesaban muchísimo las suyas.

Dejemos a un lado el interés que, de acuerdo, podía ser real, me rebatirá seguramente Pavarotti. Pero ¿cómo pudiste creer que esas historias fueran verdad, Mandorla?, insistirá.

Creo que, por desgracia, Pavarotti tiene decididamente una obsesión con la Verdad.

Porque si no le contestaría sin problemas: mire, abogado, nunca me pregunté si las cosas que me contaba Palomo eran verdad o no. Eran bonitas, y punto. Eran grandes, eran nuevas. ¿Entiende lo que quiero decir?

Por fin alguien lograba convencerme seriamente de que la vida no terminaba en la calle Grotta Perfetta, 315.

Porque el edificio en el que había crecido Palomo era el mundo entero.

Y también porque, de ese mundo, él se había hecho una idea precisa que era suya y de nadie más.

Por ejemplo, no creía en las tiendas: ahí queda eso.

«¿Es culpa tuya si se te ha acabado el papel higiénico? ¿O la mayonesa? ¿Te parece normal, entonces, que si necesitas una puta cosa, la que sea, tengas que pagar para tenerla?», me preguntaba. Porque a él no le parecía normal. Así como también consideraba absurdo que yo pareciera tan unida a personas que no eran de verdad mis padres.

No es que le hubiera explicado exactamente cuál era mi situación, eso no. Por eso querría preguntarle a Pavarotti: abogado, ¿qué diferencia hay entre contar algo que es falso y no contar la verdad? Palomo no me contó más que mentiras, eso es un hecho incontestable. Pero si para usted es tan importante la verdad, abogado, no puede negar que también yo habría podido ser más sincera con mi Primer Novio.

Vale, es verdad que al final Palomo no ha ido a parar a la cárcel, y yo sí.

Quizá la diferencia sea ésa.

Pero no deja de ser cierto que yo tampoco me he comportado como una Primera Novia modelo.

De vez en cuando pensaba, lo voy a hacer ahora, venga, le voy a contar la verdad, pero luego nunca era capaz: pese a que Palomo era un ONME de imitación como yo, tenía miedo de que la condición en la que vivía, con cinco familias, sin madre y con un padre desertor, fuera demasiado incluso para él.

¿Y si me deja? Mejor no correr ese riesgo, me decía yo.

De modo que seguía guardándome el secreto que todos en el edificio sabían, y que nadie fuera del edificio podía imaginar (sin contar las dos excepciones de Matteo y Eva, claro. Matteo porque estaba dentro del edificio, pero también fuera. Y Eva porque, pese a estar fuera, probablemente ya lo sabía todo. El idiota de Matteo seguro que le habría contado mi vida con pelos y señales, haciéndole jurar que no me diría nada: ¡como si alguien como él fuera a resistirse a hacerse el interesante con su novia contándole un secreto especial!).

Septiembre de 2009

–¿Matteo?

–¿Qué, cariño?

–¿Me explicas de una vez por todas quiénes son los padres de Mandorla?

–Pero, Eva, ¿cómo me preguntas eso? Pero si lo sabes de sobra. Cuando murió su madre, la señorita Polidoro, la solterona que vive en el primer piso de mi edificio, adoptó a Mandorla.

–Entonces ¿por qué vive una temporada en una casa y otra en otra?

–Y yo qué sé. Mandorla es una chica extraña, no es ningún misterio. Y, además, los vecinos de mi edificio querían mucho a su madre y ahora la quieren también a ella. Y no hay nada más que explicar, cariño. ¿Te apetece un helado?

Me limité a contarle a Palomo que me había adoptado Tina.

–Pero todos los vecinos del edificio le tenían mucho cariño a mi madre. Y por eso yo hoy los considero un poco como mis tíos.

Ya sólo eso a él le parecía la cosa más rara del mundo.

Será que Palomo no podía aguantar a la segunda mujer de su padre: por lo que había podido entender entre un gruñido y otro, su verdadera madre trabajaba de cocinera en Ciudad de México.

Estaba empleada en un restaurante de moda que frecuentaban los actores de culebrón más famosos del mundo: el reparto de *Corazón salvaje*, por ejemplo, comía allí todos los días. Yo conocía bien ese culebrón. En los años que había vivido con Tina no había día que nos perdiéramos el episodio de la increíble historia del pobre, pero en realidad rico (y supersensible, con un corazón de oro), Juan del Diablo.

El misterio del nombre de mi Primer Novio, sobre el que en clase corrían absurdas habladurías, por fin me lo reveló él mismo: no era sino un homenaje a Eduardo Palomo, el actor que interpretaba a Juan del Diablo, porque la madre de Palomo Carnevale se había hecho amiga de esa estrella de fama internacional.

¡Stop! Ya oigo a Pavarotti interrumpirme de nuevo. ¡Vamos, Mandorla! ¿Cómo demonios puede alguien creerse una trola así? ¿Acaso te parecía mexicano, tu Palomo Carnevale? Pero ¿qué dice, abogado? ¡Su padre era italiano y emigró a México, la que era mexicana era su madre! ¡Mandorla! Pero entonces ¿no has entendido nada? No existe ninguna cocinera mexicana, la madre biológica de Palomo es una pobre desgraciada, y el señor Carnevale no es su padre biológico... Que sí, abogado: lo he entendido. Ahora ya sí.

Pero no me diga que no era extraordinaria la idea de que el famosísimo Eduardo Palomo hubiera podido acariciar el vientre en el que mi Primer Novio había sido concebido.

Pero, si he de ser sincera, Palomo no perdía mucho tiempo en hablarme de esa historia: era a mí a quien le encantaba imaginar cómo había ocurrido todo.

Pues sí. El éxito había hecho que Eduardo Palomo tuviera muchos admiradores, pero en ciertos momentos tener más personas que te quieren de lo normal puede significar no tener ninguna.

Yo te entiendo perfectamente, Eduardo, pensaba yo. Hasta puedo sentir lo que tú sientes, algunas noches, cuando las luces del día y de los focos se apagan, y dentro de ti se levanta una especie de niebla que todo lo envuelve. Entonces se te abre en el estómago un agujero enorme, ¿verdad? O más o menos ahí: por culpa de la niebla que tienes dentro no sabrías decir exactamente dónde. El caso es que te entra hambre. Caminas sin rumbo por Ciudad de México, esperando encontrar a alguien a quien pedirle que tome un bocado contigo. Te cruzas sólo con dos chiquillas que se echan a reír. Lo hacen porque están cortadas y confusas de verte por la calle en lugar de en la pantalla de sus televisores, claro. Pero tú estás convencido de que es para burlarse de ti. Entonces bajas la mirada y aprietas el paso. Te das cuenta de que te sigue un perro con el rabo cortado por lo que parece el mordisco de un caballo. Notas que tenéis mucho en común, ese perro y tú. No te gusta esa idea: para librarte de ella, impones de inmediato un rumbo a tu caminar. Vas al restaurante donde almuerzas cada día con el resto del reparto de *Corazón salvaje*. De todos los rumbos posibles, es el que te es más familiar. Y sin embargo.

Y sin embargo, sin embargo, sin embargo.

Sin embargo no te has dado cuenta de lo tarde que se ha hecho.

El cierre metálico del restaurante ya está a medio echar. A punto estás de pegarle una patada: al cierre, pero también a esa noche de mierda, al perro con el rabo cortado, a las chiquillas y al agujero que tienes dentro y que sigue creciendo.

Pero en ese preciso momento sale alguien del restaurante. Ya tenías la pierna levantada para dar esa patada, Eduardo, pero enseguida la bajas.

–¿Se encuentra bien? –te pregunta la mujer de ojos de moqueta negra, esa mujer que acaba de salir del restaurante cerrado y de esa noche imposible. Parece una niña. Y sin embargo está embarazada.

–¿Se encuentra bien? –te repite. Como si tú no fueras el famosísimo Eduardo Palomo, sino Eduardo Palomo, el que esta noche siente un agujero en el estómago.

Empezáis a hablar de la mar y los peces.

Ella trabaja de cocinera en el restaurante al que vas a almorzar todos los días: tú sin embargo nunca habías reparado en ella.

–¿Alguna vez te entran ganas de envenenar a esos capullos arrogantes de los actores de culebrón? –le preguntas. Y os reís. Como esas dos chiquillas con las que te habías cruzado por la calle: de pronto, Eduardo, hasta ellas te caen bien.

El alba empieza a imponerse sobre la noche, y ahí seguís la mujer de ojos de moqueta y tú, de pie, delante del cierre a medio echar del restaurante.

–¿Es un inicio? –le preguntas tendiéndole la mano.

–¡Es un inicio! –te contesta ella estrechándotela.

Bueno, más o menos así, en mi opinión, debía de haber empezado la amistad entre Eduardo Palomo y la madre de mi Primer Novio. Que sobre algunos detalles no le gustaba demorarse, pero sobre otros, sí.

–Luego llegó un momento en el que mi padre ya no aguantó más –me contaba siempre, hasta dos veces en la misma tarde.

Porque la amistad entre su mujer y el actor más querido de México había hecho enloquecer de celos al señor Carnevale. Éste había intentado dominarse, pero sin resultado. Cuando después nació su primer hijo, y su mujer se empeñó en llamarlo Palomo precisamente, pues... A ver, qué iba a pasar: el señor Carnevale se puso como una fiera, se volvió medio loco y regresó a casa, llevándose consigo al pequeño Palomo, que apenas tenía un mes.

Interpretando los gruñidos de mi Primer Novio no me quedaba muy claro si entre Eduardo y su madre había pasado de verdad algo o no.

A veces daba a entender que sí.

Otras juraba: «Sólo eran amigos del alma».

Sea como fuere, el señor Carnevale, ciego de rabia, había cogido a su hijo y había regresado a Italia, de donde se había marchado hacía muchos años a la conquista de América (eso exactamente decía Palomo: «A la conquista de América», y Pavarotti tendrá que darme una buena razón para que no pudiera creerme al menos eso). Una vez en Roma, el señor Carnevale abrió un bar. Pero todos los días echaba de menos los ojos de moqueta de su mujer, y en Navidad la nostalgia se le hizo de verdad insoportable. Por ello organizó una rifa para las clientas solteras de su bar. Oficialmente, el premio era una cena en el restaurante más caro de Roma: naturalmente, en esa cena participaba también él. Y así, entre la extracción de la papeleta premiada y la boda del señor Carnevale con la dueña de dicha papeleta no pasó ni un mes. Pero Palomo aseguraba que su madre y esa tipa no tenían nada que ver. No sólo porque una era mexicana, y la otra, italiana.

–Si mi ADN es el de un bellezón, ¿cómo voy a tener algo en común con la desgraciada con la que se casó luego mi padre? –repetía siempre.

Porque, aparte de tener unos ojos como de moqueta, su madre era también guapísima y superatractiva.

–Antes de trabajar de cocinera era modelo. Mide uno ochenta y seis: un año incluso quedó segunda en el concurso de miss Ciudad de México.

Pavarotti negará con la cabeza. Pero espero que, llegados a este punto, considere ya inútil repetirme cuánto hay que ser estúpido para creerte algo así.

También porque estaba muy lejos de terminar ahí la fantástica historia de los padres de mi Primer Novio.

En efecto, la segunda mujer del señor Carnevale, a parte de ser muy fea, también era mala persona y un asco de tía.

–Hasta le apesta el aliento. Y ahora, encima, se pasa el rato mirando por la ventana de su habitación. No es que mire lo que hay fuera, qué va. Lo que mira fijamente es la ventana. Mi padre dice que ha entrado en un estado agudo de depresión, o algo así.

Pero, según Palomo, esa tía traía mala suerte y punto, a sí misma y a quien tenía cerca.

–A su lado mi padre se ha agilipollado por completo. El cerebro se le ha hecho puré.

Pero si el señor Carnevale se había olvidado de que tenía una mujer de verdad y se había buscado una de mentira, mi Primer Novio desde luego no olvidaba que tenía una madre de verdad: todos los días ella lo llamaba desde Ciudad de México y le decía: te echo de menos, pequeño[1] mío. Y cuando un día, sin avisar a nadie, el corazón de Eduardo Palomo se paró, dejando al mundo en la más honda desesperación, pues obviamente la más desesperada de ese mundo, huérfano de su actor mexicano predilecto, fue precisamente su madre.

–Tuvo fiebre y todo, la pobre, de lo que lloraba –me confió Palomo. Y ahí intuí que quizá su padre había tenido un poco de razón en ponerse tan celoso. Pero bueno, el caso es que desde ese momento mi Primer Novio tomó una decisión: estaba esperando a reunir el dinero necesario para comprar un billete de avión sólo de ida para Ciudad de México. Quería reunirse con su madre y consolarla del abandono de su marido, de la muerte de su amigo más querido –quizás hasta enamorado secreto– y de la distancia imposible que separaba Italia de México. De todo quería consolarla. Que se jodan mi padre y su mujer. Mi padre porque se equivocó al dejar a mi madre, y su mujer porque, aunque quiera hacerle creer a todo el mundo que yo soy su hijo, la realidad es que no lo soy y no lo seré jamás.

1. En español en el original. *(N. de la T.)*

–Pero ¿y no entiendes tú también, Mandorla, que a todos esos gilipollas de los que me hablas, desde esa vieja solterona a la cornuda de la abogada, tú no les importas una mierda? ¡Despierta! –me gritaba al oído, y gruñía como cuando se divertía en tomarme el pelo–. ¡Despierta!

–Entonces, según tú, ¿por qué se tomarían tantas molestias en ocuparse de mí? –le preguntaba yo.

–¿Y por qué juegan los niños con soldaditos de plomo o con muñecas? Pues porque sí, porque no tienen nada mejor que hacer –me contestaba, y me atraía hacia él y me lamía la cara, como si fuera *Efexor*. «¡Basta, basta!», fingía suplicarle yo. Pero él insistía porque sabía que en el fondo me divertía.

Así que mañana quisiera yo preguntarle al abogado Pavarotti si, según él, es posible que dos personas que están así de bien juntas se tengan que separar después de tan sólo diez días.

Ya me gustaría a mí preguntárselo, si es posible.

Porque eso fue lo que ocurrió.

Y yo estaba tristísima.

Pese a lo que después ocurriría, pese a lo que ocurra mañana. Pavarotti no podrá decir que me equivocaba.

Uno no se equivoca nunca al estar triste, como tampoco al ser feliz. O, como había aprendido en la India, se puede decidir equivocarse siempre en hacer ambas cosas: pero, por cómo sonríe Pavarotti, como atontado, cuando está con Cate, no creo que él sea de esta opinión.

Entonces tendrá que hacer un esfuerzo. Aunque de Palomo no hubiera aceptado ni un café, tendrá que intentar entender, por ejemplo, el triple salto mortal que me pareció dar cuando, el maldito día que nos marchamos para la Patagonia, recibí esa sorpresa.

La encontré allí, bellísima e inimaginable, esperándome en la pared del portal.

Era una enorme pintada roja, de las que no se pueden borrar, que desde ese momento obligaría a todo el que entrara o saliera del edificio de la calle Grotta Perfetta, 315 (y, por lo tanto, sin duda también a Matteo Barilla), a leer:

MANDORLA ERA LO + BONITO
KE ME A PASADO EN LOS ULTIMOS 3 MESES
Palomo

En efecto, tres meses antes, con ayuda de un amigo mecánico, Palomo se había hecho con una moto: ése, me gruñó una tarde, había sido el día más feliz de su vida. Pero justo después de la moto venía yo, eso era lo que me quería decir con la pintada. Es tan fantástico ser importante para alguien, pensé en el aeropuerto (mientras pasaba bajo el arco detector de metales tenía miedo de que se me viera el corazón de lo fuerte que me latía) que, ¿cómo puede ese alguien no ser importante para ti?

Un Amor Posible te da mucha más fuerza que un Amor Imposible: escribe pintadas, te besa, pasea contigo, ¡existe, vamos!

Ésa era precisamente la razón de esa reunión de propietarios de principios de septiembre: lo que había entre Palomo Carnevale y yo.

–Mandorla, es inútil andarse con rodeos –volvió a tomar las riendas de la situación el ingeniero Barilla–, nos ha dicho Matteo que estás frecuentando malas compañías.

Todas las miradas se centraron sobre mí. Yo dirigí la mía a Matteo Barilla que, a su vez, se puso a mirar a su padre, en busca de la confirmación de que sólo había cumplido con su deber al hacer de espía.

–Lo que más siento, Mandorla, es que no lo hablaras conmigo –quiso intervenir de nuevo Lidia–. ¿Por qué? Hemos hablado tanto de estas cosas nosotras dos, y ahora que por fin te enamoras, ¿no me dices nada?

–¿Por fin? –A Carmela Barilla le pareció entonces sencillamente necesario tomar la palabra, estuviese de acuerdo su marido o no–. Lidia, perdona, pero ¿qué significa eso de «por fin»? ¡No quisiera yo que sea precisamente esa visión infantil de las relaciones entre hombre y mujer, tuya y de tu pareja, lo que le ha metido a Mandorla extrañas ideas en la cabeza! Nuestro hijo nos ha dicho bien claro quién es ese individuo. ¡Es un loco, medio delincuente!

–Juzgue mi vida sentimental si le apetece pero, perdone, señora Barilla, ¿se puede saber por qué toma al pie de la letra lo que he dicho? –Si bien es cierto que, por lo general, Lidia podía encontrar estimulante que le llevaran la contraria, lo que no soportaba era que la entendieran mal–. He dicho «por fin» porque sin duda es sano y, ¿por qué no?, también bonito enamorarse, a la edad de Mandorla.

–Depende –sentenció Paolo–. No todos los amores son sanos, no todos los amores son bonitos.

–Pero ¡miren quién fue a hablar! –estalló Tina: demasiado tarde para darse cuenta de lo que había dicho, demasiado pronto para descubrir que si había una sola cosa capaz de hacerle superar el temor reverencial que le inspiraba todo el mundo, ésa era su pequeñita. Era yo.

–¿Lo admite, señorita Polidoro? –la acosó de inmediato Michelangelo–. Ya era hora: ¡lo admite! ¿Por qué motivo, según usted, no podría hablar Paolo de amores buenos o de amores equivocados? ¡¿Eh?! Porque usted nos considera dos desviados, ésa es la razón. ¡Nos considera enfermos! ¡Contra natura!

–Cariño, olvídalo, no es el momento –trató de calmarlo Paolo.

–¡No, Paolo, siempre es el momento! ¡Siempre! Y la señorita Polidoro ahora tiene el deber de disculparse contigo, qué digo contigo, también conmigo, por la vulgaridad de su comentario.

Tina, naturalmente, estaba impaciente por lanzarse en un torrente de disculpas.

–¡Basta! –bramó sin embargo el ingeniero Barilla, irritado tanto por aquella manifestación de orgullo homosexual como por las dificultades que estaban encontrando para que la reunión llegara al objetivo que se había previsto.

–Basta, sí –corroboró Cate.

Todos sabíamos que acababa de volver de dos semanas en velero con Pavarotti, aunque ella siguiera sin querer reconocerlo. Un esfuerzo bastante inútil, a mi entender: bastaba mirarla para darse cuenta de que le estaba ocurriendo algo especial. En los últimos meses había florecido en su interior, para después hacerse evidente en el exterior, la posibilidad de una nueva Cate que, despacio y poco a poco, había ido ocupando el lugar de la otra: era una Cate con los dos primeros botones de la blusa desabrochados debajo del estricto traje de chaqueta, una Cate más delgada, sonriente, todavía segura de sí y contenida, pero con una confianza en sí misma que había dejado de ser melancólica para pasar a ser dulce. El mérito ha sido sólo suyo, abogado Pavarotti, se lo reconozco, no se preocupe.

Agosto de 2009

El mar rompe perezosamente contra el casco del barco y la noche que cae.

–¿Estás dormido, Luciano? –le pregunta Cate.

Éste le besa la oreja para responderle que no. Luego desliza los labios por su cuello.

–Me gusta todo de ti –le susurra.

–¿De verdad?

Le besa la tripa. Sigue deslizando los labios hacia abajo.

Se para. Sigue besándola.

A Cate le bastan pocos segundos.

–¡Qué vergüenza! –Se oculta la cara con un cojín–. ¿Qué vas a pensar de mí?

–Que eres una mujer increíble –responde, muy serio, Luciano.

–Venga...

–Venga ¿qué?

–¿De verdad que te gusta todo de mí? –insiste ella.

Él se limpia las gafitas rectangulares. Reflexiona un momento. Como no la besa al azar, sino que hace ya meses que estudia su clítoris para saber cómo hacerla feliz, ahora quiere concentrarse para contestar a esa pregunta. Es un hombre así, Luciano Pavarotti. No hay nada que, en el fondo, no considere una cuestión legal que la justicia deba esforzarse al máximo por satisfacer.

–Sí, Cate: me gusta todo de ti. Pero si tengo que ser sincero, sigo aún muy perplejo por tu actitud con respecto a Mandorla.

Caterina enciende la luz del camarote. Se cubre el pecho con una sábana y se incorpora. Esa cama de pronto se transforma en el tribunal en el que suelen limitarse a hacer de abogados. Esta vez son a la vez jueces e imputados. La causa que se discute (lo saben los dos perfectamente aunque no lo digan a las claras) es la del futuro de su relación. Tarde o temprano tenía que llegar este momento, piensa Cate. Luciano se ha mostrado más que paciente: en los últimos meses se ha convertido en mi costumbre preferida sin reclamar siquiera que yo fuera consciente de ello. Pero ahora me toca a mí. Tengo que convencerlo de que sí. De que quiero saber yo también cómo hacerlo feliz. Es ésta una manera de estar juntos que no conozco y que me cuesta entender. Pero si el riesgo es no tener más besos entre las piernas como los de Luciano y vacaciones como éstas, en las que todo parece fácil, voy a hacer un esfuerzo.

–De una vez por todas, Luciano –le dice entonces Cate, muy seria–. Según tú, ¿qué debería hacer?

–Nuestros hijos vienen al mundo para medirnos, Cate. Miden nuestra lealtad, nuestra inteligencia y nuestro valor. Por eso también algún día me gustaría tener un hijo. –Y la mira, como añadiendo: contigo, naturalmente–. Para entender, a través de nuestro hijo, qué clase de hombre soy.

–¿Quieres decir que...?

–Que tú estás desde luego a la altura de Lars, Cate. Pero también tienes que estar a la altura de Mandorla.

–¿Y eso cómo se hace, Luciano, cómo?

–Tenéis que permitirle conocer la identidad de su padre. –Luciano no tiene la menor duda al respecto.

–Pero ¿y si...?

–Pero ¿y si fuera Samuele?

–Eso...

–Si fuera Samuele, Cate, a ti ya no debería importarte, espero. ¿No crees que esa niña ya ha sufrido bastante vuestro egoísmo? ¿No crees que ya ha pagado lo suficiente? ¿No crees que por fin merece un signo concreto de vuestro amor por ella?

¿Está hablando de verdad de Mandorla?, se pregunta Cate, mientras vuelve a apagar la luz del camarote. ¿O el que cree merecer un signo concreto de amor es él? ¿Me está pidiendo que me muestre capaz de proteger a Mandorla, o de no seguir protegiendo a Samuele?

¿Qué me estás pidiendo, Luciano?, querría saber Cate. Pero dice:

–Bésame otra vez –le suplica. Como para decir: estoy de acuerdo contigo, dejando a un lado cualquier otra consideración. Soy tuya.

Como debía ser, también Samuele había sido convocado a esa reunión. Su blog Duende, según él mismo decía, empezaba a darle enormes satisfacciones.

–Tiene una media de ciento dos coma cuatro visitas al día –le contaba a quien quisiera escucharlo. Lo que significaba que ciento dos coma cuatro personas al día estaban interesadas en debatir el tema que Samuele decidiera sacar. Cómo conseguía expresar su opinión ese coma cuatro de una persona entera para mí era un misterio.

Pero, pese al éxito de Duende, Samuele no parecía nada tranquilo. Desde el principio de esa maldita reunión tenía los ojos abiertos de par en par como si se hubiera llevado un buen susto, y no lograba apartarlos de Cate. Bueno, mejor dicho, de la nueva Cate.

Que una vez que tomó la palabra, ya no la soltó:

–Lo que todos querríamos expresar, Mandorla –prosiguió–, es nuestra preocupación por ti. Nadie está aquí para juzgarte. Somos las últimas personas que se lo podrían permitir.

¿He oído bien?, debió de preguntarse el ingeniero Barilla, por cómo la fulminó con la mirada.

–Perdone pero ¿qué quiere decir con eso, abogada Grò?

–Caterina. Gracias, señor Barilla, me llamo Caterina. Sólo quiero decir que si hoy Mandorla está cometiendo un error, quizá sea porque también nosotros cometimos algún error con respecto a ella, hace muchos años.

–Y eso ahora ¿qué tiene que ver, abogada Caterina? –Carmela Barilla acudió en auxilio de su marido. Y luego prefirió dirigirse a mí–: Mandorla, cariño, lo que tienes que entender es que no sólo no queremos juzgarte, como bien dice la abogada Caterina, sino que tampoco queremos juzgar a ese tal Palomo Carnevale. Nos hemos informado y sabemos que tuvo una infancia de verdad terrible, el pobrecito.

–¿Y quién no? –terció Lorenzo, que hasta entonces había estado callado mirando por turnos, con sus ojos grandes y distraídos, a unos y otros participantes en esa discusión que, cuanto más agitada se volvía, más absurda debía de parecerle–. El problema está en el nacimiento, no en la infancia.

–Cállate, Lorenzo –lo aplacó al instante Lidia, y ya que estaba aprovechó para volver a meter baza–. Pero vamos a ver, Mandorla: ¿recuerdas todo lo que hablamos sobre el amor? ¿Lo recuerdas?

–Y dale... –fue lo único que Samuele, que seguía con los ojos fijos en la nueva Cate, acertó a articular.

Pero quizá Lidia no lo oyera siquiera. Porque siguió hablando, tan decidida como si estuviera en uno de sus programas de la radio:

–Tiene razón Paolo cuando dice que no todos los amores se deben vivir. Y sobre todo tiene razón cuando dice «depende»: porque es precisamente así, Mandorla. Depende. Pero no depende de la persona a la que conozcamos o de la que nos enamoremos. Qué va. Si fuera así sería muy sencillo. Depende de nosotros, Mandorla. De las ganas que tengamos de estar bien o de estar mal, de ir al cine, de viajar por el mundo o de tener hijos: me entiendes, ¿verdad?

Sí, después de haber vivido en el cuarto piso la entendía. Los demás, en cambio, la miraban perplejos.

–Mírame a mí, por ejemplo: cuando conocí a Lorenzo...

Al ingeniero Barilla le bastó carraspear para frenar a Lidia:

–Tratemos de no alejarnos del tema principal, *dottoressa* –añadió.

–Vamos a olvidar mi relación con Lorenzo, va a ser mejor –intuyó ella–. Pero lo que está claro es que nosotros, y sólo nosotros, somos los responsables de las historias de amor que vivimos. Por desgracia, en algunos períodos, sobre todo a tu edad, decidimos acercarnos a alguien sólo para darle la responsabilidad de arruinarnos la vida: no quisiera que tú estuvieras atravesando uno de esos períodos, Mandorla.

–En pocas palabras: te prohibimos que sigas viéndote con ese chico.

Por fin llegó el momento que tanto esperaba el señor Barilla: el de impartir órdenes y formular soluciones.

Mi padre no habría llegado donde lo ha hecho si hubiera vivido un solo día de su vida sin reflexionar: Matteo no paraba de repetir eso. La vida es una abscisa, nosotros estamos en la ordenada, ése es el lema de mi padre. Lo que ocurre en esos noventa grados está determinado única y exclusivamente por las reglas que somos capaces de imponernos.

–Pues sí, Mandorla –corroboró Carmela Barilla. Y miró a Tina para suplicarle: ánimo, al menos usted diga algo útil.

–Es por tu bien, pequeñita –farfulló Tina–. Como sostiene Lidia, las historias de amor se dividen en dos categorías, ¿y por qué la mejor niña del universo tendría que elegir la categoría de las peores relaciones?

–Exacto, tiene razón la señorita Polidoro –comentó Paolo, quizá para compensar el exceso al que se había dejado llevar Michelangelo poco antes.

–Venga, Mandorla, no te pega nada ese tipejo.

–¡Si supieras la cantidad de chicos mejores que te están esperando!

–Es un delincuente.

–¡Un chico que casi viola a una chica en Venecia!

–¿Estás de acuerdo, Mandorla?

–¿Qué opinas?

–Algo tendrás que decir.

En lo que llevábamos de reunión, no, no me parecía que tuviera nada que decir.

Pero me bastó abrir la boca para descubrir en cambio que sí. Sí que tenía algo que decir. Y tanto que sí.

–Para vosotros yo sólo soy un juguete: un soldadito de plomo, una muñeca con qué entreteneros. Pero no sois mis padres y no lo seréis jamás. Ésa es la verdad. Así que no podéis sermonearme con lo que debo o no debo hacer, con lo que está bien y lo que está mal –susurré con una voz que parecía una cuchilla de afeitar y que nunca creí que pudiera tener.

Tina se echó a llorar. No como todo el mundo, que primero se sorbe la nariz y, una vez calentado el motor de la desesperación, lo hace estallar a sollozos. No: ella sollozó directamente. Como sólo hace quien lleva demasiado tiempo sin derramar una lágrima y cuando por fin llora, no lo hace sólo por el motivo de marras. Tina lloraba por mi voz nueva y malvada: claro que sí. Pero también por lo lejos que estaban sus hermanos, por su padre, por la muerte de su madre, por la muerte de la mía, por la desaparición del gato *Naranja*, por los invitados a sus fiestas nocturnas. Hasta ahora no lo había entendido.

Aunque esa tarde aún no lo entendía, porque de haberlo hecho, quizás habría evitado que ocurriera lo que estaba a punto de ocurrir.

–Mandorla, tranquilízate. Yo te doy la razón. –La nueva Cate no se había dejado impresionar ni por mi voz desconocida ni por las lágrimas de Tina–. Hagamos una cosa: tú renuncias a seguir viendo a ese tal Palomo, y nosotros te concedemos la prueba de ADN que te mereces. ¿Trato hecho?

En ese momento se desató el infierno.

Sólo los ojos de Samuele se quedaron fijos, clavados en Cate, que, una vez que hubo lanzado su propuesta, se refugió en una esquina del antiguo lavadero para redactar un larguísimo mensaje de móvil.

Matteo se levantó de repente para bloquear a su madre, que se había levantado de golpe a su vez para decirle algo al oído a Tina, que se levantó bruscamente para seguir llorando sin que nadie la molestara, mientras Lidia se le colgaba del cuello para poder llorar juntas. Lorenzo tiró a Lidia del brazo, como para llevársela a casa. Michelangelo ocultó la cabeza entre las manos y se puso a contar hacia atrás, desde cien hasta cero, Paolo le dio una patada a la silla de Michelangelo y soltó un taco, mientras el ingeniero Barilla caminaba de un lado a otro del antiguo lavadero, repitiendo calma, calma.

Pero.

Pero, pero, pero.

Pero da la casualidad de que el momento de rebelarse era mío.

Así que pensé: nanay.

¡Esto al menos no me lo podéis quitar!

Y grité, más fuerte que Paolo durante la tormenta de cojines, más fuerte que el ingeniero cuando se enfadaba con sus subalternos por teléfono, más fuerte que el daño que me había hecho la muerte de mi madre, más fuerte que el que me habían hecho Matteo y Eva al enamorarse, más fuerte que los sollozos de Tina, más fuerte de lo que gritaba Mundoperro en mis pesadillas:

–¡Me dais asco todos! ¡Todos!

Y me fui.

Sólo me dio tiempo a ver, de reojo, que Matteo estaba a punto de correr detrás de mí.

Y a oír, mientras ya bajaba la escalera, que su padre le decía:

–Quieto, Cariñito. No empieces también tú, maldita sea.

Quién sabe. Creo que ésa fue la primera vez en la vida del ingeniero Barilla que las cosas no salieron exactamente como él había decidido.

Febrero de 1980

Maldita sea. Lo que faltaba, piensa Cesare Barilla.

La varicela, así, de golpe y porrazo.

La culpa la tiene el hijo de mi compañera de trabajo, que se la ha pegado a ella, y ella a mí. Maldita sea. Si al menos esto me hubiera pasado en fin de semana...

Porque hasta ahora Cesare no ha faltado un solo día, ni un solo día, al trabajo. Nunca jamás. Ni siquiera se cogió unos días cuando nació su hijo.

El director general de la empresa se ha percatado de ello y se ha decidido a hablar con él para decirle algo en lo que lleva mucho tiempo pensando: para anunciarle la posibilidad de que dirija una filial.

Con sólo veintisiete años.

–¿Quién hubiera dicho que tú, de donde venías, llegarías tan pronto tan alto? –le dijo el otro día una de las secretarias del director general, con quien mantuvo una breve relación.

¿Cómo que quién hubiera dicho?, estuvo a punto de contestarle Cesare. ¡Yo, yo lo hubiera dicho! Si no ¿por qué habría querido marcharme de ese agujero donde nací, por qué habría venido a estudiar a Roma? ¿Por qué me habría sacado la licenciatura en cuatro años y medio, a base de becas? ¿Para poder invitarte a cenar? No me hagas reír, estuvo a punto de contestarle. Pero se contu-

vo: ¿de qué habría servido? Sólo pasó un par de noches con esa tipa, nada más. Aunque es cierto que excitarlo lo excitaba: para él, las chicas de Roma siguen estando envueltas en una nube como de ámbar y de misterio que las hace criaturas inasibles y míticas.

Míticas, sí, pero monstruosas, reflexiona a menudo Cesare. Caprichosas, llenas de deseos momentáneos, de sueños personales, de cigarrillos largos y finos, vaya cigarrillos, tienes que recorrerte la ciudad de un extremo a otro para encontrar la marca que quieren ellas. Y no es casualidad que ahora, postrado en la cama por la broma de pésimo gusto de esa varicela tan inoportuna, con cuarenta de fiebre y la despensa vacía, de todas las chicas de Roma con las que se distrae por las noches después de trabajar catorce horas no haya una, ni una sola, a quien poder llamar para pedirle ayuda.

Entonces, de repente, se acuerda de Carmela. Sí, se llama así: Carmela, piensa Cesare. Esa chica con la que se encontró en Año Nuevo, en la plaza Navona. ¿No te acuerdas de mí?, le preguntó ella, sin atreverse a mirarlo. Somos del mismo pueblo, soy la hermana de Peppe, tu compañero de clase en la escuela primaria: ¿ahora ya sí te acuerdas? Claro que Cesare se acuerda de Peppe, de su fiel y querido amigo Peppe. Pero de su hermana, no. Y ahora mírala, ahí está: una chica grandota y como desubicada, tímida y, pensándolo bien, hasta guapa. Se intercambiaron los números de teléfono: Carmela se había trasladado a Roma hacía unas semanas para estudiar Enfermería.

¡Enfermería! Cesare tiene una iluminación, mientras se retuerce en la cama con ese picor insoportable. No necesita desesperarse para encontrar el número de teléfono: es un tipo ordenado, Cesare, siempre sabe dónde están las cosas que le hacen falta.

La llama y le explica la situación.

–Estaré allí dentro de media hora como mucho: te llevo taquipirina, un antihistamínico y un termo con un poco de caldo caliente –le asegura sin pensarlo un segundo.

Ahora que me acuerdo, tenía unas piernas bien bonitas, se dice Cesare. Además tengo casi treinta años, si no lo hago ahora, ¿entonces cuándo? Todas las mujeres de Roma, si me apuras, si quieres reunirlas en un subconjunto, tienen la regla una vez al mes, una amiga pesada y un peligroso miedo a envejecer. ¿Qué van a tener de especial que no pueda tener también Carmela? Es la hermana de Peppe: una garantía. Anda que no sería bonito reunirnos todos en Navidad y en Semana Santa. Anda que no se pondría contento Peppe de ser el padrino de bautismo del primero de nuestros hijos. Porque tendremos dos: Giulio y Matteo, así los llamaremos. Serán dos varones, espero: porque si nace una niña aquí en Roma, ya se sabe luego lo que pasa, se echa a perder. No, no, por Dios. Dos chicos fuertes y simpáticos, con la pureza de corazón de Carmela reflejada en la mirada, y mi tesón y mi determinación como rasgos de carácter.

Eso exactamente planea Cesare.

Y llega a la conclusión de que, para fundar una familia con una mujer, enamorarse locamente de ella es como el año 1929 para Wall Street.

Porque, con una mujer, si pretendes que las cosas funcionen para siempre, de lo único que te tienes que enamorar es del tipo de vida que quieres llevar con ella.

Suena el timbre de la puerta.

Llega Carmela.

Llega el alba.

Roe la noche para poder despuntar.

En esta habitación (por llamarla de alguna manera) no hay ventanas que den al mundo, pero yo lo sé.

Los insomnes lo envidian todo de aquellos que son capaces de dormir, pero al menos tienen un talento del que éstos carecen.

No les hace falta estudiar el color del cielo, como tampoco necesitan las manecillas de un reloj. Saben distinguir la una de la madrugada de las dos, como los otros saben distinguir las siete de la mañana de las once.

Es una simple cuestión de costumbre, nada más. Sencillamente los insomnes pasan mucho más tiempo con horas con las que los demás sólo se encuentran de refilón. Ocurre lo mismo que con las personas: aquellas a las que ves todos los días las reconocerías incluso con los ojos vendados, ¿verdad?

Vamos, que más o menos serán las cuatro y cincuenta y uno.

Lo que significa que dentro de poco más de tres horas llegará el abogado Pavarotti y se ocupará de sacarme de aquí.

Hemos quedado a las ocho.

No pensaba que conseguiría poner en orden todo lo

que voy a tener que contarle: pero algo me dice que la parte más difícil viene ahora.

Porque justo ahora que casi estoy, justo ahora que la Verdad de los Hechos se vuelve más necesaria, justo ahora, a las cuatro y cincuenta y uno (o quizá cincuenta y tres), se me ha vuelto a abrir.

El agujero.

Parece que, por lo general, es en el estómago. Pero el hambre no tiene nada que ver con ello.

El agujero lo aspira todo rápidamente. Los rostros, los pensamientos, la necesidad de orden: todo.

Ciérrate te lo suplico ciérrate te lo suplico ciérrate ciérrate ciérrate te lo suplico te lo suplico ciérrate ciérrate ciérrate, te lo suplico: ciérrate.

Nada. Al contrario: sigue haciéndose más grande.

«¿Por qué? ¿Qué ocurre? ¿Acaso tienes miedo de que esté Mundoperro escondido en alguna parte en esta cárcel, Mandorla? Pero si fuera así, tendrías que estar tranquila: encerrado aquí, ¿qué daño puede hacerte?»

No, no, no. No se trata de eso. ¿Y tú quién eres, si se puede saber?

«Olvídate de saber quién soy, Mandorla. Respóndeme. ¿Te ha disgustado recordar esa horrible reunión de vecinos?»

Quizá.

«¡Pero luego todo se arregló!»

Sí, pero...

«¿Pero?»

Pavarotti.

«¿Qué tiene que ver Pavarotti, Mandorla? ¡Ni que hubiera estado en esa reunión!»

Sí, es verdad, no estaba. Pero si me asomo al borde del pozo sin fondo que se me ha abierto dentro veo brillar sus gafillas. Él se las coloca sobre la nariz y dice: «Puedes estar segura de que mañana te sacaré de aquí, Mandorla. Tú sólo tienes que contarme lo que pasó: de lo demás me ocupo yo. Luego, en cuanto hayamos resuelto todo este lío, te prometo que me ocuparé personalmente de tu situación. Te lo juro por Cate. Ya no se puede seguir perdiendo más tiempo: decididamente, ha llegado el momento de que tengas tú también lo que todo el mundo tiene derecho a tener».

«¿Entonces? Pavarotti quiere ayudarte, ¿no? ¡Ni que te hubiera insultado, ni que te hubiera dicho que eres una "ONTE de imitación"!»

Socorro.

«Vayamos por partes, Mandorla. Para empezar, trata de salir de este lugar horroroso. Que sobre todo lo demás ya podremos reflexionar con calma.»

¿Qué todo lo demás?

«Tu situación, Mandorla. Lo que todo el mundo tiene derecho a tener. El ADN del que Cate se atrevió a hablar en esa horrible reunión.»

Socorro.

«Vayamos por partes, Mandorla.»

Socorro.

«Respira hondo, Mandorla, respira, respira, respira. Así, muy bien. Ahora repite: soy inocente. Porque ésa es la base de la que hay que partir para entender lo que pasa ahora y lo que pasó hace once años. Sobre todo lo que pasó hace diecisiete años. Repítelo, venga. Soy inocente soy inocente soy inocente soy inocente soy inocente soy inocente soy inocente soy inocente.»

inocente inocente inocente inocente inocente inocente inocente inocente inocente inocente inocente inocente inocente inocente inocente inocente inocente inocente

inocente inocente

inocente inocente

inocente inocente

inocente inocente

inocente inocente

inocente inocente inocente inocente inocente inocente inocente inocente inocente inocente inocente inocente

inocente inocente

inocente inocente

inocente inocente

inocente inocente

inocente inocente inocente inocente inocente inocente inocente inocente inocente inocente inocente inocente inocente inocente inocente inocente inocente inocente

inocente inocente inocente inocente inocente inocente inocente inocente inocente inocente inocente inocente inocente

«Bien, Mandorla. Lo has hecho muy bien. ¿Notas que ya se te está llenando el agujero?»

Sí.

«Pues venga. Hasta ahora lo estabas haciendo muy bien: solamente tienes que seguir así. Vayamos por partes. ¿Qué pasó después de esa horrible reunión? Venga, ánimo.»

Bien. Después de esa horrible reunión... nada: ¡no lo consigo! Las ideas se me escapan volando. Se van lejísimos. El agujero se las traga como una vorágine.

«Pues ¿sabes entonces lo que te digo, Mandorla? Apáñatelas.»

¿Qué?

«Sí, apáñatelas. Por muy mal que vayan las cosas, si no le quieres contar a Pavarotti lo que ocurrió, él no convencerá al ministerio fiscal de que te deje en libertad, y pasarás otra noche en la cárcel. Luego procederán a las pesquisas preliminares, ¿no es así? Vale. ¿Y qué puede ocurrir en el peor de los casos? Que tengas que pasar otra noche aquí, y otra más: pues vale. Total, tampoco debería costarte tanto acostumbrarte a otra cama, ¿no?»

No. O mejor dicho: sí. O sea, no, no debería costarme, pero sí que me cuesta.

«¿Por qué, Mandorla?»

Porque ésta es distinta a todas las camas de mi vida.

«¿Por qué, por qué es distinta? Mira el agujero: ahora está de verdad pequeño, pequeñísimo. Respóndeme, y verás que encogerá aún más. ¿Por qué es distinta esta cama a todas las demás de tu vida?»

¿Por qué?

Porque. Porque. Porque, porque.

Porque si me despertara en mitad de la noche por una pesadilla sobre Mundoperro y me pusiera a gritar socorro, nadie acudiría corriendo hasta aquí desde otra habitación. Por eso es distinta. Porque no acudiría Tina: las margaritas blancas de su vestido azul no me iluminarían la oscuridad. No acudiría Cate para demostrarme, siempre tan lúcida, mi queridísima Cate: «¿No ves que estás en tu habitación, Mandorla? ¿No ves que aquí no hay ningún Mundoperro?» No acudiría Samuele, que tardaría un poco en entender lo que ocurre pero que de todos modos me propondría ir a la cocina a tomar pan con Nutella. No acudirían Paolo y Michelangelo, que me llevarían a la cama grande para seguir durmiendo entre ellos dos, con el televisor encendido, sintonizado en el canal de un documental tan aburrido que volvería a quedarme dormida al instante. No acudiría Lidia para interpretar la pesadilla, y no acudiría Lorenzo, que creería consolarme diciéndome que los sueños bonitos son aún peores que las pesadillas, porque lo que luego te hace polvo es despertarte y ver que es todo mentira. No acudiría la señora Barilla, que me haría sentarme en su regazo, aunque ya tenga diecisiete años, y no acudiría el ingeniero, al que le bastaría encender la lámpara de mi mesita de noche para hacerme ver que todo está bien.

No acudiría mi madre, desde luego: y, envuelta en su nube de almizcle blanco, no podría jurarme que todo ha pasado, es sólo una pesadilla, ahora estoy yo aquí.

«Ahora estoy yo aquí, Mandorla.»

Mamá...

«Vida mía...»

¡Eras tú!

«Mi vida.»

Mamá. Eres tú.

«El agujero parece ahora la punta de un alfiler: ¿te has fijado?»

Mamá. Mamá, mamá, mamá.

«Ahora escúchame, mi vida. Vayamos por partes. Entonces.»

¡Mamá! ¿Cómo estás? ¿Qué haces, dónde estás?

«Tesoro, ahora tenemos que centrarnos sólo en ti. Así que haz como te digo. Uno: repite de memoria mi carta. Dos: vuelve a respirar hondo. Tres: reza una oración de las tuyas. ¿Vale? Muy bien. Cuatro: esfuérzate por recordar qué ocurrió después de aquella horrible reunión. Tienes que ayudar a Pavarotti a ayudarte, Mandorla.»

¿Y tú mientras tanto qué vas a hacer, mamá?

¡Mamá! ¿¡Eh!, mamá? Mamá. ¡No irás a marcharte otra vez! Mamá...

¡Mamá, si tu carta me la repito de memoria todos los días! Pero ahora que sacas tú el tema, me la tienes que explicar. De una vez por todas, me la tienes que explicar.

¿Qué quiere decir que «en todas partes hay cosas buenas, en todas partes hay cosas malas»? ¿No quiere eso decir que aunque Palomo Carnevale se haya portado conmigo como lo ha hecho no pueda parecerme precioso pasar el tiempo con él? Venga, mamá, respóndeme. ¿Qué significa no envidiar «la felicidad de los demás, o la suerte, o los éxitos de los demás, las certezas, los resultados, las luces de las casas ajenas»? ¿No significa eso acaso hacer las cosas a tu manera? ¿Mamá? ¡Haz tintinear todas esas pulseras que tienes en las muñecas, mamá!

¿Según tú, no me tendría que haber puesto furiosa con los vecinos de la calle Grotta Perfetta, 315, después de esa reunión? ¿Tendría que haber intuido enseguida que tenían razón ellos? Pero ¿no fuiste tú acaso quien me escribió «los días más felices de mi vida han sido los que he pasado enamorada»? Y quien añadió «a lo mejor de alguien que no valía en absoluto la pena, pero qué más da».

¡Mamá! ¿Qué pasa? ¿De verdad no quieres contestarme? ¿Tienes prisa, como de costumbre? Entonces cambio la pregunta. Te hago sólo ésta, si tienes poco tiempo: ¿quién estaba contigo «esa tarde de marzo, en el antiguo lavadero del sexto piso»? ¿Eh, mamá?

¿Quién es papá, mamá? ¿Quién es, mamá, quién es papá?

Esto sabes que me lo tienes que decir, ¿verdad? ¿Lo sabes? En cuanto salga de aquí iré a hacerme la prueba de ADN: así que más vale que me la cuentes tú, ¿no?

Me refiero a la Verdad.

¿No?

Vayamos por partes: ¿tendrías el valor de repetir eso?

¿Vamos por partes, mamá?

Entonces, si de verdad te empeñas, ahora voy a respirar hondo. Hondísimo, estoy respirando hondísimo.

El agujero se ha convertido en un puntito negro, muy negro.

Es minúsculo: pero ahí está, no se va.

Respiro. Hondo.

Nada.

Será que son las cinco y tres minutos, y la oscuridad de esta celda empieza a antojárseme un poco irreal. Quién sabe si no habrá algún interruptor en alguna parte.

Tiene que haber uno a la fuerza.

Pero.

Pero, pero, pero.

Pero algunas luces dan más miedo encendidas que apagadas. Quizá sea mejor que lo olvide. Hay luces malas y luces buenas, diría Tina. Las malas te meten la idea en la cabeza de que no hay lugar para ti en el mundo. Las luces buenas, en cambio, te prometen que sí lo hay.

Quiero salir de aquí, mamá. Enseguida.

Oh, luz en casa de los demás,
hagamos un intercambio
para que comprendas,
en mi lugar,
qué quería decir
exactamente
mi madre
en esa carta,
con eso que decía
del bien y del mal
(que quizá tenga
algo que ver
con Palomo Carnevale)
y con todo lo demás,
empezando por el aburrimiento,
la curiosidad
hasta llegar a él:
mi padre.
Mientras, en tu lugar,
yo
me enciendo y me apago
en el cuarto de baño
en el salón
en la cocina
y veo a la gente
comer
quererse
discutir
volver del colegio:

y, ¿qué le voy a hacer?,
si así
no me siento sola
al menos un rato,
porque
es inútil fingir que no:
lo importante
sencillamente
es estar dentro o estar fuera,
lo demás se pasa,
son tonterías,
olores.

En efecto, me siento un poco mejor.

Bueno, no me he transformado en la luz en casa de los demás.

Pero el agujero se ha cerrado.

Por completo.

Tenías razón, mamá.

No hacía falta mucho.

Uno: la carta. Dos: respirar hondo. Tres: una oración de las mías.

Ahora debería esforzarme por recordar qué ocurrió después de aquella horrible reunión, supongo.

Vale, está bien.

Después de aquella horrible reunión los odiaba a todos.

Ya está, lo he conseguido, lo he reconocido: y lo haré también con el abogado Pavarotti.

Lo ayudaré a ayudarme (aunque, si he de ser sincera, esta expresión que has empleado tú, mamá, me parece como de Juan del Diablo en *Corazón salvaje:* y tú misma podrás entender que teniendo en cuenta mi situación actual está un poco fuera de lugar).

Pero bueno, de acuerdo. Haré lo que me dices. Pero entonces ¿tú me prometes que vuelves y contestas al menos a esa pregunta que te he hecho? ¿Me lo prometes? Yo creo que estás diciendo que sí con la cabeza, estés donde estés. Vamos, que sí, que me lo prometes.

Los odiaba a todos, sí.

A todos. ¿Qué podían saber ellos de Palomo Carnevale? ¿Cómo podían ser tan arrogantes, cómo podían estar tan absolutamente seguros de tener razón?

Gente como ellos, además. Pero ¿se dan cuenta o no?, me preguntaba. Es increíble que gente como ellos se sienta libre de expresar una opinión sobre lo que se debe o no se debe hacer.

Alguien como Lidia, que necesita lanzarse en paracaídas desde una altura de cinco mil metros o vomitar palabras, palabras y más palabras para ser consciente de que existe, ¿cómo puede afirmar que estar con Palomo me arruinará la vida? ¿Y alguien como Lorenzo? Si Lidia se hiciera papilla con el paracaídas, ¡él sólo pediría que no se le cayera encima! ¿Y qué hay de Tina? ¿Qué sabe Tina del amor? Tina para quien el no va más del romanticismo se moja en el té de los jueves con Gianpietro Costanza, Tina, que con tal de charlar con alguien que la escuche, por las noches, charla ella sola: ¿acaso es normal eso? Por no hablar ya de Paolo y Michelangelo. Mucho llenarse la boca con sus derechos pero luego se olvidan de que en la vida también hay deberes: por ejemplo, no meter las narices en los asuntos sentimentales de los demás. Cate es la única a la que no odio tanto, consideraba yo: al menos me ha dado la razón. Pero de todas maneras, también ella, qué narices. ¡Le ha faltado tiempo para sustituir a Samuele! No ha dado lugar a que se desesperara por su traición, oye. Está más que claro que hacía mucho que ya no quería a su marido: entonces ¿no habría podido dejarlo sin esperar a tener al alcance de la mano la excusa de Giulia Barilla? ¿Qué pasa? ¿No quería sentirse culpable de ser ella la que dijera basta, hasta aquí hemos llegado? En cuanto a Samuele, con el desastre que ha hecho, que no se le ocurra siquiera pensar en juzgarme. Y luego están los Barilla. Mis queridísimos Barilla. Siempre hablando de la importancia de la familia pero, en realidad, os interesa sólo la vuestra. No sois capaces de imaginar siquiera que a lo mejor también Palomo y yo podríamos fundar una familia, ¿verdad? No podríamos permitirnos un filipino, desde luego. Aunque quién sabe, a lo mejor con el tiempo sí.

Me dais asco todos. Todos, todos, todos me dais asco.

No soy vuestra hija y no lo seré jamás. A una hija no se le prohíbe conocer la identidad de su padre. A una hija no se le prohíbe enamorarse. A una hija no se le prohíbe conocer la identidad de su padre, a una hija no se le prohíbe enamorarse.

Enamorarse.

Sí.

Porque si tengo que distinguir el momento exacto en que decidí no seguir estando enamorada de Matteo sino de Palomo Carnevale, y perdidamente, fue precisamente ése.

Es cierto que los besos de antes de las vacaciones y la pintada en el portal ya habían contribuido bastante. Pero ahora que todos (¡asco, asco, asco, me daban asco todos!) se habían puesto en contra de esa relación, yo sólo quería vivirla a fondo. Demostrar que también yo podía tomar mis propias decisiones, también yo podía besar con toda la lengua, dejar que me quitaran las bragas, intercambiarme el reloj con alguien, ser protagonista de lo que me ocurría. Se lo demostraría a Matteo Barilla, para empezar. Porque si hubiera habido un concurso para llevarse el premio a la cara más de mierda de todas las caras de mierda de aquella tarde, sin lugar a dudas lo habría ganado él, Matteo.

No sólo has preferido a Eva Brandi antes que a mí, sino que ¿ahora además quieres impedirme que sea feliz con otro chico? ¡Eres de verdad un cabronazo!, pensaba y pensaba, mientras corría hacia el patio del instituto, donde por fin, por fin, por fin, después de aquel larguísimo verano, después de aquella maldita reunión, volvería a ver a Palomo. O, mejor dicho, a mi Gran Amor Palomo. Porque así es como empecé a llamarlo, en mi fuero interno. Y medio me dirigía a él, medio seguía despotricando de Matteo.

¿Tú y Eva, sí, y yo y Palomo, no? Matteo, Ex Amor Imposible, venga, por favor. Palomo, Amor Grande y Posible, espérame. Matteo, eres un miserable. Gran Amor Mío, Palomo: ¡lo nuestro durará para siempre! Vete al diablo, Matteo.

Hasta que lo vi aparecer por el fondo del patio.

–Hola, amor mío –le susurré al oído.

Él gruñó algo y me besó, con el trocito de lengua de costumbre. Pero yo esta vez le metí la mía entera en la boca. Y entonces él hizo lo mismo.

Y nos besamos como ONME de marca.

Una, dos, tres veces, hasta llegar a once.

Tenía un olor nuevo, Palomo: quizá sea el de una historia de amor cuando se convierte en algo serio, me dije.

Pero, mirándolo bien, mi Gran y Posible Amor era nuevo de los pies a la cabeza. Fumaba un cigarrillo detrás de otro, por ejemplo. Y se había rapado al cero.

–Toca –me invitó a hacer. Le pasé la mano por la cabeza: estaba lisa como la de Lars recién nacido.

Vestía el mismo chándal naranja con el que había entrado en clase el primer día, pero debajo de la chaqueta, que se había dejado abierta, no llevaba camiseta. Su pecho parecía un felpudo de lo peludo que era: el de Matteo, en cambio, parecía el de una niña. Pobre Eva, me sonreí para mis adentros, ¿quieres apostar cuánta satisfacción más da abrazar a un novio como el mío que a uno como el tuyo?

De su cuello colgaba además una cadenita de oro. Jugueteé un poco con ella.

–¡Qué bonita! –le dije.

Él, sin pestañear siquiera, se la quitó y me la puso. Luego se la volvió a poner.

–Es algo importante –subrayó: ahora que lo pienso, seguramente se refería a la cadenita, pero yo entonces creí que se refería al gesto de habérmela probado a mí.

Entonces, repanchingado en la verja del instituto, empezó a contarme su verano. De los dos o tres mensajes que me había mandado mientras estaba en la Patagonia no había entendido gran cosa de cómo lo estaba pasando. Me escribía cosas como «Hola», o «Qué coñazo», o «Hace calor»: vamos que, por así decirlo, gruñía también por sms.

Pero ahora que volvíamos a estar juntos había un mundo de cosas de que hablar.

La primera y fundamental novedad era que Palomo había empezado a trabajar en el bar de su padre.

–La puta de su mujer sigue empeorando. A mediados

de agosto la armó, se puso a aullar como una perra, y mi padre la tuvo que ingresar –me explicó. Por eso, mientras su padre atendía a su mujer en el hospital, Palomo se tuvo que ocupar del bar. Sentía una admiración profunda por él. ¡Seguro que Matteo, en su lugar, no habría estado a la altura de la situación! Palomo, en cambio, se las había apañado: y se las había apañado tan bien que hasta se había encontrado otro trabajo.

–Curro de camarero en un pub por las noches. A mi padre no se lo he dicho porque si no me da la tabarra, tiene miedo de que por las mañanas esté demasiado cansado para levantarme y abrir el bar. –La cadenita se la había regalado el dueño del pub (mejor dicho, el Jefe, como lo llamaba Palomo). Tras el primer mes de trabajo, se la daba a los camareros de los que se consideraba satisfecho.

–A los demás, en cambio, el Jefe les da una patada en el culo y adiós muy buenas –me explicó muy serio, pero claramente orgulloso de haber superado esa prueba.

–¡Bravo! –como Primera Novia que era, sentí que era mi deber felicitarlo.

–Pero mantendrás la boca cerrada, ¿verdad?

Claro que sí, le aseguré. Faltaría más.

Nos besamos otra vez. Y luego me dijo:

–¿Puedes guardarme tú el dinero que gano en el pub? –me preguntó mi Gran y Posible Amor, dándole una patada a una piedra–. Si lo encuentra mi padre la arma, Mandorla. Se dará cuenta enseguida de que lo estoy ahorrando para irme a México con mi madre y me pegará una buena. Una vez me pegó tanto que me sangraban las orejas, flipa. Yo entonces la monté: ¿qué coño haces?, le gritaba. Y él, nada, venga a pegarme, venga a pegarme.

–Palomo... –Era la primera vez que pronunciaba su nombre.

–No te preocupes, Mandorla. A mí ya mi padre me la suda. No quiero que me robe lo que es mío, y todo lo demás me toca los cojones. ¿Porque sabes lo que haría el muy capullo si encontrara mi dinero? Me lo birlaría. Seguro. Me lo birlaría y lo utilizaría para la zorra de su mujer.

Vamos a ver: ¿había oído yo alguna vez a alguien expresarse así? No. Pero como por aquel entonces me daba tanto asco toda la gente que conocía con excepción de Palomo Carnevale, pensé: a lo mejor tiene razón él. A lo mejor es así como hay que hablar. Sin hipocresía, yendo directo al grano.

¡Matteo, eres un capullo! ¡Eva, eres una zorra!

Tenía que armarla un poco yo también. Enfrentarme a ellos de malas y decírselo.

¡Lorenzo, capullo! ¡Tina, zorra! ¡Samuele, Michelangelo, Paolo, ingeniero: capullos! Y las demás, todas vosotras: zorras.

Me la suda lo que penséis de Palomo.

Mientras tanto, mi Gran y Posible Amor se había encendido un cigarro. Le dio dos caladas, una después de otra, y luego lo tiró al suelo.

–¿Y bien? –dijo.

–Y bien ¿qué? Perdona, me había quedado pensando en...

–¿Me ayudas? ¿Me echas un cable, Mandorla?

–Dios, Palomo, pero claro que sí. Claro que sí.

Abogado Pavarotti, lo sé. Fue en ese momento cuando empezó el fin de todo. Si hubiera contestado claro que no, en lugar de claro que sí, ahora (son las cinco y treinta y siete) no estaría aquí. Pero ¿qué quiere que le diga?

¿Cate no le ha pedido nunca que le haga un favor? Sí, se lo ha pedido. Así que la conoce. Conoce esa alegría arrebatadora de hacer algo por alguien a quien uno quiere o a quien (es lo mismo) decide querer. Tirar la basura por él, comprarle flores, cambiar una bombilla fundida. La conoce, vamos, no me diga que no. Y, como es usted sincero, sabe perfectamente que no tiene nada que ver con la generosidad. Tiene que ver con el manifiesto con nuestra cara colgado en la pared del corazón de la persona a la que queremos. Queremos que sea maravilloso ese manifiesto. Que sea el más grande posible.

Con cada gesto amable esperamos añadirle un toque especial. Esperamos agrandarlo, darle brillo, hacer que el dueño de ese corazón lo vea como el manifiesto más bonito del mundo: ¿por qué? ¡Pues porque así se lo pensará dos veces antes de arrancarlo de la pared! Resulta obvio.

En la habitación de Giulia Barilla donde ahora dormía, por ejemplo, había un póster de un cantante vestido de negro, con la cara pintada de blanco y aire de vampiro. Hace años, lo recordaba perfectamente, en su lugar estaba el póster de otro cantante embutido en un mono dorado, con rizos largos y la piel color café con leche.

Era evidente que Giulia se había librado de él antes de marcharse a Londres: pero, cuando regresara, ¿todavía le gustaría el vampiro con el que había reemplazado al de los ricitos? Probablemente no. Lo tiraría para sustituirlo por uno de esos de Linkin Park, a lo mejor.

Pavarotti podrá encogerse de hombros y replicar: «¿Y qué? ¿Por un póster uno es tan imbécil como para acabar en la cárcel?».

Pero no me puedo creer que se alegrara mucho si Cate quitase el póster de Pavarotti de la pared.

De modo que me parece lícito, ¿no? Esforzarse al máximo por seguir colgados en los corazones que nos interesan. Lo había hecho con mis familias hasta ese momento, tratando de vestirme y de comportarme como creía que les gustaba a ellas. Ni siquiera había pretendido saber «¿Quién es mi padre?», con tal de no acabar como el cantante de los ricitos.

Pero ahora todos ellos me la sudaban, ¿no?

Tenía que preocuparme del corazón de Palomo.

En la pared del de Matteo no había conseguido pegar ni siquiera un adhesivo con mi cara.

Esta vez no podía fracasar.

Por eso no sólo repetí:

–Claro que sí. Yo te guardo ese dinero.

Sino que volví a meterle toda la lengua a Palomo en la boca para que entendiera que no tenía ni que pedírmelo. Él sin embargo me apartó. Me puso las manos en los hombros y apretó. Me miró fijamente con sus ojos de moqueta negra. No me había dado cuenta de lo guapo que era. Vale: no era guapo como Matteo Barilla. Pero sí era guapo, ¿cómo decirlo? Guapo a mi alcance: eso es. Lo que lo hacía más guapo aún que Matteo, en ese preciso momento.

–De verdad es un problema, Mandorla. No sé dónde coño guardar este puto dinero. Busco un lugar seguro. No es para siempre, tranqui. En cuanto reúna lo suficiente para marcharme a Ciudad de México, los mando a todos a tomar por culo y me largo.

En ese momento me asaltaron dos emociones precisas y violentas, pero enfrentadas entre sí. Me sentía profundamente feliz de que Palomo, mi Primer Novio, mi Amor Posible y Grande, contase conmigo; pero me sentía también profundamente triste porque, entre todos aquellos a los que iba a mandar a tomar por culo al marcharse a Ciudad de México, estaba también yo.

–¿Qué pasa? –se preocupó él, que (que se fastidiaran los vecinos de la calle Grotta Perfetta, 315) demostraba así ser de verdad sensible–. ¿No te apetece?

–Claro que sí. –Quise alejar enseguida de nosotros la más mínima posibilidad de malentendido–. Pero ¿qué pasará con nuestro amor cuando te marches a México? –le pregunté de un tirón, sin pensármelo. Porque ya lo había conseguido.

Acababa de mandar a tomar por culo a esos capullos de la calle Grotta Perfetta, 315. Así que, ya para el caso, más valía seguir diciendo las cosas tal cual, sin pararme a pensar demasiado.

Él se rascó la cabeza.

–¿Qué coño tiene eso que ver? Si quieres te vienes conmigo, a mí no me importa –contestó. Sin gruñir, esta vez, articulando bien cada palabra.

Julio de 2009

–Perdona, ¿cómo has dicho que te llamas? –le pregunta el Jefe.

–Palomo. Palomo Carnevale –contesta él.

–Ah, sí, eso. Bueno, ¿te has enterao bien de todo, Pamelo?

–Sí.

Palomo es el recién llegado y sabe perfectamente que cuantas más preguntas haga más pasará por un gilipollas. Y eso es lo último que quiere. Le gusta el Jefe. Un montón. Tiene unos brazos como mazas, una cabeza enorme y rapada al cero que parece la luna, una cadena de oro que brilla tanto que te ciega y una cara de esas que no necesitan ser bellas. De alguien así sí que le gustaría ser hijo, piensa Palomo. Y no de ese capullo que lo adoptó.

No es casualidad que ése sea dueño de una birria de bar enano, se para a pensar.

El Jefe, en cambio, mira lo que ha montado.

Que ese pub no era sólo un pub Palomo se lo oyó decir a un cliente del bar del señor Carnevale, su padre adoptivo. «Al principio de la calle Grotta Perfetta han abierto una especie de puticlub clandestino –contaba ese cliente–, pero para dar el pego, en el cartel han puesto "pub". Pasé ayer por delante: había un montón de gente haciendo cola para entrar, no sabes cómo se reían. Qué coño les hará tanta gracia», concluyó el cliente, antes de pedirse otro café.

Palomo, naturalmente, esa misma tarde ya estaba allí. En el puticlub. Bueno, en el pub. Lo importante es que sea un lugar donde la gente se ría, pensó. Estoy hasta los cojones de ver gente triste.

El Jefe lo estudió de los pies a la cabeza y luego de la cabeza a los pies. Y le hizo una larguísima serie de preguntas.

–¿Sabes guardar un secreto?

–Sí.

–¿Te has ido alguna vez de putas?

–Sí.

–¿Tienes novia fija?

–Casi.

–¿Dónde está ahora?

–En la Patagonia.

–Ah. ¿Pero lo vuestro es serio, en plan que te comportas como un marica y no haces nada que luego no le cuentas a ella?

–No, no.

–¿Te drogas?

–Un poco.

–¿Fumas?

–Sí.

–¿Tienes algún problema en robar?

–No.

Cosas así.

Palomo necesitó más de dos horas para intuir que había superado la entrevista de trabajo.

–Bueno, venga, te voy a dar una oportunidad –suspiró el Jefe, con el tono de quien concede un enorme privilegio a alguien que luego sin embargo tiene que demostrar que *se lo merece–. Por las noches, a eso de las once, este sitio se llena de viejos babosos que quieren tomarse una copa antes de volver a sus horribles casas con sus horribles mujeres. Aquí hay putas fabulosas, Pamelo.*

–Palomo.

–Pamelo: putas fabulosas, te digo. Hay una rusa que tiene unas tetas que ni te imaginas. Luego están también dos gemelas de Río, una superzorra de Milán con un culo que habla y un transexual que parece más mujer que todas las demás juntas. Bueno, total, que las cinco van por las mesas, hacen como que pasan de todo, pero en cuanto descubren al baboso adecuado, se sientan a su lado. Hablan con él, le tocan el muslo, el paquete; hacen lo que hacen las putas, vamos. ¿Te enteras, Pamelo?

–Pa...

–Pues eso. El baboso de turno le ofrece a la puta una copa. ¿Me sigues?

–Sí.

–Tú entonces te acercas y tomas nota de lo que quieren tomar.

–No hay problema, Jefe. Ya lo hago en la mierda de bar donde estoy currando.

–Bien. Pero a lo mejor no nos hemos entendido bien. En el vaso del baboso tienes que disolver una pastillita que te daré yo.

–Sí, sí, si lo había entendido –miente Palomo.

–El baboso bebe y, como un cuarto de hora después, se cae redondo durante doce horas como mínimo. Un segundo antes de que se quede dormido, su puta se lo lleva fuera, al aparcamiento que hay detrás del pub. Ahí vuelves a entrar tú en escena. Los sigues, y en cuanto el baboso se desploma, le robas la cartera.

–Está claro.

–Luego te cargas al baboso a la espalda y lo llevas hasta su coche.

–Bien, Jefe.

–La cosa no termina ahí.

–Ya me lo imaginaba.

–Bien. Buscas algún documento para averiguar dónde vive el baboso, le coges las llaves del coche y lo llevas hasta la puerta de su casa.

–¿Y luego?

–Ahora ya sí termina aquí la cosa, Pamelo. Luego te largas donde te salga de los cojones. A la mañana siguiente, el baboso se encontrará en la puerta de su casa, en su coche, y sin un céntimo. Pero, claro, no podrá decirle a su mujer: perdona, querida, ya sabes cómo son estas cosas, anoche quería tirarme a una zorra que ha resultado ser tan zorra que me lo ha robado todo. No le puede decir eso, ¿a que no?

–No.

–Pero ¿y si sí que se lo dice, Palemo?

–¿Y si sí que se lo dice?

–¿Te lo estás preguntando?

–Sí.

–Pues haces mal. Porque el Jefe sabe dar a todo el mundo un buen motivo para tener la boca cerrada. ¿Y quién es el Jefe, Pamelo?

–Tú.

–Eso es. Así que tú encárgate sólo de guardarte bien la pasta en los calzones. O sea, guárdalo donde te salga de los cojones, con tal de que luego no vengas a lloriquearme y a decirme que te la han birlado. ¿Estamos?

–Estamos.

–Porque cuando te llame, tú me la traes. Me la traes echando leches, ¿estamos?

–Estamos.

–Mira que si no funcionas, no tardo nada en ponerte en la calle y contratar a otro, ¿eh?

–Claro.

–Pero pareces un chaval espabilado, tú.

–Gracias, Jefe.

–Perdona, ¿cómo has dicho que te llamabas?

En las escaleras, en el ascensor, en el portal de la calle Grotta Perfetta, 315, el aire estaba como enrarecido.

Quienquiera con quien me cruzara me recordaba que entre nosotros estaba ya esa reunión: estaban las palabras con las que yo la había concluido.

Michelangelo fingía siempre que iba hablando por el móvil, Paolo me decía buenos días y buenas tardes como si fuera una cliente cualquiera de su joyería. A Tina le bastaba verme por la ventana para volver a echarse a llorar. Lidia me había pedido que habláramos a solas, de tú a tú, pero yo le había contestado que no, gracias. Lo mismo había hecho con Cate. Por lo que al final las dos me retiraron el saludo y me miraban fijamente a los ojos para subrayarlo. Sólo Lorenzo, encerrado en la burbuja impermeable de su egocentrismo, me seguía tratando como siempre, mientras que Samuele, para imitar a Cate, trataba de fingir desapego, pero se lo impedía la tentación de contarme cómo había sido de exaltante el debate que había surgido el día anterior en su blog.

–Hola, Samuele.

–...

–...

–¿Sabes que ayer en Duende se armó la gorda porque a una fan superfiel de Almodóvar le había decepcionado su última película y se puso a despotricar sobre ella a lo bestia?

–¿Sí? ¿En serio?

–Sí. Pero ahora me tengo que ir. Adiós, Mandorla.

Los problemas más espinosos, sin embargo, estaban en el quinto piso, es decir, donde yo vivía.

Una vez enterado de mi decisión de desobedecer su orden, en la mesa el ingeniero Barilla sólo se dirigía a mí para pedirme que le pasara el aceite o la sal. La señora Barilla, en cambio, me había echado un largo sermón:

–Pese a lo que puedas creer, Mandorla, nosotros te consideramos como una hija a todos los efectos. Por eso precisamente, como cuando nos encontramos en desacuerdo con Giulia y con Matteo, no dudamos en dejárselo claro, y así nos comportaremos también contigo. ¿Quieres seguir viendo a ese chico? Muy bien. Pero todas las tardes a las ocho tendrás que estar en casa. Esta norma es inamovible. Y a la primera mala nota que saques en clase, estarás castigada sin salir por la tarde. ¿Lo has entendido?

Sí, lo había entendido.

Qué pena que Carmela Barilla decidiera echarme esa bronca delante de Matteo.

Al menos él evitó intervenir: pero, a cada palabra de su madre, asentía con la cabeza, como si, en ausencia del ingeniero, el jefe de la familia fuera él.

Lo que me faltaba ya.

Desde que habían vuelto a empezar las clases ya me parecía terrible tener que soportar a Matteo, todos los días, sentado detrás de mí. Encontrármelo otra vez de frente durante la cena, o cuando salía del baño o cuando me hubiera gustado ver la tele yo sola ya era demasiado. Y ahora, además, se le había metido en la cabeza que tenía que actuar de padre conmigo, además de compañero de clase, Ex Amor Imposible, novio de Eva Brandi y hermano.

–Matteo, no te pases. –Después del sermón de la señora Barilla, él se fue a su cuarto, negando con la cabeza. Abrí la puerta sin llamar siquiera. Estaba como una fiera–. No te pases –repetí.

–Perdona, ¿a qué te refieres?

Fingió abrir unos ojos como platos, confiando seguramente en lo fantásticos que eran cuando se agrandaban así. Parecían ventanas recién lavadas.

Pero bueno, volvamos a lo que nos interesa.

–¿No tienes bastante con joderme contando todas esas mentiras sobre Palomo?

–No son mentiras, Mandorla. Y evita emplear palabras cuyo significado desconoces. –Quería tener razón en todo. Darme lecciones, por si fuera poco.

–Mira, Matteo: aparte de que sé perfectamente lo que significa joder...

–¿Ah, sí? Venga, dime, ¿qué significa?

Ahora sus ojos, además de enormes, también parecían sonrientes. Estaba guapísimo. No, no es verdad. Era un idiota. Y estaba a punto de darle una bofetada moral que recordaría toda su vida.

–Joder significa fastidiar –contesté, con la calma de quien se sabe ya vencedor.

–¿Y qué más significa?

Yo solté un bufido para aumentar mi inesperada superioridad con respecto a él.

–También significa molestar.

Matteo se echó a reír. Sí. Pero no en plan fingiendo, no, no. Como quien se ríe porque algo le ha hecho gracia de verdad.

–¿Se puede saber qué pasa?

–¿Joder según tú significa sólo fastidiar y molestar? –No podía parar de reírse.

–Sí.

–¡Mandorla! ¡Joder significa follar!

¡Qué satisfecho estaba! ¡Cómo debía de sentirse plena, total e intensamente un ONME de marca! Vale, me había equivocado. Le había dado la enésima razón que confirmaba que yo era una ONME de imitación, sí, bueno, ¿y qué? ¿Qué pasa, es que había que conocer a la fuerza el significado de todas las palabras? ¿Qué pasa, es que de todas esas palabras, «joder» era la más importante?

–Ya lo sabía, mira tú por dónde –preferí zanjar–. Pero estábamos hablando de Palomo y de lo que has ido por ahí contándole a todo el mundo. Si alguien fuera por ahí contando horrores sobre Eva, ¿tú qué pensarías?

Increíble.

Se había roto el hechizo: de golpe hablaba de nuevo como él, sin que fuera ya necesaria la máscara de Cara de Tonta. Yo ya no era esa estúpida incapaz de hacer o decir lo que fuera delante de Matteo. Vamos, que había vuelto a ser Mandorla. Y el mérito era todo de Palomo, mi Gran y Posible Amor.

–Pensaría que, por supuesto, tiene buenos motivos para hacerlo.

Pero ¿cómo se permitía seguir empleando ese tono de ingeniero Barilla conmigo? Vale, no sabía lo que quería decir en realidad «joder», pero ¿él acaso se daba cuenta de mi nueva transformación, o no?

Para no quedarme con la duda, preferí decírselo claramente:

–Yo he cambiado, Matteo. Ya no soy esa niña que...

–De eso se trata precisamente –me interrumpió él–. Has cambiado, Mandorla. Aparte de que empleas palabras que ni siquiera conoces, que bueno, eso pase. Pero mírate.

Señaló mis zapatillas de deporte. Eran fucsia y tenían una suela de cinco centímetros para hacerme parecer más alta. ¿Y qué? A Palomo le gustaban. Me había cortado el pelo yo sola, muy corto en la nuca y muy largo por delante. Eso también le gustaba a Palomo. Y pocos días después de aquella horrible reunión, le había pedido a Tina que me acompañara a comprarme un chándal. Sin dejar nunca de enjugarse las lágrimas con un pañuelo y sin decir una palabra, Tina había asentido con la cabeza: pero luego le había pedido a Gianpietro Costanza que viniera él también con nosotras, para no estar a solas conmigo.

El caso es que me compré un chándal naranja idéntico al de mi Gran y Posible Amor. Y, desde ese día, ya no me lo quitaba.

–¿Qué pasa, Matteo? ¿Te parece de Teletubby mi chándal?

–No me parece propio de ti –contestó él, muy tranquilo.

–¿Por qué, quién soy yo? ¿Lo sabes tú? –Cuántas, cuántas, cuántas veces me había hecho esa pregunta. ¿Quién pensará Matteo que soy? ¿Una ONME de imitación? ¿Una huérfana desgraciada? ¿Una mendiga de padres? Ahora por fin era capaz de preguntárselo directamente a él–: ¿Quién soy yo, según tú?

–Olvídalo –contestó Matteo, y trató de echarme de su habitación.

Pero yo estaba decidida a quedarme.

–¡Yo te he contestado cuando me has preguntado qué significaba joder! ¡Así que ahora me contestas tú! –Levanté la voz, pero no demasiado. Si me hubiera oído la señora Barilla se habría desatado el infierno.

Matteo entonces se dejó caer boca abajo sobre su cama. Se puso los cascos y empezó a cantar en inglés.

–¡Matteo! –Esta vez ya no logré contenerme y grité. Él se limitó a subir el volumen de la música.

–¡Matteo, contéstame! –Entonces me acerqué a él para sacudirlo. Pero.

Pero, pero, pero.

No lo había vuelto a tocar desde el momento en que me había dado cuenta de que estaba enamorada de él, aunque mientras tanto hubiera decidido no estarlo ya. De pequeña lo tocaba sin problemas. Le tiraba al suelo la cartera para que dejara de hablar por los codos, lo sujetaba del brazo cuando, en la piscina, quería convencerme de que me tirara de cabeza. Y después, de repente, todo se transformó. Los brazos de Matteo, sus piernas, sus pies y sus orejas se convirtieron en obras de arte del Museo de mi Amor Imposible. Eran intocables.

¿Y ahora? Ahora lo había hecho. Me había acercado a su cama, lo había cogido por un hombro y lo había sacudido. Porque, total, ya no estaba enamorada de él, ¿no? Sin embargo recibí como una descarga eléctrica: pero se trataba seguramente de rabia. Sólo de rabia. ¿Qué podía ser si no?

Tanto que no tuve más remedio que salir inmediatamente de esa habitación. Porque si no, la habría armado de verdad. Esta vez lo mato, pensé, ¿y luego quién aguanta a sus padres?

Me encerré con llave en la habitación de Giulia, que ahora era la mía. Le arreé una patada a la puerta, allí donde estaba pegado el póster del cantante vampiro. Luego encendí el aparato de música con el volumen al máximo, cogiendo al azar un cedé entre los miles y miles que había heredado con la habitación.

Como si con ello quisiera decir: Matteo, aprende. ¿Prefieres escuchar música antes que hablar conmigo? Vale, pues yo también. Maldito Matteo.

Cuánto, cuánto, cuánto lo odiaba.

Más de cuanto creía odiar a todos los vecinos de la calle Grotta Perfetta, 315, juntos.

No había pasado ni un día después de aquella horrible reunión, y ya los echaba de menos. Los echaba de menos a todos. ¿Será necesario que se lo diga a Pavarotti? ¡Los echaba de menos, pues claro que sí!

Si alguien me lo hubiera preguntado en ese momento, habría contestado que estaba muy bien así, o mejor aún, que estaba claramente mejor así, sin tener encima a cinco familias que, total, jamás habrían podido ser del todo mías.

Pero ahora que se acercan a galope tendido las seis de la mañana, en esta noche que ya no es noche, lo puedo confesar: no pasaba un solo minuto en que el instinto de comportarme como siempre con los vecinos de la calle Grotta Perfetta, 315, no le hiciera cosquillas a mi sacrosanto enfado.

¿Le ocurre también a usted, Pavarotti, cuando está en el juzgado? ¿Le pasa alguna vez que se pone como una fiera? Estoy segura de que sí. Como estoy segura de que si se pone como una fiera con un cliente, tarde o temprano, de una manera o de otra, se le pasa el enfado o hace un esfuerzo para que se le pase. Pero si se pone como una fiera con el abogado que defiende al enemigo de su cliente, no tiene motivos para calmarse. Al contrario: cuanto más se enfada, mejor es.

Porque, para decirlo como lo haría Tina, hay personas de las que estás deseando librarte con una buena discusión. Y otras que de verdad no te puedes permitir perder.

Y así, prácticamente enseguida, el odio por mis familias se lo tragó el deseo de que todo volviera a ser como antes, que Tina dejara de llorar y volviera a ser la Tina de siempre, que Lidia volviera a ser la Lidia de siempre, que Cate volviera a ser Cate, y Paolo volviera a ser Paolo.

Pero el odio por Matteo, no. Ése, si es posible, crecía día tras día como una planta trepadora, de la tripa me subía hasta el corazón, y de ahí, a la cabeza.

–¿Por qué no os habláis? Anda, Mandorla, no seáis estúpidos –me repetía cada día Eva Brandi–. ¡Mi novio y mi mejor amiga tienen que llevarse bien! ¡Es necesario! –sostenía, pero por suerte se distraía enseguida y me preguntaba si, en mi opinión, a Matteo le gustaría cómo le quedaban las extensiones o si pintarse las uñas de rojo quedaba muy de vieja.

Menos mal que a la salida de clase me esperaba él: Palomo. Sabía que Matteo y Eva no serían los únicos en preguntarse «pero ¿cómo es posible?» cuando corría hacia él y le besaba con toda la lengua en el patio del instituto. Me traía sin cuidado. Que pensaran lo que les diera la gana todos mis compañeros.

Que Matteo pensara lo que le diera la gana.

Yo, cuando me subía a la moto de Palomo Carnevale, pensaba simplemente que la vida, por una vez, me tocaba a mí.

Cuando me llevaba a casa y gruñía: «Hasta luego», esperaba sólo que ya fuera luego: y, en cuanto terminaba su turno en el bar, el luego se convertía en ahora.

–¿Diga?

–¿Ingeniero Barilla?

–¡¿Mandorla?!

–¿Le molesto?

–Me pillas en una audioconferencia con Singapur, ¿es urgente?

–No es que sea urgentísimo, pero...

–Un momento, que me levanto.

–...

–¿Qué hay? ¿Estás bien? ¿Te ha pasado algo?

–Un problema...

–Un problema: ¿qué problema?

–... de álgebra.

–¿Qué?

–Sí, que hay una cosa que no entiendo.

–¿No puedes pedirle ayuda a Matteo?

–Ha salido con Eva.

–Ah.

–...

–...

–¿Ingeniero?

–Por Dios, Mandorla, un momento, quiero ver cómo ayudarte: estoy haciendo un *brain storming* conmigo mismo.

–Perdón.

–...

–...

–Mira, vamos a hacer una cosa: mándame un e-mail a cesare punto barilla arroba mclink punto it, escribe el texto íntegro del problema, y antes de las seis y cuarto te mando la solución.

–Gracias.

–Adiós.

–Adiós, y perdone si lo he molestado, ingeniero.

–Ah, Mandorla...

–¿Sí?

–No creas que esto significa que apruebe cómo te estás comportando. No lo apruebo, lo sabes, ¿verdad?

–Lo sé, ingeniero.

–Perfecto: cesare punto barilla arroba mclink punto it. Todo en minúsculas, cuidado. Adiós.

–Adiós, ingeniero.

Así, más o menos, una tarde entre tantas. Si fuera mi padre el ingeniero Barilla, nunca tendría un problema que no estuviera dispuesto a solucionarme, me dije, mientras encendía el ordenador de Matteo para mandar ese e-mail. Pero el ordenador (si el ingeniero Barilla hubiera sido mi padre) no habría sido de mi Ex Amor Imposible. Habría sido de mi hermano. A un hermano no se lo puede querer como yo había querido a Matteo y no se lo puede odiar como yo lo odiaba ahora: ése era un problema para el que no podía haber ninguna solución. Ni aunque lo hubiera escrito y se lo hubiera mandado a cesare punto barilla arroba mclink punto it.

Cuando Palomo pasaba a buscarme, me preguntaba: «¿Adónde quieres ir?», y yo le contestaba: «Decide tú».

Casi siempre vagabundeábamos con la moto y nos perdíamos por Roma hasta que llegaba la hora en que yo tenía que volver a casa, y él empezaba su turno en el pub.

Pero las tardes más especiales eran cuando saltábamos la verja de un viejo parque de atracciones que había detrás de Poggio Ameno.

Llevaba cerrado más de veinte años, pero por alguna razón nadie se atrevía a derribarlo.

Palomo y yo paseábamos entre los tiovivos inmóviles, los caballos de hojalata detenidos en el tiempo, el barco pirata y el tenderete sin techo del tiro al plato. Nada, absolutamente nada, mantenía la promesa de aquello para lo que había sido construido: funcionar. Será por eso por lo que a dos ONME de imitación como nosotros nos gustaba tanto estar allí.

–Palomo, ¿te imaginas las tardes de Eva y Matteo? Irán a algún sitio de moda donde hay que vestirse así y comportarse asá. Qué coñazo, ¿no crees? –le preguntaba yo.

–Es problema suyo –contestaba él.

Que odiaba los cotilleos.

Prefería, qué sé yo, contar los pasos que dábamos.

O emprenderla a puñetazos con un *flipper*, tan fuerte, que la máquina volvía a iluminarse unos instantes.

Entonces yo lo miraba, orgullosa y agradecida, porque por primera vez en toda, toda mi existencia, me convencía a mí misma de que sí.

Si Mundoperro hubiese querido hacerme daño, ahora habría encontrado la horma de su zapato sucio y raído de heroinómano. Palomo no se lo habría permitido nunca. Nunca jamás.

Mi Gran y Posible Amor siempre decía las cosas a la cara: ya se tratara de la mujer de su padre o de Matteo Barilla, siempre exigía respeto.

Y si no lo obtenía, se podía poner muy, pero que muy nervioso.

Me lo había dado a entender enseguida, cuando aquel primer día de clase le había contestado que no a la profesora que le ordenaba «siéntate ahí».

Me lo confirmaba todos los días.

–Yo no le toco los cojones a nadie, pero a mí tampoco me los tiene que tocar nadie –repetía sin parar.

De modo que estar con alguien como él garantizaba automáticamente que a mí tampoco me tenía que tocar nadie los cojones: Mundoperro lo habría intuido. Yo estaba al mismo nivel que él. Por fin habríamos podido enfrentarnos de igual a igual.

O incluso, pensándolo bien, Palomo era mucho más joven que él. Igual de cabreado, y más joven. Y, por lo tanto, más rápido, más ágil, más capaz de meterse por una alcantarilla para escapar corriendo, de ser necesario. En resumen: más peligroso también.

Sin olvidar que, si Mundoperro tenía de su parte una inteligencia increíble y dos cómplices astutos como Piolín y Bandana, Palomo tenía de la suya la capacidad de encender un *flipper* roto y la solidaridad del dueño del pub en el que trabajaba por las noches.

Me hablaba siempre de ese tipo.

–El Jefe es la mejor persona del mundo: gracias a él nos iremos tú y yo a Ciudad de México –gruñía, y me entregaba un montón de dinero envuelto en papel de aluminio, que me pedía que no abriera y que escondiera en un lugar seguro. Yo lo había pensado mucho antes de decidir qué lugar sería ése. Entre sí competían el cajón donde guardaba la ropa interior y un baúl en el que la señora Barilla conservaba las muñecas de Giulia cuando era pequeña. Ganó el baúl: Pragash, el filipino de los Barilla, a menudo se confundía cuando hacía la colada y guardaba los calcetines donde las camisetas, y las camisetas donde las bragas. Ello obligaba a la señora Barilla a intervenir y a meter la nariz y las manos donde ahora era obvio que más valía no esconder nada.

Las muñecas viejas en cambio eran una garantía: no las tocaba nadie.

«Mira que yo confío en ti, ¿eh?», me recordaba mi Gran y Posible Amor.

Y yo pensaba que hacía bien.

Porque en el amor la confianza lo es todo.

Noviembre de 1992

Carmela Barilla esperaba que el segundo embarazo le causara menos problemas que el primero. Pero no fue así: ahí estaban de nuevo las náuseas matutinas, y otra vez tenía que aguantar el cansancio de los turnos en el hospital. Y encima tenía que ocuparse de la pequeña y traviesa Giulia.

Desde que habían contratado a Pragash, iba todo mejor, desde luego, pero Carmela no era la clase de mujer que puede delegar algo en alguien sin estar vigilando ese algo y a ese alguien.

Y además hay cosas de las que sólo puede ocuparse ella, personalmente. Como el cambio de estación del armario de Cesare: solamente Carmela conoce el secreto que distingue las camisas del trabajo de las de sport, solamente Carmela conoce el orden en que se deben amontonar los jerséis, enrollar los calcetines y alinear las corbatas. Los ha inventado ella, el secreto y el orden: es su tesorera.

Respira hondo, como le ha enseñado el ginecólogo para combatir las náuseas, mientras dobla un par de pantalones que desde luego Cesare no podrá ponerse antes de que vuelva la primavera. Entonces, del bolsillo de esos pantalones, cae una notita. Carmela la desdobla y está a punto de leerla, pero luego la rompe. Sigue respirando hondo. Pasa a ordenar las camisetas de algodón. Las camisas. Los pañuelos.

Si en vez de romper la notita la hubiera leído, habría visto que pone: «Gracias por lo de ayer. Estuvo fantástico, sólo tú sabes hacerme gozar así». Pero Carmela no necesita descubrir nada, porque ya lo sabe todo. Sabe que Cesare es así. Que su trabajo lo lleva a conocer mujeres fascinantes, mujeres que se ríen con conocimiento de causa, mujeres que saben cómo es el mundo. Pero también sabe que Cesare no la dejaría por ninguna de esas mujeres. Porque él con ésas no la traiciona: sólo se divierte. Su hogar soy sólo yo, se dice Carmela. Su hogar son los secretos que compartimos, nuestras costumbres felices, Giulia, el niño que va a nacer. Cesare siempre volverá a mí. Que vaya donde quiera y, por favor (¡por favor!) que no se le ocurra nunca pedirme permiso: total, volverá.

Además, razona Carmela, me he casado con el hombre más carismático de mi pueblo. Me he casado con un hombre que ahora es el orgullo de ese pueblo. Un hombre lleno de vida, lleno de fuerza, como dice siempre mi hermano Peppe, con los ojos brillantes de orgullo. Y la vitalidad y la fuerza que ha empleado para llegar donde ha llegado, la vitalidad y la fuerza con que se dedica a Giulia, con la que resuelve cualquiera de los contratiempos que se me presentan, ¿cómo podrían marchitarse en contacto con el resto del mundo? Un hombre como Cesare no sería como Cesare si pudiera contentarse con alguien como yo. Es más, piensa a menudo: hasta les estoy agradecida a esas mujeres. Que lo mimen bien y no me obliguen a mí a tener que hacerlo yo: ¿acaso es culpa mía que no me haya gustado nunca hacer ciertas cosas? Menos mal que cuando estoy embarazada puedo considerarme del todo exonerada. Menos mal, se repite. Y corre al cuarto de baño a vomitar. Una lágrima resbala hasta su boca, pero se mezcla con los jugos gástricos, enseguida, antes de poder jurar que fuera de verdad.

Antes del verano, cuando todo empezaba ya a ir mal pero yo todavía no lo sabía, de un día para otro volvió Giulia Barilla.

O mejor dicho: supe que era Giulia Barilla por cómo la recibieron sus padres y Matteo. Porque si me la hubiera encontrado por la calle no la habría reconocido en la vida.

Antes de nada porque fue muy decidida a abrazarme, con cariño, en lugar de llamarme «niña de mierda».

Y también porque todo rastro de maquillaje vulgar, de *piercings* o de tinte fosforito para el pelo parecía habérsele caído de encima, como caen los frutos maduros de un árbol.

Iba vestida como un hombre: con chaqueta, pantalones, corbata y hasta un bombín negro. Y aun así parecía más que nunca una chica. O no, mejor dicho no: Eva Brandi era una chica; Giulia Barilla era una mujer. Sí, decididamente una mujer.

Hacía meses que yo me había sumido en mi chándal naranja, y que los ONME ya no tenían la capacidad de hacerme sentir que era de imitación, porque estaba Palomo, vestido como yo, que hacía que me sintiera auténtica.

Pero, de repente, ese chándal me pareció un saco sin

forma comparado con el nuevo uniforme mágico de Giulia Barilla. Porque era de verdad suyo lo que llevaba, no sé si me explico. Se veía a la legua que Giulia no le había copiado a nadie la manera de ponerse el bombín sobre la frente o de combinarlo con esa chaqueta y esos pantalones: lo había elegido todo ella, prenda a prenda, y lo había combinado.

También cómo se expresaba, delicada como el sonido de una flauta encantada, pasándose una y otra vez la mano por el cabello, oscuro y brillante, con un corte de pelo de casco: todo en ella emanaba elegancia y consciencia de sí misma.

–Perdonadme si no os he avisado, pero lo he decidido hoy mismo. Las clases han terminado un mes antes de lo esperado, y me he dicho: ¿para qué esperar a que vengan ellos a verme en julio? ¡Voy yo!

–Claro, claro, has hecho bien –repetía la señora Barilla, exultante de felicidad pero sobre todo ansiosa, como de costumbre, por que no le faltara nada a nadie y muy atareada con la cama supletoria que había que instalar en la habitación de Giulia, con la maleta de Giulia que vaciar y con la ropa de Giulia que meter en la lavadora.

El ingeniero Barilla, en cambio, mientras miraba a su hija durante la cena, mientras la escuchaba contar sus proyectos, intercalando aquí y allá alguna palabra en inglés, parecía simplemente un hombre feliz. Si hasta yo, pensaba, he conseguido enfadarlo tanto con la historia de Palomo, cómo lo habrá enfadado Giulia, su primogénita adorada, con esa adolescencia rebelde y llena de *piercings:* y en cambio ahí está ahora su hija: una deliciosa mujercita de veintitrés años, refinada y original, segura de sí misma y con curiosidad por el mundo. Porque después de entretenernos con sus anécdotas londinenses y sus consideraciones apasionadas e inteligentes, Giulia empezó a dispararnos un montón de preguntas a todos.

–¿Y tú, Mandorla? –preguntó, cuando llegó mi turno–. ¿Tienes *news* que contarme?

Durante un instante sólo se oyó el ruido de los tenedores y los cuchillos chocando contra los platos. Y acto seguido:

–¡No sabes qué buenas nius las de Mandorla! –saltó Matteo, pensando que resultaría gracioso, me imagino.

Oh, corazón
de Palomo
hagamos un intercambio:
así yo sé qué sentiste
ese día
y tú sabes
qué sentí yo.

¿He hecho el amor con Palomo Carnevale?, podría preguntarme dentro de poco el abogado Pavarotti.

Yo no tendré más remedio que contestarle que no. No creo que ni a Pavarotti ni al fiscal pueda interesarles que una vez, sin embargo, estuvimos muy cerca de hacerlo.

Pero, en lo que a mí respecta, ese día no podré olvidarlo jamás.

A pesar de lo que ocurriría luego, a pesar de esta noche que, pese a que ya es por la mañana, sigue siendo oscura, a pesar de las mentiras, a pesar de la Verdad.

Llovía, pero como llueve en junio. Vagabundeábamos, como de costumbre, entre los tiovivos del parque de atracciones abandonado.

En los últimos tiempos no conseguíamos vernos mucho y cuando lo hacíamos, era siempre con prisa. Palomo parecía más ocupado que el ingeniero Barilla, entre el bar de su padre y el pub, por lo que pasaba a recogerme sólo una vez a la semana. Me entregaba el dinero, yo le contaba algo, él gruñía un poco y luego se marchaba. A veces ni nos besábamos siquiera.

Mientras tanto, estaban a punto de llegar otra vez las vacaciones. Este año me esperaba Irlanda, donde los señores Barilla querían mandarme a estudiar a toda costa, para que mejorara mi inglés.

Por eso, la noche anterior le mandé un sms a Palomo donde le decía: «¿Pasamos un rato tú y yo solos?».

«Vale», me contestó él.

Y ahora ahí estábamos: él y yo, solos.

–¿Qué tal va todo? –le pregunté, mientras el cielo empezaba a oscurecerse, y las primeras gotas caían sobre su cabeza lisa, sobre mi pelo largo por delante y corto por detrás, y sobre nuestros chándales naranja.

–Muy bien –gruñó él.

–¿Es decir? –insistí yo.

–Es decir, que en cuanto termine el puto verano me largo a Ciudad de México.

–¿No teníamos que marcharnos juntos?

–Claro. Pues claro que sí.

Evidentemente, pensé yo, lo da tan por hecho que no pierde tiempo en mencionarlo siquiera.

La lluvia arreciaba.

–Te estás mojando –observó él.

–Tú también.

Nos refugiamos en el primer vagón de un trenecito en forma de dragón gigante.

–Mola aquí dentro –gruñó él.

–Sí, mola un montón –traté de susurrar yo, con la voz

que imaginaba debía de tener una chica justo antes de su Primera Vez.

Porque fue allí y entonces cuando decidí: ahora o nunca. Quiero hacerlo y tengo que hacerlo contigo, Palomo. Porque has sido el primero en besarme, y ahora quiero que seas el primero en lo otro también. Porque estoy rodeada de gente que está muy ocupada en decir lo que piensa, en sostener opiniones, en defender teorías, pero en cambio tú no: tú eres distinto a todos. Te la suda, dices. Y es verdad. A ti te basta con que nadie te toque los cojones, y mientras otros se afanan en sueños miniatura y quieren aprobar el curso, que les paguen su sueldo, que los correspondan en el amor y en el aprecio, tú sueñas a lo grande, sueñas con México. Cuando nos besamos no siento escalofríos por la espalda, desde el cuello hasta el trasero, como me pasa cuando le toco el brazo a Matteo: y también por eso quiero hacer el amor contigo, Palomo. Porque sin escalofríos será todo más fácil y más como tiene que ser. No me juzgarás cuando, al quitarme las bragas, veas que son de algodón blanco. No me juzgarás en absoluto aunque cuando estemos en lo mejor no sepa cómo poner las piernas. Porque tú eres así. Tú no juzgas a nadie. Odias a la nueva mujer de tu padre, pero ésa es otra historia. Una historia que se parece a la mía, mira tú por dónde. Y es exactamente por eso, sobre todo por eso, por lo que tiene que ser justo ahora, justo aquí y justo contigo mi Primera Vez. Porque nosotros somos iguales, Palomo: tenemos demasiados padres, y aun así estamos solos. Tan solos que nosotros dos tenemos que querernos, no hay más remedio. No podemos hacernos daño: eso ya nos lo han hecho los demás. Tu madre cuando se quedó en México, tu padre cuando se volvió a casar, mi padre porque no tengo padre, y mi madre porque ya no está. Todos ellos juntos porque, aunque no eran capaces, decidieron convertirse en padres. Tampoco es que lo hicieran aposta, lo de hacernos daño, eso lo sé. Pero lo importante es que ahora no nos lo hagamos nosotros, ¿no? Tú no me harás daño, Palomo, ¿verdad? Entrarás dentro de mí despacito, despacito, despacito, y me darás muchísimos besos en los ojos. Sé que será así. Porque tú no necesitas gruñirme que me quieres. Me quieres, y ya está. La pintada roja me lo recuerda todos los días, cuando paso por el portal. Eres mi Gran y Posible Amor. El único capaz de protegerme de Mundoperro.

Nos quedamos un rato callados, abrazados en la cabeza del dragón, uno al lado del otro, escuchando la lluvia caer.

De repente y sin pensar, porque si no nunca me habría atrevido, le pregunté:

–¿Hacemos el amor?

–Sí –gruñó él.

Pero ninguno de los dos se movía de donde estaba. Entonces, alentada por lo que había decidido, por lo que me había contado Eva Brandi, por el latido líquido de Lidia y Lorenzo, por lo que tantos años antes había visto en el segundo piso, en la habitación de Samuele y Cate, donde sin embargo en el lugar de Cate había encontrado a Giulia Barilla, me quité la camiseta, y después también las zapatillas de deporte fucsia, los calcetines, los pantalones de chándal y el sujetador. Ya sólo llevaba puestas mis braguitas blancas de algodón.

Palomo mascaba chicle, pero no como de costumbre: mascaba despacio. Me miraba, con esos ojos de moqueta negra, entrecerrados sobre su nariz aplastada, llenos de cosas que no he entendido nunca y de otras que reconocí enseguida, desde el primer momento.

Él también se desnudó. No se dejó ni los calzoncillos.

Hasta esa tarde nunca habíamos llegado más allá de algún que otro beso con toda la lengua: debe de haberle parecido absurdo a él también encontrarnos de pronto así, sin ropa, tan cerca el uno del otro.

–Mola –repitió él.

–Mola un montón –repetí yo también.

En ese momento al menos uno de los dos debería haber hecho algo. Pero ninguno hizo nada.

Nos quedamos así, desnudos y pasando frío, mirando fijamente los dientes del dragón por encima de nuestras cabezas.

Hasta que dieron las siete y media: yo tenía que volver a casa, y él tenía que empezar su turno en el pub.

Empapada de lluvia y de humores misteriosos, destelleantes y horribles que se enfrentaban entre sí, esa tarde abrí la puerta de casa.

¿Y?

Y los encontré ahí esperándome. Todos ellos.

Junio de 2010

–Esta historia ya ha durado demasiado. –Fue Lidia quien convocó de nuevo y con urgencia una reunión general en el sexto piso–. Hace meses que Mandorla finge ignorarnos, y que nosotros fingimos ignorarla a ella. ¿Se habrá arrepentido de cómo nos trató? Quizá. ¿Y nosotros? Yo, personalmente, sí, me he arrepentido. No sólo porque, considerándolo bien, ese tal Palomo Carnevale no la ha arrastrado a quién sabe qué peligros, como todos pensábamos. Sino sobre todo porque dentro de poco más de un año Mandorla será mayor de edad, y tendrá que decidir qué hacer con su futuro. ¿Queremos de verdad abandonarla justo ahora?

Todos dicen que no con la cabeza: no, no quieren abandonar a Mandorla justo ahora.

–Discúlpeme, dottoressa *Frezzani, pero es natural que a ninguno nos guste lo que ocurrió –razona el ingeniero Barilla–. Pero también es verdad, sin embargo, que Mandorla nos ha puesto en una situación muy delicada. Reivindica el hecho de que no somos sus padres y no lo seremos nunca: esto, pensándolo bien, es un hecho. La única cuestión en la que no podemos estar de acuerdo con ella es la de su relación con ese animal... ¿cómo se llamaba? Carnevale.*

–Exacto. –Carmela corrobora las palabras de su marido.

–O bien –murmura Cate. O bien: y, como tantos años atrás, todos enmudecen y la miran, expectantes.

O bien.

Empezó con un «o bien» de Cate la historia de Mandorla en ese edificio. O bien: nada de prueba de ADN, propuso Cate, después de que saliera a la luz la carta de Maria. En ese momento, los demás vecinos pensaron: ¡qué locura! Pero les bastó un segundo para decidir: está bien.

Estamos de acuerdo. Nada de prueba de ADN. La señorita Polidoro adoptará a Mandorla, y nosotros la criaremos todos juntos. Nada de prueba. Así no correremos el riesgo de que ninguna familia acabe destrozada. Nada de prueba. Y todo seguirá exactamente igual que antes. Nada de prueba. Además Maria decía siempre que los problemas hay que resolverlos con un poco de fantasía, porque si no, no hay manera. Nada de prueba de ADN: vivimos todos en la ignorancia de algo que nos concierne.

–O bien –repite Cate–, podemos proponerle a Mandorla hacer la prueba de ADN.

Mudos como piedras, todos.

Sólo el ingeniero Barilla trata de rebatirle:

–Abogada, que sus intenciones sean éstas es evidente desde hace ya bastante tiempo. Además, y disculpe que me permita decirlo, usted ya no tiene que preocuparse de los efectos que pudiera tener el resultado de dicha prueba en su familia.

–Exactamente –añade Carmela Barilla–, su familia, abogada, ya se ha roto sola. Pero ¿y las nuestras?

Samuele busca con los ojos los de Cate. Pero ésta baja la mirada. La concentra en sus rodillas y suspira. Contaba con esa objeción.

–Nuestros hijos vienen al mundo para medirnos. –Repite las palabras de su Luciano, con la serenidad inmóvil

de un oráculo–. Miden nuestra lealtad, nuestra inteligencia y nuestro valor. Creo que, para nosotros, sencillamente ha llegado el momento de demostrar que estamos a la altura de Mandorla. Si ella hubiera acogido con serenidad lo que decidimos hace tanto tiempo, no habría ningún motivo para hacer la prueba. Pero Mandorla no está serena. Nos lo dijo bien claro, me parece a mí. ¿Entonces?

Paolo aprieta la mano de Michelangelo:

–De acuerdo –dice enseguida.

–De acuerdo –dice Samuele.

–De acuerdo.

–...

–...

–De acuerdo.

–...

–Paradójicamente –dice Lidia–, sólo ahora me doy cuenta de que la idea que más miedo me da es la de que Mandorla no sea hija de Lorenzo.

–¿Tú estás loca? –se lanza contra ella Lorenzo–. Pero ¿qué chorrada es ésa?

Tina en cambio entiende perfectamente lo que quiere decir Lidia: si Mandorla tiene un padre que podrá considerar suyo y sólo suyo, ¿qué será de nosotros, de todos los demás? ¿Cómo nos tratará? ¿Como a parientes lejanos? ¿De modo que ya no me pedirá que la acompañe a comprar un chándal? ¿Le pedirá a su verdadero padre que lo haga él? Otra vez le entran ganas de llorar. Pero se traga el llanto y susurra:

–De acuerdo.

Un mosquito gigante entra por la ventana y se pone a revolotear como loco por el antiguo lavadero del sexto piso. Todos, absortos en sus pensamientos, miran fijamente el vuelo del insecto.

En casi todos esos pensamientos está Mandorla. Mandorla haciendo una pregunta de las suyas, atrincherándose en un silencio de los suyos, subiendo y bajando los cinco pisos de escalera, poniéndose por primera vez la parte de arriba del biquini, gritando me dais asco. En algún pensamiento está también Maria. Maria diciendo con una sonrisa: «Recordad que no hay cosa que hoy nos parece absurda que mañana no nos parecerá natural haber vivido».

Hasta que el mosquito se posa sobre la rodilla del ingeniero Barilla. Con un golpe seco, éste lo mata.

Su mujer esperaba sólo una señal, la que fuera, para volver en sí:

–De acuerdo entonces. Pero ahora tenemos que decidir cómo decírselo a Mandorla.

–Está tan enfadada con nosotros, ni nos saluda siquiera... –gimotea Tina.

–Precisamente por eso, señorita Polidoro, debemos proceder con cierta cautela. ¿Qué les parece, por ejemplo, una especie de fiesta sorpresa en nuestra casa? Mi marido y yo lo hicimos hace tiempo para celebrar los catorce años de Giulia. Mandorla entrará en casa, nos encontrará a todos ahí, y no tendrá más remedio que hablar con nosotros.

–¿Seguro que a la niña le hará ilusión? Que no estará todavía demasiado enfadada con nosotros, me refiero... –insiste Tina.

Pero ya nadie parece tener intención de escucharla.

Mandorla tendrá su prueba de ADN. Eso es lo único que resuena en cada corazón y en cada cabeza.

–¿Seguro que estamos todos de acuerdo? –pregunta, por última vez, el ingeniero.

Ahí estaban todos, esperándome.

¿Y yo? Yo tenía aún en los huesos el frío de la tarde y el olor cálido del cuerpo desnudo de Palomo.

Yo desde luego no me daba cuenta, pero necesitaba que estuvieran conmigo. Justo en ese momento, justo allí.

–¡Sorpresa! –exclamaron ellos. *Efexor*, viejo y gordo, vino hacia mí rebotando como una enorme bola de pelo para saltar sobre mí y lamerme una oreja. No me dio tiempo a entender qué ocurría cuando ya todos los vecinos de la calle Grotta Perfetta, 315, me estaban cogiendo del brazo, uno después de otro, para llevarme aparte y hablarme, hablarme y hablarme, y mientras me explicaban, muy serios, sus razones. No entendían que a mí, de repente, ya no me importaba nada lo que había podido alejarnos, es más: hasta se me había olvidado.

Me importaba sólo que ahora estuvieran ahí, todos.

Que no me dejaran sola con lo que había ocurrido y no había ocurrido en la boca del dragón.

Que el ingeniero Barilla se sacudiera por fin de encima su aire de perpetuo regaño y lo cambiara por una especie de sonrisa, mientras observaba a Giulia ayudar a su madre a servir la mesa.

Que Lidia me apretara la rodilla para asegurarse de

que yo estaba allí, mientras Lorenzo, nada más sentarnos a la mesa, improvisaba un discurso de los suyos.

–Mira, Mandorla –empezó diciendo–. Lo he estado pensando. Ese culebrón: ¿cómo se llamaba? *Corazón salvaje*, eso es. ¿Sabes lo que te digo? En mi opinión no es un producto que haya que subestimar. Para nada. Pensándolo bien, habría incluso que considerarlo un poema épico contemporáneo: la televisión es el aedo, y los que la ven son nobles congregados alrededor del fuego de los polvos que echa este Juan del Diablo. ¿Qué te parece?

Todos se rieron entonces, incluso Tina, a quien en otras circunstancias la palabra «polvos» habría molestado: pero esa noche, antes de subir al quinto piso, al tirar a la basura los ocho tortellini en lugar de recalentarlos, era obvio que se había sentido alegre, como no le había ocurrido nunca en sus ochenta años de vida.

–Qué bonita fiesta, ¿eh? –le preguntaba una y otra vez a Gianpietro, que a saber lo que debía de estar sudando el pobre, en pleno mes de junio, con el traje de terciopelo azul que había llevado para hacer de testigo en la boda de su hermano y que había vuelto a sacar del armario sólo para la ocasión, para que la maestra Polidoro quedara bien ante sus convecinos.

–Pppp... reciosssss... a –confirmaba él.

Lo siento por el abogado Pavarotti, pero fue preciosa también para Samuele. Porque, después de tantos años, por fin se había acercado un poco a Cate y no sólo para decidir con cuál de los dos pasaría Lars el fin de semana.

–¿Estás bien? –le preguntó.

Ella le contestó que sí y sonrió. A pesar de que Giulia Barilla revoloteaba entre ellos como un ángel, vestida de lino blanco, para cambiar platos y cubiertos. Porque por supuesto el problema no había sido Giulia: eso Cate lo había entendido. El problema tampoco había sido Samuele. El problema habían sido Cate y Samuele, los dos. Pensándolo bien, la culpa no era de ninguno de los dos. Y quizá, debió de decirse Cate aquella noche, a la tercera copa del vino especial que les había regalado a todos Paolo, quizá, ¿quién sabe? Quizás hayamos madurado, quizás hayamos cambiado. Podríamos volver a intentarlo. Pero luego debió de mirar a Samuele a los ojos, él debió de contarle con todo detalle el último *post* de su blog, y ella entonces debió de disculparse y de ir a encerrarse en el baño para mandarle a Pavarotti un sms: «Menos mal que existes», supongo que le escribiría, o algo por el estilo.

Mientras, en el salón de los Barilla, la fiesta seguía, la mesa se llenaba y se vaciaba a toda velocidad de canapés de salmón, ensalada de pasta con aceitunas, quesos de todas las formas y pastelitos de fruta.

Mientras, Giulia encandilaba a todo quisque con las cosas que contaba sobre Londres.

–Se estudia muchísimo, pero vale la pena –afirmaba.

Y estaba siempre con un oído atento a la música que había elegido para la velada, para que fuera del agrado de todo el mundo.

Michelangelo mientras tanto me recordaba que diez días después era el Orgullo Gay: no me lo querría perder, ¿verdad?

–¡Candy Candy se pondría supertriste si no fueras! –intervino Paolo.

–¿Puedo ir yo también este año? –intentó entonces entrometerse Matteo Barilla.

Cómo no, el que faltaba.

¡Hasta ese momento al menos había tenido el buen gusto de estarse calladito!

Desde luego, me había dado cuenta enseguida de que él también estaba en la fiesta. Bueno, si he de ser sincera, diré que la suya fue la primera mirada con la que me crucé, nada más abrir la puerta de casa.

Pero esperaba que entendiera las pocas ganas que tenía de verlo, y menos aún de hablar con él.

Porque no había manera. No bastaba el vino especial, no bastaba la fiesta sorpresa, no bastaba la tarde con Palomo para que pudiera perdonarlo.

¿Perdonarlo por haber hecho de espía con los demás vecinos y haber provocado así aquella maldita reunión de septiembre? No. ¿Por detestar a mi Gran y Posible Amor? No, tampoco era ése el motivo. No era por eso por lo que cada vez que abría la boca, algo chirriaba en mi cabeza y me quemaba entre las piernas.

No era por eso; y, sinceramente, todavía no sé por qué era.

Sólo sé que me basta pensar en él, incluso ahora, incluso aquí, para sentir esa quemazón.

En la cabeza y entre las piernas. No me da miedo como cuando se me abre el agujero en el estómago. Es algo completamente distinto: el agujero se traga todo lo que tengo dentro y me deja vacía.

Esa quemazón, en cambio, llena.

Pero duele.

Así que en cuanto salga de aquí tengo que decidirme a hacerlo. A hablar con Matteo, me refiero: aunque sólo sea para mandarlo al cuerno definitivamente.

Al menos la quemazón me dejará en paz de una vez por todas.

Esa noche estalló con violencia, como nunca antes, cuando Matteo quiso interponerse entre Paolo y yo.

«¿Puedo venir yo también este año?» Imbécil. Pero

¿qué quieres?, pensé. ¿Por qué no te vas con Eva en lugar de estar aquí, en mi fiesta sorpresa? ¿Qué más te da a ti venir al Orgullo Gay? Estás con Eva, ¿no?

Fingir que no existía me pareció la mejor solución: le di la espalda y seguí hablando con Michelangelo: «¿Cómo está Candy Candy?», le pregunté.

Pero en ese preciso instante se puso de pie el ingeniero Barilla. Hizo tintinear una cucharita contra su vaso para llamar la atención de todos, pero luego se dirigió sólo a mí:

–Mandorla, tenemos una propuesta que hacerte –dijo.

No creo que sea necesario que le cuente a Pavarotti cuál era esa propuesta.

¿No?

> Oh, fiesta,
> hagamos un intercambio,
> así tú te conviertes en mí
> y pones orden
> en todas estas emociones,
> mientras que yo me convierto en ti,
> y pongo orden
> en la cocina, recojo los platos y los vasos
> y los guardo en los cajones.

Así rezaba yo, de vuelta en mi cama.

Ese día había estado de verdad demasiado lleno de cosas para lo que yo acostumbraba. Palomo, desnudísimo, en la boca del dragón. Mis familias, todas juntas, en la misma noche.

Mi padre.

De repente, entre él y yo, tan sólo una prueba.

–¿Qué piensas, Mandorla, qué te parece? –me había

preguntado el ingeniero Barilla, al final del largo, larguísimo discurso que se podía resumir en cinco palabras.

Sabrás quién es tu padre.

¿Que qué pensaba? ¿Y cómo se puede pensar cuando esperas algo toda la vida, y ese algo, de repente y como si nada, ocurre?

–Gracias –le contesté al ingeniero–. Gracias –repetí, mirando a Tina en nombre de todos.

¿En qué sentido «gracias»?, creo que habría querido preguntarme el ingeniero. Pero por suerte no lo hizo.

Gracias significaba gracias. Punto.

–No tienes que darnos las gracias, Mandorla. –Lidia no habría podido estarse callada en un momento así ni por casualidad–. Es tu derecho conocer el resultado de esa prueba, si lo deseas, y es nuestro deber que lo conozcas.

–¿Mañana? –Esa pregunta cortó el aire como un tapón de champán en el momento del brindis. La hizo Cate–: ¿Mañana?

Lo cual significaba precisamente eso: mañana.

¿Cómo me sentí en ese momento? Exactamente como me sentí otra vez ya, hace muchos años, cuando al salir del colegio buscaba a mi madre en el patio. Pero mi madre no estaba.

Entonces dije:

–Un momento, Cate. –Clavé los ojos en la punta de mis zapatos para no ver en los rostros de mis familias el efecto de lo que estaba a punto de decir–. Estoy contentísima de lo que habéis decidido. Contentísima, de verdad. ¡Pero dentro de muy pocos días me marcho a Irlanda! Todavía no he empezado a hacer la maleta, ¿de dónde saco el tiempo para hacerme la prueba? Hagámosla después de las vacaciones... ¿no?

Maldita mi estampa, nunca sé expresar exactamente lo que se me pasa por la cabeza, y mucho menos lo que se me pasa por el corazón, porque en realidad debería haber dicho: «¿De verdad os parece que, de la noche a la mañana –mañana en el sentido literal: mañana–, voy a coger y me voy a ir a hacer la prueba? ¿Os parece normal que vosotros decidáis vale, venga, es justo que Mandorla conozca la identidad de su padre, y que yo acepte esto como un caramelo que alguien me ofrece? ¿Os parece que mi vida pueda cambiar de golpe sin darme la posibilidad de prepararme? Ya me sucedió una vez, ¿no? Pues con una basta y sobra».

Pero fue una suerte que a mis familias les pareciera creíble la absurda excusa que me inventé. Porque en ese momento levanté los ojos de la punta de mis zapatos y los miré: no estaban enfadados por la ingratitud de la que habrían podido acusarme. Al contrario: ¡sonreían todos, felices! Evidentemente, que yo preparase la maleta para irme a Irlanda era muy importante para ellos.

–Pues claro, Mandorla, faltaría más. –De nuevo habló Lidia, dejando a un lado toda divagación y yendo al grano–. Aquí nadie quiere obligarte a hacer nada.

–Ya no –quiso subrayar Cate.

Después del verano, entonces.

Después del verano lo sabría. Después del verano todo cambiaría. Después del verano quizá Palomo, quizás Eva, quizá Matteo. Porque esa noche no acertaba a concentrarme en mi padre, como de costumbre las ideas se multiplicaban y se iban cada una por su lado. Qué absurdo, ¿no? ¡Pronto, prontísimo descubriría de quién era hija! ¿Y en qué estaba pensando yo? En la colita de Matteo. En Matteo que no decía más que tonterías. En el traje elegante de Gianpietro Costanza.

Entonces, de la camita supletoria junto a mi cama, llegó hasta mí un extraño gemido. Escuchándolo bien, me di cuenta de que no era un gemido sino un llanto. Desesperado y quedo.

–Giulia, ¿qué te pasa? –le pregunté–. ¿Quieres que encienda la luz?

–No te preocupes, Mandorla –contestó ella con la voz rota.

Entonces extendí el brazo desde mi cama hasta la camita supletoria y, en la oscuridad, le toqué un hombro. Temblaba como un terremoto, pobre Giulia. Y, en su corazón, el terremoto era real.

–Hace un mes aborté, Mandorla. Sí, como te lo digo. Era de mi profesor de Historia del Arte. Es un señor que es famoso *all over the world* por sus manuales de texto. Uno que lo sabe todo, y es tan extraordinario que no presume de ello. Qué pena que tenga mujer y tres hijos. Y que no quiera renunciar a ellos. Si necesitas dinero para la operación te lo doy yo, faltaría más, me dice. Siempre has sabido que las cosas estaban así, me dice. *I am so sorry,* me dice. ¿Y sabes qué es lo cómico de toda esta historia, Mandorla? Que tiene razón. Es verdad que no puede hacer nada, será verdad también que lo siente y seguramente es verdad que yo siempre he sabido que así estaban las cosas. Pero ¿qué te puedo decir? Estoy perdidamente enamorada, soy incapaz de racionalizar. Y además, antes de él, ¿acaso no estuvo también el marido de mi vecina? ¿Y antes aún de ése? ¿No estuvo acaso también un tipo cuya mujer estaba embarazada de ocho meses?

¿Y no estuvo acaso Samuele?, pensé yo. Pero no la interrumpí. Giulia sólo tenía que hablar. No había respuesta que no se hubiera dado ya ella misma, no había imposible consuelo que no hubiese intentado ya buscar ella sola.

–En Londres estuve viendo a un loquero, ¿sabes? Tardó tres años pero al final me hizo entender de una vez por todas cuál es mi problema. Está en el cuerpo de su padre, miss Barilla, el problema: un día dejó de andarse con rodeos y me lo dijo a las claras. Es él, es su padre a quien busca en los hombres casados a los que frecuenta. Es el Hombre Casado por excelencia lo que usted persigue. Es con él con quien quiere enfrentarse. El inviolable: así lo llamó. Pero ¿qué puedo hacer?, le pregunté, ¿si él siempre me ha parecido *the best, the boss*, el mejor del mundo? ¿Si nadie ha conseguido nunca hacerme sentir segura como lo hacía él, cuando volvía de la guardería y le decía «papá tengo un problema», y él me juraba que se iba a ocupar de solucionarlo? A esto el loquero no pudo contestarme. Se quedó callado, sí. Porque ¿sabes cuál es la verdad, Mandorla? Quien tiene un padre imperfecto es más afortunado que quien tiene un padre perfecto.

Entonces ¿quien no sabe siquiera quién es su padre es el más afortunado de todos?, me pregunté yo. Pero ¿cómo puede ser eso? ¡Si justo esta noche yo he obtenido por fin la autorización de conocer la identidad del mío!

Pero no me dio tiempo a reflexionar de verdad al respecto, porque Giulia, irrefrenable, proseguía ya:

–Sí, muy bien, ¿y qué gano yo con haber descubierto cuál es el problema? Como el loquero seguía estándose calladito, yo insistí, naturalmente. ¿Acaso puedo cambiar las cosas que ya han sucedido? ¿Puedo cambiar a mi madre? Sí, sí, claro, Mandorla: mi madre. Porque no creas que ella no es también responsable en parte de todo esto... *shit!* ¡Si se hubiera obsesionado ella con el cuerpo de mi padre, si hubiera sido capaz de asegurarme que lo agarraba bien para que no se le escapara, a lo mejor no me habría obsesionado yo! A lo mejor no se hubiera obsesionado él con todas las zorras con las que siempre sospeché que me traicionaba... Es su madre, me hizo observar el loquero, es su madre a quien podría haber traicionado su padre: no usted, señorita. Y, sea como fuere, eso es asunto suyo, exclusivamente suyo: no de usted, señorita. La generación de sus padres no se guiaba por las pasiones tanto como aquella a la que usted pertenece: ¿lo entiende? Además, ¿cuántos años llevan casados su madre y su padre, garantizándoles serenidad y armonía a usted y a su hermano? ¿Treinta? Más o menos treinta, eso es. ¿Sabe cuál es la vida media de una pareja hoy en día? Piense en cuánto duró su última relación. ¿Seis meses? Cuatro meses: más a mi favor. Así que deje de juzgar dinámicas que no alcanza a entender. Abandone a su padre: dentro de sí misma, me refiero. Y concéntrese exclusivamente en su vida afectiva. ¿Lo quiere intentar, de una vez por todas? Entonces yo le prometí que sí. Y, en efecto, es lo que estoy haciendo, Mandorla. Pero esta relación con mi profesor todavía no consigo interrumpirla. Estúpida como soy, hace diez minutos le he mandado un mensajito de buenas noches, imagínate. Pero, por ejemplo, ¿sabes una novedad muy buena? Que ya no te odio. Hala, ya está, lo he dicho.

En la oscuridad de la noche, me cogió la mano y me la apretó.

–Sí, ya no te odio. Te he odiado, desde luego que te he odiado, porque eras la encarnación viva de todas mis angustias. Tu madre era una mujer guapísima, única en el mundo: pensar que mi padre hubiese estado con ella me aniquilaba. Era eso, sobre todo eso lo que me dolía, más aún que la posibilidad de tener una hermanastra. Imaginar a tu madre y a mi padre juntos. *Oh, Jesus*. Imaginarlo riéndose con ella. Acariciándole ese maravilloso cabello que tenía. Imaginar que soñaba con dejarnos a mí, a mi madre y a Matteo, que soñaba con dejarnos a todos, por ella.

La prueba, la boca del dragón, la prueba, la lluvia, la prueba, las copas de vino unidas en un brindis, la prueba, la prueba, la prueba, todo revoloteaba dentro de mí, daba vueltas y vueltas enloquecido alrededor de un centro: el llanto de Giulia.

–Pero ahora ya casi lo he conseguido. Lo noto. Me falta muy poco, Mandorla. Si ahora resultara que tu padre y el mío son la misma persona, llegados a este punto, ya ni siquiera me trastornaría.

Todo revoloteaba y daba vueltas, enloquecido. Sabrás quién es tu padre, Mandorla, sabrás quién es tu padre, me repetía una voz que, durante un segundo, era la de Tina y, un segundo después, la de Lorenzo, y después de Paolo, de Cate. De Matteo. Mientras que la verdadera voz de Giulia, que me llegaba desde la camita supletoria, se iba alejando entre todas aquellas que resonaban dentro de mí.

–Lo he entendido con la cabeza, ahora sólo tengo que convencer a mis tripas, dice mi loquero. Porque a fin de cuentas todos debemos aceptarlo. Aceptar que nada en esta puta vida puede salir exactamente como lo hubiéramos querido. Nada. Podemos esforzarnos al máximo, sí, por cambiar las cosas que no nos gustan. Pero hay otras que sólo podemos aceptar tal y como son. De lo que se trata es de saber distinguir unas de otras. *Shit*. Y no es tarea fácil.

Agosto de 2010

–¡Tachánnnnn! Ya está.

Eva se quita el bañador mojado: ahora sólo lleva encima las marcas de su bronceado. Desde su saco de dormir, Matteo le indica con un gesto que se acerque a él. Hace dos días que llegaron al camping y no han hecho más que tostarse al sol y atrincherarse dentro de la tienda.

Es la primera vez que se van juntos de vacaciones: por fin, después de un año afanándose por aprovechar cualquier momento en que la casa de uno o de otro estuviera vacía, son libres de hacer lo que les dé la gana. Durante dos semanas enteras.

–¡Como si fuéramos marido y mujer! –le susurró Eva a Matteo en el barquito que los llevó hasta allí. Él la atrajo hacia sí. Pero no dijo nada.

Está raro Matteo estos días, reflexiona Eva: incluso ahora que se ha puesto a acariciarle una pierna, y con los dedos va arriba y abajo, arriba y abajo, está... raro, sí, eso es: a Eva no se le ocurre ninguna otra palabra para definir el comportamiento de su novio.

–Amor mío, estás raro –le dice, y le coge la mano para apartarla de sí.

–Pero ¿qué dices, cariño? –replica él.

–¡Que estás raro! Eso es lo que digo –repite ella.

–Pero raro, ¿en qué sentido?

–Raro... –Eva pasea sus grandes ojos grises por la tienda, como buscando las palabras que no logra pronunciar–. ¡Raro en el sentido de raro!

Matteo intenta de nuevo acariciarla, pero ella le bloquea la muñeca.

–¡Si no me dices por qué estás raro, no te permito tocarme! –se obstina ella.

Matteo suelta un bufido: eso sí que no se lo esperaba. Intenta hacerla razonar:

–Eva, cariño, pero ¿qué quieres que me pase? Estoy disfrutando del sol, estoy relajado... ¡no estoy raro!

–¡Pero pareces muy enfrascado en tus pensamientos!

Ya está: por fin Eva consigue explicar su sensación. Una sensación difusa que, para ser sincera, tiene desde que besó a Matteo por primera vez pero que desde que se fueron de camping se ha hecho más fuerte.

–¿Qué quieres que te diga, cariño? –suspira él–. Tengo mis preocupaciones, pero no tienen nada que ver con nosotros dos...

Eva parece inmediatamente aliviada, pero no suelta su presa.

–Entonces ¿con quién tienen que ver?

Matteo dirige la mirada a la linterna apagada que cuelga del techo de la tienda.

–¿Eh? –insiste Eva.

–Pues tienen que ver con Mandorla –responde Matteo, irritado.

Se quedan callados los dos, Matteo mirando la linterna, y Eva mirando a Matteo.

–Estoy preocupado por ella, nada más –rompe por fin el silencio él, con el tono cariñoso de siempre, que ya tranquiliza a Eva.

–¿No hay nada más?

–No.

–¿Me lo juras?

–Te lo juro.

–¡Menos mal! –exclama entonces ella, contenta–. Se trata sólo de Mandorla. A saber lo que me estaba imaginando yo –suspira–. Yo también estoy preocupada por ella, no te creas, como para no estarlo: juntarse con un tipo como Palomo, qué locura... –Suspira de nuevo–. Pero ¿quieres saber qué era lo que me daba miedo? –Se ríe, y le hace cosquillas–. ¡Que hubiera otra chica! ¿Entiendes? ¡Creía que, mientras estabas aquí conmigo, en realidad pensabas en otra!

Matteo se ríe también y le devuelve las cosquillas. Y se ríe de nuevo. Pero en realidad está pensando: perdona, Eva, pero ¿acaso no es Mandorla otra chica? ¿Acaso no es la única que me ha gustado siempre? ¿Acaso no es la única que no podré tener jamás porque tengo que considerarla una hermana, hay que joderse, y quizá después del verano se descubra que lo es de verdad? ¿Y, a fin de cuentas, no sería mejor que lo fuera, así al menos me la quitaría de la cabeza de una vez por todas, porque, al fin y al cabo, resulta evidente que nunca le he importado un pimiento? ¿Es que nunca te has dado cuenta, Eva? ¿Que hay veces, como por ejemplo ahora, en que cierro los ojos y me convenzo de que es Mandorla la que ocupa tu lugar? ¿Que es ella de quien me burlo, sólo para observar la mueca que pone cuando se ofende y piensa que nadie se da cuenta? ¿Que es ella con quien charlo de esto y lo otro, con quien me quedo dormido en la playa y con quien de vez en cuando discuto? ¿Que es ella con quien me esfuerzo por correrme a la vez, en el mismo y preciso instante? De verdad, Eva, ¿nunca te habías dado cuenta?

Ha amanecido, no hay duda.

Desde mi habitación (por así llamarla), oigo un montón de chirridos de llaves y cerraduras.

Eso quiere decir que de un momento a otro estará aquí el abogado Pavarotti.

Eso quiere decir que pronto estaré fuera de aquí.

Porque, venga ya: ¡no pensará de verdad el ministerio fiscal que yo sabía de dónde venía el dinero que escondía en el baúl de las muñecas de Giulia Barilla!

¿Cómo podría pensarlo de verdad?

¿Que yo ayudara a Palomo y a sus amigos a atracar a esos pobres ancianos? ¿Que yo tuviera la imaginación necesaria para sospechar que el famoso Jefe llevaba un negocio de trata de blancas y de tráfico de pastillas, y que a ese negocio lo llamaba «pub» sólo por ponerle un nombre?

Y, sobre todo, si lo he entendido bien, esos pobres ancianos tenían familia. Pese a eso, sentían la necesidad de pasar la velada con una de las chicas del Jefe. ¿Por aburrimiento? ¿Por curiosidad? Sea cual sea la respuesta, desde luego, con el pasado que yo tengo, esto no es algo que me pueda tomar a la ligera, ¿no? Como para encima sacar tajada de ello...

Vamos, que no creo que el ministerio fiscal pueda creer que yo fuera cómplice de todo este lío.

No creo que piense que yo pueda imaginarme siquiera dónde estarán ahora Palomo, sus amigos y el Jefe.

Sabría explicarle yo misma, sin la ayuda siquiera de Pavarotti, lo que ocurrió de verdad.

Sabría explicarle que, después de ese verano, cuando volví de mis vacaciones de estudio en Irlanda, ya casi nunca veía a Palomo. No me contestaba al teléfono, ni a los sms que le enviaba. De repente, cuando a él le apetecía, venía a recogerme al instituto. Ya ni siquiera íbamos al parque de atracciones. Me daba un beso fugaz en la cabeza, me entregaba el dinero y me prometía que pronto terminaría todo.

Eso era exactamente lo que gruñía:

–Pronto terminará todo, Mandorla, no te preocupes.

–Pero ¿qué es lo que tiene que terminar, Palomo? ¿No es más bien al contrario, no tiene que empezar todo? ¿No empezará cuando por fin nos marchemos a Ciudad de México?

Él decía que sí con la cabeza y se iba pitando, quemando rueda.

De vez en cuando pensaba bueno, ya está bien, en cuanto tengamos un momento de tranquilidad hablo con él y le digo bien claro lo que siento. Porque, mientras tanto, lo había pensado bien y ya no estaba tan convencida de querer dejarlo todo para ir a Ciudad de México. «Puedo acompañarte, desde luego, ir contigo la primera vez, cuando por fin vuelvas a abrazar a tu madre. Pero luego tendré que regresar a Italia para terminar el instituto, porque si no mis familias me darían la vara toda la vida. Cuando sea diplomático, entonces sí, podré reunirme contigo. Y vivir contigo, de una vez por todas.» Esto era, más o menos, lo que me había preparado y me hubiera gustado decirle. Habría evitado confesarle que empezaba a notar en mi interior un deseo nuevo: el de ir a Londres, una vez terminado el instituto, a estudiar en la misma escuela prestigiosa que Giulia Barilla.

Me había dado cuenta mientras estaba en Irlanda.

Quería convertirme en una mujer guapa, elegante y capaz de hablar de sus sentimientos como lo era Giulia. Y, para empezar, para ir dando un paso en esa dirección, había tirado a la basura el chándal naranja. Le contaba a todo el mundo que, claro, en el avión rumbo a Dublín, mientras dormía, una azafata irlandesa había hurgado en mi maleta, se había probado mi chándal y se lo había quedado. Pero la verdad era que quería vestirme también yo como se vestía Giulia. No igual que Giulia, que quede claro. Sólo como Giulia: en el sentido que estaba convencida de querer descubrir qué me quedaba bien a mí, de la misma manera que a ella le quedaba bien su ropa de hombre que le hacía parecer tan femenina, tan mujer. Así es que me pasaba las tardes expurgando todos los mercadillos de Dublín en busca de inspiración.

Me enamoré de las faldas largas y las camisas para atar a la cintura. De los talles altos y los pendientes enormes de plata. Y cuando me calzaba las botas de antes de conocer a Palomo, el efecto en su conjunto no estaba nada mal.

Si Giulia llevaba bombín, yo me compré muchas cintas de colores para el pelo, y las combinaba con la falda que quisiera ponerme ese día.

Quién sabe si vestida así le habría gustado a Matteo, pensaba alguna vez. Pero siempre me contestaba a mí misma que a quién le importaba, y estaba impaciente por pasar a otra cosa.

Por ejemplo, me gustaba albergar la esperanza de que,

fuera quien fuese mi padre, habría estado orgulloso de mí al verme así, como lo estaba el ingeniero de su hija.

Mi padre, sí.

En Irlanda no había tomado sólo la decisión de cómo vestirme.

En cuanto volví a casa, lo primero que hice fue llamar a la puerta del segundo piso.

–Perdona, Cate, ¿y si hiciéramos la prueba en enero? –le pregunté sin saludarla siquiera.

–¿Por qué, Mandorla? –me preguntó ella, mientras del baño llegaba hasta nuestros oídos una voz masculina que cantaba *Nel blu dipinto di blu* (a propósito, tengo que acordarme de felicitar a Pavarotti: no tendrá ni un parentesco lejano con el tenor, pero ¡qué voz más bonita!).

–Porque ahora ya van a reanudarse las clases, y no me gustaría empezar el año con la cabeza en otra parte.

En efecto, Giulia Barilla no hacía más que repetir cuánto había que estudiar en su escuela, y yo quería entrar en ese orden de ideas. Pero si, para no variar, hubiera sabido expresar con palabras aquello de lo que me había dado cuenta cuando estaba en Irlanda, habría dicho: «Cate, perdóname. Todavía no estoy preparada para que todo cambie. Estoy impaciente por saber quién es mi padre, claro que sí. Pero, por primera vez en mi vida, lo último en lo que pienso antes de dormirme es: ¿cómo me vestiré mañana? O, lo que es lo mismo, pienso en algo que tiene que ver conmigo y sólo conmigo. No sé si me explico. No tiene que ver con Matteo, ni con Eva, ni con ninguno de vosotros ni con Palomo. Y como no soy la buena persona que todos creéis, no quiero pensar en nadie y en nada más que en eso, ahora. Ni siquiera en mi padre. Al menos por ahora, al menos un tiempo, necesito pensar sólo en mí. No porque me crea que soy tan interesante como para merecerlo: sino porque me he dado cuenta de que no hay peligro de que se me abra el agujero en el estómago cuando pienso en eso. Es extraño, ¿verdad?».

No habría tenido sentido explicarle a Palomo todo esto, desde el proyecto de ir a Londres hasta el abandono del chándal: le habría causado un dolor inútil, pensaba yo. Porque, pese a todo, es y siempre será mi Primer Novio: le debo esa tarde en la cabeza del dragón, el final de mi terror por Mundoperro, la pintada roja en el portal de mi edificio, los besos con sabor a chicle americano y a cigarrillo. No hay que exagerar.

Esas palabras, tal y como me las había preparado, me parecían perfectas.

Lástima que no hubiera manera de pronunciarlas.

Lástima que no haya dado lugar a hacerlo.

Porque ahora ya Pavarotti y el ministerio fiscal saben mejor que yo lo que ha ocurrido.

Saben que ayer era mi cumpleaños.

No saben que Eva Brandi me propuso ir al cine: una tarde para nosotras solas, me dijo, como en los viejos tiempos.

Esos tiempos no podían ser viejos porque nunca habían existido, pero da lo mismo.

Estaba eligiendo qué color de cinta para el pelo ponerme cuando sonó mi móvil.

Pavarotti y el fiscal saben también que era Palomo.

–Mandorla, dentro de media hora estoy en la puerta de tu casa. Baja con el dinero. Y nada de tonterías, ¿eh?

Eso era lo que quería decirme. Ni siquiera felicidades o algo así. No, nada de eso.

Bueno, en fin, el caso es que media hora más tarde lo

estaba esperando abajo. Pero no llegaba. Pasó otra media hora, y entonces volví a subir a casa, devolví el paquete de papel de aluminio al baúl de las muñecas y me fui al cine.

Eva Brandi me esperaba allí: y no estaba sola.

–¿No creerás que yo, precisamente yo, iba a perderme tu cumpleaños? –me preguntó Matteo.

Entonces se me encendieron las dos lucecitas de siempre, la de la cabeza y la de la entrepierna.

Por eso no me enteré de nada de lo que trataba la película. No me enteré ni de si era de amor o de ciencia-ficción. En parte por culpa de las lucecitas, en parte porque Eva y Matteo no paraban de besarse. Pero, sobre todo, porque ¿qué quería decir Matteo con eso de «precisamente yo»? Precisamente él, ¿qué?

Sí, ahora que lo pienso: una cosa más que le quiero preguntar cuando salga de aquí.

¿Por qué no podías perderte mi cumpleaños «precisamente tú»?

¿Para que viera que al cine los ONME van en pareja, mientras que los de imitación, incluso cuando cumplen años, están solos?

Por si eso fuera poco, a la salida, Eva propuso ir los tres juntos a ver las estrellas al Zodiaco.

Pero eso ya era demasiado: no es que todavía esté enamorada de Matteo o que quizá nunca haya dejado de estarlo. No, no, no.

O, al menos, no creo.

Lo que pasa es que, no sé.

El caso es que me inventé la trola de que Gianpietro había ido a casa de Tina a propósito para felicitarme, y tenía que volver enseguida a casa.

–Para él es muy importante –añadí, para que no pareciera que, mientras ellos esperaban a que aparecieran las estrellas en el cielo, yo no tenía a nadie que me esperara a mí la noche de mi cumpleaños.

Pero sí que me estaba esperando alguien de verdad: la policía.

Con la lista de los números marcados desde el móvil de Palomo y una orden de registro.

Nadie podrá quitarme del corazón la cara de Tina mientras me llevaban de allí en el coche patrulla. Todos los demás no hacían más que recorrer el portal de un extremo a otro, nerviosos, y girar en torno al ingeniero Barilla, que movía los brazos como un molino y repetía calma, calma. Tina estaba pálida y nada más.

Lo demás es ahora.

Ahora me lavo la cara y me aliso la falda, que se me ha arrugado toda, porque quiero dar inmediatamente buena impresión al ministerio fiscal.

Ahora quiero saber qué será bueno contar y qué será bueno callar.

Ahora sobre todo debería desesperarme de que me haya engañado mi Primer Novio.

Porque no sólo mi Gran y Posible Amor es una especie de criminal, sino que, además, no tiene siquiera una madre que trabaje de cocinera en Ciudad de México y que fuera amiga de Eduardo Palomo. No tiene un padre de verdad suyo.

Después de hacerme sentir estúpida por haberme creído todas esas historias, Pavarotti me lo ha explicado claramente: «Los niños adoptados, Mandorla, a menudo necesitan inventarse una vida imaginaria para soportar mejor la suya. Tu Palomo en realidad se crió primero en un colegio de monjas y después en una casa de acogida, hasta que lo adoptaron los señores Carnevale, unas bellísimas personas. Por desgracia, hace un par de años la señora empezó a sufrir depresiones, y el marido se las tuvo que apañar solo con el bar que regenta y con Palomo. El pobre ha hecho lo que ha podido».

Yo lo escuché con atención, desde luego: pero, pese a todo, ¿qué le voy a hacer?

¿Qué le voy a hacer si no me parecieron revelaciones tan pasmosas?

Vivimos todos en la ignorancia de algo que nos concierne, ¿no?

Todos.

No podemos saber por qué nuestra profesora llega a clase de vez en cuando con ojeras, por ejemplo. O por qué el panadero, que siempre nos hace algún comentario divertido, algunos días no tiene la menor gana de bromear. No sabemos qué hacen (la profesora y el panadero, me refiero) los domingos por la tarde. No sabemos quién ha ido antes que nosotros a un baño público que huele que apesta. Por qué han abandonado al perro que hemos encontrado. Quién lo ha atado a un poste, con qué criterio habrá elegido precisamente ese poste: no lo sabemos. Qué dice la gente cuando habla de nosotros sin que estemos presentes: ni siquiera eso sabemos. Podemos creer que nos lo imaginamos, pero no lo sabemos. Y muchísimas otras cosas. Quién ha decidido que cuando decimos «árbol» nos referimos a un tronco con ramas y hojas, y no, qué sé yo, a una cosa resbaladiza para lavarnos a la que en cambio llamamos «jabón»: también ese nombre lo habrá decidido alguien. Pero ¿cómo? ¿Cuándo? No lo sabemos. ¿Y por qué? ¿De qué color es el reverso del cielo? ¿En qué piensa una hormiga mientras se pasea por tu brazo? No tenemos ni idea.

Pero lo que sobre todo no sabemos es cuál, de entre todas las personas con las que estamos acostumbrados a tratar, será la próxima en morir. Y entonces, si incluso pese a eso seguimos viviendo como si nada, ¿qué importancia puede tener seguir viviendo sin saber verdaderamente quién era nuestro Primer Novio?

«¿Y sin saber verdaderamente quién era tu padre?»

Oh, Dios mío, ¡Pavarotti! ¿Ya está aquí?

«Pero qué Pavarotti ni qué...»

¡Mamá!

«Tenía que regresar para contestar a esa pregunta, ¿no?»

Mamá, mamá, mamá. Contéstame, sí, pero luego no te vuelvas a marchar. ¡Quédate!

«Vida mía.»

Mamá.

«Mandorla.»

¿Quién es papá, mamá?

«¿De verdad quieres saberlo, mi vida?»

¡Claro que sí! Es mejor saberlo por ti, ¿no? ¡Porque total en cuanto salga de aquí iré derecha a hacerme la prueba de ADN!

«¿Ah, sí? ¿Y no la aplazarás, como llevas haciendo desde hace meses?»

¿Por qué dices eso, mamá?

«Porque si no te digo la Verdad yo, ¿quién te la puede decir?»

¡La Verdad!

«La Verdad, Mandorla, sí.»

Eso: ¿cuál es, mamá? ¿Cuál es la Verdad?

«La Verdad, mi vida, es que saber verdaderamente quiénes son nuestros padres no nos sirve de nada. Tenemos que conocerlos, desde luego. Pero, según tú, ¿conocer a alguien significa saberlo todo, todo, todo de ese alguien? Tú no sabías prácticamente nada de Palomo, creo yo.»

No sabía nada, no. Pero.

«¿Pero?»

Pero llegué a conocerlo bien.

«¿Es decir?»

Es decir. Es decir... pues que ocurrieron cosas entre Palomo y yo. Bonitas o feas, pero ocurrieron. De no haber sido por él, por ejemplo, yo ahora todavía tendría miedo de Mundoperro. Todavía necesitaría la máscara de Cara de Tonta. Pero nunca habría ido a parar a la cárcel.

«Entonces, por consiguiente, conocer a una persona significa permitirle que nos dé o nos quite algo. Significa dejar que entre en nuestra vida: dejar que la ensucie, el día que esa persona tenga los zapatos llenos de barro. Dejar que la ilumine, si a esa persona se le ocurre llevar consigo una lamparita. Dejar que la cambie, vamos. Mientras nosotros cambiamos la suya. Sin que quizá ninguno de los dos –ni nosotros ni esa persona– se dé cuenta de ello, mientras ocurre.»

¿Qué estás intentando decirme, mamá?

«Sabes perfectamente lo que estoy diciendo, mi vida.»

Mamá.

«Tú sabes que eres inocente. Y sabes perfectamente que el ministerio fiscal tendrá que reconocerlo. Pero, pese a todo, cuando ha amanecido, algo te ha dado miedo.»

Mam...

«Lo que te da miedo no es el veredicto del ministerio fiscal, Mandorla, sino la promesa que te ha hecho Pavarotti, la de ocuparse personalmente y enseguida de tu prueba de ADN.»

Mamá.

«Tú no quieres hacer esa prueba. No tienes la más mínima gana de conocer el nombre, el apellido y el grupo sanguíneo de tu padre. Ésa es la razón por la que, anoche, antes de esta larga noche, te mostraste tan caprichosa con el pobre Pavarotti.»

Que no, mamá...

«"Abogado, usted sáqueme de aquí: pero yo no quiero hacerme la prueba." ¡Eso es lo que tendrías que haberle dicho ayer a Pavarotti, mi vida! Y eso es lo que le vas a decir esta mañana.»

Mamá, no me juzgues mal, es sólo que...

«Pero, mi vida, ¡si yo estoy de acuerdo contigo! Tienes toda la razón del mundo al no querer hacer esa maldita prueba.»

¿Qué?

«Los padres hacen lo que pueden, Mandorla: todos. Incluso cuando de verdad parece lo contrario. El problema es que mientras son padres y madres, no dejan de ser también seres humanos. Por eso se equivocan, inevitablemente. Quien más, quien menos, todos se equivocan. Pero tarde o temprano hay que perdonarlos. ¿Y sabes cuál es el único perdón posible?»

¿Cuál es, mamá?

«El único perdón posible que podemos conceder a nuestras madres y a nuestros padres es dejarlos marchar, llegado el momento. Seguir queriéndolos, si pensamos que se lo han merecido. Pero dejar de hacer que nuestro destino dependa del suyo. Porque si no, no tendremos más que una buena excusa para no hacer nada bueno con ese destino nuestro. ¿No te parece?»

Mamá...

«Vida mía, razona un poco: cuando te enfadaste con tus familias, ¿qué pretendías?»

Tener la libertad de ser la novia de Palomo.

«O sea, la libertad de equivocarte. ¿No?»

Eso es.

«Sí. Si los padres tienen que darles a los hijos esa libertad, lo mismo tienen que hacer los hijos con los padres. ¿No crees, mi vida?»

Mamá.

«Resumiendo, Mandorla, ¿por qué narices tenemos que ir a estamparnos con la moto de nuestra vida contra el coche aparcado en la doble fila de las mentiras, los secretos, las debilidades y los fracasos de nuestros padres?»

Mamá...

«¡Vayamos por otro camino con esa moto!»

Pero ¿cómo se hace eso, mamá? ¿Cómo se hace?

«Basta con dejar de esperar que sean nuestros padres quienes cambien para decidirnos a hacerlo nosotros. ¿Me sigues, mi amor?»

¿Tienen algo que ver con eso las faldas que me compré en Irlanda, mamá? ¿Tiene algo que ver con eso la escuela de Londres?

«Sí, mi vida, en parte sí. Y lo sabes. Te has tomado todo el tiempo que necesitabas para escoger qué clase de persona querías llegar a ser, entre las infinitas posibilidades que hay en el mundo. ¿Qué razón tienes, ahora, para poner en cuestión todo eso? Acuérdate, tú ya tienes un padre. Tienes muchos padres. Los conoces a fondo, si conocer a alguien –como tú misma has dicho– significa ponerte a su disposición para intercambiar cosas bonitas y cosas feas. Concéntrate un momento en ellos, en tus padres. ¿Qué ves?»

Veo a Samuele que me lleva al lago de los patos. A Michelangelo que se queda dormido en el sofá, a mi lado. A Lorenzo que me explica lo que es el amor. Al ingeniero Barilla que me explica una ecuación. A Gianpietro que moja una galleta en el té y me pregunta si te echo de menos.

«Todos los hombres que te han criado hasta ahora te quieren de verdad, Mandorla, todo lo que cada uno de ellos es capaz de querer. Fíate de ese amor. De un padre poco más se puede esperar aparte de eso.»

¿Mamá?

«Conténtate con las cosas buenas que los hombres de la calle Grotta Perfetta, 315, te han dado y podrán darte. Ya te has ocupado bastante de ellos, ¿no crees?»

Creo que sí. Sí.

«Y entonces ¿para qué seguir mirando atrás?»

Vamos a ver, mamá. Vamos a ver si lo he entendido. La única Verdad de los Hechos es que el mundo, como diría Tina, se divide en dos categorías. ¿Es así, mamá? Por una parte están los muertos como tú, y por otra están los vivos. ¿No? Los primeros lo saben siempre todo y no nos defraudan nunca. Los segundos nos defraudan siempre y no saben nunca nada. Por si eso fuera poco, a diferencia de los muertos, los vivos todavía están obligados a lidiar con una serie de tareas difíciles: por ejemplo, tienen que decidir cómo vestirse. Pero quién sabe, a lo mejor justo cuando están haciendo cola para pagar en una tienda, si miran a su alrededor en lugar de mirar atrás podría ocurrirles algo. Algo nuevo. Algo que les concierna únicamente a ellos. Algo que sólo tuviera mínimamente que ver con todo el lío y la confusión que tienen a la espalda. ¿Es eso lo que quieres decir, mamá? ¿Quieres decir que si se está en la categoría de los vivos más vale esforzarse de verdad en estar vivo? ¿Más vale inventarse un destino antes que copiar el de otro, ya sea el del ONME más de marca o el de nuestro padre? ¿Lo he entendido bien?

¡Mamá!

¿Mamá?

Mamá.

Mamá mamá mamá mamá mamá mamá mamá mamá mamá mamá mamá mamá mamá.

Mamá.

Contéstame sólo: sí, Mandorla, has entendido bien, o no, Mandorla, no has entendido nada.

Vamos.

¡Mamá!

¿Mamá?

Mamá.

–Buenos días, soy el abogado Pavarotti.

¡Ahí está! Está hablando con los guardias, ahí fuera.

Ha llegado, por fin.

Mamá, qué loca estás. ¡Ésta es tu manera de contestarme «Sí, Mandorla, has entendido bien»!

¿Y entonces?

Entonces, en cuanto salga de aquí, lo primero que haré será comprarme una nueva cinta de colores para el pelo.

Y lo segundo que haga será hablar con Matteo Barilla.

Pero por ahora sólo tengo que esperar a que llame a la puerta el abogado Pavarotti.

¿Y entonces?

Entonces rezo.

Oh, ADN,
hagamos un intercambio,
yo me convierto en ti
y tú renuncias a mí,
de una vez
por
todas,
mientras todos,
como personas
de verdad que son,
hacen un intercambio
(ellos también)
y
se transforman,
¿qué sé yo?,
en puntitos
tan pequeños
que,
huelga decirlo,
no pueden
hacerse verdadero daño
aunque se llamen
Palomo Carnevale:
pero si me convierto en ti,
oh, ADN,
y tú renuncias a mí,
entonces cojo yo
las riendas
y
determino
un destino
para cada puntito.
Así es que,

con total libertad,
mi querido ADN:
yo quiero
para Tina
muchos amigos sinceros
(¡no inventados, verdaderos!)
en su habitación,
donde siempre esté también
Gianpietro Costanza;
para Samuele
el Oscar al mejor director;
para Cate
Pavarotti;
para Paolo y Michelangelo
que se casen,
la tarta que más me gusta,
fuegos artificiales y petardos;
y más silencio y paz
para Lidia y Lorenzo
(pero ningún niño:
basta y sobra con un perro);
para la señora Barilla
una frase, susurrada:
«Estoy orgulloso
de haberme casado contigo»;
para Giulia
un marido,
pero que sea sólo suyo;
¿y para Matteo?
Pues
esto
de verdad
que no lo sé.

Marzo de 1993

Acaban de terminar de hacer el amor, convencidos, como siempre, de que nadie lo hace tan bien como ellos.

–Hace frío... –susurra Maria.

–Claro, cómo no va a hacer frío, si estamos desnudos –contesta él, muy serio.

Típico de él, piensa Maria, alejar de inmediato la emoción con una frase así. Pero ella lo conoce bien. Maria lo conoce mejor de lo que él se conoce a sí mismo.

Se sube a horcajadas sobre su pecho.

En la espalda de Maria, y en sus brazos, la luz de la tarde proyecta el reflejo violeta de la única ventana del antiguo lavadero del sexto piso. Me gustaría morirme ahora mismo, con Maria encima de mí, y en mi mirada su cuerpo violeta, piensa él.

Maria lo besa en la boca para impedirle que lo vuelva a pensar. Porque ella puede leer en su corazón.

Sabe que ocurrirá pronto: siempre lo ha sabido. Lo sabe desde aquel día en que, en el bar de la placita de Poggio Ameno, él le pidió un cigarro.

Sabe que no durará, que no puede durar. Pero sabe también que nunca, jamás en su vida, se ha sentido feliz, en casa y, al mismo tiempo, en una galaxia desconocida, como se siente cuando él le besa las orejas y, bajando por el cuello, llega hasta su ombligo.

–Eres guapa –le dice él entonces.

Y entonces si soy guapa, si de verdad te gusto tanto, ¿por qué no dejas de una vez esa porquería?, le ha preguntado mil veces Maria en estos años, y él mil veces le ha prometido te juro que la dejo: pero no lo ha conseguido. Así es que Maria ha dejado de preguntárselo.

Ahora además está tan flaco, tan cansado.

–Bastará un simple resfriado para acabar contigo si no te decides al menos a comer un poco más.

–¿Desde cuándo una sobredosis se llama resfriado?

Hablan de la muerte como si nada, él y Maria.

A veces incluso hablan de ella mientras hacen el amor.

–Me dejarás –le susurra ella al oído.

–No lo haré a propósito –le contesta él.

Nadie puede imaginar siquiera esa relación. Desde siempre, Maria se la ha ocultado a todo el mundo. Incluso a Michelangelo, su mejor amigo. O a los demás vecinos de la calle Grotta Perfetta, 315, con los que tanta confianza tiene. Incluso a Tina, del primero, que es como una madre para ella. Y a Lidia, del cuarto, y a Caterina, del segundo: prácticamente dos hermanas para ella. A los señores Barilla, del quinto, que, cada vez que no puede pagar un recibo, le firman un cheque y la tranquilizan diciéndole que no tenga prisa en devolvérselo. Pero no lo entenderían: no podrían entenderlo. Se preocuparían y nada más. Todos.

Tendré que inventarme una bonita mentira, piensa de repente Maria, una de esas en las que será imposible no creer, si un día u otro ocurre lo que deseo que ocurra más que ninguna otra cosa en el mundo. Porque a quién le importa nosotros dos: pero habrá que proteger al hijo de una chalada como yo y de un heroinómano que tiene los días contados.

Le entran ganas de llorar y de reír a la vez.

–¿Qué pasa? –le pregunta él.

–Pasa que te quiero –le contesta ella.

–Yo también te quiero –le dice Mundoperro.

Y se queda dormido, con la cabeza apoyada en el vientre de Maria.

Agradecimientos

Aun a costa de parecerme a Samuele Grò, yo también tengo varias personas a las que dar las gracias.

Gracias a (en riguroso orden alfabético, no vaya a ser que se ofendan, pensaría Grò) Cristiana, Daniele, Elisa, Errico, los Fabrizi, Federica, Francesca, Raffaella, Teresa, Umberta y Walter.

Un gracias distinto a todos (y, aquí, Grò los miraría uno a uno fijamente a los ojos) a Antonio F., Antonio R. y a Massimo.

Otro distinto también (que merecería desde luego un documental) a Giulia.

Uno, distinto también, a Ale.

Cinco pisos de agradecimientos a Daniela y a Luigi.

A Laura, jirafa-cachorrito.

A los dibujos de Ilaria.

Al diario de Georgie.

A esos dos que, partiendo de Padua y de Agnone, un día llegaron a Poggio Ameno y allí se quedaron.

Gracias a los 12. Eligieron ellos el nombre de Mandorla: son su primera familia.

Índice

EN EL TERCER PISO

EN EL CUARTO PISO

EN EL QUINTO PISO

Título de la edición original: *Le luci nelle case degli altri*
Traducción del italiano: Isabel González-Gallarza,
cedida por Editorial Seix Barral, S. A.

Diseño de la sobrecubierta: Estudi Sangenís
Fotografía de la autora: Nicoletta Valdisteno

Círculo de Lectores, S. A.
Travessera de Gràcia, 47-49, 08021 Barcelona
www.circulo.es
1 3 5 7 9 2 1 10 8 6 4 2

Licencia editorial para Círculo de Lectores
por cortesía de Editorial Seix Barral, S. A.

Depósito legal: B. 22677-2012
Fotocomposición: Víctor Igual, S. L., Barcelona
Impresión y encuadernación: Rotocayfo (Impresia Ibérica)
Barcelona, 2012. Impreso en España
ISBN 978-84-672-5114-2
N.º 29702